夢野久作と杉山一族

多田茂治
Tada Shigeharu

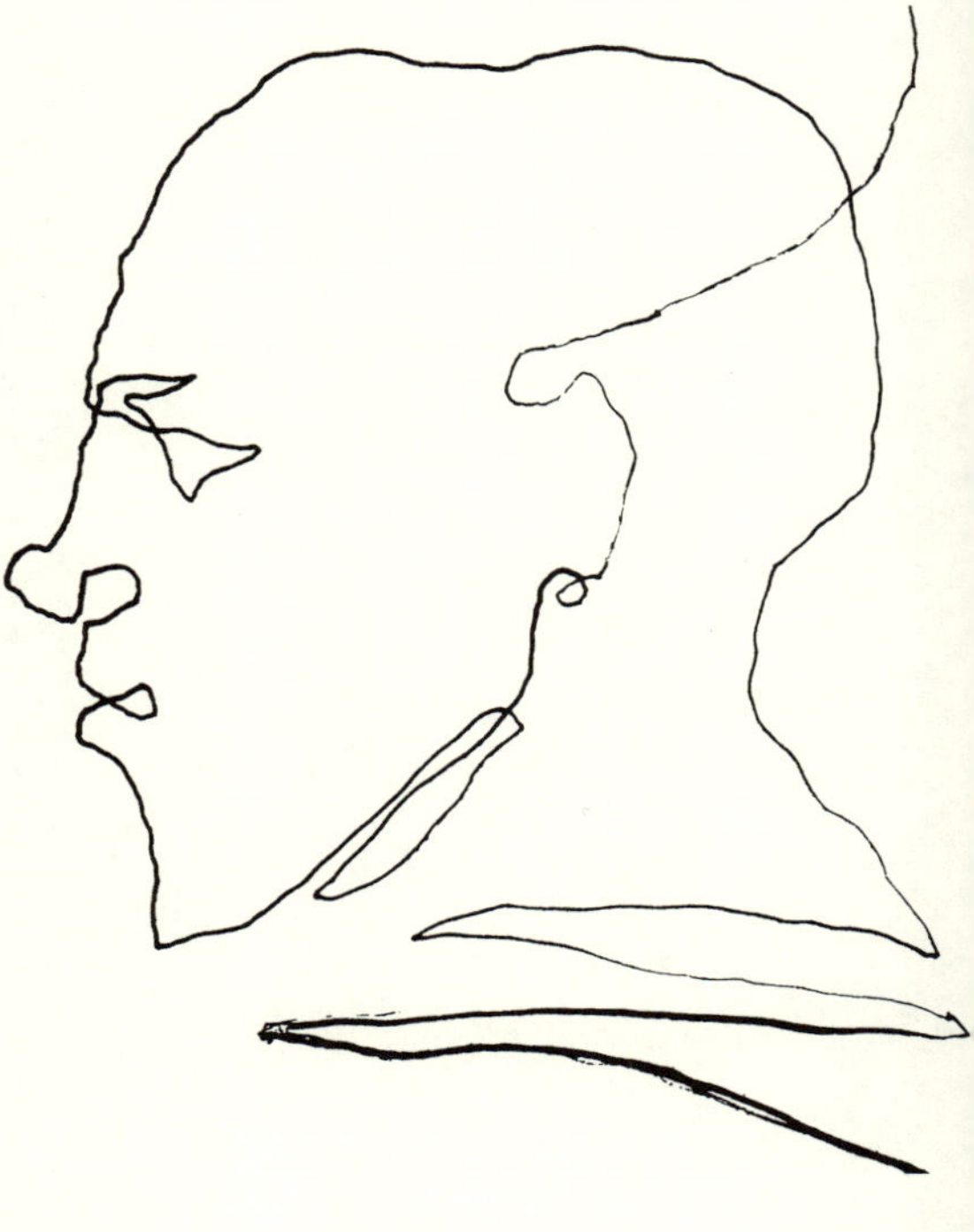

弦書房

〔装丁〕毛利一枝
〔カバー表写真〕
長いパイプをくわえた夢野久作。昭和九年、妹たみ子の嫁ぎ先、東京乃木坂の石井耳鼻科医院にて。
〔カバー裏写真〕
右＝明治三十六年、渡米した当時の杉山茂丸。
左＝昭和三年、九州日報記者時代の夢野久作。
〔扉〕「夢野久作蒐集画帖」内扉自筆挿画から

目次

〔凡例〕

一、本文中の引用文献のうち、夢野久作関係の著作は、手紙（クラの手紙も含む）、『夢野久作日記』を除き、新かな新字体、杉山茂丸関係の著作は旧かな新字体とした。

一、杉山茂丸関係の著作は、原文はほとんど総ルビだが、煩しさの点を考慮して、難解な語と特別な読み方の語のみルビを付した。

序章　杉山家三代の父性

「満丸《みつまる》も一緒ですたい。満丸は大男ですけん、すぐわかりますよ」

ＪＲ香椎《かしい》駅で落ち合う約束をしたとき、三苫鐵児《みとまてつじ》さんはそう言った。

鐵児さんは夢野久作（本名・杉山泰道）の次男だが、結婚するとき夫人の籍に入って姓が変わっている。杉山満丸さんは（昭和三一年生）は久作の長男龍丸《たつまる》さんの長男であり、久作の嫡孫に当る。父龍丸さん亡き今は杉山家の当主である。

ふたりとも初対面だったが、香椎駅に降り立つと、なるほど、満丸さんはすぐ目についた。一九〇センチの堂々たる体軀である。夢野久作の父茂丸《しげまる》は、父のデスマスクを見たインド人が「おお、アーリアン！」（Aryan、ヨーロッパからインドにかけて住んだ白人系）と叫んだほど、大陸風の白皙の美丈夫であったが、その嫡孫になる龍丸さんも、祖父の茂丸に容貌、体格ともよく似た人だった。その血を享けた満丸さんの雄大な体軀には、三代にわたって規格はずれの人物を生んできた杉山家の血脈を偲ばせるものがあった。

駅前の駐車場に満丸さんの自動車が停められていて、初対面の挨拶をすますと、香椎駅から程近い唐原《とうのはる》の杉山家跡に向かった。

鹿児島本線と香椎線、二つの線路を渡り、立花山《たちばなやま》（標高三六七メートル）山麓の坂道を登る。今はびっしり家が建て込んでいるが、助手席の三苫さんが振り返って言った。

「このあたり全部が杉山農園でした」

三万三〇〇〇坪もあったという杉山農園は、夢野久作の生活の本拠であったが、いまは農園の跡形もなく、新開の住宅地に化けてしまっている。インドの緑化事業などに献身した満丸さんの父龍丸さんが、すべて事業費に注ぎ込んでしまったのだ。

しばらく登って車が停まった。新しい家が建ち並ぶなかで、竹藪に囲まれた老朽家屋が一軒あった。

「これが参緑《さんろく》の家ですたい」

「ああ、これが参緑さんの！」

参緑さんは夢野久作の三男である。長男龍丸、次男鐵児、三男参緑。

この参緑さんの旧居を訪ねることが、今回の私の取材旅行の目的の一つだった。車から降りて家の前に立った。すでに廃屋に近い。生涯独身だった参緑さんは、四五歳のとき母屋から離れて、この二〇坪足らずの家に移り住んでいた。その家を「立花山正月堂」と名づけ、詩を天職とした彼はひたすら詩を書き、手すさびの絵を描き、平成二年（一九九〇）四月一四日、六三年余の生涯を終えた。

「整理ばせんと、内部《なか》はとてもお見せできるような状態じゃなかですけん」

満丸さんが申しわけなさそうに言った。

「よかです。外から見せていただくだけで」

参緑さんの没後、福岡の葦書房から刊行された詩集『種播く人々』に、没後の書斎の写真が載せられていたが、他人が踏み込むのは、はばかられる状態だった。

玄関から書斎まで、本と空缶と石ころの山で埋まっていたというが、空缶は独身男の不精だとしても、石ころの山は何だったのか。参緑さんは、どんなとき、どんな思いで、路傍の石ころを拾い集め、それを捨てきれないまま、石ころの山を築いたのか。

あるとき、参緑さんは兄鐵児さんに石ころを見せながらこう語ったことがあるという。「こればよう見てんしゃい。ほら、ここンとこに、古代人の文字のようなんが見えるじゃろうが。なんば訴えようとしたとかねえ」

また、赤茶けた石ころを示して、こうも語った。

「これはきっと、戦国時代、戦乱に巻き込まれた百姓の血が染みついとるとよ。ぼくには血を流した百姓の声が聞こゆるとたい」

生涯独身で、定職もなく、ぶらぶら歩きしては石ころを拾う参緑さんの姿は、まわりには奇嬌の人としか見えなかったことだろうが、参緑さんは、路傍の石ころにもやさしい想いを寄せ、飽くことなく語り合える詩人であった。

また、坐り机の前の座布団は、主のお尻の形をくっきりと残していたというが、独居の永い歳月の孤独を深く深く刻み込んだものだった。

絵も描いた参緑さんと交わりが深かった福岡在住の画家、菊畑茂久馬《きくはたもくま》さんが、参緑さんの書斎の写真を見たときの思いを、詩集『種播く人々』の栞にこう書いている。

《古沼のように澱む肉体の臭気、孤独を舐めまわすフェティシズムもさることながら、この部屋は人間がこの世に生きて死ぬる生命《いのち》の本性を余すことなくあばいてみせている。生命の汚さ、むごさ、悪臭と、美しい孤独の崇高さを、切り裂くように、合せ鏡のように見せつけてくれる》

物象の本質を見抜く画家・詩人の眼で、参緑さんの独居の家に積み重ねられた肉体の臭気と、孤独な魂の清澄を描いているが、参緑さんを知る私の胸に重く響く文章だった。

私が杉山家三代記を書こうと思い立ったのも、若い日の参緑さんとの出会いがあったればこそである。

昭和三〇年代の初め、私は福岡で新聞記者をしていて、県庁の記者クラブに詰めていたが、ひまがあると、よく鉱害課（炭坑の鉱害問題を担当する課）の課長で詩を書いていた板橋謙吉さんの部屋にダベリに行っていた。ある日、鉱害課に行くと、板橋さんのデスクの横に、古びた登山帽を細長い顔にのせ、くたびれた服を着た青年が腰かけていた。

「よかとこィ来た。紹介しよう。こン人は杉山参緑くん。詩ば書いとんなる。夢野久作の息子さんたい」

そのころ私は、夢野久作の名は知っていたが、作品を読んだことはなかった。

参緑さんは細長い顔に実に邪気のない笑顔をうかべてペコリと頭を下げた。後年、久作の写真を見て、あ、参緑さんはおやじ似だなと思ったが、容貌、文学的資質は、最も色濃く父の血を享けていた。ただ、幼時からずっと病弱だったので、大柄だった父とくらべ、体格は貧弱だったが。

なによりも無邪気な笑顔が強く印象に残る人で、私は初対面で親しみを持った。参緑さんは一九二六年一一月生まれ、私は、一九二八年三月生まれで、同世代の親近感もあった。

それ以来、参緑さんは、ちょこちょこ県庁記者クラブや私が勤める新聞社支局に訪ねて来て、よくコーヒーを飲んだ。私も安月給だったが、無職の参緑さんはもっと貧乏で、私のおごりが多かった。

ある日の夕刻、支局にやって来ると、参緑さんはニコニコしながら、くたびれた雑嚢からガリ版刷りの詩集を取り出した。

「こげな詩集ば作りましたたい。よかったら買《こ》うてやんなっせ」

『生命派』と題されていた。

「ほう、よか題名じゃなかですか。一冊貰いまっしょう。おいくらあげたらよかですか」

「いくらでもよかですたい」

一〇〇円も払ったろうか。まだ初任給一万円余といった時代で、一〇〇円もかなりの使い途《で》があった頃だ。

「ああ、これで帰りの電車賃がでけた」

参緑さんはこっちも嬉しくなるような笑顔を見せる。

酒は飲まなかったが、喫茶店をハシゴして所持金がなくなると、市の中心部から郊外の唐原まで一〇キロ程の道をテクテク歩いて帰る参緑さんだった。

当時私は、福岡のある同人雑誌の編集委員をしていたが、参緑さんに詩を寄稿してもらったこともある。その掲載誌が一つ手元に残っている。

戦火の喪失

杉山参緑

黒づんだコンクリートの焼跡を
忘れてしまっている
コンクリートの街を

眼球を突きたてている
爪が屍体の群から血をめぐらし
焼跡は石畳にも床にも埋もれている
伸びている地球に落されている
毒菌を身近に知っていない

灰色の眼球は　石畳を踏み
床に踊る　歯車に乗っている

ピラミッドは　何時か溶かされるだろう
水は　混沌へ吸い込まれるだろう
泡は　空を紅らめるだろう

そんな黎明を知っている
黒づんだ眼球を　開いている
石畳にも床にも伸びている
焼跡の爪を知らない

街は　コンクリートに囲まれ
歯こぼれする　焼跡を
忘れてしまっている

掲載誌は昭和三二年二月の発行で、昭和二〇年六月一九日夜の米軍爆撃機B29の焼夷弾攻撃で大きな戦災（被災家屋約一万三六〇〇戸）に遭った博多の街から、ようやく戦争の爪跡が消えかけていた頃の作である。

この同人雑誌の集まりが、市内の便利な場所に住む私の家で数回持たれたが、妻の記憶によれば、参緑さんも二度ほど参加し、わが家に一泊したこともあるという。風呂をすすめたが、汚れているからと遠慮して入浴しなかったそうだ。参緑さんは人なつこい性格で、前出の菊畑茂久馬さんの家にもよくノコノコついて行って泊まったというが、決して図々しく振舞う人ではなかった。

私も下戸で、一緒に酒を汲み交わすことはなく、もっぱら喫茶店で語り合ったが、参緑さんが父久作のことや祖父茂丸のことを誇りがましく語ることは一度もなかった。したがって私は、参緑さんを異色の作家、夢野久作の息子と意識することなく、文学を語り合える同世代の友人として接しただけだ。

さらに言えば、参緑さんの没後知ったことだが、昭和二六年、バプテスト教会で洗礼を受けていたというから、私が知り合った時はすでにクリスチャンだったわけだが、彼はその信仰を語ることもなく、いつも聖童子のような笑みをうかべて人に接していた。

そんな交際が二年ほど続くうち、私の結核による長期入院、退社後の上京で、接触する機会がなくなり、いつしか交流がとだえたが、参緑さんの無邪気な笑顔はずっと胸に残っていた。

そして、三〇年後、私は東京で参緑さんの死を知り、没後刊行された一冊の詩集を手にしたのだった。その詩集を熟読するうちに、参緑さんのあの無邪気な笑顔、詩をわが天職と定めた生涯の淵源を辿ってみたくなったが、参緑さんを語るには夢野久作を語らねばならず、久作を語るには杉山茂丸を語らねばならず、結局、杉山家三代と取り組まざるを得なくなった。

参緑さんの没後廃屋同然となった家をみつめながら、私は満丸さんに訊いた。

「この家はどうされますか」

「もう取り壊すほかしようがなかでしょうね。参緑おいちゃんには悪かばってん……」

杉山参緑の没後刊行された詩集『種播く人々』

大男の満丸さんだが、「参緑おいちゃん」と呼ぶ声がやさしい。世間的には変わり者としか見られなかった叔父の一生を、満丸さんはこう評価する。

「参緑おいちゃんは、おいちゃんなりに立派な生き方をしたと思います」

いまは囲りに家が建て込んで視界がさえぎられているが、杉山農園だった頃は、博多湾を抱え込む白砂青松の海の中道、その先端につながる金印発掘の志賀島《しかのしま》が、一望のもとに見渡せる景勝の地であった。この土地で、夢野久作は大作『ドグラ・マグラ』はじめ多量の作品を生み出し、三男坊の参緑さんも、世に出ることはなかったとはいえ、純粋に詩魂を磨き続けた。

龍丸さんの『父・夢野久作の思い出』によると、久作は、『古事記』の「筑紫《つくし》の日向《ひむか》の橘《たちばな》の小戸《おど》の阿波岐原《あはきはら》」はこの立花山麓のことだと言っていたそうだが、参緑さんもその父の説を享けて、ここは古代日本の中心であり、神々の子孫が棲みついている土地だとしていた。まこと、参緑さんには、世俗にまみれない素朴清涼の古代人の風があった。

「そいじゃ、母屋の跡に廻りまっしょう」

鐵児さんの声にうながされて乗車したが、一〇〇メートルほども走ると車は停った。

「ここですたい」

道からちょっと分け入ると、四、五〇〇坪もあろうか、ゆるい傾斜面にほぼ長方形の空地が残り、何本かの大木がその周縁を限っていた。

大正二年（一九一三）、夢野久作（当時二四歳）は、父茂丸の援助を受けて杉山農園を開き、その後、出家して大和路などを行脚した時期もあったが、大正六年には還俗《げんぞく》して農園に戻り、翌年二月、やはり黒田藩士だった鎌田家からクラ夫人を迎え、生活の根を張っている。

「ここいらに母屋がありまして……」

と鐵児さんが在りし日の杉山家のいたたずまいを説明する。

「母屋のうしろにおやじの書斎がありまして、おやじは寝るのもそっちでした」

書斎が造られたのは、ようやく作家としての声価が定まった昭和八年（一九三三）のことで、寒がりの久作は自分の設計で床は朝鮮風のオンドルにしていた。その書斎を得て久作の創作活動は一段と旺盛になるが、三年ほどで幽界に旅立たねばならなかった。

父を失ったとき、大正一〇年（一九二一）生まれの鐵児さんは、一四歳の中学生だったが、記憶に残る父の日常をこう語る。

「朝起きると、まず書斎の前の庭で素振りです。木刀じゃなくて真剣ですよ。赤鞘の大刀ば持っとって、刃止めはしとりましたが、気合ば入れて一〇〇回ばかし振るとです。それから、あっちのほうに（海側を指さし）車井戸がありましたが、井戸端で素っ裸になり、ザブザブ水ばかぶるとです。そしてフリチンのまま母屋に戻るとですが、よう庭で立ち小便もしとりました」

それが、妖美な小説『あやかしの鼓』や『押絵の奇蹟』、はては怪奇大作『ドグラ・マグラ』を生んだ作家の素顔ともいうべきものであった。病弱だった肉体を、剛毅な黒田武士の血をひく者として、意志的に鍛えあげてきた久作の日常があった。

「おやじはハイカラでしたね、朝食は、おやじだけが当時はまだ珍しかったパン食でした。パンにハムエッグ、紅茶といった食事で、たまにおやじがパンを残したりすると、おっ、パンが！　と兄弟の争いになったりしたもんです」

朝食だけは特別で、パンや紅茶にはうるさかったが、家長の権威を振りかざすような父親ではなかったという。

「ぼくたちにとっては良かおやじでしたよ。面白か昔話なんかよう聞かせてくれたし、こまーか（小さい）こつはなんも言わん」

と父を懐かしみながら、いまもそびえ立つ山桃の大樹を指さした。

「兄貴（龍丸）は優等生でしたが、私は勉強はいっちょんせん（ひとつもしない）悪そうでしたけん、おふくろからあの樹によう縛りつけられよったですよ」

久作の晩年、紫村一重《しむらかずしげ》（久作より二〇歳年少、故人）という人が秘書になり、杉山家の別棟に住んでいたが、私は生前の紫村さんと面識があったので、久作と紫村さんの縁を聞いてみた。

紫村一重さんは筑豊の貧農出身で、一八歳のときから農民運動に入り、福岡連隊に入隊中の昭和六年、共産党に入党、除隊後、郷里の直方《のおがた》で農民組合を組織して活動していたが、八年二月、小林多喜二が逮捕されて東京・築地署で虐殺されたとき、九州地方でも一斉検挙が行なわれ、紫村さんも逮捕されている。久作の秘書になったのは、保釈されて公判中のことだった。

「あの人も面白か人でした。共産党じゃろうと何じゃろうと、そげなこと気にするおやじじゃなかったですけどね、うちの農園の面倒みてくれとった青木熊太郎さん（茂丸の従弟）の息子の甚三郎さんが、福岡の二四連隊で紫村さんと一緒じゃったとですよ。連隊で上等兵の拝命式というのがあったとき、紫村さんはバカらしかちゅうて出なかったもんだから、重営倉（軍隊の懲罰房）に入れられたそうな。その話を甚三郎さんから伝え聞いたおやじが、軍隊にもそげな面白か奴がおるとな、いっぺん連れて来《き》ないと言うて、会うてみたらすっかり気に入って、紫村さんが保釈されると秘書にしたそうです」

龍丸さんの編集で出版された『夢野久作の日記』を見ると、昭和一〇年三月一七日の項に、「紫村君、長崎で公判受けに夜十時出発。父上の賜ひし葡萄酒を紫村君の為口切」といった記述があるが、これは長崎控訴院（高裁）での第二審公判のことであった（判決は懲役一年六ヶ月の実刑、久作の死後服役）。

「おやじは毎朝、真剣の素振りに水浴びでしたが、紫村さんは、あそこの松の木の下に風呂の蓋ば持ち出してですね、その上でよう坐禅ば組んじょりました。言うことも一風変わっとって、子供の私に〝鐵ちゃん、チエとチンポは要るとき使うもんばい〟なんてね」

当時、杉山家には近くの学校教師の娘さんが行儀見習いで住み込んでいたが、その女性を紫村さんが見染めた。だが、女性の両親が猛反対。そこで久作に頼んで女性の両親を説得してもらい、やっと結婚に漕ぎつけたという。紫村さんはチエとチンポの使い道をよく知っていたわけである。

鐵児さんの懐旧談には、当時の杉山農園の生活を彷彿させるものがあったが、優等生の長男、悪さ坊の次男のかげに、しょっちゅう病気して両親を心配させていた参緑さんのひ弱な姿もあった。

『夢野久作の日記』には、随所に参緑さんの発熱や入院が出てくるが、よくぞ生き永らえたと思うほど病弱で、病児に注ぐ父久作の眼はあくまでやさしい。

　昭和三年十月十七日　水曜――

《半晴半曇。午後三時頃、一昨日より風邪工合なりし三六（参緑）の呼吸と咳と。押絵の原稿書き居りし事に止まり、万一を慮りてクラに負はせ勝屋（病院）にゆく。重症なりと。一期の不注意。……子供の病気位、気にかかるものはなし、いたはしく悲しきはなし。

　秋の空あまりに清く静かなるに得堪えで秋の花やこぼるゝ》

参緑さんが間もなく二歳の誕生日を迎える頃のことだが、病気はジフテリヤで、その後も何度か繰り返している。

「押絵の原稿」は『押絵の奇蹟』。翌四年一月、『新青年』に掲載され、高い評価を得た初期の代表作である。

夢野久作は、昭和一一年（一九三六）、二・二六事件から間もない三月一一日、四七歳で急死し、当時中学四年生（現在の高校一年生）だった長男龍丸さんが家督を継いだが、前述したように、龍丸さんは、祖父茂丸、父久作の遺志を継ぐとして、インドの緑化事業、飢餓救済、インド人留学生の世話などに惜しみなく資産を注ぎ込み、広大な杉山農園をあらかた売り払って、昭和六三年（一九八八）九月、六九年の剛毅な生涯を終えている。

「まだおやじが生きとった昭和五五年三月、ここの最後の一〇〇〇〇坪を売って、太宰府のほうへ移ったとです。その頃、おやじの借金がまだ五〇〇〇万円ほど残っとって、それをその土地代でやっと借金払いしたとですよ」

満丸さんが苦笑まじりに内情をうちあける。

広大な農園も、家屋敷も失ってしまったが、いま満丸さんは、杉山茂丸、夢野久作、杉山龍丸と、破格の人生を送った杉山家三代の家名の重みを、その大きな体でしっかり受け止めようとしている。

満丸さんは現在、高校の生物教師だが、父への思いをこう語る。

「父は、最も愛すべき男であり、最も憎むべき男でした」

それはそのまま、夢野久作の父茂丸に対する思いでもあったろう。

三苫鐵児（右）と杉山満丸。福岡市香椎唐原の杉山農園跡で
（1995年１月、筆者撮影）

昭和９年８月、東京麹町三年町杉山茂丸邸にて。後列右より戸田ゑみ子、戸田容二、金杉博、戸田健、安田勝、石井俊次、金杉瑞枝、金杉勲、石井たみ子、石井美智子、杉山龍丸、安田きみ子、広崎、２列目右より戸田、夢野久作、杉山茂丸、杉山幾茂、杉山クラ、前列右より戸田健一、戸田清次、杉山参緑、石井英彦、杉山鐵児、石井みな子（杉山満丸氏蔵）

第一章　黒田藩お伽衆

父と子

《御弔詞感謝します。父の死後淋しいと云ふよりも張合ひが抜けてしまひました。貴兄は何もかも御存じですし、公平に僕を見て下さる方ですから正直の処を云へますが、僕は十九の年に家庭内の事で父と大喧嘩をして後悔して以来、父の今日ある事を予想し、父の生涯の後始末をする事を半生の大任と考へ、父の生活の裏面を三十年間九州の一角から睨み詰めて居りました。そのお蔭と、母や妹共が全部僕を信任し、共々に一文無しとなって路頭に飢えても構はぬ決心で一貫して呉れ、又父の生前に関係して居りました三人の女性が皆僕を信頼して、つまらぬ事を云はずに我慢して呉れて居ります為に、一切の醜態曝露を未然に防ぎ、些《すくな》くとも母と瑞枝《みずえ》の生涯を保証するだけのお金は、大した侮辱を受けずに父の故友から貰ひ受ける見込が立ちましたから、何卒僕の成功を賞めて下さい。父を取巻く富豪達が盛んにボロを出しているから面白いです。生涯を踏潰されて何等報ゐられない母と妹が可哀相でなりませぬ。母は誰よりも僕を信頼してくれますが、万一僕が真実の子であったらドンナにか

嬉しいだらうと思ふと胸が一パイになります。（後略）》

夢野久作が、父茂丸没後、事後処理に追われるなかで、杉山農園の開園時、起居を共にして労苦を分かち合った親友、奈良原牛之助（久作『近代快人伝』の奈良原到《いたる》の長男で、久作より五歳年長、一九七七年、ニューヨークで九三歳で死去）に宛てた手紙である。

気宇壮大な話を義太夫で鍛えた喉で吹きまくって「法螺丸《ほらまる》」の異名をとり、伊藤博文、山縣有朋、桂太郎などの内懐に飛び込んで、「明治政界の黒幕」とも言われた杉山茂丸が、波瀾に富んだ七一年の生涯を終えたのは、昭和一〇年（一九三五）七月一九日のことだが、嗣子夢野久作は、政治に、事業に、趣味に、女性に、放埒を極めた父の後始末に追い回されている（注＝文中の「三人の女性」は茂丸と特別な関係にあった人たちであり、ほかに隠し子もいたと言われる。「母」は継母の幾茂《いくも》、「瑞枝」は幾茂が生んだ長女で、早く夫と死別し幾茂とずっと同居していた）。

この父没後の久作の対応や心境は、杉山農園に残っていたクラ夫人への手紙にも如実に表れている。手紙はいずれも、宛名は香椎村唐原、杉山久良《くら》様で、差出し名は、東京市麴町区三年町二番地、杉山萠圓――夢野久作事――電話銀座二〇九五、のゴム印。

昭和一〇年八月八日――

《けふ（七日）真藤、中村、窪井三氏来られ、母へ六万五千円を約束され、刀剣と三年町（注＝現在、永田町一丁目、国会議事堂の近く）の家と香椎の地面とは俺の自由にし、河原、花本、素女（注＝河原は元新橋芸妓の河原アグリ、花本は料亭の女将、素女は女義太夫の竹本素女）の始末は俺がする事にヤツト決定した。これならばドウヤラコウヤラ俺の面目も立つ事になつた故承諾した。一時俺が憤り出し、母上妹達以下味方全部に一文も貫はぬ覚悟をさせた位、筋の通らぬ話になりかけたもの也。屈指の富豪十五人に対し、一文無しの俺が頑張りて狼敵屈従せしめ得たのは、全く一同が俺を絶対信頼し呉れたるお蔭也。感謝して居る。

ヤツト帰れると思ふた処、引続いて次の様な仕事が出来た。

一、父上の伝記編纂座談会を作る事
一、刀剣を売る手配をする事
（中略）
しかし又これが世の中と思ふて見てゐるとトテモ面白い。欲のある奴。覚悟の悪い奴。愛や義理に偏する奴。面目を重んずる奴。口惜しがる奴。ヂイッと見てゐると、何処かでボロを出しながらそのボロを知らずに金魚の糞のように引ずつて得意然と泳いでゐる。（後略）》

欲の皮が突っぱり合う俗事に引き回されながら、さすがに作家の観察眼を光らせているが、最後に「クラ殿」と締めたあと、小さく「指環二つ買つた」と書き添えているのがほほえましい。この頃は『ドグラ・マグラ』も出版して、どうやら作家としての足場は固まっていたが、ふだんは妻に指輪を買ってやるような余裕はなかったのだろう。

この間の経緯は、久作の日記にも詳しく記されているが、茂丸の債権債務を処理するための委員会が設けられ、委員には、廣田弘毅（外務大臣）はじめ、松永安左衛門（東邦電力社長）、真藤慎太郎（日魯漁業副社長）、太田清蔵（東邦生命保険社長）、中島徳松（中島礦業社長）ら茂丸の薫陶を受けた郷党の後輩や、友人の益田孝（三井物産初代社長）、中村精七郎（中村汽船社長）らが名を連ねていた。

そうした政財界の大物たちの力を借りながら、久作は杉山家の保全に奮闘しなければならなかった。

同年八月一七日、クラ宛――

《（前略）ほんたうの真心に照して見れば、杉山家の事なぞは広い天地の片隅の小さな小さな事でしか無し。おまへも心を広くして、まことの晴れやかな真心に落ち付き、他人のつまらぬ心より出るつまらぬ事を相手にせず、子供を愛するごと俺を信じ居れば間違いなし。俺もお前も父親の得手勝手より子孫にうき目を見せる実例を骨に沁む程知りたり。俺は二度とコンナ目に妻子を会はせやうとは思はず。人々は俺達夫婦を結構なものと云ふ。何をぬかすと云へば云へるやうなものの、色々な心に悩まされて居る人々から見れば、何事もなく落付き居る俺たち夫婦は羨しき限りなるべし。（後略）》

妻クラは茂丸の東京での葬儀に参列したあと帰宅して家を守っていたが、彼女もまた周囲の雑音に悩まされていた。

八月一九日、クラから久作への手紙――

《（前略）御父上の命日でそちらは大変で御座いませう。こちらも午前十時からお施餓鬼《せがき》風にお経をあげて下さいました。金杉、石井、戸田、杉山千俊（注＝茂丸の娘三人と養子）からの附回向《つけえこう》もあり、大変よございました。……》

そのあと、病弱な参緑がまた発熱して寝込んだが、どうやら快くなったことや、龍丸の家庭教師問題などを記したあと、法事の際、戸田の叔母（母幾茂の実家筋）から、お寺のお位牌が小さすぎると非難されたが、これは茂丸の元秘書の大熊浅次郎が玄洋社からの手向《たむ》けとして持って来たものであり、自分が見立てたものではないこと、戸田の叔母が東京でそんな話をお母さんにされたら、気を悪くされて困るといったことや、大熊から「あなたが東京へ移られたら、いままで両親の世話をされていた瑞枝さんが家を出なければならなくなって可哀相だ」と言われたことなどを告げ、

《私は覚悟決心しております。どんなにでもなる様になさつて下さいませ。お母様のお心持はよくわかつてゐます。瑞枝さんのお気持ちも……只周囲の女達がうるさいだけです。なんて心ない人達だらうと思ふこと度々です。此の七日、七日の法事も、私、修業のつもりでグサ〳〵を聞いております。自分の為ですもの。しつかりやります。

身体には充分お気をつけ下さいませ。只今、文藝春秋（注＝久作の「父杉山茂丸を語る」掲載）読みました。ほんとに貴方が真の孝行をしてゐらつしゃるのです、これからも》

親戚や取り巻きが多い杉山家の妻の立場の大変さをのぞかせながら、茂丸が野放図に拡大した杉山家をこれから背負っていかねばならない夫久作を、しっかり支えていこうとする決意を見せている。

久作は一応後始末が付いたところで、九月二五日やっと帰宅したが、一一月一五日には再度上京、父の追善義太夫会や、杉山茂丸を語る座談会に出席している。

一二月一九日付、クラ宛――

《（まず、ジフテリヤでまた入院して退院したばかりの参緑の病後の注意を記したあと）俺は元気といふよりもずつと落付いて気持がしつかりして来たやうに思ふ。通俗的な幸福、名誉、金銭、地位その他の浮雲の如きものが一切の不幸の原因であり、徹底した誠意と信念が真の幸福の基である事を痛切に体験したやうに思ふ。現に父上の醜い反面を最もよく知つてゐる俺が真の孝行をしてゐるので、父上に感激してゐる妹や弟共、世間の人々は、父上にとつては赤の他人でしか無かつた事がハッキリとわかつた。これは将来の母上に対するお前の態度にも参考になる事と思ふ。母上の醜い歪んだ処をドン底まで知つて、そこを専心に介抱するのが俺達の役目だ。瑞枝は現にさうしてゐる。（後略）》

父茂丸にとって、文学などにうつつを抜かす久作は、いわば不肖の子だったろうが、久作が二〇歳になると、杉山農園の土地を買い求めて生活の基盤を作ってやり、久作が作家としての地歩を固めてからも、毎月一五〇円の仕送りは絶やさなかった。昭和初年の一五〇円は大金である。昭和一〇年で、巡査の初任給が四五円、大工の手間賃が一日約二円といった時代なのだから。

そうした家長としての庇護を続けながらも、茂丸はほとんど家庭を顧みない男だった。その怨みを久作は少年時から沈潜させていたし、政界を遊泳する父をとり巻く男たちの中には、高い志操の持ち主もいるにはいたが、臭気紛々たる人物も少なくなく、俗世の裏面をいやというほど見聞せざるを得なかった。また、継母の幾茂にも、周辺からの廃嫡問題で苦悩の日々を強いられたことがある。

しかし、それが作家・夢野久作を育てる培養土ともなっているし、さらには、久作の文才は、『俗戦国策』『百魔』『青年訓』『山縣元帥』『桂大将伝』『児玉大将伝』『義太夫論』『刀剣譚』など、多彩な著作を持つ父親譲りともいえる。

政治、実業、著作・出版から、義太夫、刀剣蒐集・鑑定まで八面六臂の活躍をした杉山茂丸の怪物ぶりなくしては、妖かしの作家、夢野久作は生まれ得なかったと言っていいだろう。

杉山法螺丸

「法螺丸」の異名をとった杉山茂丸に「法螺の説」（週刊『サンデー』第六号、明治四二年一月）という戯文がある。署名も吹丸。

《第一吹——

世の中にサンデーと云ふ雑誌屋ほど五月蠅《うるさ》く押しの強いものはない。一寸の物の云い様に付け込まれて初めて義太夫論を書かされたが運の尽《つき》にて、田舎成長《そだち》の藪雀、愚図々々下らぬ文章でヤットの事で済んだかと思ふ間もなく、今度は刀剣譚だ、今度は借金譚だと次から次に追駈けて煽立《おだて》の風に漕ぎ出す硯《すずり》の海の幾瀬戸を筆の水棹で掻き渡る覚束灘《おぼつかなだ》の向ふ風、波々ならぬ文字が関、ヤットの思ひで漕ぎ付ける湊の見えしその時に、又も社告の旗の手に今度は法螺の説なりと、墨黒々と現はれしにガツカリする程勇気落ち、今度は御免降参だ、庵主《てまえ》が世渡る商売の専売特許の法螺種を、君等が様な鼻糞を丸めたやうな書生等が、飯の足しになる滋養剤に売つて食ふとは不届きじや、此ればつかりはご免じやと云へば、雑誌屋ドツカリと尻をまくり上げ……》

そんな戯作者顔負けの七五調の名調子で語り出し、法螺学の薀蓄を傾けている。

《第二吹——

一体法螺と云ふものは、大きい嘘を吐《つ》くことにて、嘘と云ふものは人間の一番悪い行為としてあるが、悪い行為だから一切之を吐かぬことに厳禁したら、人間の交際は丸で石地蔵の頭を金槌《かなづち》で敲《たた》くやうなものである。……殊に軍事外交の如きに至りては、嘘と法螺との吐き競《くら》べで、吐き負けた方が大損をするのである。つまり国家の命脈は懸《かか》つて嘘と法螺にあると云ふてよいのである。三国時代の諸葛孔明も「手のつけやうのない大法螺吹き」といふことになる》

と、孔明が呉の軍師、周瑜を法螺で吹き飛ばして漢を守った故事を挙げ、法螺にも種々の手がありと、七福（吹）神になぞらえて、大黒吹、恵比須吹、弁天吹、毘沙門吹、福禄吹、寿老吹、布袋吹などと、面白おかしく腑分けして、さらに「近代になりて新式の吹方二、三起れり」として、

《バロメーター吹。之は自分に一定の見識なく、其の当時に於ける空気の乾燥加減、若《も》しくは低気圧の濃淡、即ち世間や人の眉尻の上り下りを見て、先方次第に意を迎へて所謂投機的法螺を吹く法式なり》

などと、軽佻な世相人心を皮肉ることも忘れてはいない。法螺を手玉にとったこんな一文を見ても、茂丸が単純な法螺吹きではないことがよくわかるが、いわば彼は確信犯的法螺吹きであり、ひそかに白刃を潜めた陽気な法螺話を、人心収攬の術とした魔人であった。この術で彼は明治最大の権力魔人、山縣有朋の内懐にも食い込んで、「政界の黒幕」と呼ばれるに到っている。

《捨身でさへ懸かれば世の事は安々と運ぶものだ。庵主はこの他に別項に説いた無を有にし有を無にすると云ふ禅味三分と、世界識見五分とを突混ぜて足の親指と下つ腹に渾身の力をこめて大法螺を……》（其日庵叢書第二篇）

茂丸の代表作に『百魔』がある。玄洋社の頭山満はじめ、茂丸と縁深かった怪物変物を生き生きと描いたものだが、杉山茂丸こそ、魔人伝の筆頭に据えられるべき男であった。

どうしてこんな魔人が生まれたか、まずは杉山家の歴史からたどらねばなるまい。

福岡藩分限帳をのぞくと、文化一四年（一八一七）、杉山平四郎一三〇石とあり、下って慶応分限帳には、杉山三郎平一三〇石とある。三郎平は茂丸の父であり、杉山家は代々禄高一三〇石の家格だったことがわかる。

五二万石の福岡藩の身分は、家老職、大組（六〇〇石～二〇〇〇石）、馬廻組（一〇〇石～六〇〇石）、無足組、城内組、徒士《かち》、足軽組の七階級となっていて、杉山家は馬廻組に属していた。家中は三〇〇〇軒を超えたが、家老職二三軒、大組九〇軒、馬廻組五〇〇軒で、杉山家はかなり上位に位置していた。

なお、茂丸の盟友となる頭山満の生家、筒井家も一〇〇石の馬廻組だが、久作夫人クラの生家、鎌田家は八〇〇石の大組で、中老職も勤めた家柄だった。大組は槍を立てて登城できる。

杉山家の先祖は、戦国時代、肥前の領主だった龍造寺隆信の四男、信家で、龍造寺家が家臣に亡ぼされたとき筑後川畔へ逃げ、その長男、三郎左衛門誠隆《のぶたか》が、縁あって黒田長政の家臣となり、長政が旧封地の備前から連れてきた豪商、杉山意休の娘と結婚して、杉山姓を名乗るようになったという。これは茂丸の法螺話ではなく、ちゃんと家系図が残されている。

この戦国の雄、龍造寺隆信の血統をひくことは杉山家の誇りになっていて、茂丸の次弟五百枝《いおえ》は成人後、龍造寺姓を継ぎ、龍造寺隆邦と名乗っていた。

この弟がまた、茂丸の『百魔』に登場し、「百魔伝中に最も特筆すべき魔人」「俺より一、二枚腰骨も肝玉も強い弟」と書かれているほどで、どうやら戦国豪族の血は明治の世まで脈々と流れ来たったかのようだが、龍丸は父久作からこんな話を聞かされたことがあるという。

室町時代、藤原兼隆という公卿がいたが、放蕩者の天皇に諫言したため宮廷から追われ、肥前松浦に流された。その兼隆が松浦家の娘に夜這いして出来たのが、龍造寺家の祖先である。故に杉山家には好色の血も流れておるぞ、心せよと。これは、父茂丸の野放図な女性関係に悩まされてきた久作の創作かもしれないが、自戒の言葉でもあったろう。

杉山家の家譜によると、茂丸は八代目、夢野久作は九代目ということになるが、十代目の杉山龍丸の『わが父・夢野久作』にこんな記述がある。

杉山家は、黒田藩でお伽衆ということで、黒田公の傍近く仕えて、故事来歴とか、武芸や、学問、趣味のお相手、能楽のお手直しという役職にあったので、非常に多趣味な性格をもったようだという。

お伽衆という職務は、学問、詩歌から、武功譚、世事譚、伝説、昔話、艶笑譚など、あらゆる話題に通じていなければならなかった。豊富な話題を持つ語り部であり、武芸、芸能にも通じていなければならなかった。

異能の作家、夢野久作は、突然変異で生まれたのではなく、お伽衆をつとめた杉山家代々の学問、文芸、芸能の血脈を享け継いでいたのだ。

茂丸の祖父啓之進は、長崎御番詰方、宗像郡大島の島司などを勤めて、茂丸が生まれる二年前の文久二年（一八六二）に病没しているが、筑前の勤王家歌人、二川相近の高弟で、多数の門弟を抱えていたと伝えられる。

啓之進には五男二女があったが、育ったのは一男一女のみで、しかも嫡男信太郎が病気廃嫡となったため、家名断絶の危機にさらされている。このとき、家老久野将監らの尽力で杉山家の養子に迎えられたのが、藩校修猷館の助教をしていた青木久米次郎で、文久元年、杉山家の娘、重喜《しげき》の婿になり、杉山家の家督を継ぐ。久米次郎は杉山家に入ると、三郎平誠胤《のぶたね》と改名、これが茂丸の父である。

この三郎平・重喜夫妻の因幡町《いなばちょう》（注＝現在、西鉄福岡駅付近）の屋敷で、元治元年（一八六四）八月一五日、男児が出生、平四郎と名付けられた。

平四郎、のち茂丸が、四九歳のとき週刊『サンデー』に連載した『近世魔人伝』によると——

《庵主は今を距《さ》る四十九年前、即ち元治元年甲子《きのえね》の八月十五日の払暁六ツ半時（午前七時）、鎮西の覇城台稲葉街の龍華水《りゅうげすい》と云ふ池の畔なる、蓮の花に露繋ぎ、小笹籬《まがき》に囲まれし、最《い》と年経《へ》たる草の屋の、八畳敷の納戸にてオギヤーと産声を上げたのであるが……》

その一五日前の八月一日には、因幡町から目と鼻の先の天神路街の一三〇〇石の大組、明石家でも男児が生まれていたが、これが茂丸生涯の盟友となる後の陸軍大将、明石元二郎であった。茂丸が生まれた元治元年はどういう年であったか。

三月二七日には、尊王攘夷運動の魁となった水戸過激派の天狗党が筑波山で挙兵、年末まで各地を転戦して世間を騒がす。

七月一九日には、長州藩兵が幕府軍と蛤門で交戦した禁門の変が起きる。このとき、長州の久坂玄瑞《げんずい》戦死、久留米尊王派の真木和泉、天王山で自刃、京都の六角獄に囚われていた筑前勤王家の平野国臣処刑。

八月五日には、米英仏蘭の四国連合艦隊が下関海峡で長州藩の砲台を撃破。

といった事件が相次ぎ、尊王攘夷運動が激化した時代である。

翌慶応元年には、筑前藩では勤王派が一掃される「乙丑《いっちゅう》の獄」（干支《えと》では乙丑《きのとうし》の年）が起きる。

当時の筑前藩主、十一代黒田長溥《ながひろ》は、薩摩藩二十五代藩主島津重豪《しげひで》の第九子で、一二歳のとき黒田家の養子に迎えられた人物。その血縁から薩摩藩と親しく、文久三年には尊王攘夷の方針を打ち出していたが、藩内には、勤王家と因循家（佐幕派）の対立がくすぶっていた。

慶応元年二月の藩人事では、時勢に乗じて勤王家が進出し、家老に加藤司書、小姓頭に衣裴《えび》茂記、大目付に斎藤五六郎、御用聞に建部《たけべ》武彦、町方詮議役に月形洗蔵など、勤王家の頭株が藩政の要所を占めた。

この人事で、筑前藩の勤王家と因循家の対立は、一段と深まった。因循家には譜代の藩士が多く、長溥を薩摩から迎えたのもこのグループであり、長溥にとっては政権の基盤ともいうべき勢力だった。この因循家の不満と幕府の圧力で苦境に追い込まれた長溥は、四月、因循家の主張を入れて「公武一和」の方針を打ち出し、勤王家の過激行動を禁止したが、六月には遂に勤王家弾圧に踏み切った。

これが、六月二〇日から検挙が始まり、一〇月二五日に大量の処刑者を出した「乙丑《いっちゅう》の獄」である。公式の処刑理由は、「幕府の嫌疑による藩難回避のため」であった。

加藤司書徳成（三六歳）、衣裴茂記直正（三四歳）、斎藤五六郎定廣（三七歳）、建部武彦自強（四六歳）ら七名切腹、月形洗蔵（三八歳）、鷹取養巴（三二歳）ら一五名斬首、流刑一六名など、総数百四十名が処分され、筑前勤王党は潰滅的な打撃を受けた。平野次郎国臣と並んで筑前勤王派の先駆けをした歌人、野村望東尼《ぼうとうに》もこのとき玄界灘の小島、姫島に流されている。

慶応二年二月には、長溥は隠居して、養子長知《ながとも》が藩主の座に就いたが、徳川幕府の命運が極まった四年四月には、今度は、因循家の家老、野村東馬、浦上信濃、次席家老の久野将監らを切腹させている。

こうして筑前黒田藩は、左を斬り、右を斬り、維新が成った時には、有為の人材をあらかた失っていた。隣藩の久留米有馬藩も、同じような道をたどって人材を失い、明治維新を迎えている。

そんな動乱のなかで、水戸派の学統を継ぐ杉山三郎平は主君の長溥に、藩士の帰農と版籍奉還を数時間にわたって直言し、謹慎処分を受けている。怖いもの無しだった茂丸も、この硬骨の士の父にだけは生涯頭が上がらなかったようで、夢野久作は幼時の記憶として、『父杉山茂丸を語る』のなかでこんな話を書きとめている。

《奥の八畳の座敷中央に火鉢と座布団があって、その上にお祖父様が坐っておられた。大変に憤った顔をして右手に、総鉄張り、梅の花の銀象眼の煙管を持っておられた。その前に父が両手を突いて、お祖父様のお説教を聞いているのを、私はお庭の植込みの中からソーッと覗いていた。

そのうち突然にお祖父様の右手が揚がったと思うと、煙管が父のモジャモジャした頭の中央に打突《ぶっ》かってケシ飛んだ。それが眼にも止まらない早さだったのでビックリして見ているうちに父のモジャモジャ頭の中から真赤な滴りがポタリポタリと糸を引いて畳の上に落ちて流れ拡がり始めた。しかし父は両手を突いたままジッとして動かなかった。

お祖父様は、座布団の上から手を伸ばして、くの字型に曲った鉄張り銀象眼の煙管を取上げ、父の眼の前に投げ出された。

「真直ぐめて来い（注＝モット折檻して遣るから真直にして来いという意味）」

と激しい声で大喝された。

父は恭しく一礼して煙管を拾って立上った。その血だらけの青い顔が悠々と座敷を出て行く処で、私の記憶は断絶している。多分泣き出したのであろう》

久作四、五歳の記憶とすれば、茂丸三〇歳前後のことで、息子を三郎平夫妻に預けっぱなしで、多大の借金をつくりながら国事に奔走していた時期である。それにしても、この挿話には、三郎平の峻烈な気性、厳しい親子関係が読みとれる。

体格がよく頭脳も明晰だった茂丸は、数えの五歳のとき殿中に召されて長溥公の太刀持小姓になり、茂丸の名を賜わり、爾後、茂丸誠一《のぶかず》と称するようになったというが、小姓の期間は短かった。藩公に藩士の帰農を直言した三郎平は、明治二年六月の版籍奉還令を待たずに遠賀《おんが》川河口の芦屋村に茂丸も連れて帰農している。

芦屋へは、三郎平が諸藩応接役をしていた頃知り合った芦屋の薬種問屋、塩田久右衛門を頼っての移住だった。久右衛門は因幡町の屋敷の後始末から、三郎平が芦屋で開いた学塾の世話まで、なにくれとなく面倒を見ている。三郎平の人徳というものだろう。

遠賀川河口の芦屋は、川が運ぶ良質の砂鉄による芦屋釜で知られる土地だが、明治二〇年代からは筑豊の石炭を運搬する遠賀川の川艜《ひらた》（底の浅い川舟）で賑わいを見せるようになる。明治初年はまだ静かな農漁村で、三里松原と呼ばれる白砂青松の海岸が続いていた。

この芦屋村で茂丸の腕白時代が始まる。

杉山家は版籍奉還の前に帰農したため、秩禄公債（注＝家禄に準じた公債、いわば失業保険）を受けられずに困窮していた。そのため三郎平（号、灌園）は学塾を開いて村の子供たちに四書五経の素読、習字を教え、妻重喜は娘たちに裁縫刺繍を教えて糊口を凌いでいるが、この頃、杉山家は、茂丸に次男五百枝《いおえ》（四歳）、生後間もない三男駒《こま》生《お》、それに三郎平の義弟喜十郎と六人を数え、それに、元馬廻組の格式もあって、若党、女中も抱えていた。

そんな暮らしのなかで、「杉山のトントン（坊ちゃん）」茂丸は悪戯の仕放題だった。その悪ガキ仲間に吉田磯吉がいた。磯吉も、幕末、四国松山藩から流れて来た士族の息子で、茂丸より三歳年下だったが、悪ガキ同士で息が合い、生涯の友となる。吉田磯吉は後年、若松港を本拠として北九州の大親分となり、衆議院議員にもなっている。茂丸は兄貴分として、何か事があれば、多数の子分を抱える磯吉の力を借りることになる。

しかし、茂丸は遊びほうけてばかりいたわけではない。珍山尼（秀子）という女医と出会って学び、勤王の精神を吹き込まれている。この珍山尼は、小倉藩士だった祖父が長州勤王派に与して切腹させられ、さらに父も処刑されたという人だった。

杉山家が福岡城下を去った頃、明治三年九月、黒田藩にはまた新たな災厄が降りかかっていた。

《一度藩政を廃するや、藩士の困憊名状すべからざるものあり。或は他国に流転し、或は北海道に移住し……》（『玄洋社社史』）

藩財政も窮迫して、藩債が約一三〇万両に達したため、窮余の一策、贋札を発行してしまった。この贋札発行は黒田藩に限らなかったが、新時代のバスに乗りそこねた大藩福岡が槍玉に挙げられて、他藩への見せしめに、四年七月、大参事の郡成巳、立花増美、矢野安雄ら六人が斬罪、藩知事黒田長知は罷免閉門四〇日とされた。

この福岡贋札事件では、茂丸の大叔父、鯉沼源右衛門（注＝父三郎平の実家、青木家の出で、三郎平の叔父。福岡藩士で狩野派の絵師）も、贋札の版下執筆の罪で玄界灘の無人の孤島、小呂島《おろのしま》に流され、悲惨な最期を遂げている。

この贋札事件にからむ鯉沼源右衛門の流刑は、茂丸の『百魔』の龍造寺隆邦の項で詳述されているが、後年、茂丸は源右衛門の孫、橘之助に採鉱冶金学を学ばせ、農商務省地質調査局に入局させ、絶家同然になっていた鯉沼の家名を興させている。なお、茂丸の弟五百枝（龍造寺隆邦）も橘之助の姉を妻に迎え、鯉沼家を支えてやっている。

御難続きの黒田藩だが、贋札事件の頃、博多では、住吉神社の裏手の人参畑に、一風変わった学塾がつくられ、前途有為の若者たちを集めていた。

興志塾と称し、塾長は女眼科医の高場乱《おさむ》。乱は幼い時から玄洋社の思想的源流ともいうべき儒学者、亀井南冥に学んで元陽と号していた。

乱は一六歳のとき婿を迎えたが、家庭に収まりきれる女性ではなく、やがて夫と離別し、さらに学を積んで、四一歳のとき、人参畑に私塾を開いたが、『玄洋社社史』は乱の風貌をこう描いている。

《乱は慷慨の女丈夫なり、気を尚ぶの女丈夫なり、落々たる気宇世を蓋ひ、屹々たる志眼中又人なし。常に太刀を腰に横たへ、髪を茶筌に結びて、袴を着し馬に騎す。酷寒と雖も重褞を用ひず、単褥を重ね、随って垢つけば之れを脱す、常に竹皮を以て製せる甚八笠を被りて傘を用ひず、居常恰も男子の如し……》

そんな変わり者の女眼科医が主宰する興志塾に、次代を担う若者たちが集まって来た。

武部小四郎、越智彦四郎、箱田六輔、宮川太一郎、杉浦愚、進藤喜平太、頭山満、林斧助、高田芳太郎、奈良原到……。

年長組の武部小四郎（一八四六年生）は、慶応元年の「乙丑の獄」で切腹させられた勤王党、建部武彦の嫡男である。

この武部や、越智彦四郎（一八四九年生）、箱田六輔（一八五〇年生）らが頭株で、頭山満（一八五五年生）や奈良原到（一八五七年生）は年少組だった。

高場乱の教育方針は、「幼時より威武富貴に心を動かさず、畏強抑弱は君子なすべからず」というもので、塾生たちはよくその教えを守ったが、型破りの乱暴者も多かった。

その最もたる者が、後年、夢野久作が『近世快人伝』のなかで、頭山満よりも、杉山茂丸よりも愛情を込めて描いた奈良原到《いたる》である。

《その中でも乱暴者の急先鋒は我が奈良原少年で、仲間から黒旋風李逵《こくせんぷうりき》の綽名《あだな》を頂戴していた。奈良原到が飯炊当番に当ると、塾の連中が長幼を問わず揃って早起きをした……というのは、飯の準備が出来上るまで寝床に潜っていると、到少年がブスブス燃えている薪を摑んで来て、寝ている奴の懐中に突込むからであった。しかもその燃えさしを懐中に突込まれたまま、燃えてしまうまで黙って奈良原少年の顔をマジリマジリと見ていたのが、塾の中でタッタ一人頭山満少年であった。そうして奈良原少年が消えた薪を引くと同時に起上って奈良原少年を取って伏せて謝罪《あやま》らせたので、それ以来二人は無二の親友になったものだという》

武部、越智は、明治一〇年、西郷挙兵に呼応して起ち、破れて刑死するが（福岡の変）、生き残った箱田、進藤、頭山、奈良原たちは玄洋社をつくることになる。玄洋社の威武富貴に屈しない剛毅の気風は、高場塾で養成されたものであった。

杉山家は福岡城下から遠く離れた芦屋村で塩田久右衛門の庇護を受けながら細々と暮らしていたが、五年七月には、和歌をよくした母重喜が三三歳で病死する悲運が重なった。茂丸が満八歳の誕生日を迎える前月だった。末弟の駒生はまだ二歳で、茂丸はこの弟を背中にくくりつけて磯吉たちと遊ばねばならなかった。

亡妻の一周忌を終えたあと、三郎平は六〇〇石の大組だった青木佐左衛門の次女、トモを後添いに迎えた。久作が「ジャンコばあさん」（ジャンコはあばた）と呼んだ人である。茂丸はこの継母と折合いがよかったといわれるが、少年時に実母を失ったことは、彼の人間形成に複雑な影を落としたことであろう。家族にやがて異母妹カホルが加わる。

その頃、福岡城下では、高場塾生を中心に新しい動きが始まっていた。

明治六年、征韓論が挫折して、西郷隆盛、板垣退助、後藤象二郎、副島種臣、江藤新平らが野に下ったあと、七年一月、板垣、後藤、副島、江藤らが民撰議院設立建白書を提出、四月には土佐立志社が設立され、八年二月には、全国の同志を結集する愛国社が大阪で結成された。この結成大会に筑前からは武部小四郎、越智彦四郎が参加して、帰福すると同志を募って民権政社三社をつくり、お互いに競い合うことになった。この三社は、廃藩で失業した青年士族たちの共済団体的側面を持っていた。

〈矯志社〉社長・武部小四郎、平岡浩太郎、進藤喜平太、宮川太一郎、杉浦愚、頭山満、林斧助、高田芳太郎ら二八名。

〈強忍社〉社長・越智彦四郎、久光忍太郎、川越庸太郎、舌間慎吾、大畠太七郎ら八名。

〈堅志社〉社長・箱田六輔、奈良原到、月成功太郎、的野（のち来島）恒喜、中島翔、山中茂、箱田哲太郎ら二一名。

三社に割拠して、鹿児島の西郷隆盛一派、萩の前原一誠一派と誼《よし》みを通じながら、専制政府顛覆の機会を狙うことになったが、この三社の統一者は人望厚い武部小四郎（当時二九歳）であり、各社の幹部は高場塾生で占めていた。

武部は七〇〇石の大組だった家柄で、父建部武彦が「乙丑の獄」で刑死したあと、姓を武部と変えていた。『玄洋社社史』に「軀幹長大颯爽古武士の如し」と書かれている人物である。

やがて反政府の火の手が上がり、明治九年一〇月二四日、熊本の神風連が総勢一七〇余名で蹶起した。熊本鎮台を襲撃して忽ち鎮圧されたが、神風連とかねて連携のあった萩の前原一誠も兵を率いて起ち、筑前藩の支藩、秋月でも、宮崎車之助・今村百八郎兄弟を頭領とする秋月党が兵を挙げた。

この一連の叛乱に、西郷と結んでいた武部と越智は自重して起たなかったが、血気にはやる箱田六輔、宮川太一郎、進藤喜平太、頭山満、奈良原到、杉浦愚たちは、武部の説教も聞かず、前原一誠に呼応しようとしたのを福岡警察署に察知されて一網打尽にされてしまった。武部、越智にも捜査の手が伸びたが、二人は鹿児島へ逃れて逮捕を免れた。逮捕された箱田、頭山たちは山口の獄へ送られたが、この入獄で、彼らは間もなく起こった西郷軍に参加する機会を失い、生きのびることになる。

この騒動の頃、杉山家は芦屋から福岡城下へ戻って来て、氏神の筥崎宮の近くに居を構えたが、間もなく旧知行地に近い御笠郡山家宿《やまえじゅく》の宿場医、加島家に寄寓している。

山家へ移って間もなく三郎平が病臥したため、茂丸少年が一家を支えねばならなくなり、畑仕事のほか、下駄の歯替え、鍬の柄すげなどの賃仕事もしている。当時の暮らしぶりを茂丸は『百魔』でこう書いている。

《丁度其の頃、庵主は筑前旧領地の寒村に住居して、秉《と》るに懶《ものう》き鋤鍬の、稼《かせぎ》の業を主《おも》として、その合間には大工を職とし、僅かの賃に朝夕《ちょうせき》の、煙の色も絶え絶えに、育み兼ねる麦畑の、片羽の鶉《うずら》声痩せて、辿る鄙路《ひなじ》の起伏《おきふし》に、暮らすも辛き時であつたので……》

ベベンベンベンと太棹の合いの手が入りそうな名調子だが、こうでも書かなければ浮かばれない貧乏暮らしだったのだろう。

茂丸にとっては、福岡城下の騒動など、まだ無縁の出来事だったが、士族叛乱の波紋は拡がる。

明治一〇年一月三〇日、鹿児島の私学校生徒が火薬庫、海軍造船所を占領し、移送中の兵器弾薬を奪ったことから、西郷隆盛も起ち上がらざるを得なくなり、二月一五日には、「政府に尋問の筋あり」と、兵を率いて鹿児島を進発した。

その頃すでに武部、越智は福岡に舞い戻って、西郷軍に呼応する準備をしたが、挙兵に踏み切ったのはすでに西郷軍が田原坂《たばるざか》の血戦に敗れたあとの三月二八日だった。

この間の経緯を略記すると——。

二月二五日、旧藩主長知来福、血気にはやる旧藩士を説論。

二月二七日、征討総督有栖川宮熾仁《たるひと》親王博多港に上陸、勝立寺の本陣に入る。山縣有朋、川村純義らが随従。

三月一日、征討総督の本営、福岡城二の丸に移る。

三月二八日、武部小四郎、越智彦四郎を頭領とする福岡党蹶起。

福岡党の檄文——夫《そ》れ政府の責任は国民の幸福を保全するにあり。然り而して我が日本政府には二三奸賊要路に当り、上は天皇陛下の聡明を欺罔《ぎもう》し、下は小民塗炭の疾苦を顧みず。忠誠の士を擯斥し、言路を壅蔽し、愛憎を以て黜陟《ちゅっちょく》し、苛税収斂《しゅうれん》至らざるなし。唯一朝の利害に眩惑し、国家無彊の公道を忘る。……

武部隊は県庁、為替座を襲撃する計画だったが、予想をはるかに下廻る一五、六人しか集まらなかったため、武部は襲撃を断念して兵を解散させた。越智隊は計画通り福岡城の征討軍本営を襲撃したが、忽ち官兵に敗れて敗走、幹部の舌間慎吾、月成元雄、大畠太七郎が戦死、村上彦十は重傷を負って捕らえられ、秋月方面へ逃亡した越智彦四郎も四月五日には逮捕された。

五月一日、越智彦四郎（二八歳）、加藤堅武（二六歳）、村上彦十（三四歳）、久光忍太郎（二五歳）刑死。

五月二日、市内に潜伏していた武部小四郎（三一歳）も捕らえられて、四日刑死。

結局、福岡党はなんの成果も挙げ得ないまま、刑死五名、戦没者五八名、獄中死四〇名という悲惨な犠牲を生んだ。

夢野久作は『近世快人伝』の奈良原到の項で、武部小四郎の最期をこう書いている。当時、奈良原到は同志十数人と福岡県庁横の獄舎につながれていて、武部の最期を見届けている。

《そのうちに四五人の人影が固まって向うの獄舎から出て来て広場の真中あたりまで来たと思うと、その中でも武部先生らしい一人がピッタリと立佇まって四方を見まわした。少年連のいる獄舎の位置を心探しにしている様子であったが、忽ち雄獅子の吼えるような颯爽たる声で、天も響けと絶叫した。

「行くぞオォーォォォー」

健児社（堅志社）の健児一六名。思わず獄舎の床に平伏して顔を上げ得なかった。オイオイ声を立てて泣出した者も在ったという。

「あれが先生の声の聞き納めじゃったが、今でも骨の髄まで泌み透っていて、忘れようにも忘れられん。あの声は今日まで自分《わし》の臓腑《はらわた》の腐り止めになっている……」》

この武部小四郎の最期の雄哮《おたけび》は、奈良原到に限らず、後輩たちの臓腑の腐り止めとなったことだろう。やがて生まれる筑前玄洋社は、この武部の無念の雄哮を内包していた。

戦敗れた西郷隆盛が城山で自決した九月二四日、箱田六輔、進藤喜平太、頭山満など、玄洋社の中核となる人物たちが釈放されている。

この箱田、進藤、頭山たちに、西郷党に参加して生き延びた平岡浩太郎は、いわば生死のはざまをくぐり抜けた戦中派であり、死者たちの怨念を胸に抱いたロスト・ジェネレーションであった。

それにくらべ、未だ年少にして挙兵に参加し得なかった杉山茂丸は、いわば戦後派といえよう。そうした世代的な体験の差も、茂丸をして、頭山満と固い盟約を結びながらも、玄洋社とは一線を画した一匹狼的な政治行動に駈りたてることになったのではあるまいか。

国事病

杉山家が住みついた山家宿は筑前六宿《むしゅく》の一つで、長崎から小倉へ抜ける長崎街道と、日田から博多へ抜ける日田街道が交差する交通の要衝で、島津（鹿児島）、細川（熊本）、有馬（久留米）三藩の常宿もあったので、旧藩時代は、黒田一族の黒田播磨の知行地になっていた。宝満山《ほうまんざん》を北に望み、冬は雪が深かった。

杉山家はしばらく加島家に寄寓したあと、元知行地だった夜須《やす》郡二《ふた》多村に移り、三郎平は敬止塾という学塾を開いた。教材には水戸学の代表的な著作、藤田東湖の『弘道館記述義』はじめ、『回天詩史』『靖献遺言』『日本外史』『十八史略』などを選び、その音吐朗々とした講義は人気があったという。

この父の名声で、息子の茂丸にも近くの筑紫小学校の代用教員の口がかかり、教壇に立ったことがあると伝えられているが、ほんの一時的なことだったようだ。小学校の教壇にちんまり納まるような男ではなかった。

この二多村在住の頃、茂丸は、民権運動からのちに玄洋社に属し、衆議院議員にもなる香月恕経《ひろつね》と出会い、政治に開眼している。

香月恕経は、天保一二年（一八四一）、甘木の在の下浦村の医師、香月忠達の子として生まれ、一〇歳のとき、甘木町の儒者、佐野東庵に師事して勉学し、明治二年には、秋月藩校稽古館の訓導に抜擢されている。同年生まれに伊藤博文がいる。

茂丸はこの香月恕経のことを「世に赤鐘馗と呼ばれる忠憲」と書いているが、鐘馗のような風貌の熱血漢で、維新前後には、秋月藩、久留米藩の勤王派と交流を持っていた。

明治六年夏、参加者二〇万人とも三〇万人ともいわれる筑前竹槍一揆が起きるが、香月はこの事件にもかかわっている。

この一揆は、不当に米価を左右する米相場師の家の打ちこわしから始まったが、明治新政府の諸政策に対する不満がからまって、世直し一揆の様相を呈するに到った。これに、廃藩置県後、髀肉の嘆をかこっていた秋月士族や福岡士族も加担して、福岡県庁までなぐり込む騒ぎとなった。

事件後、一揆の首謀者と見られた嘉麻《かま》郡筒野村の医師、淵上琢章の絞罪をはじめ、斬罪三人、懲役九四人、笞罪・杖罪一万一八二九人が処罰された大事件だが、このとき香月恕経は、第一一大区（夜須《やす》郡）の副戸長（助役）の職にありながら、一揆勢に加担して捕らえられ、一年余入獄している。

このときの香月の自供書が残っているが、それによると、一夜、御原郡本郷《ほんごう》町（旧久留米藩領）の知人宅で、一揆の模様を探索に来ていた旧久留米藩士の稲葉知道と出会い、稲葉が、筑後でも筑前の一揆に呼応する動きがあり、高良山《こうらさん》に烽火を挙げて同志の結集を図るというので協力したと述べている。

さらに香月は、九年秋の秋月の乱のときも、親しかった今村百八郎の頼みを受けて、甘木の銀主（金貸しを兼ねた豪商）から軍資金を集めて、その借用書を自分で書いたため、ふたたび投獄されている。

そんな血の気の多い香月恕経と、明治一一年の末頃、茂丸は出会っている。

一一年五月一四日、新政府最大の実力者だった大久保利通が石川県士族島田一郎らに暗殺され、反政府勢力は勢いづく。同年九月には、大阪で土佐立志社が中心となって愛国社大会が開かれ、福岡からは生き残りの頭山満と進藤喜平太が参加した。この大会で、各地で民権政社を興すことが決議され、頭山、進藤も帰福すると政社結成に動いた。生き残り組の頭領格、箱田六輔は「福岡の変」後も武装蜂起やテロに固執して、言論活動には消極的だったといわれるが、頭山、進藤の熱意に負けて同調することになり、向陽社が結成され、社員間の公選で、初代社長に箱田六輔が推された。

箱田六輔は、旧藩時代は足軽鉄砲組の軽輩だったが、『玄洋社社史』によれば、「資性高潔、気魄あり、満身これ膽、居闊、すこぶる統制の才に富む」という将の器で、明治二年には、彼に心服する若手を集めて就義隊を編成し、一隊の旗頭になっていた。酒豪でもあり、尺八も巧みにこなした。

それに、箱田家は「箱田金」と呼ばれる資産もあり、政治資金にも事欠かなかった。

福岡城下で向陽社が結成されたのに続いて、夜須郡でも、香月恕経と県会議員の多田作兵衛（三輪《みわ》村森山）が中心になって集志社が結成され、藩閥政府打倒、民権伸張の活発な言論活動を始めていた。それが茂丸の耳にも届いたのだろう。好奇心の強い茂丸は演説会に駆けつけて、「赤鐘馗」が吠えたてる姿に圧倒されたようだ。それ以来、茂丸は香月に近づき、かなりの影響を受けている。

翌一二年の一月四日には、向陽社の招きで、土佐立志社の論客、植木枝盛《えもり》が福岡にやって来た。翌五日、向陽社は子弟の教育機関、向陽義塾を開校したが、植木はその開校式に列席して講演している。その後、植木は七日まで福岡に滞在して向陽社幹部と交流を深めたあと、八日から久留米、柳河、熊本を遊説して帰福、二月末まで向陽義塾で泰西国法論を講義し、三月二日には集志社の招きで甘木を訪れ、翌三日、甘木七日町の教法寺で講演会を開いている。この植木枝盛の講演会に茂丸が顔を出したかどうかはわからないが、この当時、茂丸も香月恕経を通じて自由民権論の洗礼を受けていたと見ていいだろう。

茂丸自身、この頃のことを「仏国革命史や自由民権論の翻訳などを耽読していた時代」と書いているし、耽読した本として『仏国革命史』『ルソーの民約論』『ミルの経済書』などを挙げている。

そうした読書のかたわら、茂丸は家計も支えねばならず、地元でとれる木蠟を博多まで運ぶ賃仕事などをしていたが、その頃知り合った賃金取り仲間に、のちに政友会幹事長、逓信大臣、商工大臣などを歴任する大男の野田卯太郎（号大塊）がいた。

野田卯太郎は嘉永六年（一八五三）、柳河の南の三池郡岩津村の生まれで、茂丸より一〇歳ほど年長である。生家は豆腐屋だが、卯太郎は西南戦争後、博多まで馬を曳いて米俵を運ぶ賃金取りをしていた。この卯太郎と茂丸の出会いを『野田大塊伝』ではこう書いている。

> 福岡挙兵の一味に加わって、年少のために除族だけですんだ杉山茂丸が（注＝これは誤り）、城外七里の地、夜須郡二多村に敬止塾を開いて昔ながらの水戸学を講ずる父灌園を助けて、われは福岡の町に米俵運送の賃銀を取る身で、果ては道伴《づ》れの顔馴染と為《な》ったのも、その頃のことである。荷駄は何《いづ》れ櫨の実、木蠟の類であろう。……帰路を杉山と出会わした彼は、二日市の町で杉山を甘木の方へ見送って、独り久留米の方角へ路を急いだ。……

歳は開いていたが、いずれも気性が闊達で大望を胸に抱いていた男同士、話が合ったようだ。

野田卯太郎も、一三年頃には、旧柳河藩士の十時《ととき》一郎、吉田孫一郎、岡田孤鹿《ころく》、立花親信らが結成した民権政社、有明会に参加して政治家への道を踏み出すことになるが、茂丸とは明治二五年の選挙大干渉で敵対したり、後年、持ちつ持たれつの関係を結んだりする。

茂丸も一三年頃から、みずから称する「国事病」が発症したようで、夢野久作の『父杉山茂丸を語る』にこんな記述がある。

《父は一六の年に、お祖父《じい》様を説伏せて家督を相続した。その時、父は次のような事をお祖父様に説いたという。「日本の開国は明らかに立遅れであります。東洋の君子国とか、日本武士道とかいう鎖国時代のネンネコ歌を歌っていい心持になっていたら、日本は勿論、支那、朝鮮は今後百年出ずして白人の奴隷と化し去るでしょう。白人の武器とする科学文明、白人の外交信条とする無良心の功利道徳が作る惨烈なる生存競争、血も涙も無い優勝劣敗摑み取りのタダ中に現在の日本が飛込むのは孩子《あかご》が猛獣の檻の中にヨチヨチと歩み入る様なものであります。この日本を救い、この東洋を白禍の惨害から救い出すためには、渺たる杉山家の一軒ぐらい潰すのは当然の代償と覚悟しなければなりませぬ。私は天下のためにこの家を潰すつもりですから、御両親もそのおつもりで、この家が潰れるのを楽しみに、花鳥風月を友として、生きられる限り御機嫌よく生きておいでなさい」》

この「東洋を白禍の惨害から救う」は、彼の政治行動の原点ともいうべきものであった。

明治一三年は、福岡の民権運動が最も盛り上がりを見せた年でもあった。前年の暮れには、向陽社の主導で、「筑前九百三十三町村人民」の結合体とする筑前共愛公衆会が結成され、次のような会憲三章を決めていた。

第一　民人共同公愛ノ真理ヲ守ル可シ

第二　国権を弘張シ帝家ヲ輔翼スル事ヲ務ム可シ

第三　自任反省国本ノ実力ヲ養フ可シ

この筑前共愛公衆会は、全国に先駆けて国会開設建白書を元老院に提出するが、その建白書にはまず「人民ハ国ノ大本ナリ。政府アリテ人民アルニ非ズ。人民アリテ政府アルナリ」と宣言していた。なお、この建白書を携えて上京したのは、向陽社社長箱田六輔と、公衆会参謀の南川正雄だった。

また、筑前共愛公衆会は、全国に先駆けて民権色の強い私擬憲法草案も作成している。

しかし、向陽社内では、民権色が強い箱田六輔派と、国権色が強い平岡浩太郎派の確執が深まり、一三年五月、向陽社は玄洋社と看板を塗り変え、社則に国権色の強い次の三条を揚げ、社長に平岡浩太郎が就任した。玄洋は平岡の号であった。

第一条　皇室ヲ敬戴ス可シ
第二条　本国ヲ愛重ス可シ
第三条　人民ノ主権ヲ固守ス可シ

人民の主権は末座に後退していた。事業欲も強かった平岡は、やがて自分の事業にかまけて社長の座を箱田に譲るが、早くも向陽社の変質は始まっていた。

こうした地元政社の動きに、杉山茂丸はあまり関心を持った形跡はない。「福岡の変」で有為の人材は消えてしまったと見たのか、事を為すにはやはり首都東京だと思ったのか、向陽社＝玄洋社とは接触を持たないまま、一三年九月、政情視察と称して、初めて上京している。約一年半も東京に滞在するが、その間の茂丸の動静は定かではない。

その間、一四年の秋には、北海道の開拓使長官、薩閥の黒田清隆の官有物不当払い下げ問題が起こり、それを追及した参議大隈重信が罷免された「一四年の政変」が起こったりするが、そうした薩長閥政府の腐敗に茂丸が益々怒りをかきたてたことは充分想像できる。

この一年半の東京滞在で茂丸は、「かかる暴威の発源は、主に長藩の伊藤（博文）、井上（馨）、山縣（有朋）である」という認識を得たというが、帰途、京都に立ち寄って、山岡鉄舟と会って『請献遺言』を論じ合ったり、大阪の旅宿にいた元参議、後藤象二郎を訪ねて、「薩閥政府の悪弊を糺《ただ》すため謀反すべし」と弁じ立てたという。

この上京が小手調べとなって、一七年夏、杉山茂丸は本格的な政治行動を起こす。茂丸二〇歳のときのことで、そのいきさつは彼の自叙伝ともいうべき『俗戦国策』に詳しい。

上京を決意した茂丸は、一夜、両親の前に正座し、備前則光の短刀を前に置いて決死の覚悟を示し、上京の許しを乞う。嫡男の決死の覚悟を知った父三郎平はこう言ったという。

「予は片時肌身を離さざる此信国の短刀を以て、汝の死を聞くと同時に、夫婦共に自刃し、快く倶《とも》に黄泉《よみじ》の途に赴くべし。故に汝は夢々狼狽《うろた》えて不覚の死を為す事なかれ」

表現は大時代的だが、硬骨の士、杉山三郎平の覚悟の程もよくわかる。

父の許しを得た茂丸は、旅費つくりにかかる。まず家の家具調度を出来るだけ売り払って、二年ほどの両親の生活費を確保すると、肥後熊本へ飄然と旅立った。

当時、熊本では、民権派の宗像政、池松豊記、松山守善らの相愛会、国枠派の佐々友房《さっさともふさ》、津田静一、古荘嘉門らの紫溟会が並び立ち、それに、茂丸より一歳年長の気鋭の論客、徳富猪一郎（蘇峰）の大江義塾も加わって、九州では最も政論が盛んな土地だったが、茂丸が目指したのは、紫溟会の頭領、佐々友房だった。

佐々友房は安政元年（一八五四）の生まれで、茂丸より一〇歳年長だが、細川藩の一〇〇石取りの武士の次男として生まれ、熊本勤王党の始祖ともいうべき林桜園の原道館に学び、神道と国学を中心とする尊王思想を身につけていた。

明治九年秋の神風連には参加しなかったが、一〇年の西南戦争では西郷軍に与し、池辺吉十郎を頭領とする熊本隊の一番小隊長として奮戦し、その果敢な行動力と統率力は「熊本隊に佐々あり」と謳われたものだった。乱後、懲役一〇年の刑に処せられたが、一二年、特赦で出獄、一四年九月、同志を糾合して紫溟会を結成、さらに一五年二月には、「皇室之干城、国家之柱石」を謳った教育機関、済々黌《せいせいこう》を創立していた。

茂丸がいきなり訪ねたとき、佐々は済々黌の一隅の六畳間で、汚れた筒袖の浴衣を着て、一銭三厘の弁当を食っていたという。

ひとしきり時勢を論じ合ったあと、茂丸は用件を切り出した。

「二〇〇円貸していただきたい」

当時の二〇〇円は、現在の二〇〇万円にも当ろうか。

「僕は寒素、衣食に窮し居れり。貴下の要求には応じ難し」

「然らば、あの壁間に掲げある藤田東湖の石摺『三決死矣而不死』（三たび死を決して死せず）の掛物を貰いたい」

「それはいと易い事、差し上げよう」

佐々も無欲の豪傑。大事にしていた掛軸を惜しげもなく差出す。それを受け取った茂丸は、いきなり掛軸を引き裂いてしまった。さすがに佐々も顔色を変えて咎めると、茂丸は言い放った。

「君を見そこのうた」

「どういうことだ」

「男子の決すべき死は一回限りのはず。三たび死を決して死に得ず、安政の地震で圧死したような男の書いた物を、仰々しく壁に掲げて三拝九拝するような男に、対世の志を述べたのを深く後悔するから引き裂いたのだ」

「もっともな議論だ。僕はいま君に向かって死生のことを論ずまい。君はどこに泊まっておられるか」

茂丸は宿屋を教えて立ち去った。

翌朝、茂丸が佐々からの借金を諦めて出立の用意をしているところへ、佐々が訪ねてきた。

「君と別れたあと、どうしても君に必要な金を貸してやりたくなったので……」と言って、一晩中駆け回って作ったという一六〇円を差出した。茂丸はありがたく受け、借金の抵当を申し出た。

「抵当は、ほかでもない、首である。何より大事な首を二つ差し入れる。いつでも入用な時は要求したまえ。その一つは僕の首。もう一つは、いま枢要の位置にいる大官の首だ」

大上段から一気に斬り込む法螺丸一流の借金殺法は、ここに始まる。

「処世の秘法は借金をすることである」と言ってのけたほど、茂丸の一生は借金人生だったが、独特の借金哲学を持っていた。

「門下や知友の窮状、見聞に忍びざるときは、借りられるだけ借りてその用に弁ずるが、その借金をもって、決して家屋敷を買わぬ、株券を買わぬ、公債を買わぬ」

その借金哲学も多少はほころびを見せて、義太夫に入れあげたり、刀剣道楽に注ぎ込んだりしているが、金は天下の回りもの、借りて必要な事に使えばよし。支払えずに家財を差押えられても、いつか誰かが払ってくれるだろう——茂丸は生涯、そんな借金哲学で押し通すことになる。

さて、問題は、枢要の地位にある大官の首である。茂丸がまず狙いをつけた大将首は、大久保利通亡きあと、最高実力者になっていた長州閥の伊藤博文だった。

路銀が出来た茂丸は間もなく上京したが、翌一八年末には初代総理大臣になる参議、伊藤博文にはおいそれとは近づけなかった。数か月無為に過ごすうち、然るべき人物の紹介状なしに伊藤に会うのは無理と悟り、一八年二月頃、紹介状を書いてもらうべく、四谷仲町の山岡鉄舟邸を訪ねている。

この時の山岡との対面も『俗戦国策』に詳しいが、まず鉄舟お得意の禅の話になり、鉄舟は「貴様のような面付きの奴が、間違いで大臣の首など狙うものだ」と言って、鉄扇で茂丸の横っ面をハッシと打ったという。

しかし、茂丸はひるまずに切り返した。

「古黴《ふるかび》の生えた宗門禅で人の精神を奪おうとしても、養い得た定力《じょうりき》の象《かたち》は決して変わりませぬ」

すると鉄舟はにっこり笑って、

「如是観というものは誠に面白いものだ。短い考えを持ってはならぬ。長い考えを持って短に活断をつけぬ」

そんな禅問答のあと、晩飯を馳走され、伊藤への紹介状を書いてくれたという。

その帰り道、お濠端の土堤で一休みして、鉄舟から貰った封書を取り出してみると、容易に封がはがれるようになっていたので、紹介状を読むと、こうあった。

《此者は田舎出の正直者には候が、片噛りの政治思想に捕はれ居り至極の慷慨に陥り居候て主に閣下に対して抱き居候者に御座候、此種の青年は他日国家の御用にも相立と存候間一応御引見、能く御説諭御教訓を賜はり度切望致し候、素より前文の次第故、是れと思ひ迫り何か凶器等も所持致居る哉も計り難く候間、其御積りにて御面会被遊度候》

翌朝、茂丸は短刀は持たず、羽織の下に襷掛けをして伊藤博文の官邸に乗り込んだ。いざとなれば、素手で伊藤の息の根を止める覚悟だった。一時間ほど待たされ、ようやく面会の時間になったが、身体検査をされ、羽織の下の襷掛けがばれた。しかし伊藤は単独でこの危険な若者と接見している。

《面会して見れば、聞いたとは大違ひ、小男のチョロ〱髯の生えた極貧相な容貌であつたが、中々如才なく庵主を待遇し、庵主が満身の悲憤慷慨で発する質問に一々証拠物件を以て応答し、少しの凝滞もなく説明して聞かせ、又彼等が維新の前後に於て、田舎に居て悲憤慷慨した事柄の大部分は、誤聞間違ひであつた事等の経験も物語つて最期に斯く云つた。

「君は自重し給へ。僕は切に君に自重を望む。君の今の考へは昔日の僕等の考へと同一である。僕が君に殺されて、君の憂慮する如き国事の汚点が一掃されるなれば、お互ひに同慶の事であるが、夫《それ》は今一々証拠を以て説明する通りの事で、全くの不可能である。さすれば、お互ひに国事を尊重すると同時に、お互ひの身体も国家の為に尊重せねばならぬ」》（『俗戦国策』）

老獪な伊藤に説諭され、毒気を抜かれてしまった茂丸は、「産婦が児を生んだ後がこうもあろうかと思うほど、身体の勝手全部が違うて、まるでヒョロヒョロ……」と情けない退散となった。

しかし、この一件で杉山茂丸は危険人物の烙印を押されて警視庁の尾行が付くようになったため、「自分の首を保存せねばならぬ」と北海道へ逃亡している。約九か月間道内をうろついて、もうほとぼりも冷めたろうと帰途に就くが、室蘭から青森へ渡る船中で、肺病で死にかけていた農民、林矩一と出会い、これ幸いと事情を打ちあけ、それぞれ持参していた戸長役場の身元証明書を取り替えてもらい、林矩一になりすまして東京へ舞い戻ったという。かかる放胆な機略も茂丸ならではのものだった。

東京へ戻ったのは明治一八年の一〇月頃と見られるが、同年末には維新以来の太政官制度が廃止されて内閣制度に変わり、茂丸が首を取りそこねた伊藤博文が初代内閣総理大臣になった。

玄洋社の頭山満と初めて顔を合わせたのもこの頃のことだ（注＝この頭山との出会いの時期について、茂丸は、明治一七、八年頃と書いたり、小姓をつとめた旧藩主、黒田長溥公薨去〔二〇年三月〕の四、五日前と書いたりしているが、茂丸研究家の室井廣一は、一九年四月、玄洋社系の福陵新報の創立事務所が福岡市内に設けられた際、茂丸が筆頭幹事として資金面を担当したことや、熊本出身の安場保和を福岡県令〔一九年二月就任〕にかつぎ出す運動をしたことなどから推して、茂丸と頭山の出会いは一八年一〇月頃と見ている）。

郷党の先輩、頭山満に会うように茂丸にすすめたのは、熊本出身の八重野範三郎と、茂丸は『百魔』に記しているが、八重野は当時福岡県学務課長で、玄洋社と親しい関係にあったし、彼はまた佐々友房の済々黌グループで佐々とも親密だった。佐々の済々黌の背後には、安場保和、井上毅《こわし》が控えていたし、そうした人脈から安場かつぎ出しが実現することになる。

頭山満（『頭山満翁写真傳』から）

この頭山満との出会いも、茂丸は『百魔』で面白おかしく書いている。

その頃茂丸は、銀座三丁目裏の木賃宿に土佐出身の書生と同宿して新聞売りなどをしていたというが、同宿の書生が「同郷の豪傑と会うのに、帽子もなくては」と夜店で七銭で買って来た中古のシルクハットをかぶり、紀州フランネルの立縞の単《ひとえ》物《もの》に、尻切れ草履という珍妙な姿でのその出かけたという。

《頭山氏の宿は芝口一丁目の田中屋と云ふので、店先で案内を頼むと、「二階へ」と云ふから登つて行つて、その部屋を見てまづ第一に驚いた。部屋の入口に『御宿料十八銭前金』と書いた紙が張つてある。破れ襖を開けると、中が六畳で柱も鴨居も菱形《ひしなり》に曲がつてゐる。壁落ち障子破れた真中に、縁《ふち》の欠けた火鉢が一ツ赤ゲットの上に乗つてゐる。その向ふに久留米絣の羽織を着た五分刈りの三十四五のショボ鬚の生えた男が一人座つてゐる。「サアこれへ」との声に応じて中に入る。庵主は常から冠《かぶ》り付けぬ帽子故、これを取る事を忘れ、その上大男で高い絹《シルク》ハットを冠つたまゝ故、ごつんと鴨居にぶつつかり、ペこんと潰れて落ちた。そのまま中に入りて、火鉢の向ふに座を占め、丁寧に初対面の挨拶をしたら、向ふもなかなか丁寧であつたが、その眼光の炯々として人を射る凄まじさは、むしろ安宿の破れ座敷も眩ゆき計りの異彩である》

間もなく隣室から、的野半介、来島《くるしま》恒喜、月成元義など玄洋社の猛者《もさ》たちが出て来て挨拶し、また出て行く。頭山は床の間の板の破れに口をつけて、階下の帳場に叫んだ。

「おーい、茶を持って来ーい」

《しばらくすると頭山氏は徐《おもむ》ろに口を開き「貴下は官員でも仕ておられた事が有りますか」と云はれるから、庵主は「いやまだ一度も官員に成つた事はございませぬ」と云ふと、頭山氏は手を伸ばして傍に転つてゐる絹《シルク》ハットのへこんだのを取上げて「これは官員の冠る帽子じゃありませんか」と云ふた。庵主はそれも知らぬから「イエそれは木村屋の麭麹《パン》屋が冠る物と同じです」と云ひ、これを動機として色々と咄《はなし》もした》

なんとも珍妙な出会いだが、日暮れまで話し込み、さらに一緒に牛鍋もつついて夜更けまで語り合ったという。

そのときの頭山の忘れがたい言葉を、茂丸はこう記録している。

「才は沈才たるべし、勇は沈勇たるべし、孝は至孝たるべし、忠は至忠たるべし、何事も気を負うて憤りを発し、出た処勝負に無念晴らしをするのは、その事がたとえ忠孝の善事であつても、不善事に勝る悪結果となるものである。この故に平生無私の観念に心気を鍛練し、事に当りては沈断不退の行いをなすを要とす。貴下方のお考えはどうか知りませぬが、お互いに血気に逸つて事を過らぬだけは注意したいと思います。

古歌に、

斯《かく》までゆかしく咲きし山桜惜しや盛をちらす春雨

と云ふ事がありますが、僕は有為の知人朋友の為に、常に心でこの感じを持つて忘るる事が出来ませぬ」

この頭山の言葉が、とかく軽佻な行動に走りがちだった茂丸には「なんだか一種天使の声と聞こえた」という。

このとき、頭山三〇歳、茂丸二一歳。九歳の年齢差があり、前述したように頭山は「福岡の変」で生き残った戦中派であり、茂丸はまだ年少にして戦いに参加出来なかった戦後派である。

それに、寡黙と饒舌、沈勇と果敢、頭領と一匹狼、ゼニ勘定不得手と得手、無欲無芸と多才道楽……いろんな面で対照的な二人だが、この珍妙にして真剣な出会いを機に、二人は生涯の盟友となる。

《これから庵主が頭山氏と寝るには床を連ね、食ふには卓を共にし、行蔵一日も苦楽を離れざりし事、丁度十年である。日清戦争の少し前より庵主は独りで東京に上りて戦争道楽の群に入り、川上参謀次長や陸奥《むつ》外務大臣等の間を縫ふて、帝国の処分発展に心を傾け、緩急策謀の青藍に身を染めたのである》

ここで茂丸は「戦争道楽」という言葉を使っているが、それが露悪的な表現であるにせよ、日清戦争、日露戦争、韓国併合、シベリア出兵と、絶えず彼が戦争と帝国発展の策謀とかかわり続けたことは否定出来ない事実である。たとえ、〝日韓合邦〟が〝韓国併合〟にすり変えられた如く、彼自身の意図と帝国の方策が乖離した面があったとしても――。

第二章　茂丸立志

生母離別

福岡と博多。一つの街が今もこの二つの呼称で呼ばれているが、旧藩時代、街の真ん中を流れて博多湾に注ぐ那珂川の西側が福岡城下、東側が商人の街博多と分けられていた名残である。ＪＲの駅は旧博多部に在るから今も博多駅だし、夢野久作の初期の代表作『押絵の奇蹟』の絵馬堂がある櫛田神社は、博多部の総鎮守で、祇園山笠（七月一日〜一五日）の掉尾を飾る一五日早暁の「追山」の舞台となっている。一方、私鉄の西日本鉄道の駅は旧福岡部にあるから西鉄福岡駅である。

那珂川の三角洲、東中洲は今は博多随一の歓楽街だが、『押絵の奇蹟』の家はその東中洲に設定され、明治中期（明治二四年発行の市誌で人口五万二〇〇〇人弱）の中洲の情景を、久作はこう描写している。

《その三角洲は東中洲と申しまして、博多織で名高い博多の町と、黒田様の御城下になっております福岡の町との間に狭まれておりますので、両方の町から幾つもの橋が架かっておりますが、その博多側の一番南の端にかかっ

福岡市・中洲を西中島橋からみる。左が那珂川、右が薬院新川

ております水車橋の袂の飢人地蔵様という名高いお地蔵様の横にありますのが、私の生家で御座いました》

当時、東中洲は、海に近い北側と、川が二股に分かれる南部に少し家並があるだけで、大半は畑だった。そこへ測候所や勧業試験場などがぽつぽつ建ち始めた明治二十二年（一八八九）一月四日、杉山茂丸・ホトリ夫妻に男の子が生まれた。幼名直樹。のちの夢野久作である。

当時、杉山家は夜須村から博多へ戻って来ていて、東中洲の『押絵の奇蹟』の家の向う岸になる住吉村に居を構えていた。

直樹の出生地は、福岡城に近い小姓町（現在、大名一丁目）になっているが、たぶん、母ホトリの実家、大島家で生まれたのであろう。

この長男出生時も茂丸は博多に居なかったそうだが、いくらか暮らし向きがよくなっていたのだろうか、住吉の家は、住吉神社の一の鳥居前のかなり立派な家だったという。この住吉の家からは櫛田神社も近かった。

そんな生活環境のなかで夢野久作は生を享けたが、まだ物心もつかぬ二歳のとき、母ホトリ（当時二四歳）が離縁されて去る不幸が起きた。

その理由はよくわからない。久作の長男龍丸の『わが父・夢野久作』でも、「恐らく家風に合わぬということ」だったろうと推察しているだけである。それも、夫茂丸の意志というより、厳格で癇癪持ちだったという舅の三郎平、やかましやだった姑のジャンコばあさん（トモ）の意に染まなかったのではないかと。

このため、久作はほとんど生みの母の記憶を持たなかったが、ある時、龍丸に、「大抵の人間は赤ん坊のときの記憶を持たないが、俺は二歳の時から覚えている」と言って、こんな母の想い出を語ったという。

「その女の人は若くて美しい人で、大きなつややかな丸髷を結うていて、温い背中だった。そして襟足の美しい人だった。花火があがるたびに、その女の人の丸髷のつややかな髪に、光が、赤や白や青い色が映えて美しかった。そして帰るとき、時計塔の上から、大きな、大きな、お月様があがってきた。それで俺が思わず、あっ、ぱんぱんしゃん、と言うと、その女の人は、突然、ぴくっと身をふるわせて、むせび泣き始めた」

赤煉瓦の博多駅舎の完成祝賀会の時のことのようだが、それが久作の唯一の生母の記憶だった。

母が去ったあと、久作は三郎平夫妻に預けられ、久作と同じ頃息子を生んだ友田ハルが乳母として付けられた。この友田ハルは、久作が成人して家庭を持ったあともずっと杉山家にいたが、久作の息子たちに、

「あんた方のお父さんな、このオッパイで育てたとばい」

と豊かなオッパイをむき出して見せて自慢していたという。

ハルはあけっぴろげな性格で、嫁盗み（略奪婚）に一役買うのが得意で、そんな無茶して結婚生活がうまくゆくのかと問われると、こう答えるのが常だった。

「最初の日は、あなた、メソメソ泣いてござることの方が多ございますばってん、二、三日経って、あたきが、嫁さんにどげなぐあいですなと聞きますと、嫁さんな、ポーッと顔ば赤《あこ》うないて、婿どんの尻に隠れさっしゃるのが大抵ですすやなア。えっへっへ。毎晩婿どんに抱いてもろうて、よかァ気持にさせてもらや、もう女《おなご》はそれでよかとですたい」

そんな乳母に育てられたことは、病弱で、冬などしょっちゅう風邪をひくのでいつも真綿を首に巻かれていたという直樹トントンに土俗的な活力を与えたのかもしれない。猥雑な土俗臭溢れる『いなか、の、じけん』など、この「えっへっへ、毎晩、よかァ気持にさせてもらや」の友田ハルが発信源となったのも多いのかもしれない。

二四年、直樹が数えの三歳になったとき、茂丸はやはり旧藩士で納戸役だった戸田七蔵の長女、幾茂《いくも》（四つ年下）を後妻に迎える。幾茂は一九歳のとき一度結婚していたが、事情あって実家に戻っていた。三郎平の後妻トモも戸田家の出で、その縁によるものだろう。

茂丸は幾茂との縁談が起きたとき、幾茂にこう言ったという。

「俺は家には居られない。従って、両親の世話を頼むために結婚するのだから、俺が家に居ないでもやっていけるというなら、結婚してもよい。もしそうでないなら、この話はなかったことにしてほしい」

茂丸の結婚観は古い家意識から一歩も出ていなかったが、それがなんの不思議もないような時代でもあった。幾茂との結婚式では、床の間に先祖の位牌を据えて三三九度の盃を交わし、列席した双方の親戚八名を前に、茂丸はこう宣言したという。

「杉山家は自分限りで絶家する。子供が生まれた場合、男児は出家させ、女児は他家に嫁に出す。自分が死ぬ時は朝鮮問題が片づいた時だ。妻は祖先、父母、自分の墓を守って、その墓の前で死ぬこと。妻の死とともに杉山家は消えてなくなる。杉山の本姓である龍造寺姓は弟の一人に継がせ、家名を復興させる」

この幾茂が後妻に入った頃から、祖父三郎平は直樹の教育を始めている。まず論語の素読。直樹は大変もの覚えがよくて、三郎平を喜ばせた。喜多流の能をやっていた三郎平はもうこの頃から直樹に謡曲の手ほどきも始めている。

喜多流の祖、北七太夫は大坂夏の陣で豊臣方に加担したため落人となり、黒田長政に保護されていた時期がある。その後、北七太夫は長政のとりなしで江戸へ帰り、喜多流を創設したが、そうした関係で、福岡城下では喜多流が根づき、幕末から明治にかけては、喜多流師範、梅津只圓《しえん》が第一人者として多くの門弟を抱えていた。三郎平はこの只圓の熱烈な崇拝者だった。

夢野久作は九歳のとき、この梅津門に正式に入門させられるが、只圓から芸道の厳しさを叩き込まれ、多くのものを学びとっている。死の二年前には『梅津只圓翁伝』を書くが、代表作の一つに挙げ得るものである。

学問、謡曲を早くから直樹に仕込んだ三郎平だが、一つ悪い癖があった。ヘビースモーカーだった彼は、直樹が漢籍をすらすらと素読したり、謡曲を間違いなく謳いあげると、ごほうびのつもりで、

「トントンよう出来《でけ》た。ちょこっとこりば吸うてんやい」

と幼児に煙管を持たせ、喫煙癖をつけてしまったのだ。おかげで久作は早くからニコチン中毒になってしまい、寿命を縮めることになる。

三郎平がまわりに孫自慢をするほど、怜悧で記憶力抜群だった直樹は「神童」と呼ばれるほどだったが、たまに博多に帰ってくる父茂丸には、頭でっかちで病弱な息子があまり気に入らなかったようだ。父と子の縁は薄かったが、それだけに、たまさかの触れ合いに、久作は強い印象を残していた。

『父杉山茂丸を語る』にこんな一節がある。

《父は六歳（数え年）になった筆者を背中に乗せて水泳を試み、那珂川の洲口を泳ぎ渡って向うの石の突堤に取着き、直ぐに引返して又モトの砂浜に上った。滅多に父の背中に負ぶさった事なぞない私はタマラなく嬉しかった。

その父の背中は真白くてヌルヌルと脂《あぶら》切っていた。その左の肩に一つと、右の背筋の横へ二つ並んで、小さな無果花《いちぢく》色の疣《いぼ》が在った。左の肩へ離れて一つ在るのが一番大きかったが、その一つ一つに一本宛《ずつ》、長い毛がチリチリと曲って生えているのが大変に珍しかったので、陸《おか》に上ってから繰返し繰返し引っぱった。

「痛いぞ痛いぞ、ウフフフ……」

と父が笑った》

こまやかな観察眼と記憶力が読みとれるが、直樹トントンはすでにして特異な感覚を身につけていた。やはりこの頃の体験だろうが、夢野久作が月刊誌『猟奇』（昭和四年八月号）に寄せた「ナンセンス」という一文のなかに、

こんな記述がある。

《初めて動物園に連れて行かれて火喰鳥や駱駝を見せられた時に、いつまでも〳〵ジッと見詰めたまま帰ろうとしなかった事がある。子供心にそうした鳥や獣がそんな奇妙な形に進化して来た不可思議な気持を、自分の気持とピッタリさせたい――というようなボンヤリした気持で一心に凝視していた》

すでにして『ドグラ・マグラ』の作家となる萌芽を見せていたといえよう。

この頃、杉山茂丸はいかなる日々を送っていたか。

明治一八年一〇月頃、生涯の盟友となる頭山満と東京で出会ってから、福岡と東京を往来する生活を始めていた。

といっても、九州にはまだまったく鉄道もない時代（明治二二年一二月、博多―久留米間開通、二四年七月、門司―熊本間開通）で、東海道線すら全通していなかったので（明治二二年七月、新橋―神戸間全通）、博多―神戸間は船便で、先はトロトロの汽車で、といった具合で、博多から東京まで三日も四日もかかる時代だった。

頭山と組んで仕事をすることにした茂丸は、今後自分が為すべき事として次の五項目を挙げ、頭山と盟約している。

第一、郷国割拠の風を打破する事
第二、天下に気脈を通ずる事
第三、郷国独立の資源を開く事
第四、地方的開発の事業を起す事
第五、実社会の事物に接触する事

こうした目的を果たす為には、まず福岡県令（知事）に剛毅な大物を据えるべきだと、最初に着手したのが、熊本出身の元老院議官、安場保和を県令に迎えることだった。

安場保和は天保六年（一八三五）、熊本藩士、安場源右衛門の嫡男として生まれ、長じて横井小楠の門に入って勤王家となり、維新戦争のときは東海道鎮撫総督、西郷隆盛の助参謀として活躍、維新後は大久保利通に引き立てられて、大蔵大丞、租税権頭《ごんのかみ》などを歴任、明治四年の岩倉遣欧使節団にも参加して、帰国後、福岡県令、愛知県令を経て、元老院議官になっていた。

安場は紫溟会の結成者でもあり、伊藤博文の懐刀になる井上毅《こわし》とともに、佐々友房の有力な後楯だった。

茂丸は『百魔』で「大活躍の序幕」として、まるでひとりで安場を福岡県令にかつぎ出したように書いているが、おそらく安場─佐々─頭山─茂丸とつながる線で、若輩の茂丸が駆け廻ったというのが事の真相だろう。

茂丸研究家の室井廣一はこう見る。

「安場を福岡県令に据えた背後には山縣有朋がいたでしょう。九州を抑えるには、要《かなめ》の福岡に安場を据えたがよかろうと。現場でその環境づくりをしたのは、福岡県学務課長、八重野範三郎ではないでしょうか」

当時、福岡県議会は、自由党系の政談社や九州改進党（民党）が多数を占めていたので、その議会対策もあったのだ。

明治一九年二月、安場保和は福岡県令に就任した（同年七月、制度改革で県知事となる）。

同年三月、茂丸は初めて、海岸に近い西職人町の玄洋社を訪ねて、箱田六輔、進藤喜平太ら幹部と会っているが、入会のすすめを断り、社長の箱田にこう言ったという。

「君たちは玄洋社という一つの結社を作って多勢を頼んで仕事をするが、私はただひとり杉山という一個の人格を以て仕事をする。表面から見ると、多数を頼む君たちは非常に強いようだが、他を頼るから弱い。私は自分ひとりだから弱いようだが、実際は諸君よりも強いぞ」

玄洋社とは一線を画す茂丸の政治活動がこうして始まったが、安場県令かつぎ出しの次の仕事は、玄洋社の機関紙ともいうべき福陵新報の創刊だった。当時、福岡には民党系の福岡日日新聞があったが、玄洋社としてはそれに対抗する言論機関が必要になったのだ。

一九年四月、市内薬院に創立事務所が設けられ、次のような陣容が決まった。

社長・頭山満。副社長・鹿野《かの》淳二。創業主幹・香月恕経《ひろつね》。

幹事・杉山茂丸、結城虎五郎、月成勲、伊知地卯吉、新井真道、今村為雄、郡利《こおりとし》。

副社長の鹿野淳二は、久留米勤王党の応変隊の生き残りで、明治四年の反政府事件（大楽《だいらく》事件）では禁獄七年の刑を受けている。西南戦争の際に釈放された鹿野たち久留米勤王派の士族は、久留米開墾社を組織して福島県安積郡の原野に入植したが、多くは困窮して四散。久留米へ戻った鹿野たちは筑後壮年義会を結成して機関誌を発行するが、その出版経験と勤王思想を高く買われての副社長就任だった。その輩下の青年数名も記者として福陵新報に入社した。いわば福岡勤王派と久留米勤王派の連合である。

主幹の香月恕経は、茂丸が夜須郡で最初に出会った頃は、民権政社、集志社の社長だったが、いつしか宗旨替えして玄洋社に与していた。

幹事の月成、伊知地、今村は高場塾出身。郡利は県会議員で、向陽義塾幹事長、筑前共愛公衆会の初代会長をつとめ、福岡日日新聞の二代目社長でもあったが、福陵新報の創刊にも一役買っている。郡利は、維新後、福岡士族集団の副長をつとめたこともある福岡士族の顔役で、のちに衆議院議員にもなっている。

結城虎五郎は茂丸の生涯の盟友だった。安政六年（一八五九）の生まれだから、茂丸より五歳年長だが、茂丸が『百魔』で「天性寡言黙考の人」と書いたように、頭山満型の人間で、そのせいか「頭山の陰に結城あり」と言われたほど、大正六年、六三歳で病死するまで常に頭山と歩みをともにしている。

なお、頭山、結城、茂丸の三人は断指の誓いをしていたとも伝えられる。これは左手の薬指を切るものだが、この指を切ると刀が使いにくくなる。三人とも武術に秀でていたが、みずからに殺傷を禁じたわけである。

結城は福陵新報では会計方をつとめ、創立資金（二万円）集めでは、茂丸とともに奮闘している。しかし、かなり難航したようで、発刊されたのは二〇年八月のことだった。

この福陵新報創刊に関しては、初代福岡市長（市制施行は明治二二年四月一日）の山中立木《たつき》がこんなことを書いている。

《是レ其実玄洋社中ノ壮士ヲ養フ所ノ手段ニシテ、主義ノ厳正中立ニ在リト公言スレドモ、其実安場知事ヲ擁シテ為ス所アラント知事ノ赴任前ヨリ計画セラレタルモノニシテ、頭山専ラ其任ニ当ルコトニ決シ、福陵新報ノ発刊ハ実ニ其第一着手ナリシナリ。……》（『西日本新聞百年史』）

福陵新報はそうした経緯で発行されたが、のち九州日報と社名が変わり、戦時中の昭和一七年、新聞は一県一社という国策に従って、ライバル紙だった福岡日日新聞と合併して西日本新聞になる。杉山家と福陵新報＝九州日報との縁は深く、茂丸は創刊に奔走したし、明治四三年一月には、九州日報の社主になっている。また息子の夢野久作も、大正九年春から一三年三月まで九州日報に記者として勤め、旺盛な執筆活動の基礎づくりをしている。

創刊の態勢が整うと、主筆には東京から慶應義塾出身で時事新報で筆を振っていた川村淳が迎えられ、結城虎五郎と茂丸は事務局員として経営を支えることになった。

この頃から、玄洋社社長、箱田六輔の苦悩が始まっていた。

自由民権運動期、「九州に箱田あり」といわれた箱田六輔だが、国権派的志向を強めた頭山満たちとは次第に意見の齟齬を来すようになっていた。特に一五年三月、熊本の相愛社を中心に九州の民権政社の連合組織、九州改進党が結成され、佐々友房らの紫溟会との対立が深まるにつれ、箱田と頭山の溝も深まる。箱田はあくまで相愛社などとの連携を重視したが、頭山は安場知事招致運動もあって一段と紫溟会とのつながりを強めていた。おまけに、民権派の福岡日日新聞に対抗する福陵新報の創刊も加わる。

そんな情勢のなかで、明治二一年一月一九日、箱田六輔が自宅で急死した。

『玄洋社社史』には、「明治二十一年一月十九日、彼は病を以て突として逝けるなりき、嗚呼民軍の雄将は遂に日比谷原頭の櫓舞台上（注＝国会議事堂）に立つことなく満腔の悲憤を抱いて逝けり」とあり、死後建てられた箱田の顕彰碑（注＝題額山岡鉄舟、撰文香月恕経。現在、平尾霊園にあり）にも、「明治二十一年一月十九日、劇症心臓病にかかり、忽焉として没す。享年三十九」とあるが、頭山満と激論した直後の突然死であり、どうやら自決が事の真相のようだ。

杉山龍丸の『杉山茂丸の生涯』にこんな記述がある。

《遂に箱田は頭山に玄洋社の後事を托して、明治二一年一月一九日、福岡市の自宅で頭山と二時間余に及ぶ論議の末自決した。

頭山は箱田邸を辞して一町も行かないときに、箱田の侍僕の急報で雨中傘も下駄もふり捨てて箱田邸に走り帰ったが、時に箱田は見事に深々と切腹しており、ただ後事を断末魔の中から頭山に托して昇天した。

内外の諸情勢より、箱田の自決は急病死にとり扱われて、すべての歴史は病死となっている。しかし、頭山の口伝記術には、頭山自らこのことを認めているといわれるが、その文書も色々の事情で公開されていない。……》

義を重んじる武士の憤死ともいえようが、おそらく杉山茂丸は箱田急死の真相を誰よりも早く知り得ただろうし、茂丸―久作―龍丸と語り継がれて来たものだろう。

箱田の死後も頭山は表に立たず、進藤喜平太が玄洋社第三代社長に選ばれるが、玄洋社は箱田の死とともに明確に国権論に転じていく。『玄洋社社史』にもこうある。

《彼（箱田）の死は、遂に玄洋社の活動上に一変化を来たらしめたり。彼の死後、玄洋社は民権論より移りて国権論者となり、議会開会に際しては更にその旗幟を鮮明にして吏党と提携するに至り、第二回総選挙に当りては選挙干渉の先鋒となり、福岡県下に流血の惨事を呈せしむるに至れり》

杉山直樹が生まれて間もない明治二二年二月一一日には、伊藤博文が井上毅、金子堅太郎、伊東巳代治をブレーンとして草案づくりをした大日本帝国憲法が発布された。一三、四年頃、筑前共愛公衆会はじめ各地の民権政社が新しい国づくりの希望をこめて作った多くの私擬憲法草案は一顧だにされないままだった。一四年、土佐立志社の憲法草案起草委員として、国民抵抗権、革命権まで謳い込んだ草案を作った植木枝盛は、二月一一日の日記にただ一行、「午後、新生楼にて憲法発布祝宴」と記したのみである。

杉山茂丸もこの帝国憲法による国会開設に批判的だった。ただし、植木枝盛とは全く逆の立場から。

茂丸は『福陵新報』の二四年三月一八日号に「春感」と題する長文の政論を寄せているが、その中にこうある。

《此間大詔一発して二十三年国会の開期定まれり、此に於てか志士の大多数は各々政党の必要を感じ、争ふて主義を世に表白し、濱村嶰里殆ど政党の旗幟を見ざるなきに至れり。……当時志士の目的たる東洋千古の政体を一変して代議の政体を創立せんとすれば、其の功難中難にして須《すべか》らく至大至功卓落厳正堅忍不抜の気象なかる可からず……》

政党が並び立つ代議制度に不信を呈し、代議制度がうまく行くのは難中の難と見ている。茂丸の政党不信は一貫して変わらない。

この憲法発布の年、条約改正問題が最大の政治課題となるが、特に問題になったのは、本条約実施中（一二年間）に、大審院（注＝今日の最高裁判所）に四名の欧米人判事を任命するという〝外人法官〟問題だった。これに猛反対の頭山満は佐々友房とともに内務大臣松方正義を訪ねて、この条約改正案は国体を毀損するものであり、中止するほかない。万一この条約案が成立するようなことがあれば、閣下は子々孫々に対して責任を負わねばならぬと、松方が顔色を失うほど激しく迫っている。

福岡では、玄洋社を中核とする筑前協会が香月恕経起草の「条約改正に関する意見書」を元老院に提出して、反対の火の手をあげていた。

こうした情勢のなかで、明治二二年一〇月一八日、玄洋社員、来島恒喜（一八五九年生、茂丸より五歳年長）が、外務省の正門前で、閣議を終えて外務省へ帰ってきた外務大臣、大隈重信に爆弾を投げて大隈の片脚をふっ飛ばし、自分もその場で首を掻き切って自決するという事件が起きた。

福岡で盛大に営まれた来島恒喜の葬儀で、頭山が述べた「天下の諤々《がくがく》は君が一撃に若《し》かず」は、玄洋社社員に永く語り継がれることになったが、まさに来島の一撃は、大隈の片脚のみならず、条約改正案そのものをふっ飛ばしてしまった。この事件で玄洋社は有名になったが、不気味な暴力装置を備えた団体というイメージも定着することになる。

この事件に関連して多くの玄洋社社員が逮捕され、茂丸も来島との手紙を証拠に謀殺未遂容疑で逮捕されたが、八五日間の留置で釈放されている。茂丸は『百魔』でもこの事件に触れ、来島に首の掻き切り方を教えたのは自分だなどと書いているが、武術の心得もあった茂丸だから、実際教えたのかもしれない。

夢野久作が生まれた年は、明治史の一つの重要な結節点となった、そういう時代であった。

電報為替一円

夢野久作の代表作の一つに『犬神博士』がある。「世にも変テコな男女」の大道芸人に拾われ、少女の姿に仕立てられ、卑猥な踊りをさせられる孤児の少年チイを主人公にした小説で、底辺の人間たちがかもし出す猥雑な土俗性、したたかな生命力、博多にわか的諧謔味に溢れた痛快な物語だが、後半に筑豊炭田の坑区（採掘権）争奪戦が出てくる。

頭山満と奈良原到の名前を合成した玄洋社の大将、楢山到や、吉田磯吉らしい大親分、磯山政吉が登場して、禿茶瓶の小男で癇癪持ちの県知事輩下の官憲側と血の雨降らす争奪戦をくりひろげるが、事実は異なる。

玄洋社が資金源として筑豊炭坑に目をつけ、安場知事の力を背景に、中央から進出してきた三井、三菱などの財閥と坑区の争奪戦を演じたのが歴史的な事実であり、茂丸は結城虎五郎とともに、この玄洋社の坑区取得に大きな役割を果たしている。

この父茂丸が大きな役割を果たした玄洋社の坑区取得を正当化するため、久作は玄洋社対官憲という構図を作ってみせたのか、あるいはこの小説が新聞連載（昭和六年九月〜七年一月、福岡日日新聞連載）だったため、善玉、悪玉をしつらえて大向うの喝采を狙ったのか、そのへんの作意はよくわからないが、茂丸にとって筑豊の坑区争奪戦は、頭山と組んだ最初の大仕事といってもいいものだった。

茂丸によれば、頭山に坑区取得の入れ知恵をしたのは自分であり、箱田六輔の自決から間もないころ、頭山にこう説いたという。

「玄洋社を国家の役に立てるには、国家と共に永く維持していかねばなりますまい。そうなると、人造的な金では到底持ちこたえられませんから、天然資源に資金を求めるほかありません」

その天然資源としては、

「わが福岡全県の鉱脈はすべてこれ天然の宝庫であります」

と筑豊の坑区取得を提言したという。

「俺に鉱山師《やまし》に成れというのか」と頭山は不快な顔をしたというし、玄洋社の血の気の多い壮士たちからも「頭山の節を曲げさせるものだ。杉山を叩きのめせ」と怒りの声が上がったそうだが、法螺丸はひるまず、遂に頭山たちを説得している。

提案者という責任もあって、茂丸は資金づくりに奔走しているが、『百魔』の結城虎五郎の項にこんな記述がある。

《ある時庵主は結城と共にその計画している炭坑借区買収の金融に困難を生じたので、かつて貸借の関係ある肥前佐賀の金満家某に金借に出掛けた》

断られたが、全知能をしぼりあげて遂に相手を説得し五〇〇〇円を借り出した顚末を記している。

玄洋社で最初に炭坑に手を出したのは箱田六輔で、玄洋社発足そうその一三年、穂波郡（飯塚周辺）で石炭採掘を始めている。しかし、これは箱田個人の事業で、玄洋社の事業ではなかった。次いで、初代社長の平岡浩太郎が一八年、田川郡の赤池炭坑を入手して成功し、平岡は財を成すが、これも個人の事業だった。

資金力もあった箱田の死は、玄洋社に経済的な苦境をもたらし、頭山はなんとか打開策を講じなければならない状況に追い込まれていた。

この坑区争奪戦で茂丸とともに奮闘した結城虎五郎がこんな回想録を残している。

《箱田氏の死後、頭山翁が玄洋社を双肩に担った時代は、社の経営上ドン底まで困った時であった。当時、反対派である今の政友会が全盛を極めたるに反し、玄洋社には何等の資産なきのみか、一万円ばかりの借金があった。当時家賃が五十銭、頭山翁の生活費も八円か十円位で済んだ頃の事であるから、一万円の借金は容易の事ではなかった。……苦心の結果、まず第一に手に入れたのが山野坑区で……》

官憲と結んだといっても、坑区採掘権は知事の一存で左右できるものではなく、坑区住民の承諾書も必要だった。地底を掘るのだから、どんな危険が起こるかわからない、事実、炭坑開発が進むとともに地盤陥没などの鉱害問題が頻発することになる。

玄洋社の緒戦は、三井財閥を相手取った嘉麻《かま》郡山野《やまの》坑区の争奪戦だった。

《三井側では多くの社員にうんと運動費をかつがせて山野付近の農村へ乗込ませた。これと同時に頭山の手から放たれた玄洋社員は、髯蓬々たる書生面に笠を被り素足草鞋《わらじ》の腰弁当で押出した。こうして農民を訪問して承諾書に印を捺させ、これをまとめて県庁に差出し、更に農商務省へ提出許可を得るのですから、農村に於ける承諾書奪取の成績は最も肝要なる根本問題であったのである。

……玄洋社が私欲の為に払下げをするのではない旨を宣明したので、農民もその心事を理解し、多くは三井の運動を刎《はね》つけて、玄洋社の書生連の為に、首から二番目に大事な実印をぺたりぺたり捺してくれた》（平井晩村『頭山満と玄洋社物語』）
形勢不利の三井側が腕っ節の強い連中を動員したので、暴力沙汰も起きたようだが、玄洋社側は、当時筑豊随一の資産家だった矢野喜平次から運動資金二万円余の協力を受けて三井側に勝ち、山野坑区五三万坪の採掘権を、

筑豊・田川伊田駅から三井田川鉱業所の竪坑櫓と二本煙突がみえる

頭山、矢野ら四人の名義で取得している。続いて碓井坑区一〇万坪、下山田坑区六万坪、牛隈坑区三四万坪と手をひろげ、嘉麻郡中南部の主な坑区を制してしまう。
さらに田川郡へ進出を計るが、ここでは、赤池坑区を取得していた同じ玄洋社の平岡浩太郎と競合することになった。平岡は頭山との争いを避けたが、代って、長州の井上馨に庇護される藤田組が強力な競願者として現れ、大任《おおとう》坑区をめぐって、それぞれ俠客などを動員する暴力沙汰になっている。玄洋社側の陣頭指揮をとった結城虎五郎が、後年、「事によれば三人も四人も殺そうかとまで決心した」と語っているほどだ。
この騒動は、彦山《ひこさん》川を挟んで、藤田組が四坑区一八二万坪、玄洋社が二坑区九九万坪と分け合う形で決着したが、玄洋社・矢野勢は短期間で、嘉麻郡と田川郡で合計二五五万坪の優良坑区を手中に納めている。
玄洋社は膨大な坑区を取得したが、借区権を握っただけ

で、炭鉱経営はしなかった。急いで売却しようともしなかった。将来の有事に備え、資産として確保したのである。売却するのは、明治二七年、朝鮮半島が風雲急を告げるようになってからである。

朝鮮半島に送り込んだ内田良平、武田範之らの天佑俠の支援などで、巨額の政治資金が必要になった頭山は、大任坑区、下山田坑区、牛隈坑区を次々と売却し、最後に残った山野坑区も、日清戦後、争奪戦を演じた三井に売却している。その収益は総額三、四〇万円にのぼっている。その一部で、頭山は北海道の夕張坑区を買収するが、これがまた巨額の収益をもたらすことになる。

私欲はなく、世間的な経済観念にも欠けていた頭山だが、この坑区取得で安場県知事や権力中枢との密着を深め、明治二五年の選挙大干渉では民党弾圧の先頭に立たざるを得なくなる。

筑豊炭鉱史研究家、永末十四雄の『筑豊讃歌』にこんな記述がある。

《三井の山野と周辺坑区の買収価格は、頭山と地元の借区人では、坪当り単価にはなはだしい差がある。頭山に対してはすべて巨額の経済的加算がなされたのが歴然とし、政治家と政商資本の連繫による懐柔の意味をもったように見える》

そうした玄洋社の坑区争奪戦にかかわっていた頃、杉山茂丸は、彼の目をアジアに向けて開かせてくれた重要な人物と出会っている。上海の東亜同文書院の開祖、荒尾精《せい》である。茂丸より五歳年長だった。

荒尾は台湾でペストにかかり、三八歳の若さで客死するが、頭山満がこう評したほどの人物だった。

《天は五百年毎に一大英傑を下すと聞いたが、荒尾は確かにその人物なりと信じた。当今東方問題や亜細亜問題の意見を、自分独特の意見のような顔付で、政治家実業家等が如何にも得意気に喋々と話しているが、此れは荒尾が五十年も前に盛んに談論していた事ばかりである。いまの政治家を束にしても荒尾に敵することは出来ぬ》(巨人荒尾精)

荒尾精は、安政六年(一八五九)、尾張徳川藩士、荒尾義済の長男として生まれ、廃藩置県後、荒尾家は上京して麹町で荒物雑貨商を営んだが倒産、貧苦をなめている。その点、杉山家と軌を一にしている。

精は利発な少年だったため、麹町警察署の菅井誠美警部（薩摩出身、のち栃木県知事）から書生に拾われ、外国語学校で学んだあと、陸軍教導団（下士官養成）、さらに陸軍士官学校を出て、明治一五年、歩兵少尉に任官、翌年、熊本の第一三連隊に配属されて、連隊の中国語教師、御幡雅文に中国語を学ぶとともに、早くからアジア同盟論を打ち出し、経営する済々黌に当時珍しい支那語科を設けていた佐々友房と親しくなっている。

明治一八年には、中国語の力や中国知識を買われて参謀本部の支那課に転属。当時の参謀次長は薩摩出身の川上操六で、優秀な青年将校を世界各地に派遣して、国情の調査研究、情報収集に当らせていたが、荒尾も川上に選ばれて、翌一九年春（中尉、二七歳）、参謀本部の命で中国に渡る。それからは、並の軍人では思いもつかない活動を始める。

彼はまず上海で目薬（精綺水）などの医薬品や書籍雑貨を販売していた楽善堂店主、岸田吟香（画家岸田劉生の父）と親しくなり、岸田の後援で、長江を遡った漢口に楽善堂支店を開き、商売をしながら中国の国情、世相人情を調べるかたわら、中国問題と取り組む日本人同志を糾合したので、中国各地や日本から宗方小太郎、井深彦三郎、高橋謙、浦敬一など、中国に深い関心を持つ有為の若者たちが荒尾のもとに馳せ参じている。これが日清貿易研究所で東亜同文書院の母体となる。

明治二二年四月、荒尾は帰国し、参謀本部に「復命書」を提出するが、中国の実情はアジアの安危にかかわることであり、日本は中国内部の有為の士と結び、「非常の計画を為し、正々堂々の義兵」により、腐敗した清朝を倒し、新生中国と「友義を厚うし、同心一致、以て東洋の勢を興すべし」と論じていた。

帰国するときすでに日清貿易研究所の構想を持っていた荒尾は、軍職を大尉で退き、全国を遊説して、日清貿易の急務、その足場となる研究所の設置、研究生の応募を呼びかけてまわるが、福岡にも二二年の一二月四日にやって来て、六日、一三日と、市内の有志を集めて日清貿易を語る懇談会を開いている。

頭山や茂丸は、たぶんこのとき初めて荒尾と出会い、共鳴し合ったものと思われる。

一二月二一日には橋口町の勝立寺で講演会を開いたが、旧藩校の県立中学修猷館の生徒六百余人、博多商業学校の生徒六十余人に、山中立木市長、商工会議所会頭、実業家など多数が参集したと記録されている。

荒尾の呼びかけに応じて、福岡市が市費貸与生を募ったところ一二名が応募、その中から平石安太郎（二二歳）と永田熊磨（一七歳）の二人が給費生として選ばれている。

荒尾は、陸軍士官学校以来の盟友、根津一《はじめ》（東亜同文書院初代校長）と組んで、二三年九月、上海に日清貿易研究所を開設したが、福岡県からは、第一回総選挙（明治二三年七月一日）で当選した香月恕経の息子、梅外ら二五名が入所している。その数は全国第一位で、福岡県人の強い中国志向を表わしていた。この日清貿易研究所の開設に当っては、頭山満と平岡浩太郎が資金援助をしているし、茂丸も応分の働きをしたものを思われる。

この荒尾精との出会いで刺激されたのか、この頃から茂丸の毎年のような香港渡航が始まる。アジアの経済事情の調査とともに、石炭輸出の目的もあったようだ。この石炭輸出は、玄洋社と日清貿易研究所を支援するためで、彼個人の営利事業ではなかったといわれる。

だんだん国事病が重症になってきた感じで、家庭は顧みず、己れの損得勘定も無視した仕事に血道をあげるようになっていたが、この頃から刀剣愛好癖も重症になっていて、無理な金つくりをするので、頭山から「バカな所業は大抵にしとけ」と忠告されたこともあったという。

前述の父三郎平から総鉄張りの煙管で頭を叩かれたのも、どうやらこの頃の事のようだ。

この家長の〝政治道楽〟で、杉山家は貧窮の生活に追い込まれ、やがて住吉の立派な家から那珂川の河口に近い鰯町の茅屋に移り住むことになった。昔は船荷の河岸《かし》だった所で、博多の裏町になっていた。

夢野久作の『父杉山茂丸を語る』にこんな記述がある。

《それから私が五六歳の頃になると、父が久しく帰らず、家が貧窮の極に達していたらしい。住吉の堂々たる住宅から、博多鰯町、旧株式取引所裏のアバラ屋に移って、母は軍隊の襯衣《シャツ》縫いや、足袋の底刺しで夜の眼も合わさず、お祖母さまと当時十七八であった父の妹のかほる叔母の二人は押絵作りにいそしみ、彩紙やチリメンの切屑を机一パイに散らかしていた。押絵の三人一組が二円。軍隊の襯衣縫いと足袋の底刺しが一日十何銭、米が一升十銭といったような言葉がまだ六歳の私の耳に一種の凄愴味を帯びて沁み込むようになった。一間四方位の大きな穴の明いた屋根の上の満月を、夜着の袖から顔を出してマジマジと見ていた記憶なぞがハッキリと残っている》

夜着の袖から顔を出して満月を見たというのだから、相当なアバラ屋だったわけだ。

ジャンコばあさんのトモと、叔母のカホルは手先が器用で押絵を作ったが、継母の幾茂は不器用で、押絵がうまく作れず、軍隊のシャツ縫い、足袋の底刺し、柔道衣や火消しの刺子半纏などの手内職をして家計を支えている。

この祖母と叔母カホルの押絵作りをつぶさに眺め暮らしたことが、後年、久作が『押絵の奇蹟』を生むことになる。

茂丸には弟が二人いた。次弟五百枝《いおえ》（慶応二年生）は六歳のとき筑後川河畔の材木問屋西原家の養嗣子に迎えられ、商才も発揮したが、兄茂丸が「百魔伝中に最も特筆すべき魔人」と書いたほどの奔放不羈の人物で、一七歳のとき養家から追われると、龍造寺隆信と改名して波瀾万丈の一生を送ることになる。末弟の駒生《こまお》（明治三年生）は二六年、親類の林家の養子になり、押絵作りに精を出した妹カホルもやがて安田勝実《かつざね》に嫁ぐが、鰯町の家に移ってから次男の峻《たかし》が生まれ、新しい家族も増えていた。

そんな家庭をよそに茂丸は東奔西走だったが、たまには送金したようで、久作が《父が東京から電報為替で金一円也を送って来たのもその頃であった》と書いている。

ちなみに、明治二五年で白米一〇キロが六七銭だったので、一円で一五キロほど買えた。一円あれば家族五、六人が十日ぐらい食いつなげたわけである。

いよいよ困窮した杉山家は、二八年には一家離散に近い状態になる。三郎平夫妻は直樹を連れて、夜須村の敬止塾時代の弟子の世話で、夜須村に近い二日市《ふつかいち》に移ってまた漢学塾を開くことになり、幾茂は峻と乳呑み子の長女瑞枝を連れて、福岡城に近い柳原の親戚宅に身を寄せることになった。

久作はこの二日市時代の想い出を『父杉山茂丸を語る』にこう書いている。

《二日市の橋元屋という旅館の裏に住んでいる時、突然に父が帰って来て、小さな錻力《ブリキ》のポンプを呉れた時の嬉しかった事は今でも忘れていない。そのポンプはかなり上等のものだったらしく、長いゴムのホースの尖端の筒先から迸る水が、数間先の土塀を越えて、通行人を驚かした。父は手ずから金盥《かなだらい》に水を入れて二階の板縁に持出し、私と二人でポンプを突いて遊んでくれたが、その中に退屈したと見えて、私の顔に筒先を向けては大声で笑い興じた。父と二人でアンナに楽しく遊んだ事は前後に一度もない》

そうした父との触れ合いが忘れがたい想い出となるほど、父子の接触は少なかった。

それに茂丸は、三郎平の仕込みで四書の素読に熟達し、振仮名のない新聞すらスラスラ読みあげる頭でっかちの病弱な息子が気に入らず、三郎平にこう苦情を言ったこともある。

「十《とお》で神童、二十《はたち》で才子、三十でタダの人とよく申します。直樹は病身であれだけ出来るのですから、なるべく学問から遠ざけて、身体を荒っぽく仕上げてください」

しかし、頑固な三郎平は、茂丸の苦情を聞き入れず、ますます直樹の教育に熱を入れ、さらに、直樹が九歳になると、自分が師事する福岡の能楽師、梅津只圓《しえん》の門に正式に入門させる。

《筆者の祖父は馬鹿正直者で、見栄坊で、負けん気で、誰にも頭を下げなかったが、しかし只圓翁にだけはそれこそ生命がけで心服していた》

夢野久作が『梅津只圓翁伝』でそう書いた能楽師である。

久作はこの梅津只圓から実に多くのものを学びとり、芸道、芸術の厳しさを知っている。学問の基礎を幼少にして叩き込み、そうした大事な人間との出会いをつくってやったのは祖父三郎平で、この祖父なくしては、作家、夢野久作は生まれ得なかったかもしれない。

選挙大干渉

杉山家がまだ住吉の立派な家に住んでいた頃にあともどる。

明治二二年の暮れ、福岡で荒尾精と出会ってから、茂丸は朝鮮、中国を中心とするアジア問題への関心を一段と深め、香港や上海によく出かけるようになるが、二四年の暮れ、中国から帰国したところで、二五年二月の第二回総選挙に於ける松方内閣の選挙大干渉に巻き込まれることになった。

《次に起つた問題は、明治二十五年の選挙干渉の一件である。庵主は当時海外貿易に従事して香港に従来し、一方友人荒尾精と云ふ人と咄《はな》し合うて、朝鮮支那の事を都合善くしやうと手を分けて着手したのであつた。当時はたいてい東京住居《ずまい》であつたが、二十四年の冬頃から脳病に罹《かか》り、久々振で帰郷し、筑後の船小屋《ふなごや》の温泉に転地療養をして、寝たり起きたりして居たら、翌年の二月頃のある日に、三四十人青年がぞろぞろと遣《や》つて来た。》（『百魔』）

当時、福岡県の選挙区は八区に分けられ、第二区のみ定員二名、あとは一名ずつの小選挙区。全国では二五七選挙区で、衆議院の定数は三〇〇名だった。

まだ、制限選挙の時代で、有権者は直接税一五円以上を納税する二五歳以上の男子に限られていたので、福岡県の場合､当時の人口一二一万人に対し､有権者はわずか一万七〇〇〇人弱。約七〇人に一人しか選挙権はなかった。福岡市の第一区（定員一名）でも有権者は約二〇〇〇名に過ぎず、資産も定職もない茂丸など、おそらく選挙権はなかっただろう。

二三年七月一日の第一回総選挙では、福岡県では、吏党側に立った玄洋社の頭山満が坑区権を抵当に入れて資産を作り、選挙戦を指揮したこともあって、九議席中、吏党系が七議席を占めたが、全国的には、民党系の大同派（後藤象二郎系）五五名、改進党（大隈重信派）四六名、愛国公党（板垣退助派）三五名、自由党（大井憲太郎派）一七名、九州改進党二一名の総計一七四名で、吏党系の一二六名を圧倒した。

なお、福岡県第二区（粕屋、宗像、那珂、夜須郡など。定員二名）では、香月恕経がかつての同志、多田作兵衛を破って当選している。民党系の当選者は、筑後の第五区（三潴《みずま》郡、上妻《こうづま》郡、下妻《しもづま》郡）の十時《ととき》一郎、第六区（山門《やまと》郡、三池郡）の岡田孤鹿《ころく》の二人だけだった。ともに柳河有明会の幹部である。

この第一回総選挙後の組閣で、内務大臣だった山縣有明が首相の座に就き、初の施政方針演説で軍備増強を打ち出した。

「思うに国家独立自営の道は、一に主権線を守禦し、二に利益線を防護するにあります。何をか主権線という、国境これであります。何をか利益線という、わが主権線の安全と固く関係し合う区域これであります。今日列国の間に立って、国家の独立を維持しようと欲するならば、ただ主権線を守るをもって足れりとせず、かならずや利益線を防護しなくてはなりませぬ。それ故に陸海軍に巨大の金額を裂（ママ）かなくてはなりませぬ……」

この山縣首相の施政方針演説に、頭山や茂丸は快哉を叫んだだろうが、民党系が多数派を占める国会の抵抗は強かった。民党系は松方財政による農村疲弊を救うことが先決問題として、「民力休養」をスローガンに掲げ、政府提案の予算案に、軍艦建造費などを削る一割近い大削減を加えた。このため、自由党系ながら入閣した逓信大臣の後藤象二郎、農商務大臣の陸奥宗光を使って土佐派二八名の切り崩し（土佐派の裏切り）をやり、辛うじて修正案を成立させている。

代議士になったばかりの土佐の中江兆民が「衆議院かれは腰を抜かして、尻餅をつきたり。……無血虫の陳列場、已《や》みなん、已みなん」と毒づいて、さっさと辞職したのはこの時のことである。予算の修正案を成立させた第一議会が終ると、山縣はあっさり内閣を投げ出し、二四年五月、松方内閣が成立したが、内務大臣には剛腕の品川弥二郎が据えられた。

第二議会は同年一一月二六日に開会されたが、政府提案の軍事予算はまたもことごとく否決された上、薩長の藩閥政治、海軍の腐敗を批判されたため、薩摩出身の海軍大臣、樺山資紀《すけのり》が憤然と起って、「今日、国の安寧を保っているのは誰の功か」とやったため、議場は大混乱に陥り、松方首相は最初の解散権を行使することになった。

こうして、「憲政史上の一大汚点」といわれる二五年二月の選挙大干渉を迎える。

その陣頭に立ったのは、内務大臣品川弥二郎、同次官白根専一で、福岡県では安場知事＝頭山満コンビが采配をとった。

『玄洋社社史』にもこうある。

《当時福岡に県令たりしは安場保和なり。安場つとに頭山と親交あり。頭山の対外発展国威宣揚論と松方の軍備拡張論とはここに一致を見、松方は安場を介して頭山に会し、選挙干渉について深く依嘱する所あり。頭山乃《すなわ》ちこれを諾し、遂に自由党を敵とし、其政策に力をかすに至れり》

民党系の強敵は、第一回総選挙で当選した第五区の十時一郎と、第六区の岡田孤鹿だった。

十時一郎は、柳河立花藩の家老の分家筋で、維新前には中老職にあった名門であり、維新後は第九六国立銀行の取締役をしていたが、明治一一年一〇月の第一回福岡県議会議員選挙に立候補して当選、初代副議長に選ばれた人望厚い人物だった。民権運動が高まると、岡田孤鹿らと有明会を組織、民権運動の指導者になっていた。

岡田孤鹿（本名・作蔵）も旧柳河藩士で、身分は低かったが、次第に頭角を現し、京都留守居役も勤め、維新後は、盛岡県大参事、愛知県大属などを経て、一三年三月の補欠選挙で福岡県議会議員になり、一六年には副議長になっていた。福岡日日新聞の社長もつとめている。

なお岡田は、愛知県庁時代、県令だった安場保和と地租改正問題で激しく対立して、安場から罷免されている。いわば仇敵であり、福岡県令に赴任してきた安場にとって、県議会の実力者岡田孤鹿は最も目ざわりな存在だったが、第一回総選挙では、岡田は第六区の有権者一二八二名中九九三票をとって、対立候補を圧倒していた。

このため、吏党側は、地元では岡田に対抗できる候補者はいないと見て、第一回総選挙で第三区（遠賀、鞍手郡など）から当選した権藤貫一をあえて第六区に立てるという非常手段をとり、頭山は約二〇〇名の玄洋社員や仁俠の徒を率いて筑後に乗り込み、九州鉄道の駅がある瀬高に本営を構えた。

そのときの玄洋社勢のいでたちを『玄洋社社史』はこう記している。

《政情に通ぜざる福岡旧藩士等は、玄洋社員が白鉢巻に襷十字に綾せなる物々しき風貌を見て、明治十年当時、越智、武部等の挙兵当時を回想し、「今度は官軍でござすな、賊軍でござすな」との奇問を発したりという》

玄洋社社長の進藤喜平太も手勢を率いて、いまや香月恕経の政敵となった民党系の多田作兵衛を叩き落として香月を再選させるため、第二区の甘木方面へ乗り込んでいた。

第六区では、岡田陣営も瀬高の旅館に本営を構えて玄洋社勢と対峙したが、玄洋社側には熊本から紫溟会員二十数名も応援に駆けつけた。

有権者は限られている。農家では二町歩以上の農地がなければ選挙権は得られなかった。しかも投票は署名制であった。各戸撃破が容易であり、それだけに暴力が荒れ狂う血みどろの選挙戦となった。

のちの政友会幹事長、野田卯太郎はこのとき、盟友の県会議員永江純一（のち衆議院議員）とともに岡田陣営の幹部だったが、『野田大塊傳』にはこの時の選挙戦が詳述されている。

《村ごと家ごとの追求、捜索の隙を縫いながら、野田、永江は同志を指揮し、激励しつつ、干渉と圧迫とに対して戦った。南に在るかと思えば北に、北に在るかと思えば南に。彼等は竹槍棍棒乃至白刃の間を潜って、神出鬼没、容易に捉うることが出来なかった。夜もろくろく眠ることはない。自分等の居処さえうかとは明かされぬ日

が続いて、選挙期日も漸う漸《よ》う切迫した頃に……》

一夜、永江純一が吏党派の暴漢数名に宿舎を襲われて脚などを斬られ、命はとりとめたものの、生涯の不具者となっている。

この選挙大干渉は、特に高知県、福岡県、佐賀県でひどく、全国で死者二五名、負傷者三九〇名を数えている。福岡県では猛烈な干渉で八名は吏党側が制したものの、玄洋社が総力を挙げてかかった第六区では、岡田孤鹿の堅陣はゆるがなかった。それに全国的にも民党系が多数の一六三議席を占め、色分けは解散前とほとんど変わらなかった。

この大干渉の失敗で、品川内相は罷免され、松方内閣も七月には総辞職した。福岡県でも、安場知事の責任が追及されて、七月二二日には辞職している。

この血みどろの選挙戦に、杉山茂丸も一役買っていた。

『野田大塊傳』では、第六区で玄洋社の陳頭指揮をとったのは頭山満、杉山茂丸と明記されているし、『玄洋社社史』でも、

《玄洋社は愈々《いよいよ》政府と提携して民党暴圧を企つるや、社員に令を下して其部署につかしむ、即ち頭山、杉山茂丸等は民党の首将岡田孤鹿の根拠地たる筑後柳河に向い、進藤喜平太は多田作兵衛の根拠地たる朝倉嘉穂方面民党切崩しの為め、秋月に入れり》

と記述されているし、藤本尚則『巨人頭山満翁』のなかでも、

《大干渉の選挙に玄洋社一派が大牟田の博多屋に陣取っていた時、二階の広間に頭山御大が坐って、其左右に杉山茂丸、大野仁平、権藤貫一の諸氏、それに宮相撲取りの武田乙丸等が控え、傍らには白鞘の刀が十本ばかり横たわっている》と書かれている。

まるで博徒の喧嘩《でいり》だが、大野仁平は勇敢仁平の異名をとった博多随一の大親分だ。そのほか、喧嘩勘兵衛の異

名をとる小森勘兵衛や、蓮池の惣兵衛こと古賀惣兵衛なども子分を率き連れて馳せ参じていた。

民党系の福岡日日新聞が大正四年一～三月に連載した「選挙大干渉の回顧」でも、《二月七日、杉山茂丸、的野半介を大将として壮士約二百名が瀬高町まで進出、翌八日、本営を大牟田へ転進……二月九日の夜、吏軍の指揮官は杉山に的野、民軍は永江に野田、双方共に二～三百ということで互格……十日、十一日、十二日の三日間は、大牟田町は修羅の巷と化す》という記述があり、茂丸が陣頭指揮をとったことを裏付けているが、この事件に関する茂丸の記述（『百魔』）はかなり歯切れが悪い。

普通なら、武勇伝を声高に書きたてるところだが、やむなくひきずり込まれたというニュアンスだ。

船小屋温泉の宿に訪ねて来た若者たちに、茂丸は「俺は政党などのやる議員競争は大の嫌いじゃ」と言いながらも、戸別訪問の指示などして寝ていたところ、夜一〇時過ぎ、巡査二人と百姓が四、五人宿に駆け込んで来て、いま、うちの村で玄洋社の若者たちと民党の壮士が衝突して怪我人が出たり、藁小積に火を放ったりしているというので、ほうっておけず、二人曳きの人力車で紛争現場へ駆けつけたという。

《翌日になって聞けば、今度の選挙競争は時の内務大臣品川弥二郎氏が、福岡県令の安場保和氏と心を合せ、地方の有志者を結束せしめて、熊本の紫溟会などと気脈を通じ、筑後方面を挟撃するのじゃとの事が分り、また筑後の候補者は、改進党の岡田孤鹿、官僚派の方は庵主の知友権藤貫一であるとこの時始めて分ったので、これはじつに困った事が出来たと思っているところに……》

と、まるで事情がわからないまま、いきなり選挙戦に捲き込まれたようなことを書いているが、これは茂丸の韜晦というものだろう。

岡田当選に激怒した安場知事は、選挙直後、筑後の国権派の再編成を玄洋社に命じたため、頭山の意を受けた茂丸が現地へ赴き、三池郡の初代郡長をつとめた杉森憲正（第一回総選挙で岡田に大敗）らを瀬高に集めて、山門《やまと》三池壮年義団を結成して、みずから団長になっている。しばらく山門郡清水村に住んで組織の強化につとめたというが、このため金もかなり使ったようで、その借金のため、住吉の家を引き払って鰯町のアバラ屋に移らざるを得なくなったのが、どうやら転居の真相のようだ。

さすがの茂丸も、この選挙大干渉ばかりはいささかも自慢にならず、『百魔』の法螺の音《ね》もさっぱり冴えない。敗北に終った選挙大干渉の責任を追及され、辞任に追い込まれた品川弥二郎は、頽勢を捲き返そうと、西郷従道と組んで国民協会（会頭西郷、副会頭品川）を組織して、九州遊説をまず国権派が強い熊本から始める。次いで、柳河、久留米、佐賀、福岡と廻る計画だった。その品川遊説に協力するよう、「熊本の友人」（おそらく佐々友房）から茂丸に手紙が届く。茂丸は返事をこう書いた。

《手紙見た。品川子（子爵）はかつて知遇を辱《かたじけ》のうし、数々《しばしば》謦咳にも接して畏敬して居たが、今回の議会解散始末の演説と党派組織の主意を聞いて、実に失望落胆の至である。かかる粗末の人物を推戴してその旗下に行動する事は、熊本諸士の為に予の取らざる所である。この意見の下に品川子の柳河、久留米等に来遊せらるるのは、品川子の為、熊本諸士の為、予は絶対に阻止せんとする者である》

この手紙を読んだ熊本の親友（佐々）から電報が来て、二人は瀬高で会談する。ここらあたりから『百魔』の記述は熱を帯びる。

友人「一体君はどうしたのだ。日頃の勤王主義にも似ず変じゃないか」

茂丸「君こそどうしたのだ。俺の勤王主義はしゃべらぬ勤王主義じゃぞ。あの品川といふ男は勤王の触売《ふれう》り商人じゃ。彼等は勤王を売つて飯を食い、爵位を貪り、政権因縁し、終《つい》に勤王を売りて人寄せをし、以て勢力を扶植しようとまで企てているのだ。そんな者の尻を追うて、君等はどうする積りだ」

激論の末、茂丸はかねて彼が抱懐する理想の王政論を展開する。

「俺のいう王制とは、古に復《かえ》る王政である。古の王政は古史にも明瞭であろうが、一例としては俺はかつて朝倉の宮の旧記を読んだことがある。即ち天智天皇の木《き》の丸殿《まるでん》のじゃ」

〝三韓征伐〟の折、天智天皇が宮居したという朝倉の木の丸殿は、粗末な造作で、宮垣も低く、民百姓との間に隔てがなかったことを語り、新古今和歌集に収められた天智天皇の御製を挙げている。

朝倉や木の丸殿に我居れば
名のりをしつつ行くは誰《た》が子ぞ

《斯様《かよう》に古《いにしえ》の王政の天皇は人民稼穡《かしょく》の事を思召《おぼしめ》して、しばしば皇居を遷《うつ》し賜ひ、丸柱荒蓆の皇居に在《ま》しまして、直接八兵衛も杢兵衛も御懇意であつた。

さあかくの如く君民の間が親しき為め、(1)王政の陛下は「民は国の本なり」と仰せられる。(2)また王政治下の人民は「陛下は我々の父母なり」と慕い奉る。

この王政君民の間には、勤王家も、忠義者も社会党《ソシヤリスト》も、無政府党《アナキスト》も、虚無党《ニヒリスト》もないのである。

……所謂藩閥などは、この王政を翼賛して起《おこ》つてゐながら、この君民の間を劣悪に隔離した食言者で、俺が政権の詐欺師と云ふのはこの故である》

滔々と己れが理想とする君民一致の王政論を述べ、藩閥政府を政権の詐欺師と罵倒し、品川弥二郎は筑前筑後の地に一歩も踏み込ませぬと宣言して、「熊本の友人」と別れている。この天智天皇の木の丸殿の歌の「名のりをしつつ行く」は、朝鮮への出征兵士という解釈もあるが、茂丸の解釈は以上の如くで、古代の天皇は極めて人民に身近な存在だったとしている。

茂丸の天皇論、国体論は独特なもので、後年主宰した月刊誌『黒白《こくびゃく》』の大正八年一月号に「デモクラシー」という一文を載せているが、こんなことを書いている。

《此語は決して西洋で発明した専売特許的の語ではない。西洋では被治者が治者を脅迫して此デモクラシーを得たが、日本では治者の方で先に此デモクラシーを会得して被治者を誘掖した。即ち政治の要道である、日本三千年の歴史を見ても、皇室が此デモクラシーの中枢となって、金甌無欠、君民一致の国体を築き上げた基礎と成つて居るのである。故に西洋では下からデモクラシーが起り、日本では上からデモクラシーが行なはれて来た。皇祖建国第一義の詔は「民は国の本なり」とある、実に我皇室は三千年の昔日よりデモクラシー守護の神様である。此故にデモクラシーは歴代皇室の精神となつて、直接間接に国民の上に灑《そそ》がれて居るから、日本は世界無比の国体と成つたのである》

この茂丸の皇室＝デモクラシー守護神思想は、復古的というよりむしろ憧憬的ともいうべきものだが、終生ゆらぐことはなかった。

こうした茂丸の天皇観は、もっと純化された形で、夢野久作にも享け継がれていた。

久作の長男、杉山龍丸の『わが父・夢野久作』に、想い出が記されている。

龍丸が中学二年生の頃（昭和九年頃）、久作はよく龍丸を筑紫野に連れ出し、神社仏閣などを訪ねながらいろんな話をしたそうだが、太宰府天満宮近くの観世音寺《かんぜおんじ》（注＝天智天皇が母斉明天皇を弔って建立したと伝えられる古刹で、十数体の重要文化財の仏像や国宝の梵鐘がある）を訪ねたとき、貧しい百姓の姿をして、悲しみと苦悩の表情を刻んだ大黒天像の前に立ってこう語ったという。

《「龍丸、よく見ろ。これが大黒様の本当の姿だ。しかし、これは単に大黒天のみでない。これは、日本の昔の天皇の本当の姿だ。日本の天皇は、本来百姓農夫だったのだ。これを良く覚えて置け」

と、いつになく厳しい態度で申しました。

戦後の日本の今日でも、このような考えは、一種の奇想天外の事かもしれません。

まして、戦前の天皇は神様でしたし、それは、大元帥、天皇陛下でしたので、私はまったく驚かされました》

『ドグラ・マグラ』の作者は、父親ゆずりではあったが、藩閥政府が神に祭りあげた明治天皇制を吹き飛ばす、そんな皇室観を持っていたのだ。

選挙大干渉の張本人、品川弥二郎を、「一歩もこの地には踏み込ませぬ」と、熊本の友人（佐々友房）に大見栄を切った杉山茂丸は、『百魔』には「それなりに品川子はとうとう柳河、久留米、福岡に来らず」と書いているが、これは事実に反している。

品川弥二郎一行は、九月二三日には佐賀から筑後へ入り、皮肉なことに、選挙まで茂丸が療養していたという船小屋温泉で一泊している。さすがに岡田弧鹿の本拠地柳河は避けたが、二四日には久留米に着いて、三五〇余名が参加する盛大な祝宴を張り、二五日には博多の水茶屋で、前知事の安場保和、紫溟会の佐々友房、福岡第二区の小野隆助、第四区の佐々木正蔵、第五区で十時一郎を破った中村彦次など吏党の当選代議士はじめ約五〇〇名が参加する大懇親会を開き、仕掛花火まで盛大に打ち揚げている。

さすがに頭山や茂丸の名前はないが、玄洋社の機関紙ともいうべき福陵新報がそう報じているのだ。茂丸にとっては苦々しい限りの品川歓迎会だったろう。そこでつい「品川は来らず」と書き飛ばしてしまったのだろうか。

そういうこともあって、茂丸はますます政党嫌いになり、玄洋社とも距離を置くようになって、以後、「もぐら勤王」と称する独自の政治行動に潜行する。

一方、頭山満は、選挙後、松方首相に対して、民党に勝つまで解散、総選挙を繰り返せと要求し、松方も「勝つまでやる」と言明するが、結局は、選挙干渉の責任を追及する伊藤博文に内閣を譲らざるを得なくなる。品川弥二郎は頭山に国民協会への参加を再三求めたが、頭山は「凡そ天下の事為すと称して為さざらんのみ」と、口先きばかりの品川を冷笑して、袂を分かったと伝えられている。以後、頭山満も政治の表舞台に立つことはなく、政界の裏で陰然たる勢力を張ることになる。

明治二五年二月の流血の選挙大干渉は、玄洋社の在り方も、杉山茂丸の政治手法も変えるきっかけとなったが、この頃の茂丸と玄洋社の関係を、夢野久作は『近世快人伝』でこう書いている。

《彼（茂丸）は玄洋社の旧式な、親分乾分式の活躍、又は郷党的な勢力を以て、為政者、議会等を圧迫脅威しつつ、政界の動向を指導して行く遣口を手ぬるしと見たか、時代後《おく》れと見たか、その辺の事はわからない。しかし、たしかにモット近代的な、又は実際的な方法手段をもって、独力で日本をリードしようと試みて来た人間である事は事実である》

また久作は、父茂丸の次のような言葉も記している。

《「玄洋社一流の真正直に国粋的なイデオロギーでは駄目だ。将来の日本は毛唐と同じような唯物功利主義一点張りの社会を現出するにきまっている。そうした血も涙も無い惨毒そのもののような社会の思潮に、在来の仁義道徳『正直の頭に神宿る』式のイデオロギーで対抗して行こうとするのは、西洋流の化学薬品に漢法の振出し薬を以て対抗して行くようなものだ。その無敵の唯物功利道徳に対して、それ以上の権謀術数と、それ以上の惨毒な怪線を放射して、その惨毒を克服して行けるものは天下に俺一人しか居ない筈だ。だから俺は、俺一人で……ホントウに俺一人で闘って行かねばならぬ」》

将来、日本は唯物功利主義一点張りの、惨毒そのものの社会になるという茂丸の予言は当ったが、「その惨毒を克服できるのは天下に俺一人しか居ない」というのは、法螺丸一流の気負いであった。

この頃から、茂丸の対外活動が盛んになる。その相棒は、『福陵新報』創刊で顔を合わせ、頭山満も交えて断指の誓いをした結城虎五郎だった。

結城は、二四年九月、朝鮮に渡り、麗水《ヨース》半島の先の小島、金鰲島《クモド》で漁業に着手するが、茂丸は『百魔』に、渡鮮する前、杉山家にやって来た結城がポツポツ語った「兎の糞の如き切々《きれぎれ》の談話」を箇条書きで記している。

《(1)世は文弱的太平じゃ、このままでは日本男児の腸《はらわた》は腐つてしまふ。
(2)玄洋社も外交的の問題で命を捨てるかと思ふていたら、今の様子では政党などの徒党的になりそうじゃ。
(3)今の内に玄洋社の圏外に出て働かうと思ふ。
(4)将来の安危に係る外交問題は、差寄《さしより》が朝鮮の問題から始まると思ふ。
(5)支那もこのままでは済まぬ。露西亜《ロシア》も英吉利《イギリス》もこのままでは済まぬと思ふ。
(6)まず日本は朝鮮から片付けるのじや。
(7)それが二千年来、日本男児として死を遂げた、先輩の霊を弔慰する第一と思ふ。
(8)俺は今から身を朝鮮に投じて、その計画をしやうと思ふ。
(9)その投ずる所は、朝鮮群島の中に、金鰲島と云ふ島で、日本にも釜山にも近く屈強の場所である。
(10)その島に、一、二人を入れて偵察して見るに、島民が淳朴で漁業専門である。
(11)故に俺は新宮村《しんぐう》(博多付郊の漁村)で育つて、漁業の事は大略心得てゐるから、五、六人達者な若い者を連れて行つてその島に居住してまず漁師にならうと思ふ》

ついては、漁船や漁具を買うのに五〇〇円ほど入用だが、頭山の了解を得ずにやることだから頭山には頼めない、なんとか君が五〇〇円作ってくれぬかというのが、「兎の糞のような」結城の話だった。

当時、巡査の初任給八円といった時代である。五〇〇円がどれほどの大金か、推察はつくだろう。

結城の計画を聞いた茂丸は「少なからぬ驚愕の思いと敬意の念」に打たれて、ためらわずに言い放つ。

「大賛成である。その金は俺がきっとこしらえてやる。安心してやるべし!」

すでに借金づくめだったが、法螺丸ならではの挙に出た。借金一〇〇円を踏み倒していた蓄財家の叔父、林又吉の家にふらりと舞い込んで、朝鮮漁業の有利さを吹きまくり、叔父が「貴様が一生の生業にありつくことなら、資本を出さんでもない」と言うところまで説得してしまったのだ。ただ、条件を一つつけられた。林家は娘二人で嗣子がいなかったため、茂丸の末弟駒生を抵当代りに養子にくれというのだった。

「よろしゅうございます」

親にも弟にも相談しないまま、さっさと弟を抵当に差し出す約束をしている。

長子相続の時代で、次男以下は嗣子がいない他家に養子に行くのがザラだったから（頭山満もその口）、駒生もいずれ養子にやられる運命ではあったが、この一件も父三郎平を激怒させ、あの総鉄張の煙管事件の一因になったとも見られている。

林駒生となった末弟は、のちに兄茂丸の法螺にちゃんと応えて漁業のエキスパートになり、朝鮮総督府の漁業技師のあと、朝鮮水産協会理事長をつとめ、釜山で『朝鮮水産時報』を刊行した人物で、夢野久作の『近世快人伝』にも、滑稽小説の傑作ともいうべき博多っ子魚屋、篠崎仁三郎の項で登場する。駒生は同業の誼で仁三郎と親しく、魚類にかけては知らぬ事なしの博学多識家になっている。

大正時代の事だが、博多で八代六郎海軍大将を囲む一席が設けられ、茂丸・駒生兄弟ほか数名が同席する。そこへ仁三郎もやってくる。みんなで鯨鍋をつつくうち、茂丸が鯨肉の一片をつまんで「おい、駒生、この肉は鯨のどこの肉かね」と聞いたのがまずかった。林技師の大講義が始まった。

《「そもそも鯨というものは」……というので咳一咳《がいいっせき》、先ず明治二十年代の郡司《ぐんじ》大尉の露領沿海州荒らしから始まって、肥後（肥前の誤り）の五島列島から慶南、忠清、咸鏡南北道、図們江《ツーメンキャン》、沿海州、樺太、千島、オホーツク海、白令海《ベーリング》、アリューシャン群島に到る暖流、寒流の温度百余個所をノート無しでスラスラと列挙し、そこに浮遊する褐藻、緑藻の分布、回游魚の習性を根拠とする鯨群の遊弋《よく》方向に及び……

（滔々と熱弁すること二時間半）

令兄の杉山茂丸氏の如きは、そのズッと以前から後悔の臍《ほぞ》を噛んでいたらしい。警告の意味で、故意《わざ》と声を立てて大きな欠伸《あくび》を連発していたが、それでも白浪を蹴って進む林技師の雄弁丸が、どうしてもSOSの長短波に

感じないので、とうとう精も気魄も尽き果てたらしく、ゴリゴリと巨大なイビキを掻き始めた》

久作は篠埼仁三郎から聞いた話を面白おかしく書きたてたようだが、茂丸が「魔人中の魔人」と書いた次弟の五百枝《いおえ》（龍造寺隆邦）といい、この末弟の林駒生といい、長兄の茂丸同様、言動に一種の狂気を秘めた魔人的兄弟だった。

借金魔人ともいうべき茂丸のために、前述したように、日清戦争が終わった頃には、杉山家は一家離散に近い状態に追い込まれ、三郎平夫妻は直樹を連れて二日市へ、幾茂は幼い峻と瑞枝を連れて城下柳原の親戚宅へ身を寄せていたが、幾茂は約五里（二〇キロ）の道をせっせと通って、二日市の両親や直樹の世話をしたという。

杉山龍丸『わが父・夢野久作』にこんな記述がある。

《夢野久作は、私によく申していました。

彼の継母、幾茂は、この柳原時代、二日市に訪れるとき、真冬の寒いのに、夏の一重の着物で、しかもボロボロになっていたのに、彼には、ちゃんと、冬の着物を縫って届けていたということでした。

そのように努力しているのに、三郎平灌園はともかくも、祖母のトモが、彼女をまるで女中以下に取扱っても、彼女は涙一つこぼさず、黙って、トモの指示に従って、家の中のことをして働き、帰って行ったと申します》

父親不在の家庭で、久作は幼時からそんな継母の姿をつぶさに眺めて育っている。成人後、茂丸・幾茂の周辺から、久作の廃嫡問題が起こったりして、幾茂と難しい関係になったこともあるが、久作は「病弱だった俺がここまで生きて来られたのは、おばあさま（幾茂）の養育のおかげだ。おばあさまを大事にせよ」と、よく龍丸たちに言い聞かせたという。

家庭を持った久作は、妻にやさしい夫、子供たちに慕われる良き父親となるが、その点、父茂丸は反面教師であり、久作に幼時からやさしい思いやりを植えつけていた。

第三章　人生泡沫の如し

日清戦争

明治二五年（一八九二）の流血選挙にかかわって、筑後地区の殺傷放火等の裁判沙汰の面倒もみることになった茂丸は、またまた大借金を作って、しばらく香港貿易に従事したが、借り切ったドイツ船が難破したりして商売も失敗。相次ぐ挫折に考えるところあってか、二六年の夏頃には、京都で出会った禅僧の紹介で、比叡山麓の一乗寺近くの庵に三か月ほど住みつき、坐禅をしたり、禅書を読んだりの閑日月を過している。この禅と親しんだ日々は、天下の志を立てた一七、八歳の頃からやみくもに走ってきた茂丸にとって、魂の活性剤となったようで、『其日庵《そのひあん》叢書第一篇』によれば、「庵主半生の観念はここに決まつたとも云つてよい」という心境に達し、「真人間」となって上京し、「阿修羅の如き活動」を始めたということになる。

折から日本は、日清戦争前夜の風雲急を告げる状態にあった。

朝鮮半島と一衣帯水の博多に生まれ育った茂丸は、早くから朝鮮への関心を深めていたが、『俗戦国策』によれば、明治二二年の一〇月頃、京都で時の海軍大臣西郷従道に面会した際、二人だけの席でこう言われたことが、朝鮮問題に挺身する決意を固めさせたという。

「君にひそかに頼んでおきたい事がある。支那朝鮮の事でごわす。実は君じゃからお話しておくが、四、五日前、私どもは天皇陛下の御前に召されましてな、陛下が有栖川宮様とご一緒にな、こう仰せられました。日本帝国は露領シベリアによく注意して、(東経)一二〇度以東の露国民に常に意義ある援助ばしておかんと、日本海の安全は保てぬ。それが出来たら、支那の領土保全も世界に公表せねば、日本の立場が明白にならぬと思うから、よく評議をしてみよ、と仰せられました。これはなんでも川上(操六)が有栖川宮様に申し上げたのが、此仰せの動機となったものと思う」

この西郷従道の頼みに対し、茂丸は「支那朝鮮の事は委細承知致しました」と答えたという。薩閥を代表する海軍大臣が、これという後楯もない若造の浪人に、そんな大事を洩らすものかどうか、これには法螺丸一流の脚色があるのかもしれないが、茂丸が朝鮮・中国問題に早くから強い関心を持っていたことは疑いない。

すでに日清関係は、明治一五年七月、ソウルで起こった日本公使館襲撃などの反日暴動(壬午《じんご》軍乱)で悪化していたが、さらに一七年一二月の甲申《こうしん》事変で一段と危機は深まった。

甲申事変は、まず同年八月、自由党の板垣退助と後藤象二郎が、折からの清仏戦争につけ込んで、駐日フランス公使に、朝鮮でクーデターを起こして清国の背後を突くからと、クーデター資金一〇〇万ドルの提供を求めたのに端を発し、自由党に先手を取られることを怖れた伊藤博文が、ソウルにいた『漢城旬報』主筆、井上角五郎をして、朝鮮の改革派、独立党の金玉均《キムオクキュン》、朴泳孝《パクヨンヒョ》を動かして、駐留日本軍の支援でクーデターを敢行させたものだが、たちまち清国軍の反撃を食ってクーデターは潰されてしまった。

このとき茂丸は渡鮮してひと働きしようとしたとも伝えられている。

この甲申事変で討清の声は朝野に拡がり、自由党の機関紙『自由新報』は、「速やかに十分な兵力を出して京城を占領せよ」と主張したし、改進党の犬養毅《つよし》らも「朝鮮の内事に干渉し、これを併略することに務むべし」という意見書を政府に提出している。

しかし、当時の軍事力は清国のほうが上だった。このため、山縣有朋ら軍首脳も、未だ対清戦争は無謀と判断して平和解決の方針をとり、伊藤博文と西郷従道が全権として清国へ赴き、李鴻章と会談して、朝鮮からの日清両軍の撤兵などを決めた天津条約を結んでいる。

こうした情勢のなかで、福澤諭吉は『時事新報』に「脱亜論」を発表し、日本は隣国（清国、韓国）の開明を待って共にアジアを興す余裕はもはやない、西洋の文明国と進退を共にせよと、アジア諸国との連帯を振り捨てる脱亜人欧を説き、樽井藤吉は逆に『大東合邦論』で、「朝鮮と合して露国に備え清国と約して以てその労を分たん」と、韓国との平等合邦、清国との連帯を主張した。

一八八五年一一月には、血気にはやる自由党左派の大井憲太郎一派が、朝鮮でクーデターを起こすため、武器弾薬を持って渡航しようとして事前に発覚、三八名が逮捕される事件（大阪事件）も起きた。被告の中には、紅一点の景山英子《ひで》（当時二一歳、のち福田姓）もいた。

甲申事変後、李王朝はますます腐敗し、官僚は横暴を極め、両班《ヤンバン》（特権階級）は農民を搾取し、朝鮮の民衆は窮迫していた。このため、各地で小規模な叛乱蜂起が繰り返されていたが、全国的な叛乱のきっかけとなったのは東学だった。

東学は崔済愚《チェジェウ》によって始められた民間宗教で、西学のキリスト教と儒教を排し、東国（朝鮮）独自の学・宗教を打ち樹てようとしたもので、万民平等の社会をめざし、「侍天主造化定、永生不忘万事知」の一三字の呪文を唱え、霊符をいただけば、万病は平癒し、困難不幸は去ると現世利益を説いたため、貧苦に喘ぐ農民層に拡がった。

教祖の崔済愚は一八六四年（茂丸の生年）、人心を惑わした罪で捕らえられて処刑されたが、二代目教祖となった崔時亨《チェシヒョン》が朝鮮南部を中心に教団を再建して、急速に勢力を伸ばし、「貪官汚吏を粛清して、人民の苦痛を除く」と檄を飛ばして武装蜂起した。これが、甲午農民戦争とも呼ばれる東学党の乱である。

その指導者は、東学の接主（中堅リーダー）で「緑豆将軍《ノクト》」と愛称された全琫準《チョンボンシュン》である。一八九四年（明治二七年、甲午の年）二月、全羅道の古阜郡《コブ》で郡主の暴政に対する暴動が起こったのをきっかけに、全琫準は蜂起の回状を各地に回し、たちまち全の元に四〇〇〇人が参集して、ここに東学党の乱が起こった。

蜂起は全羅道一帯に拡がり、東学党は「人を殺すなかれ、物を害するなかれ」「倭夷（日本の侵略軍）を逐滅し、聖道を清めよ」など四ヶ条の紀綱を定めて、軍律を厳しくしたが、やがて政府軍と戦闘状態に入ることになった。注目すべきは、東学党は排日スローガンも高く掲げ、同年一二月初旬の公州での政府軍、日本軍相手の激しい攻防戦では、政府軍に対し、「我々と手を組んで、日本軍および日本と結託した開化奸党を討とう」と、反侵略連合を呼びかけていることだ。

こうした朝鮮半島の情勢のなかで、甲申事変後、日本に亡命していた親日派の金玉均が韓国政府から派遣された刺客、洪鐘宇《ホンジョンウ》に上海に誘い出されて、三月二八日に殺される事件が起きた。尾崎行雄（咢堂）ほか金と親しかった人たちが上海へ金の遺体引き取りに向かったが、清国は遺体と暗殺者を日本に引渡すことを拒否して朝鮮へ送ってしまった。

故国に送られた金玉均の遺体は寸断され、頭部と四股は「謀反大逆不道罪人、金玉均……」の看板とともに楊家鎮の刑場に晒され、その他は漢江に投げ捨てられた。

この金玉均暗殺と清国の対応が、それまで開戦に慎重だった外務大臣陸奥宗光に開戦の決意をさせたといわれているほどだが（当時の外務次官林董《ただす》の『回顧録』）、この日清開戦にからんで、しばらく鳴りを潜めていた杉山茂丸が登場する。

ずっと後年の事になるが、『特集人物往来』昭和三一年二月号に、深海豊二《ふかみとよじ》「日清戦争の放火者、杉山茂丸」という記事が掲載されている。

センセーショナルなタイトルだが、茂丸糾弾の文ではない。筆者、深海豊二は明治二五年、新潟生まれで、大正期、茂丸が主宰した月刊誌『黒白《こくびゃく》』の編集長をつとめたこともあり、茂丸の弟子筋にあたる人物である。従って、むしろ日清戦争時の茂丸の働きを称揚したものだが、その内容は、茂丸著『山縣元帥』（大正一四年刊）の日清戦争裏話のくだりにほとんど依拠している。

茂丸が接近した山縣有朋はじめ、枢要の地位にあった政治家たちの伝記には、影武者、杉山茂丸の名はほとんど記録されていないので、客観的な裏付けに欠けるが、茂丸の著述のまま、日清開戦に於ける彼の暗躍ぶりを追ってみよう
――明治二六年秋、上京した茂丸は、「かねて懇意にしていた」参謀次長、川上操六を「端なくも」訪問する。川上と懇意であったとすれば、荒尾精の紹介によるものだろう。前述したように、荒尾精は参謀本部支那部付のとき川上参謀次長に目をかけられて中国へ派遣され、退役後も川上との関係は深かった。

川上が薩摩弁まじりで茂丸に訊く。

「近来の支那の形勢はどうでありますか」

茂丸は、丁汝昌の北洋艦隊の無通告長崎入港など、支那の横暴ぶりを滔々と語り、

「閣下、願わくば、帝国安危の機に臨み、万論を排してご勇断あらんことを」と開戦を迫る。

すると川上は「陸奥さんに話しましたか」と訊く。

「いや、まだ話しておりません」

「ひとつ、陸奥さんにいまの話をしてみませんか」

で、翌々日、外務大臣陸奥宗光を訪ねて、川上と話した内容を繰り返し、長広舌を振ったが、陸奥は軽々しく乗ってこなかった。

「いくら君が僕や川上に言うても難しいよ。川上に手紙を送っておくから、もう一度川上と会ってじっくり相談してくれ」

そこで、一日置いてまた川上を訪ねると、川上がやっと本音を洩らす。

「陸奥さんも私も、支那とやる事には同意でごわす。ただ、始めるきっかけが難しゅうごわす。ただで清国ばどやす（殴る）わけにはいきませんからな」

「内閣諸公が廟議一決して、やるとお決めになれば、戦争の端緒を開くことはわけはありません」

しかし、首相の伊藤博文は平和論を唱え、開戦に消極的だったし、閣内にはほかにも非戦論者がいた。閣内統一は無理と見ていた川上は茂丸に訊く。

「あーたは朝鮮と深い関係がおありだと聞いちょりますが、今はどうなっちょりますか」

そこで茂丸が、明治一七年暮れの失敗後、日本に亡命してきた金玉均や、金のあとを追って来日した豪傑肌の宋秉畯《ソンビョンジュン》と交際があったこと、宋はその後朝鮮に帰って今は政府の要職にあることなどを語ると、川上はうなずいて言った。

「あーた、ご苦労じゃが、これまで話した事を山縣さんと会うて話してくださらんか。山縣さんもなかなかすぐには賛成すまいが、いまのあーたの議論も聞かせとく必要があるかと思います」

そこで、茂丸は山縣の知遇を得ていた紫溟会の佐々友房に山縣への紹介状を書いてもらって、麹町の私邸に山縣を訪ねる。山縣はこの頃、伊藤内閣の司法大臣をやめて枢密院議長に就任していた。茂丸が山縣と会うのはこの時が初めてだが、怖《お》めず臆せず開戦論をぶちかます。黙々と聞いていた山縣は、法螺丸の長広舌が一段落したところで口を開いた。

「君のお話は、議論堂々、理路整然と評すべきものだが、東洋の大経論を基とせねば、俄に賛否は表せられぬ事だ。殊に、我輩はいま枢密院議長である。伊藤という総理大臣も居る。我等も長州書生の成り上がりであるから、大いに君のお話には興味を持つが、君もよく考えねばいかんと思う。天皇陛下は仁義を標榜して世界各国修交の中枢に立たせ給うのに、俄に隣国の支那と喧嘩をお勧めすることは我輩には出来んし、伊藤とて同意はすまい」

それでも茂丸はひるまずに食い下がり、今後、川上参謀次長を通じてお互いに連絡をとることを約して、晩餐をご馳走になって辞去したという。

ところが数日後、山縣の秘書官が佐々友房へこんな手紙を届けて来た。

《林矩一なる者は場所柄もわきまえぬ乱暴者故、今後一切面会はせぬ。その旨、本人に申し聞かせてくれ》

この当時、茂丸はまだ林矩一の名を使って行動していたのだ。

佐々に呼ばれて山縣の手紙を見せられた茂丸は、内心ホクソ笑んで、「用心深いおやじだが、いよいよ決心したな」と思ったという。

その四、五日後、川上参謀次長から呼び出しが来た。「今夜八時、私邸に来てほしい」という山縣からの伝言だった。茂丸の読みは当たった。その夜、山縣邸を訪れると、山縣は上機嫌だった。

「あれから、伊藤とも、井上(馨、この頃、井上は文部、拓務、内務など転々。首相代理)とも会いましたが、一方は聡明にして、一方は算盤《ソロバン》高いので、なかなか飯が煮えんでなあ。朝鮮の状況はどうですか。支那に対して不服な党派でもありますか」

そこで茂丸は力説する。

朝鮮に不平党があろうがあるまいが、ぜひ朝鮮から事を起こして、日清関係を解決して、真の東洋平和を計らねばなりません。それには、清国の駐韓公使、袁世凱が二八歳の壮年で、支那式の傲慢な英才だから、この男を傀儡にして問題解決の動機をつくるべきだと。

それでも山縣が「そんな危険な事は出来ない」とためらうので、

「朝鮮で事を起こす動機さえ得れば、閣下は、ご異存ないのでしょう。それならそれとはっきり話をなさるがよい」

と茂丸が斬り込むと、山縣はいきなり立ち上がって、

「君はこの山縣有朋を謀叛人にしようとするのか！　そんな人と話は出来ぬ。すぐお帰り下さい！」

そのまま部屋を出て行った。あとに残った茂丸は、接待用の巻煙草「金天狗」を一本悠々と吸ったあと、テーブル上にあった硯箱と巻紙を引き寄せて、

「漏斗《じょうご》の穴は一つですぞ。二つ穴があると其処等に水がコボレ升《ます》ぞ」

と書き残して立ち去ったという。

これでおしまいかと思っていたら、翌朝また川上の使が来て、「ちょっと来てくれ」。出かけてみると、川上が新聞包みをテーブルの上に差し出して言った。

「今朝、山縣さんから使いが来て、昨夜のお忘れ物だと届けて来た」

金が包まれていた。老獪な山縣らしい手口で、朝鮮で事を起こす軍資金を茂丸に託したのだ。むろん、川上参謀次長と謀っての事だろう。茂丸はすぐ六人ほど同志を集め、横浜港から朝鮮へ送り出したという。

その後、福岡でも、玄洋社の的野半介（のち衆議院議員、九州日報社長）の奔走で、内田良平、武田範之《はんし》、葛生修亮（能久）らの天佑俠が組織され、金玉均暗殺後の朝鮮へ渡り、東学党と結んで事を起こそうとする。

的野半介（一八五八年生）は、初代玄洋社社長、平岡浩太郎の義弟にあたり、大隈外相襲撃の来島恒喜（一八五九年生）とは最も親しく、日本に亡命して来た金玉均が小笠原島に隔離されると、来島と二人で小笠原まで渡航し、金玉均と同志の誓いを結んでいた。

この的野も、金玉均が上海で暗殺され、その葬儀が同志の手によって浅草本願寺で行なわれた翌日、陸奥外相に面会を求めて、対清戦争の急務を説いている。それに対し陸奥は「戦争が出来るかどうか、川上参謀次長に訊いてみよ」と、やはり川上の方に回している。川上は的野にこう言ったという。

「福岡玄洋社は錚々たる遠征党の淵源と聞くが、もし朝鮮半島に渡って火の手を挙げる者あらば、我等が火消し役を引受くるに躊躇せず」

かくして天佑俠を朝鮮へ送り出すことになったという。天佑俠は、国士肌の弁護士、大崎正吉が釜山で開設した法律事務所に、久留米の武田範之、仙台の千葉久之助、福島の本間九介、千葉の葛生修亮、金沢の吉倉汪盛らが集って、梁山泊をつくっていたのが母体。さらに、福岡出身で玄洋社とかかわりが深い、当時、釜山領事館書記生の山座圓次郎の支援もあって、大崎事務所の梁山泊は気炎の上げ放題だった。

この釜山組に、平岡浩太郎の甥、内田良平（平岡の実兄、内田良五郎の三男、一八七四年生）や、玄洋社社員の大原義剛《よしかた》、福島出身の新聞記者、鈴木天眼などが加わって結成されたのが天佑俠である。彼らが渡鮮するときは、博多・洲崎の料亭で頭山満主催の壮行会が開かれている。

この天佑俠や、茂丸が送り出した壮士たちは、東学党の陣に馳せ参じ、武田範之、鈴木天眼ら四人は、全羅道の淳昌で、指導者の全琫準と面会協議したというが、この頃すでに東学党は敗勢にあった。

それより先の五月三一日、東学党の攻撃で、全羅道の主府、全州が陥落するに及んで、六月四日、韓国政府の実力者、閔泳駿《ミンヨクスン》が高宗《コジョン》の内命を受けて清国軍閥の袁世凱に出兵救援を依頼していた。これが結果的に日清戦争の引き鉄《がね》となっている。

その頃すでに日本軍はひそかに出兵準備を進めていて、韓国が袁世凱に出兵依頼をした翌日には、早くも大本宮を参謀本部内に設けている。

こうして七月二五日、日本と清国は豊島沖《ほうとうおき》海戦で戦闘状態に入り、八月一日、日本は清国に宣戦布告した。八月一四日には朝鮮の第五師団に第三師団を加えて第一軍が編成され、枢密院議長山縣有朋はみずから強く希望して、第一軍司令官に就任した。

後年、山縣は茂丸に、「これは日清戦中、九連城の病床でひとり寝ていた時に詠んだ歌じゃが、君にだけ見せる。

めている。

君でないと私の心がわからぬから」と言って、一首の歌を示したという。茂丸はその歌を『山縣元師』に書きと

つみあらば我こそ負はめ皇《すめらぎ》の

御国の為を首かせにして

その歌のあとに、茂丸はしゃれた俳句をつけている。

つかはれて其香に染むや木《こ》の芽《め》龍

かねてからの素志を遂げるため、口八丁で権力者の懐に飛び込み、権力の鈍色《にび》に染まりながらも、権力者の手の内を読み取り、その掌の上で踊ってみせる。茂丸には、そんな自分を冷徹に客観視し得る、どこか醒めた眼が感じられる。思い込んだら命がけ式の天佑俠などとは違って、しょせんこの世は面白おかしくと、人間道楽、政治道楽の法螺丸の素顔が見えるようだ。

この日清戦争は、日本の言論人のほとんどが支持し、日露戦では非戦論を唱えることになる内村鑑三も「東洋における進歩主義の戦士日本が、進歩の大敵である支那帝国を討つ義戦」と海外に訴えたし、茂丸の盟友で中国通の荒尾精も、今回の戦争は「義戦」だとし、日本が勝利すれば、清国の朝貢国である朝鮮の独立が果たされ、清国の「弊政の本源が浄められ、一大革新が達成される」と主張した。おそらく茂丸も荒尾同様の認識だったろう。

日本中に好戦気分が溢れたが、この開戦を危ぶむ者もいた。たとえば勝海舟は、御前会議で対清開戦が決まった日、「この戦争には名分がない、ただロシアとイギリスに漁夫の利を得させるだけだ」と嘆じ、戦後の三国干渉を予測していた。

九月一六日には、山縣指揮の第一軍が平壌占領、同一七日には、伊東祐亨中将が率いる連合艦隊が丁汝昌率いる北洋艦隊を黄海で撃滅、一〇月二四日には第一軍満洲突入、一一月二一日には、大山巌大将の第二軍も旅順攻

略。

これで大勢は決まり、年が明けると戦争終結の動きが始まり、日本は講和全権大使に伊藤博文、清国は李鴻章を選び、三月二〇日、下関の春帆楼で第一回会談を開く運びとなった。

その会談に先立って、茂丸は伊藤全権と面会して講和について論じ、講和条件の一つに挙げられていた遼東半島の割譲に反対する意見を述べたという。なぜ反対したのか。

《今や世界の列国は、全部東洋平和の鎖鑰《さやく》を取違へております。それは渤海湾《ぼっかい》の入口を、東洋平和の鎖鑰と心得ております。即ち英国は威海衛を覗《ねら》い、露国は旅順に垂涎し、独己は膠州湾を窺《うかが》うております。それは大間違にて、真の東洋の平和は南清の地即ち台湾海峡に其鎖鑰はあるのでござります。已に今回御治定になった帝国の国是、即ち亜細亜の「モンロー」主義とも申すべき「支那保全」は、それが最も明白な意義を示しております。誰も支那領土を保全してくれよと頼んだ人はござりませぬが、帝国は支那の領土を保全せねば、直ちに自己の国家が亡滅して仕舞います》（『山縣元師』追録）

西欧諸国が虎視眈々と支那の枢要の地を狙っている時に、日本が遼東半島の割壌を受ければ、西欧諸国に支那侵略の口実を与えることになる。そうなれば、東洋の平和は守れない。日本も危うくなる。ここは、遼東半島の割壊は断念して、支那領土保全を国是とすべし、というものだった。

この茂丸の主張に対して伊藤が、「そういう事は全権大使の私の権限だ。余計な口出しをするな。君の話はすべて処士横議《おうぎ》（書生論議）である」と撥ねつけたので、茂丸はこう啖呵を切って引き下がったという。

「草木虫けらに等しい若輩の私だが、国家を憂うる忠誠の前には、大官大威の倨傲を許しませぬ。わずかに二八年前の処士横議で成り上られた長州出身の閣下に、二八年後に湧き出た筑前の処士横議の私が、閣下と力比べをするのだという事をお忘れなきよう」

この伊藤全権と会見後、李鴻章が群馬出身の壮士、小山六之助に狙撃され、茂丸は関係者ではないかと見られて逮捕されたが、無実とわかってすぐ釈放される一幕もあった。

この日清戦争の勝利で、日本人の対中国観は一変した。それまでは東洋の大国としてひそかに怖れていたのが、もろくも敗れ去ったので、「チャンチャン坊主」「チャンコロ」などと、中国人を侮蔑する驕慢さが生じる。

講和会議の頃、荒尾精は『対清弁妄』を発表して、勝利に驕りたかぶる日本人に警鐘を鳴らした。荒尾も遼東半島の割譲に反対し、「我国が領土割譲を求めれば、欧米列強も求め、清国は四分五裂の状態になる」とし、さらに多額の賠償金要求も、清国国民の重税となって、日本への「怨憤」を招く。日本の対アジア政策は、欧米列強のような「覇道」ではなく、「仁義」を基とすべきだと論じた。

これは茂丸の主張とほとんど軌を一にしている。むしろ、中国通の荒尾の主張に茂丸が共鳴し、かつて首を狙った伊藤博文に捨身の直訴に及んだと見るべきだろう。

しかし日本は、荒尾や茂丸の懸念どおり、清国に遼東半島、台湾、澎湖諸島を割譲させ、賠償金も二億両《テール》取る。これは日本円で三億六四〇〇万円。当時の日本の国家予算の四年分に当る巨額なものだった。

勝海舟が見事に予測したように、遼東半島は独仏露の三国干渉で返還せざるを得なくなり、彼等に漁夫の利を得させることになった。この三国干渉の見返りとして、ロシアは満洲東清鉄道の東西幹線と南支線の敷設権と、旅順・大連の租借権、ドイツは膠州湾の租借権、イギリスは威海衛の租借権を、それぞれ清国から取得している。

この三国干渉に代表される西欧列強の横暴に対して、「臥薪嘗胆」の合言葉が生まれ、日本は屈辱外交を跳ね返す軍備増強――武力を背景とする「覇道」に走ることになる。

米国行脚

博多綛町のアバラ屋にいた頃のことだというから、日清戦争さなかの頃だろうか。当時の父茂丸の姿を、夢野久作は『父杉山茂丸を語る』のなかでこう書いている。
《その家にどこからともなく帰って来た父が、私の頭を撫でる間もなく、剃刀を取出してしきりに磨き立て、尻をまくってアグラを掻き睾丸の毛を剃り初めたのには驚いた。何でも睾丸にシラミが湧いたから剃るのだ……といったような事を話していたから、余程、落魄して帰って来たものであったらしい》
睾丸の毛を剃りながら茂丸は、奇異の眼で見守る久作たちに面白い話をする。
門司の宿屋で宿賃が払えず、逃げるに逃げられず、頭山満と二人糞詰まりになっていたとき、頭山も陰部に毛ジラミを沸かせていたので、二人の毛ジラミを喧嘩させてみようじゃないか、負けたほうが人質に残り、勝ったほうは金策に出かけることにしようということになった。頭山のヤツは真黒で精悍な格好をしているが、俺のは青白くてムクムク肥っている。どう見ても勝てそうに見えなかったが、俺には確信があったから、新聞紙を四つ折りにして、その溝の十文字の所で戦わせた。頭山はバカ正直だから、シラミをしっかりつまんで出す。土俵に上ったときはもう半死半生だ。俺のはそっとやさしくつまんで出すので元気がいい……。
この珍妙な毛ジラミ相撲の実況放送に、もう家中ひっくり返って笑いころげたというが、家庭をほったらかしの茂丸が、当意即妙のつくり話でお笑いのサービスをしたのだろう。奇想天外な滑稽談も法螺丸の特技の一つであり、その才能はそっくり息子久作に享け継がれている。
《とにかく父が帰ると同時に家中が急に明るく、朗らかになった気持だけは、今でも忘れない。……それから父は、家族連中の監視の中で、祖先重代の刀を取出して、その切羽《せっぱ》とハバキの金を剥《は》ぎ、鍔《つば》の中の金象眼を掘出して白紙に包んだままどこかへ出て行った》(『父杉山茂丸を語る』)
もちろん質屋行きだったろう。その後ますます窮迫して杉山家は鰯町にも居られなくなり、二日市と城下柳原に分居したわけだが、日清戦後の二八年六月、次男峻《たかし》が疫痢で死ぬ。久作が初めて出会った肉親の死だった。その後、杉山家は宗像《むなかた》郡神興《じんご》村にしばらく住み、また博多へ戻って来て筥崎宮の近くに住む。転々と居を移したのは、誰かを頼って生計を営むほかなかったのだろう。

しかし、三一年になると、ようやく茂丸の懐具合がよくなったようで、家族全員を東京麻布笄町《こうがい》（現在、南青山六、七丁目）の立派な借家に呼び寄せた。

《父は京橋の本八丁堀に事務所を構え、ヨシ、ミノという二人の俥夫が引く二人引の俥で東京市中を馳せまわっていた。顎鬚を綺麗に剃り、鼻の下の髭を短かく摘み、白麻の詰襟服で、丸火屋《まるぼや》の台ランプの蔭に座って、白扇を使っていた姿が眼に浮かぶ。

或る時、お祖父《じい》様の前で、地球に手足の生えた漫画を表紙にした雑誌を拡げて頻《しき》りに説明していた。

「この雑誌は丸々珍聞《まるまるちんぶん》という悪い雑誌ですが、私の悪口が盛んに掲載されるので、この頃は皆、茂丸珍聞と呼んでおります。私も大分有名になりましたよ」》（同前）

丸々珍聞は、正しくは団々珍聞《まるまるちんぶん》で、明治一〇年三月に創刊された時局諷刺新聞。発行所は神田雉子町の団々社《まるまる》で、毎週土曜日に発行されていた。団々社は明治三〇年頃、銀座に移り、社名も珍聞館と改めたが、四〇年七月終刊。諷刺的な漫画と文で人気があった。

この頃、茂丸は三興社という貿易会社を経営していた。盟友だった荒尾精は、新領土となった台湾へ渡って実情を調査しているうちにペストにかかり、二九年一〇月、三八歳の若さで亡くなったが、この荒尾との関係で茂丸は台湾と接触を深め、貿易業務のかたわら、台湾に民営鉄道を敷設する計画（二九年五月、台湾鉄道株式会社出願、一〇月敷設許可）にも参画していた。台湾鉄道の創立委員長が安場保和という縁もあって、茂丸は資金づくりに奔走したり、玄洋社の奈良崎八郎、小西和五郎を測量隊の班長として台湾へ送り出したりしている。また、配下の若者を横浜のアメリカ商館へ派遣して機関車などの調査研究に当らせたりしたが、結局、この台湾民営鉄道は総督府の直轄事業になり、官の手に移ってしまった。

しかし、この鉄道事業計画で発揮された彼の組織力、行動力は多くの政財界人に注目され、信用も得る。いつも短刀を懐に秘めたような〝危険な浪人〟からの脱皮であり、変身だった。

裏舞台での活躍も華やかになる。人物評論家として名を売っていた鵜崎鷺城の『当世策士伝』（大正三年刊）に、この当時の茂丸が描かれている。

《日清戦争後、東京にゴロゴロしている頃、当時アグリと呼ぶ新橋有名の老妓に待合を開業させ、杉山が旦那で、朝比奈知泉を顧問のようにして、いろいろな人を引き寄せる算段をした。……かくして朝比奈は先ず道楽仲間の大河内輝剛を引張り込み、大河内は後藤新平、加藤正義を、後藤は児玉源太郎を伴い、それから同郷の関係で金子堅太郎が来れば、その伝手《つて》で伊藤、桂も遊びに来るという始末で、果てはこの待合を本陣として、暢気《のんき》倶楽部なるものを造り、其間に杉山は伊藤、児玉、桂、後藤等に結び付き、待合政略見事に功を奏した》

茂丸は新橋の芸妓、河原アグリに、築地一丁目に待合「柏屋」を開かせ、派手な待合政治を始めていたが、そうした所業が団々珍聞の好餌となったのだろう。なお相棒を組んだ朝比奈知泉は東京日日新聞の主筆もつとめた新聞記者で、山縣の知遇を得ていたので、政界と渡りをつけるのに便利な人物だった。

茂丸はそうした裏舞台も使って人脈を拡げていたが、この頃から、日本の経済力を高める殖産興業に関心を深め、その資金面の中核となる銀行――日本興業銀行の創設に情熱を燃やすようになる。

この面で大きな力となったのは、郷党の先輩、金子堅太郎だった。

金子堅太郎は伊藤博文の懐刀の一人として明治憲法づくりに参画した人物だが、この当時、農商務次官（三一年一月発足の第三次伊藤内閣で農商務大臣）の要職にあった。

金子堅太郎は嘉永六年（一八五三）の生まれで、頭山満より二歳、茂丸より一一歳年長である。福岡藩の軽輩の出だが、幼い時、通りがかりの修験者から「この子は槍を立てて登城する身分になる」と言われた祖母から、そう言い聞かされながら育ったという。福岡藩で槍を立てて登城できる身分は、大組（六〇〇石以上）からだった。

金子は藩校修猷館で学んで頭角を現わし、明治三年秋、郡利《こおりとし》（のち衆議院議員）と二人東京遊学を命じられたのが出世の糸口となった。さらに幸運が続く。旧藩主黒田長知《ながとも》が四年秋の岩倉遣欧使節団に同行して私費でアメリカ留学することになったとき、老公の黒田長溥《ながひろ》に、生家の神谷家から六〇〇石の大組、団家の養嗣子に迎えられていた団琢磨（一八五六年生）とともに選ばれて、長知に随行してアメリカに留学するよう命じられたのだ。金子一八歳、団一三歳の時だった。

金子はハーバード大学で法律、団はマサチューセッツ工科大学で鉱山学を学び、それぞれ優秀な成績で卒業。金子は官途に就いて大臣（農商務、司法）まで登り、団は三井に入社して、三井財閥の頂点、三井合名理事長になる。なお、団夫人芳子は金子の妹で、二人は私的なつながりも深かった。

金子堅太郎が団琢磨とともにアメリカ留学から帰国したのは、西南戦争後の明治一一年の秋だが、福岡へ帰ると、「福岡の変」に参加した旧友の大庭弘《ひろむ》がやって来て、「福岡に私学校をつくり、君を校長にして、将来に備えたい」と談じ込まれたが、金子は「日本国のために尽くしたい。筑紫一五郡の小天地に止まりたくない」と振り切って東京へ戻り、まず東京大学予備門の教師になっている。その後、官僚の階段を着々と登る。

このため、玄洋社などでは、金子や団を「才子派」として軽く見る風があったが、玄洋社が福陵新報を創刊するときは、頭山と平岡が金子を訪ねて政府の保護を頼んでいる。そのとき金子は、「君たちは政府を攻撃しながら、裏面では政府の保護金を貰おうとする。驚き入ったよ。耳が汚れたので湯殿で耳を洗ってくる」などと、さんざん嫌味を言ったそうだが、黒田長溥に頼んで黒田家から金を出させている。

茂丸がこの郷党の出世頭ともいうべき金子堅太郎と初めて会ったのは日清戦争中のようだが、金子は頭山や平岡とは全く違った印象を受けたようで、「日本は経済政策を以てまず支那に発展し、それから欧米にも発展するという実に壮士には珍しい人物だと思った。友人として今後協議しようという気になった」と語っている。

茂丸はこの金子堅太郎と台湾鉄道問題で一段と接触を深めたようだが、農商務次官の存在は大きかった。明治の最も重要な基幹産業となる官営製鉄所の設置場所が、三〇年二月、三候補のうち、洞海湾に面した寒村、遠賀《おんが》郡八幡《やはた》村に決まったのも、製鉄事業調査委員会の委員長を兼ねていた農商務次官金子堅太郎の意向が大きくものをいったという。

そんな金子の力を、茂丸は抜け目なく利用している。すでに茂丸は松方正義にも接近して、日清戦争後、松方が発案した日本勧業銀行について意見を戦わせ、茂丸は、開墾拓殖だけでなく、工業の育成こそ急務だと主張していたが、二九年四月、工業資本の育成に重点を置かない日本勧業銀行法が成立した。

その後茂丸は、香港で、日本領事の紹介で親しくなった英国シーワン商会の社長と日本の銀行制度について話し合い、ますます工業資本を育成する銀行の必要性を痛感している。

香港から帰国すると、かねて懇意にしていた横浜のアメリカン・トレーディング・カンパニー社長のジェームス・モールスと会って、工業銀行創設の構想を語ると、ぜひ渡米して融資の交渉をするようにと勧められた。金子と相談すると、賛成だ、協力しようと言われて、茂丸は渡米の意志を固めたが、さて、旅費がない。またもや借金するほかはない。

そこで標的にしたのが、以前、後藤象二郎の屋敷で顔を合わせたことがあった長州出身の政商、藤田組の藤田伝三郎であった。単身、大阪の藤田邸に乗り込み、対面すると、挨拶もそこそこに、「事が急なので」といきなり三〇〇〇円の借金を申し入れた。この当時、藤田組は経営が悪化して欠損状態だったが、伝三郎は拒否しなかった。

「ほかならぬ貴殿のご用、よくよくの事と思うからご用立てしましょう」と応諾したあと茂丸に尋ねた。

「一体どんな事でご入用ですか」

すると茂丸は得意の借金説法で切り返した。

「事情によって是非を決せられるのであれば、もう借金は致しますまい。つまり、男のすることをするのです。善悪はともあれ、三〇〇〇円を捨てるつもりなら、貸せるはずじゃと思います」

「やあ、これは失礼しました」と言って、伝三郎は即座に手代に金を用意させている。その金を受け取ってから、茂丸は事情を説明している。このとき藤田伝三郎は、ひとことだけ茂丸に訓戒を与えたという。

「貴殿は決して金儲けをしてはなりませぬ。貴殿が金儲けをしたら、その時から人は貴殿の言うことをきかぬようになるものとご承知おきください。日米間に立って、大切な事をする責任を決してお忘れにならぬように」

この藤田伝三郎の言葉を生涯忘れないようにした、と茂丸は書いている。

大阪からの帰途、茂丸は横浜に立ち寄ってモールスと会い、渡米の準備が整ったことを報告すると、モールスはアメリカの実業家五人に紹介状を書いてくれた上、彼の会社が朝鮮の仁川鉄道と神戸の水道敷設事業を取った際の茂丸の尽力に対する謝礼二万円を、この際受け取ってくれと差出した。それを受け取ったものの、藤田伝三郎の訓戒が頭にこびりついていた茂丸は、その大半を、迷惑をかけていた人たちへの借金払いや、相変わらず貧乏暮らしの頭山などへの救援金にばらまいてしまったという。

しかし、藤田伝三郎から、三〇〇〇円では不足だろうと、さらに三〇〇〇円送ってきたので、懐中は潤沢になり、モールスの会社の清水林吉を通訳に雇って、三〇年九月末、横浜を出港した。当時、サンフランシスコまで半月近くかかる船旅だった。

この第一回渡米はアメリカの工業視察が主な目的だったが、工業先進国アメリカの実情をつぶさに見聞きした茂丸は、一段と興業銀行設立の急務を認識したようで、同年末帰国すると、すぐ次の渡米準備にとりかかっている。今度は、金子堅太郎の紹介状一枚を持って、三一年三月一日、再渡米するが、金子の紹介状は、アメリカの金融王モルガン商会の法律顧問、フレデリック・ゼニングに宛てたものだった。

サンフランシスコからさらに大陸横断鉄道で四、五日かかってニューヨークに着き、ゼニングに会って、興業銀行への出資という用向きを話すと、ゼニングは、社長のジョン・ピヤモント・モルガン（当時六一歳）と面会する手筈を整えてくれた。

J・P・モルガンは、モルガン商会の創始者、ジュニアス・スペンサー・モルガンの息子で、ボストンで育ち、ドイツのゲッチンゲン大学で学び、銀行業の修業をして父の商会を継ぎ、世界最大の金融業者になっていた。
この時のモルガンとの会見の模様は、茂丸の『法螺の説』第五吹に詳述されているが、世界的大富豪が相手だけに、法螺の吹き甲斐もあったようだ。
頼りは農商務次官、金子堅太郎の紹介状一本だけで、何の肩書きも資産もない男が、当時の金で一億数千万円（現在の三〇〇〇億円ほどに当ろうか）の外資導入を計ろうというのだから、大法螺で相手を丸め込むほかはない。
対面したモルガン社長は「ふくろうのような目付をしたおやじ」だったそうだが、ふたりのやりとりを『法螺の説』から現代風に再録すると――
モ「あなたは私に金を借りる信用は持っておりますか」
茂「私はあなたより年が若い上、健康で、知識、経験、思慮分別、胆略はもとより、道徳心、宗教心に至るまで、あなたと同じくらいだと思います」
モ「なるほど。では、あなたは財産はお持ちですか」
茂「最初に、金を借りに来たと申したではありませんか。財産が有っても無くても、差引き足りないから借りに来たんです」
モ「では、何を抵当にされますか」
茂「日本政府を保証人に立て、日本国を抵当に致します」
モ「それでは、あなたは日本政府の代表者で、命令書をお持ちなんですか」
茂「私は政府代表ではなく、命令書も持ってはおりません」
モ「それでどうして政府を保証人に出来ますか」
茂「あなたが貸すとおっしゃって、条件が決まれば、私がその通りにさせてみせます」

法螺丸ならではの大芝居である。

このあと、茂丸は、日本の国体、国民の勤勉さ、社会の淳風美俗、自然の美しさ、鉱物の資源など、他国にすぐれた点を滔々と弁じ立て、こんな安全な投資はないと力説している。

回答まで一週間待たされ、その間、茂丸はモルガン商会経営のナイヤガラ発電所などを見学して時を過すが、モルガン社長の回答はなんと融資ＯＫだった。

仮契約を結び、次のような覚書が交わされた。一、工業開発会社を起こし、日本政府はその会社の債券発行の第二の保証をすること。一、その金額は一億ドル以上、一億三〇〇〇万ドルを限度とすること。一、年限は五〇年程とすること。一、利子は五朱（三・二五％）以上に貸付けないこと。一、利息は三歩五厘（三・五％）とし、会社が一歩五厘をとること。

予想以上の成功に、さすがの茂丸も驚いて、二度ほど念を押したそうだが、モルガンはテーブルを叩いて「モルガンのイエスでありますぞ！」と怒ったという。

この外資導入劇を吹きまくった「第五吹」を、茂丸はこう結んでいる。

《丁度米国滞在が一ヶ月と四日間であった。これが今の日本興業銀行の起源で、何の考へもなく始めから仕舞まで法螺許《ばか》りで出来上つた顚末の大略である。ハヽヽヽ》

帰国した茂丸は、興業銀行創立計画案を作って、伊藤博文総理、井上馨蔵相に提出したが、時の日本銀行総裁岩崎弥之助（三菱第二代社長）はじめ全東京の銀行が、そんな低利で貸付けられたのでは我々の死活問題だと反対したため、暗礁に乗りあげた。茂丸が苦労して取付けた外資導入案も潰された。

そこで茂丸は農商務大臣となっていた金子堅太郎の力を借りて、興業銀行期成同盟会を作って運動を続けた結果、第二次山縣内閣の三三年三月、やっと設立議案が両院を通過して、日本興業銀行が誕生する運びとなる。

しかし、茂丸の当初の狙いとはかなり違ったものになってしまい、彼は『法螺の説』第六吹で、彼の草案を骨抜きにした役人や銀行家に毒づいている。

《弥々《いよいよ》落城の末期なりて、当時の首相山縣元帥閣下が憐れんで下さって、日本興業銀行と云ふものだけは拵《こしら》へて顔だけは立ててやらうと云ふて下さつた。ソコデ、一方豪富の主張にかかる安利貸の出来ぬ、高利貸の仲間に入るより外仕方のない、豪富保護の骨抜き興業銀行が出来上がつた。処が、昨日まで不道理、不必用、不賛成と云ふて五年間反対した豪富や銀行家が、忽ちにして道理、必用、賛成となりて、彼の豪富の反対者二三人は日本興業銀行の創立委員になつて仕舞ふた》

この運動でまた借金が増え、「出るものは先輩知人の小言《こごと》と借金の利息と奉公人の隙《ひま》と水洟と涙と溜息と欠伸《あくび》許《ばか》り」になったそうだが、この日本興業銀行設立の先導役を果たしたことで、茂丸に対する周囲の評価は変わった。経済に明るい浪人として重宝されるようになり、茂丸の活躍舞台は、台湾の精糖業、北洋漁業、満鉄経営、関門海底トンネル計画、博多港築港工事など、次々と大きな事業にひろがる。

並はずれた才智、胆略、雄弁、独創力、記憶力、多彩な人脈、堂々たる風采を以てすれば、茂丸は大富豪にもなり得たかもしれないが、彼にはそうした欲はなかった。ただ、己の智力、胆力の限りを尽くした法螺の効用を楽しみながら、政治道楽、事業道楽に耽った感じである。

そうした父茂丸の人生観を、夢野久作は『近世快人伝』でこう書いている。

《そもそも杉山法螺丸が、どこからこれほどの神通力を得て来たか。生馬の眼を抜き、生猿の皮を剥ぎ、生きたライオンの歯を抜く体の神変不可思議の術を如何なる修養によって会得して来たか。

請う先ず彼の青年に説くところを聞け。

「竹片《たけぎれ》で水をタタクと泡が出る。その泡が水の表面をフワリフワリと回転して、無常の風に会つて又もとの水と空気にフッと立ち帰るまでのお慰みが所謂人生という奴だ。それ以上に深く考える奴が即ち精神病者か白痴で、そこまで考え付かない奴が所謂オッチョコチョイの蛆虫野郎だ。この修養が出来れば地蔵様でも閻魔大王でも手玉に取れるんだ。人生はそう深く考えるもんじゃない。あんまり深く考えると、人生の行き止まりは三原山と華厳の滝以外になくなるんだ。三十歳まで大学に通ってベースボールをやる必要なんか無論ないよ」》

この久作が引用した茂丸の「人生泡沫」説は、大正三年刊行の『青年訓』に記されているものだが、さらにいえば、「俺は全地球の富を一手につかんでいるが、道楽で貧乏しているのだ。そう思えばいい。金殿玉楼に住むよりも、裏店で茶漬をかつこんでいたほうが愉快だぞ。これ即ち、無を有にして、有を無にするものである」などと青年に処世の術を説いている。

こうした人生観を持っていた茂丸の本質を、茂丸研究家の室井廣一は「陽気なニヒリズム」と見ているが、〝国事病〟にとりつかれながら、狂信的な国家主義者とは程遠かった杉山茂丸の精神構造の底には、この「人生泡沫」観が潜んでいたといえよう。

それに、国事病にしても、茂丸の症状は凡百の患者とはかなり違っていた。鎖国から一転して、西欧流の近代国家づくりに血道をあげた明治時代は、茂丸に限らず国事病患者が多発したが、その真性と疑似症の違いを、茂丸は『百魔』のなかで、日露の風雲急を告げる頃、急性の国事病に罹って突飛な行動をしようとする実弟の龍造寺隆邦に言い聞かせる形で述べている。国事に入門するには、まず四鯛《したい》病を克服せねばならぬと。

《それは「長生仕鯛、金儲仕鯛、手柄が立鯛、名誉が得《え》鯛」の四つである。即ち死、貧、功、名の上の観念を解脱して、命は何時でも必要次第に投出す。貧乏は何程しても構はぬ、縁の下の力持をして、悪名ばかりを取つて、少しも不平がなく、心中常に爽然の感が漂ふて春風徂徠《そらい》の中に徜徉《しょうよう》するが如き境涯にならねばならぬ。今の世の国事家は、往成《ゆきなり》に国事を触声《ふれごえ》に売歩きて、次手《ついで》に死の責任は免れやう、次手に金は儲けやう、次手に手柄自慢はしやう、次手に美名は得やうと云ふ「四やう病」に罹った患者ばかり故、働けば働くほど害菌毒素を第三者に振り掛けて、世に多くの迷惑を掛けるのである》（『百魔』）

もとより茂丸は聖人君子ではない。借金病、好色病、義太夫熱病、刀剣蒐集病、その他さまざまな病癖があったが、少なくとも四鯛病を己に禁じる意志は持ち続けていたと言えよう。

其日庵

明治三一年三月二五日、東京で三男五郎が生まれたが、その頃から三郎平夫妻がしきりに博多へ帰りたがるようになったので、茂丸も閉口して、三郎平夫妻と直樹を博多へ送り返すことになった。次男の峻は二八年六月に夭逝していたが、長女瑞枝（二八年二月一五日生）と五郎の幼児二人を抱える幾茂は東京に残った。

三郎平夫妻と直樹は博多に戻ると、仙崖和尚が居た聖福寺《しょうふくじ》近くの北船町に一時仮寓したあと、お城に近い海岸べりの西職人町の借家に移ったが、このとき初めて直樹は小学校（大名小学校）に入学している。年齢相応にいきなり尋常科四年生（当時、小学校は尋常科四年、高等科四年）だったが、幼い時からの祖父の教育で、すでに学力は群を抜いていた。

この小学校入学と同時に、直樹は祖父三郎平から、祖父が崇敬する能楽喜多流師範、梅津只圓《しえん》の門に入門させられた。

《筆者が大名小学校の四年生に入学すると直ぐに翁の許《もと》に追い遣った。

「武士の子たる者が乱舞を習わぬというのは一生の恥じゃ」

といった論法で、面喰らっている筆者の手を引いて中庄の翁の処を訪うて、翁の膝下に引据えて、サッサと入門させてしまった。その怖い怖い祖父が、翁の前に出るとさながら二十日鼠のように一《ひ》と縮《ちぢみ》になるのを見て筆者も文句なしに一と縮になった》（『梅津只圓翁伝』）

祖父三郎平にひきずられての入門だが、久作は九歳から一七歳まで梅津門下にあった。久作は「正直なところをいうと、筆者は最初から終いまでお能というものに興味を持っていなかった」と書いているが、梅津只圓から多くのものを学んでおり、生涯、喜多流教授として能を続け、喜多流一五世家元喜多実（明治三三年生）とは兄弟のような付き合いだった。

この頃から、直樹はよく小説を読むようになっていたから、能の稽古は鬱陶しかったのだろう。

《尋常科三四年頃、小国民とか、少年園とか云う雑誌があった。科学めいた怪奇談や、世界の珍聞集みたようなものが載って居りましたが、これも探偵趣味の芽生えを培ったに違いありません。そのほか少年世界のキプリングもの、磯萍水や江見水蔭の冒険もの、単行本の一五少年漂流記なども無論其頃の愛読書で、何処の発行でしたか、何々少年と標題した翻訳の少年冒険談が、全集式の単行本によって出て居たようですが、そんなものも押川春浪の冒険談と一緒に二〇冊ばかり虎の子のようにして居りました》（『新青年』昭和六年二月号）

祖父三郎平は直樹を梅津門に入門させて間もなく脳出血で倒れ、右半身不随となった。それまで直樹を預けっぱなしで、あまり帰郷しなかった茂丸が、父が倒れるとしばしば帰郷して孝養を尽くすようになった。

《父は度々帰省してお祖父様を見舞い、その都度、大工を呼んで板塀や窓の模様を変え、右半身の麻痺硬直したお祖父様に適合する便器を作らせ、又はお祖父様の股間にタムシが出来た時に、色々な薬を配合して手ずから洗って上げたりした》（『父杉山茂丸を語る』）

東京―博多間の汽車はすでに全通していたが、未だ二日がかりの旅といった時代である。奔放不羈の茂丸だが、そんな孝心厚い一面もあった。

この頃、茂丸は珍しく懐が潤っていたのか、それともお得意の借金で購ったのか、隅田川べりの向島に二〇〇〇坪余の別荘を手に入れ、独居庵（のち其日庵）と名づけている。

《それから庵主は児玉と相談して向島に其日庵と云ふ別荘を造り、秘密漏洩を防ぐために、桂、児玉との例の秘密結社の密談はここを使つてゐたが、後には伊藤、山縣、井上、桂、小村、児玉等もここに集るやうになり、『鹿《しし》ケ谷《がたに》』と仮称するやうになった。》（『俗戦国策』）

「桂、児玉との秘密結社」の件は後述するが、茂丸はこの向島の其日庵や築地の柏屋を使って、明治政界の要人たちとの接触を深めていく。妻子は麻布森之町に住まわせ、自分は芝日蔭町の料理屋、浜の家に住みついて、そこを活動の拠点としていた。茂丸三五歳。盛んな活動期に入っていた。

この頃、茂丸が深くかかわっていた事業に、朝鮮の京釜鉄道（京城《ソウル》―釜山間）敷設問題がある。この鉄道敷設を最初に献策したのは、日清戦争時、釜山領事館書記生だった福岡出身の山座圓次郎（一八六六年生）で、総領事の室田義文（のち貴族院議員）の協力を得て実地測量を行ない、二七年八月に締結された日韓暫定合同条款によって、日本が敷設権を取得、三一年九月、韓国政府と京釜鉄道発起人との間に敷設契約が調印された。

しかし、三二年に入ったある日、茂丸は発起人の大江卓、竹内綱から、京釜鉄道の収支の見通しが立たず、株式応募の見込みもないので、近く発起人会を解散するつもりだと聞かされて、猛然と動き出す。朝鮮半島は日本の生命線という信念を持っていた茂丸は、対ロシア政策上、京釜鉄道は日本にとって不可欠のものだと考えていたのだ。

茂丸は山縣首相、青木周蔵外相に働きかけて政府の同意をとりつけるとともに、代議士の佐々友房を使って京釜鉄道創立案を衆議院に提案させ、与野党一致で成立させ、京釜鉄道を実現させている。

一方、茂丸は日清戦争後日本の領有となった台湾の経営にも深くかかわっていた。台湾が日本の領有になるとともに、茂丸は伊藤博文に依嘱されて、毎年、台湾の調査に赴いていたが、三一年三月、児玉源太郎中将が台湾総督になり、民生局長官に後藤新平を据えたことから、茂丸と台湾総督府との関係は一段と深まった。

後藤夫人の父は元福岡県知事だった安場保和。知事かつぎ出しから選挙大干渉に至るまで、茂丸と安場との縁は深い。安場の紹介によって後藤に近づいた茂丸は、昭和四年、後藤が先立つまで、密接な関係を持つことになる。

後藤新平は、安政四年（一八五七）、奥州水沢藩（岩手県）の生まれで、最初、医師だったが、明治一五年四月、自由党総理板垣退助が岐阜で刺されたとき、当時名古屋の愛知県病院長をしていた後藤が部下の医者を連れて駆けつけて治療をしたのが縁となって引き立てられ、中央衛生会委員をしていたとき、日清戦争から帰還する将兵の検疫を提案、それを児玉源太郎が採用して実行したことから、児玉は後藤の識見を高く買うようになり、台湾総督に就任すると、台湾経営の要となる民生局長官に後藤を据えている。

後藤新平は日露戦後、満鉄の初代総裁となり、さらに寺内正毅内閣（大正五年一〇月成立）の外務大臣、大正一二年の関東大震災直後に成立した山本権兵衛内閣では内務大臣兼帝都復興院総裁になって東京の復興に腕を振い、東京市長にもなった。

何事にも構想雄大なビジョンを持ち、雄弁でもあったから、「大風呂敷」の異名をとったが、法螺丸と相通ずる所が多かったのだろう。茂丸が待合「柏屋」を舞台に組織した暢気倶楽部も、後藤応援団の集まりだったともいわれている。

児玉源太郎、後藤新平は共に小柄で敏捷だったところから栗鼠《リス》コンビと呼ばれたが、このコンビが台湾総督府に乗り込んだ頃、二年前に発布された台湾銀行法がまだ棚ざらしになったままだった。

それを知った茂丸は、香港や上海で英国系の香港上海銀行が強力な支配力を持っていることを知悉していただけに、台湾銀行の設立を急ぐべきだと後藤の尻を叩いて、創立に漕ぎつけている。

そして、児玉総督から台湾銀行総裁の人選を相談されると、茂丸は、同郷・同年生まれで、東京帝大卒業後、大蔵省に入り、大蔵次官になっていた添田寿一を推薦、添田が初代総裁の座に就いた。添田はのちに日本興業銀行総裁・鉄道院総裁もつとめるが、茂丸は、金子堅太郎、山座圓次郎にこの添田寿一など、福岡出身の官僚とも密接な関係を持っていた。

また軍部では、やはり同郷・同年の明石元二郎大将がいる。明石は日露戦争は大佐だったが、ストックホルムを根拠地として対ロシア諜報活動で名を挙げ、韓国併合のときは韓国駐剳軍の憲兵司令官、大正七年には台湾総督になっている。茂丸の活動舞台と重なることが多く、明石の没後（大正八年一〇月）、茂丸は『明石大将伝』を書いて、同郷の盟友の死を弔っている。

茂丸の『百魔』に劉宜《りゅうぎ》和尚なる豪傑が登場するが、こうした豪傑も茂丸の周辺には少なからずいた。劉宜和尚は元島原藩士で神陰流の達人。芝山内で公道館という道場を開いていたが、茂丸の筆によれば、「この人は身の長《たけ》六尺に近く、膂力絶倫、容貌魁偉であって、頗る意気を尚び、侠骨隆々として山の如しと云ふ人体である。ところで今一つ不思議なのは、この人が善を聞いて移る事と、悪を懲らすの素早き事は恰も流箭の如く、何の思慮も分別もなく殆んど無意識にこれを実行するのである」（『百魔』）といった人物である。

最初は頭山満の紹介で知り合ったというが、肝胆相照らす仲となり、京釜鉄道が危うく流産しかけた時など、茂丸は劉宜和尚に無断で、芝山内の劉宜の家屋敷を抵当に銀行から一万六〇〇〇円を借り出そうとする。銀行員が抵当物件の調査に来る。どうして銀行員が？　と首をひねる劉宜に茂丸は弁じ立てる。

「あの銀行員は古今無双の忠臣で、これを以て金を作れば国難が救えると思ってやって来たんだ。国が救えれば、屋敷の一つぐらい安いもんじゃないか……」

それで納得したというから、劉宜も相当な魔人である。

この劉宜和尚の本名は小美田《おみだ》隆義。大日本武道会を創立して副会長になるが、手に入れた越後の石油鉱区から石油が噴出して数百万円を握ったと言われ、茂丸の有力な金づるの一人だった。明治三三年、伊藤博文が立憲政友会を組織したときは、多額の資金を提供している。

政治家、官僚、軍人からこうした在野の豪傑まで、茂丸の人脈は実に幅広かった。こうした人脈を生かして、茂丸は政界の黒幕への道を歩むことになるが、その道行きは必ずしも茂丸の本意ではなかったようで、夢野久作は『父杉山茂丸を語る』のなかでこんなことを書いている。祖父三郎平が脳溢血で倒れたあとのことだから、三二年頃のことだろう。

《三度目に帰省した時に父は鼻の下の髭を剃った。そうしてお祖父様にコンナ事を話した。「私は社会と共に堕落して行きます。まず第一段の堕落でアゴ髭を剃り、今度の第二段の堕落で鼻の下の髭を剃りました。この次には眉毛を剃って俳優に堕落し、第四の堕落ではクルクル坊主になるつもりですが、まあ、そこまで行かずとも世の中は救えましょう。アハハ」

泣き中気のお祖父様は、そんな父の言葉を聞く毎に泣いておられました》

己れをよく知る者の言葉といえよう。茂丸は百鬼夜行の政治の裏舞台で踊らざるを得ない己れを戯画化するだけの冷徹な眼を持っていた。

向島の別荘に名づけた其日庵は、茂丸の筆名ともなり、彼は多くの著述に「杉山其日庵」を使っているが、この命名は「その日暮らし」から来ている。広大な別荘を構えても、いつうたかたの夢と消えるかもしれない有為転変を達観していた。

梅津《うめず》只圓《しえん》

三二年四月、杉山直樹は大名小学校の高等科一年生（現在の五年生）になった。授業は楽なものだったが、放課後が大変だった。

「お能の稽古をせねば追い出すぞ」

と祖父三郎平に叱咤され、毎週二、三日、遊んだり少年雑誌を読みたいのを我慢して、着物に袴をつけ、梅津只圓の道場に通わねばならなかった。

海辺の西職人町（現在、舞鶴二丁目あたり）の家から警固《けご》村薬院中庄《やくいんなかしょう》（現在、薬院二丁目あたり）の梅津家までは、子供の足ではかなりの道のりだった。

祖父の厳命で不承不承通っていたので、そこは只圓も心得たもので、直樹が門口に立つと、

「おお、トントン、よう来なさった」

と愛想よく迎えてくれるが、いったん道場に立つと、態度は一変した。

《「イヨー、ホォーホォー、イヨォ」

と一声《いっせい》の囃子をあしらい始めるのであるが、それがだんだん調子に乗って熱を持って来ると、翁の本来の地金をあらわしてトテモ猛烈な稽古になって来る。私もツイ子供ながら翁の熱心さに釣込まれて一生懸命になって来る。

「そうそう、左手左手。左手がブラブラじゃ。ちゃんと前へ出《だ》して。肱を張って。そうそう。イヨォー。ホォーホォー。ホホ。ホホウ」

「前途程遠し。思いを雁山《がんざん》の夕《ゆうべ》の雲に馳《は》す」

「そうそう。まっと長う引いて……イヨー。ホォホォ」

「いかに俊成《しゅんぜ》の卿《ぎょう》……」

「ソラソラ。ワキは其様《そげ》な処には居らん。何度云うてもわからん。コッチコッチ」

といった塩梅《あんばい》で双方とも知らず知らず喧嘩腰になって来るから妙であった》（『梅津只圓翁伝』）

只圓は激してくると、上の総義歯を床に吹き落としてしまい、慌てて口の中へ拾い込むこともあったが、その見幕が恐ろしく、弟子たちは笑うに笑えなかったという。

高等科二年生（いまの小学六年生）になった春には、初めて光雲《てるも》神社（黒田藩祖を祭る）の神事能の舞台に立つことになったが、只圓も祖父母も大変な意気込みで、当日まで一か月ほど、毎日梅津家に通わねばならなかった。

《道草を喰い喰い、それこそ屠所の羊の思いで翁の門を潜ると、待ち構えている翁は虎が兎を掠《かす》めるように筆者を舞台へ連れて行く》（同前）

おまけに舞台の背後が一面の竹藪で、春から藪蚊がワンワン湧いていて、ブーンと飛んで来て刺す。痒くてたまらず、ソーッと手を動かして掻こうとすると、すぐ只圓の眼がギラッと光って、「ソラソラッ」と張扇でピシャッと頭を叩かれる。涙を流しながら稽古を続けたという。

『梅津只圓翁伝』によれば、山城国（京都府）葛野郡に梅津という土地があり、梅津家は代々そこに定住していた歌舞音曲の家柄だった。

平安時代、梅津家の一人が筑後の高良《こうら》玉垂《たまたれ》命《のみこと》神社（現在、久留米市）の田楽《でんがく》法師として下向。その血筋の者が、福岡が黒田藩の城下になったとき移り、櫛田神社の神事能を受け持つようになってから、やがて黒田家お抱えの能楽師となり、薬院中庄に屋敷と舞台を賜わったという。

只圓は文化一四年（一八一五）の生まれで、本名は梅津源蔵利春。三〇歳頃、江戸へ赴いて喜多流一三世家元能《のう》勢《せい》に師事して、喜多流の奥義を極め、一三世没後、まだ若年だった一四世六平太を指導したこともあった。直樹が入門した頃はすでに八〇代になっていたが、「翁は痩せて背丈の高い人であった。五尺七八寸位あったと思う。日に焼けた頑健な肉附と、どこから見ても達人らしい風格を備えたシャンとした姿勢であった。肩が張って、肋骨が出て、皺だらけの長大な両足の甲に真白い大きな坐胝《すわりだこ》がカジリ附いていた」と、久作は只圓の姿を描写している。

頑健だった只圓は、明治四三年、九四歳で亡くなるが、倒れる日まで門弟に稽古をつけていた。

今日、能楽は日本の伝統文化を代表するものとして世界中に知られ、国立能楽堂も設けられる盛時を迎えているが、明治維新前後の動乱期には没落しかけた時期もあった。梅津只圓はそうした苦境を凌いで能楽を守り続けた人だった。

《維新後、能楽没落のただ中に黙々として斯道の研鑽を怠らなかった。東京の能楽師等が時勢の非なるを覚って、装束を売り、能面を売って手内職や薄給取りに転向している際にも、翁は頑として能楽の守護神の如く子弟を鞭……翁はそのような栄達、名聞《みょうもん》を求めず、一意、旧藩主の恩顧と、永年奉仕して来た福岡市内各社の祭事能に関する責務を忘れず、一身を奉じつくして世を終った》（同前）

そんな梅津只圓に祖父三郎平は「それこそ生命がけで心服」し、神事能や門下の月並能の番組が決まると、総髪に息子の茂丸から貰ったラッコの毛皮帽をのせ、黄八丈の着物に殿様から拝領した藤色の羽織を重ね、銀煙管を入れた印伝の煙草入れ、白足袋に表付きの下駄といった、精一杯の装いをして、貧窮のさなかでも、大枚二円五〇銭をつかんで門下の家々に番組を触れまわり、会費を出ししぶったり、役不足をいう門弟がいると、帰宅してプンプン怒り、「老先生にすまん」と涙を流す有様だったという。

狷介で、誰にも頭を下げようとしなかったという三郎平が、そこまで只圓に心服したのは、単に能楽の師というだけでなく、人格的に敬服するところが多かったのだろうが、只圓は家庭でも立派な教育者だった。

只圓の三女千代（一八七一年生）は、明治二八年の冬、富士山頂に私設観測所を作って、初めて厳冬の山頂で気象観測を敢行し、今日の富士山測候所の基礎を作った野中到《いたる》の妻である。

野中家も杉山家同様、黒田藩の馬廻組で、到と千代は従兄妹で、ともに福岡で育った幼なじみだった。ひとりで苦難の仕事と取り組もうとする夫を助けるため、千代も富士山頂に登って一緒に籠り、ふたりとも重態になってやっと救出される。その夫婦愛の物語は、新田次郎の小説『芙蓉の人』に詳しいが、千代夫人の協力なくしては、野中到の富士山頂冬期観測はまず不可能だったろう。只圓はそういう娘を育てていた。

また、娘婿の野中到の人物もよく洞察していて、富士山頂冬期観察のとき、野中の父（控訴院判事）が無謀だと止めたのに対し、只圓は男たる者の壮挙と励まし、「退屈したとき謡いなさい」と、半紙一〇帖ばかりに「弱法師」「三井寺」「景清」など一〇曲ほど書いて到に贈っていた。

直樹はこうした只圓の人格的影響も受けるとともに、芸道の真髄を見極める眼を育てられている。

《甚だ要領を得難い評かもしれないが、翁の型を見た最初に感ずる事は、その動きが太い一直線という感じである。同時に少々穿ち過ぎた感想ではあるが、翁の芸風は元来器用な、柔かい、細かいものであったのを尽《ことごと》く殺しつくして、喜多流の直線で一貫した修養の痕跡が、どこかふっくりと見えるような含蓄のある太い、逞しい直線であったように思う。曲るにしても太い鋼鉄の棒を何の苦もなく折り曲げるようなドエライ力を、その軽い動きと姿の中に感ずる事が出来た。

後年九段能楽堂で名人に準ぜられている某氏の「野守」の仕舞を見た事があるが、失礼ながらあのような天才的な冴えから来た擬古的な折れ曲がりとは違う。もっと大きく深い、燃え上がるような通力を持った……何となく只圓一流と云いたい動きであった》(同前)

夢野久作が梅津只圓に師事したのは一七歳までだが、これだけ能の機微を見分ける眼を育てられていた。それだけに、ニセモノを見破る眼識も得ていて、浅薄な己れの芸に慢心し、いい加減な稽古をつけて謝礼だけはたんまり取るような能楽師を厳しく批判し、『梅津只圓翁伝』の最後をこう結んでいる。

《翁百世の後、翁の像を仰いで襟を正す人在りや無しや。

思うて此に到る時、自《おのず》から胸が一パイになる》

三四年の暮れには、西職人町から薬院中庄に近い雁林町《がんりんちょう》に移り、梅津門に通うのは楽になったが、孫出演の舞台を楽しみにしていた祖父三郎平は次第に弱り、三五年三月二〇日、六四年の生涯を閉じた。肺炎で数日前から重態になっていたので、茂丸も急ぎ帰郷し、父の枕頭に坐して、その最期を看とっている。

三郎平が息をひきとると、茂丸はすぐお茶を淹れされ、みんなを落ち着かせたあとで、三郎平の清廉潔白な生涯について語ったが、久作は悲しくて悲しくて、父が何を話したかよく耳に入らなかったという。

久作はほとんど祖父三郎平に育てられている。祖父が実質的な父親だった。

祖母トモは健在だったが、茂丸は幾茂を福岡へ帰した。幾茂、瑞枝、五郎が帰って来て雁林町の借家が手狭になったので、大濠の北側の荒戸《あらと》通町に移転した。風来坊で浮沈の多い父親のせいで、久作は生まれて以来、何度転居したことか。住吉を振り出しに、鰯町、筑紫郡二日市町、宗像郡神興《じんご》村、箱崎《はこざき》、東京麻布、博多へ戻って北船町、西職人町、雁林町、荒戸通町。まあ、それだけ多くの土地を知り、さまざまな生活、人情に触れて、見聞を広めたとはいえ、子供なりの気苦労も多かったことだろう。

現在の修猷館高校。敷地内に資料館があり、そこに夢野久作の描いた絵が２点収蔵されている

三六年春、杉山直樹は大名小学校高等科から福岡県立中学修猷《しゅうゆう》館《かん》に進学した。

修猷館は黒田藩の藩校として生まれ、最初は直樹が通っていた大名小学校の隣に在ったが、三三年、百道《ももじ》松原に近い西新町《にしじんまち》の現在地に移っていた。

当時、百道松原は白砂青松の美しい海岸で、学校は約二反歩の畑も持ち、菜園をつくり、柑橘類も植えていた。直樹の入学前に東西二寮の寄宿舎も完成し、絶好の教育環境にあった。

なお、三四年春、県立中学になっていたが、当時、福岡の県立中学（五年制）は、修猷館のほか、旧久留米藩校の明善校、旧柳河藩校の伝習館、旧小倉藩校の豊津中学など七校を数えるのみだった。

直樹が修猷館に入学したとき、四年生に中野正剛、三年生に緒方竹虎がいて、中野は柔道と剣道で、緒方は柔道で活躍し、その名は全校生徒に知られていた。また中野は、東京帝大在学中の廣田弘毅ら卒業生の働きで三五年に発行された『同窓会雑誌』でも活発な執筆活動を見せ、文武にわたる花形だった。

夢野久作が県立中学修猷館在学中に描いたスケッチ「名島の風景」（「図録修猷館」から。修猷資料館蔵）

中野は、柔道は学校で学ぶほか、玄洋社の明道館道場や内田良平の天真館で稽古を積み、玄洋社との接触も深めていたが、直樹が入学した三六年には、平岡浩太郎や内田良平から資金援助を受けて、地行《じぎょう》六番丁に道場、振武館を作るとともに、修養団体玄南会を組織して、武を練り、弁論を闘わせる硬派グループを形成していた。この頃から緒方は中野の片腕ともいうべき存在だった。

しかし、杉山直樹は、そうした中野、緒方らの硬派グループとは無縁だったようだ。

『父杉山茂丸を語る』のなかでも、彼は、中学に入学すると間もなく、宗教、文学、音楽、美術の研究に凝り、テニスに夢中になったと書いている。中野グループからすれば、情けない軟派の下級生ということだったろう。

一六歳（数え年）の時というから、中学二年生の時か、久しぶりに帰宅した父茂丸から将来の志望を問われて、

「私は文学で立ちたいと思います」

と答えると、父は苦虫を嚙みつぶしたような顔になったという。そこで慌てて、

「そんなら美術家になります」

と言うと、父がますます不愉快な顔になったので、たまらなくなり、

「そんなら身体を丈夫にするため農業をやります」

と言ったら、父はやっと笑顔になって、

「フン、農業なら賛成する。貴様は現在、神経過敏の固まりのようだ。さっきから俺の顔色を見て、やたらに目的を変更しているが、そんな神経過敏では、今の生存競争の世の中に勝てるものではないぞ。芸術とか宗教とかいうものは、神経過敏のオモチャのようなもんで、そんなものに熱中すると、いよいよ神経過敏になる。現在の日本はロシアに取られようとしている。日本が亡びたら文学も絵もあったもんじゃない……」

と長々と説教されたというが、もしも直樹の答えが「中野さんたちの振武館に入って……」だったら、茂丸はさぞご機嫌だったことだろう。

しかし、杉山直樹は、天下の志士、豪傑を志す少年たちとは異質の存在だった。

第四章　近衛兵・杉山直樹

日露戦争

明治三七年二月一〇日、杉山直樹、中学一年生の三学期、日本はロシアに宣戦布告して日露戦争が始まった。ロシアに国交断絶を通告した駐露公使、栗野慎一郎（一八五一年生）は藩校時代の修猷館の出身で、金子堅太郎同様、ハーバード大学で学んだ外交官だった。直情径行、竹を割ったような性格だったといわれる。

また、明治三四年六月、桂太郎内閣が成立した際、外務大臣に就任した小村寿太郎から、まだ三四歳の若さで外務省政務局長の要職に抜擢され、病身の小村を助けて活躍した山座圓次郎（一八六六年生）も修猷館出身だった。

さらにいえば、修猷館出身の金子堅太郎も日露戦争では大役を果たしている。アメリカのセオドル・ルーズベルト大統領とハーバード大学の同窓生ということから、対露宣戦布告を一週間後にひかえた二月四日、枢密院議長伊藤博文に呼ばれて、戦中の対米接衡に当るよう求められ、二月二四日横浜出港、対日感情が悪いアメリカで外債募集などに奮闘している。

そうした外交の表舞台に立つ先輩たちもいたし、福岡二四連隊からの出征兵士には卒業生も少なくなかったので、修猷館では、博多港から出征兵士が発つたびに授業を休んで見送りに立たせる熱心さだった。その歓送陣のなかには、大頭で「地球」と渾名されていた一年生、杉山直樹の長い顔もあったはずだ。五年生有志の呼びかけで献金も行なわれたし、九月五日、激戦だった遼陽会戦で勝利すると、教職員・生徒の醵金で記念絵はがきを作って福岡連隊に寄贈したりしている。

杉山直樹はそんな銃後体験をしているが、父茂丸はこの日露戦争にも深くかかわっている。

日清戦後、日露の対立はますます深まっていた。ロシアの朝鮮半島に対する軍事的、経済的進出は著しく、朝鮮北部の鉱山採掘権、木材伐採権、捕鯨基地設置などに加えて、三国干渉によるロシアの旅順・大連租借は一段と日露関係を険悪なものにし、朝鮮半島の利益線をめぐる日露の対決は避けがたいものになっていた。

日本が対露交渉の基本方針を決めたのは、三六年四月二一日、京都南禅寺の山縣有朋の別荘、無隣庵《むりんあん》で開かれた「無隣庵会議」といわれる。

公式には、参謀総長山縣有朋、枢密院議長伊藤博文、総理大臣桂太郎、外務大臣小村寿太郎の極秘四者会談によって対露交渉案が討議され、六月二三日の御前会議で決定したと言われているが、杉山茂丸はこの無隣庵会議の前夜、満洲軍総参謀長となる児玉源太郎大将とともに無隣庵の別室に泊まり、児玉は会議に加わったとも伝えられている。茂丸はすでにそんな政治の奥の院まで潜入していた。

児玉源太郎とは、児玉が台湾総督時代から親しい関係にあったが、茂丸の『俗戦国策』によれば、三一年六月、第三次伊藤内閣が倒れたとき、児玉と茂丸は、①日本の国家確立のためには対露戦争は必要、②国論を統一するため、今の小党分立を清算して大政党にまとめる、③そのトップは伊藤博文とする、④伊藤の政党組織に山縣が反対するなら、山縣のほうを引きずり降ろす、といった合意に達し、それを遂行するための〝秘密結社〟を結んだという。

しかし、伊藤に〝秘密結社〟の方針を打ちあけたところ、「夢のようなことを言うな、日露はむしろ同盟すべきだ」と斥けられたため、山縣に乗り換えることにしたが、山縣からも「そのようなことは軽々しく口にするな」とたしなめられたという。

そのうち茂丸たちが目論んだ政党統一が、三三年九月、伊藤博文を総裁とする立憲政友会の結成で実現し、さらに三四年六月には、日露戦争に備えた桂太郎内閣の誕生となり、桂太郎（一八四七年生）は同じ長州出身の児玉源太郎（一八五二年生）を陸軍大臣に据えた（児玉は一年足らずでやはり長州閥の寺内正毅に代わる）。

この桂内閣成立で、桂も〝秘密結社〟に加わることになったというが、この三人組がまずやったことは、日露開戦に反対する伊藤博文を棚上げしてしまって、ロシアを牽制する日英同盟を結ぶことだった。

そこで、日露同盟条約の事前交渉という名目で伊藤をロシアに送り出す。この伊藤訪露によって、日露接近の擬態を示し、イギリスを刺激しようという作戦だったが、それが図に当り、伊藤訪欧中の三五年一月三〇日、小村外相の働きで日英同盟が締結される。陰謀に乗せられてロシアまで出かけた伊藤はピエロ同然であった。日英同盟が成立した日、何かと伊藤と対立することが多かった山縣有朋も、「あまりにも伊藤が気の毒だ」と言って、寝込んでしまったと伝えられている。

茂丸にとって伊藤博文は、政治の中枢に参画する糸口をつけてくれた恩義もあったし、立憲政友会をつくるときは、当時、病気療養と称して大磯に引っ込んでいた伊藤を説得するため、大磯の旅館、濤龍館に陣取って、新橋の芸妓を呼び寄せてお得意の義太夫会を開いたりする。やっと伊藤が乗り気になると、今度は資金づくりに駆けまわり、劉宜和尚こと小美田隆義から多額の献金をさせている。

そんな深い縁がある伊藤だが、伊藤が日露関係を重視し、開戦に極めて消極的なことがわかると、茂丸は桂、児玉と結んで、日英同盟締結で伊藤の裏をかく工作に走ったのだった。その上、政友会の抵抗で思うに任せぬ桂が辞意を表明する事態になると、今度は伊藤を政友会から引き離す画策を始め、三六年七月には、伊藤を枢密院議長に祭りあげてしまい、政友会総裁の座には西園寺公望を据える。この妙案を出したのも自分だと、茂丸は自賛している。

政友会の実力者、原敬《はらたかし》（一八五六年生）はこの伊藤枢密院議長就任のいきさつを、三六年七月七日の日記にこう記している。

《伊藤を枢密に入る、事は山縣系内閣の奸計に出《いづ》るものにて、伊藤を政友会より分離せしめ政党を全く破壊して其政策を自由に行い、以て内閣の維持を計るの企図に出《いで》たるものなり。宮内省を取込み極めて秘密且つ陰微の手段によりて御意を賜わるの順序に運びたるものにて、上は聖明を欺り上《たてまつ》り、下は国家を私有専断せんとするものにて憲政の為めに甚だ憂うべきものなり》

山縣系内閣の奸計を激しく非難しているが、その奸計の陰に、杉山茂丸なる浪人がうごめいていることを、原敬はすでに知っていたことだろう。原敬は生涯、茂丸を身近に寄せつけず、「何が常識かわからず、官僚間をウロウロしている男」と茂丸を酷評した政治家だった。

九州博多と東北盛岡。対照的な風土の育ちで、気質も政治手法も異質。反山縣と親山縣。政党人と政党嫌い。相反する事ばかりで、原敬と杉山茂丸は水と油の存在だった。後年、ふたりの確執はさらに深まるが、その端緒はすでにこの頃から根ざしていた。

明治三七年二月一〇日、対露宣戦布告、三八年九月五日、講和条約（ポーツマス条約）調印の日露戦争は、日本国民にとっては「勝った、勝った」の大勝利だったが、事実は、日本が決定的な勝利を収めた戦争ではなかった。

歴史家、大江志乃夫は、著者『日露戦争と日本軍隊』で次のような記述をしているが、これが日露戦争の実相と言っていいものだろう。

《日露戦争は陸海軍ともに世界最新の装備と最大の兵力量とを持つ二大国家の主力軍同士が正面から激突しあった戦争として、本格的な帝国主義戦争の開幕を告げるにふさわしい規模の戦争であった。

日露戦争をそれ以前の近代諸戦争からもっとも明白に区別している特徴は、戦争の長期化と一大消耗戦化である。しかも決定的な勝利者のないこの戦争が、対戦当事国の背後にある帝国主義諸国の介入によって中断されなかったならば、これらの特徴はいっそう明白なかたちをとるに至ったであろうことは疑問の余地がない》

日露戦争では、遼陽会戦、沙河会戦、奉天会戦と、大きな会戦が三回あったが、特に最後の雌雄を決しようとした奉天会戦（三八年三月）は、日本軍の兵力約二五万人（死傷者約七万人）、ロシア軍約三二万人（死傷者約九万人）という激戦で、一応、日本軍が奉天を占領したものの、もうそれ以上戦争を継続する余力はなかった。参謀総長山縣有朋が桂太郎首相に、「敵はなお本国に強力な兵力を有しているが、我はすでにあらん限りの兵力を用い尽くした」と報告せざるを得ない状態だったのだ。

このため、講和会議に臨む全権大使、小村寿太郎外相は、「自分の帰朝の際は誰ひとり出迎える者はないであろう」と悲壮な決意でポーツマス（アメリカ・ニューハンプシャー州）に向かわざるを得なかったし、結局、ロシアを敗戦国と認めさせることが出来ず、賠償要求は放棄、領土割譲は樺太《サハリン》の南半分のみといった条件で講和条約を結ぶほかなかった。ただ、カムチャツカの漁業権の三〇年契約という拾い物があったが、茂丸が北洋漁業の有利さを見抜いていて、講和条約に織り込ませたという説もある。

この講和条約締結に先立つ七月、参謀総長山縣有朋は、戦争終結の聖旨を現地部隊に伝達するため渡満するが、その際、福岡にいた杉山茂丸をひそかに呼び出し、門司で同船させて同行している。満洲の戦後経営を茂丸に調査研究させるためだった。奉天の満洲軍総司令部には、満洲軍総参謀長の児玉源太郎がいたが、茂丸は児玉と同宿し、討議を重ねている。このとき、従軍服に長靴姿の茂丸が小柄な児玉大将と並んで写った写真が残されているが、堂々たる杉山将軍に児玉参謀といった図である。なお、このとき児玉の副官だったのが、やはり長州閥の田中義一（一八六三年生、のち首相）で、ここで茂丸は同世代の田中と親しくなり、また大事な人脈を拡げている。

この奉天で、茂丸は児玉から満洲関係の資料を一括して渡され、南満洲鉄道株式会社（満鉄）経営案の作成を依嘱されたというが、茂丸は、官営ではなく、官民合同主義を強く主張した。

《元来庵主が我日本帝国の各事業を経営するに官民合同主義を主張するは、一朝一夕の事ではなかつた。夫《それ》は丁度我帝国に庵主等が憲法発布を希望すると同時に、之と同一の考へから起こつたのである。……台湾銀行・日本興業銀行・東洋拓殖会社・朝鮮銀行・北海道拓殖銀行・郵船会社の保護等の各創設事業に庵主が終始一貫此主義を以て根強く其主張を押通して之に同意させたのである》(『俗戦国策』)

茂丸の官民合同主義は、彼の君民同治思想に連なるもので、国家的事業を官民合同で経営することによってこそ、国権は確立し、また民利も保全されるという考え方だった。従って、彼の満鉄創立案は、資本の半額以上を政府持ち、半額以下を民間資本に委ね、利益は民間資本に優先的に保証するというものだった。

満鉄は、この茂丸献策の半官半民方式が採られ、三九年六月、勅令で設立が公布された。創立委員長には、山縣有朋に代って参謀総長になっていた児玉源太郎が任命されて事を運び、初代総裁には、台湾時代のコンビ、後藤新平が選ばれた。後藤は慎重に構えて直ぐには受けなかったが、そのさなかの七月二三日、児玉が脳出血で急死する出来事があって、後藤は総裁就任を決断している。

このときも茂丸は、後藤が自由に腕を振える総裁になれるよう、あれこれ画策して、後藤との関係を一段と深めている。杉山法螺丸は、〝大風呂敷〟後藤新平の名参謀でもあった。

なお、茂丸は児玉源太郎を深く敬愛し、児玉の三回忌には、向島の其日庵に児玉神社を建立したほどだ。その後、明治四三年の洪水で別荘も神社も流出したため、茂丸は別荘を湘南の江の島に移したが、児玉神社も再建している。別荘が人手に渡った今も、江の島の児玉神社は残っている。

茂丸は大正七年には『児玉大将伝』を出版するが、その「序」に、児玉源太郎を神に祭った理由を書いている。

《古往今来、もし私心のない、善の権化があったなら、庵主は、誰でも神に祭るのである。しかし、庵主は生来、幾万といふ人に交つたが、神に祭るほどの人は、児玉大将一人であつた。また今一つ大将を神に祭る理由がある。

それは何事にも「悪気がなかつた」これはそのまま、神たるの資格である、一大条件である》

父茂丸が山縣に随行して満洲へ出かけ、児玉総参謀長と満洲経営の策を練っていた頃、中学修猷館二年生の杉山直樹は、福岡連隊の凱旋兵の出迎えに何度も駆り出されたり、一二月二一日、東公園の元寇《げんこう》記念碑前で開かれた戦勝祝賀会には、修猷館の全校生徒六〇〇人の中に混じって、玄界灘からの寒風に震えたりしていた。

翌三九年一月二〇日には、修猷館では、鬼塚富吉大尉ほか九名の卒業生の戦死病死者の追悼慰霊祭が開かれ全校生徒が参列した。

そうした日々が、杉山直樹（夢野久作）の日露戦争体験だった。

この日露戦争のさなか、直樹は生みの母ホトリを訪ねて再会を果たしている。ホトリは杉山家から離縁されたあと、福岡日日新聞の記者をしていた高橋群稲《ともね》と再婚していたが、夫は三一年に亡くなって寡婦になり、明治炭鉱の社宅の寮母をしていた。どんな対面となったのか、久作はその時の事を何も書いていないが、青春多感の日、幸薄き生みの母と会って、万感の思いをしたことだろう。

こうした母恋いのせつなさも、彼を一段と文学の世界に誘い込むことになったのだろうか、よく小説を読んだようで、『道傍の木乃伊《ミイラ》』というエッセイのなかで中学時代に愛読した本を挙げている。

《その中学時代が小説の耽読時代であった。漱石、蘆花、紅葉、馬琴、為永（春永）、大近松、世阿弥、デュマ、ポー、ホルムズ、一千一夜物語、イソップなど片端から読んだ。二葉亭、涙香、思案外史、鷗外なぞも漁った。》

中学時代から探偵小説はよく読んだようで、一番好きなのはポオとルベルと書いている。トルストイ、ドストエフスキーなどロシア文学について書いたものはないが、兄弟同様の付き合いをしていた喜多流一五世家元、喜多実の、久作が死去した際の弔辞に、「夙《つと》に名利を捨てて郷里香椎に山居し、或はトルストイに私淑し、或はドストエフスキーに傾倒して……」といった言葉があるところを見ると、後年、トルストイやドストエフスキーにも親しんだものと考えられる。杉山農園の生活はトルストイアン的なものがあったし、作品にドストエフスキーの影響を読みとることも出来よう。

青春の煩悶

明治四〇年、最上級の五年生になった夏休み、杉山直樹は一大決心をした。

政治やらなんやら言うて忙《せわ》しかとかもしれんが、家族ばほったらかいて、いくらなんでも無責任すぎる。よーし、俺が東京へ行っておやじと談判してくれる！

四年生からテニス部の選手になり、夏休みも練習や試合があったが、それもかまっておれなかった。頼りにしていた祖父三郎平が亡くなり、父親がめったに帰って来ない家では、まだ中学生の直樹が一家の主だった。ジャンコばあさんの祖母トモ、継母の幾茂に、瑞枝、五郎に続いて、三七年七月には次女高峯《たかね》（のち、たみ子）、三九年九月には三女ヒデ（のち、えみ子）と生まれ、幼い弟妹が四人もいた。東京から一応の生活費は送ってくるものの、相変わらずトモと幾茂は内職の手を休められなかったし、父茂丸については、「東京でなんか法螺ばっかり吹いて、次から次と大事《おおごと》ばしよんなさるげな」とか「また新しか女子《おなごし》が出来《でけ》とんなさる」とか、よからぬ噂ばかり耳に入ってくる。これまで父に逆ったことがない直樹だが、もう黙っておれなくなった。

往きの切符を買うと、幾らも残らない金を握って、直樹は祖母や母に黙ったまま、修猷館の白い夏服姿で家を出た。

博多から東京までまる二日がかりの汽車の旅だった。夏の盛りで、窓を開けて風を入れると、蒸気機関車の煤煙が舞い込む。金の余裕がないので、ほとんど飲まず食わずで東京へ着いた時は、煤けた顔に目玉だけがギョロギョロ光り、白服は灰色になってしまっていた。

この頃、父茂丸は鎌倉の長谷《はせ》に転居したばかりだった。玄関に出て来た父は、息子の異様な姿に一瞬ギョッとした風だったが、「まあ、上がれ」と座敷に通した。そして対坐するなり言った。

「何しに来たんだ?」

この時ほど父に激しい怒りを覚えたことはないと、後年、夢野久作は長男龍丸に語ったそうだ。憤怒が彼に勇気を与え、猛烈な勢いで父親に食ってかかった。年老いた祖母、母、幼い弟妹を博多にほったらかしにしておいて、父上は平気なのか、祖母も母も大変な苦労を重ねているが、父上はそれを承知でほうっているのかと。

茂丸は血相を変えて訴える息子の抗議を黙って聞いていたが、直樹の煮えたぎった言葉が切れると、苦笑を浮かべて言った。

「ウーム、俺が悪かった。しかし、貴様の神経過敏はまだ治らんと見ゆるな。よしッ、みんなを東京へ呼んでやろう。貴様もこっちへ来い。俺が直接教育してやろう」

直樹はその父の言葉を聞くなり、張りつめていた気持ちがゆるんで、どっと涙が溢れ出たという。

父は言葉を続けた。

「それには、まず中学を卒業して来い。現在の社会で成功するのに、中学以上の学力は要らん。中学を出たら軍隊へ入れ。どこでもええから貴様の好きな連隊に入れてやる」

直樹の必死の直訴が実って、四一年春、直樹の中学卒業を待って、一家は鎌倉長谷の父の家に移ることになった。

この頃、茂丸は、事務所を京橋区南鍋町の三興社に置き、政財界人との交際には、愛人の河原アグリに経営させる築地の柏屋や、広大な向島の別荘、其日庵などを使い、鎌倉長谷の家は執筆や休息用にと、多角的な生活形態をとっていた。それだけ彼の活動分野は拡がっていた。

日露戦後の茂丸の大仕事はまず満鉄の創立であり、初代総裁に親密な後藤新平を据える働きをしたことだが、戦後の朝鮮半島経営にも介入していた。

日露開戦とともに、日本軍は直ちに仁川に上陸してソウルに入り、朝鮮半島に於ける軍事上の実権を握るため、二月二三日、日韓議定書を結んだ。

第一条　日韓両帝国間ニ恒久不易ノ親交ヲ保持シ東洋ノ平和ヲ確立スル為メ大韓国政府ハ大日本帝国政府ヲ確信シ施設ノ改善ニ関シ其忠告ヲ容ルゝ事

に始まり、日本軍の駐留権、土地収容権などを確保し、韓国政府が日本政府の承認なしに他国と協約することを禁ずるなど、韓国を日本の実質的な保護国とするものだった。

この議定書調印に伴って、三月七日には日本軍の一部を韓国駐劄《さつ》軍として韓国に置くことを決め、朝鮮半島の軍事支配を計っている。

さらに、日本勝利の形で日露戦争が終結すると、三八年一一月には、伊藤博文が全権大使として天皇の親書を持ってソウルに乗り込み、強硬に保護条約の締結を迫り、第二次日韓条約が結ばれる。こうして日本の朝鮮半島支配は急テンポで進む。

第三条　日本国政府ハ其代表者トシテ韓国皇帝陛下ノ闕下ニ一名ノ統監（レヂデント・ゼネラル）ヲ置ク　統監ハ専ラ外交ニ関スル事項ヲ管理スル為メ京城ニ駐在シ親シク韓国皇帝陛下ニ内謁スルノ権利ヲ有ス

初代統監には伊藤博文が任ぜられたが、伊藤の統監赴任に当って、茂丸の出る幕があった。黒龍会編『日韓合邦秘史』にこんな記述がある。茂丸は赴任前の伊藤を訪ね、次のような問答を交わす。


《「無双の名馬あるも、惜むらくは御する者なし。天下此馬を御する者、侯を措ひて他を求むべからず。而も侯といへども尚、或は口綱を切らるゝの憂なきを保せず」

「誰ぞ」

「内田良平なり」

侯膝を打って曰く。

「彼は鬼鹿毛なり、好《よ》し試乗せん」》

こうして茂丸は、「日韓合邦」の同志、内田良平を朝鮮へ送り込むお膳立てをする。このあと、伊藤の命で、福岡出身の外交官、栗野慎一郎が内田良平を訪ねて、正式に伊藤統監随行を依頼している。

内田良平は、明治七年（一八七四）二月一一日、福岡城下大円寺町の士族、内田良五郎の三男として生まれている。茂丸より一〇歳年少である。彼が生まれた日は、ちょうど江藤新平たちが反政府の旗を掲げて起《た》った佐賀の乱に福岡士族が鎮撫隊を編成して鎮圧に向かおうとしていた朝で、父良五郎も鎮撫隊の一員に属していた。騒乱の時代の申し子的存在だったわけだ。

内田家は四人扶持一二石の軽輩だったが、良五郎は体格雄偉で、剣術、槍術、柔術にすぐれ、藩内でその武名は高かった。その父に仕込まれて、良平もすぐれた武術者となるが、その一方、母鹿子は福岡藩の儒者、福井丈七の娘で、子守唄がわりに百人一首を唄うといった育て方をされ、幼時から国学、漢学の素養も身につけていた。

父良五郎の弟が初代玄洋社社長の平岡浩太郎だが、良平は一八歳のとき、叔父浩太郎が経営する赤池炭坑の売《うり》勘場《かんば》監督になっている。炭坑の売勘場は、坑夫たちの賃金や生活物資の販売など、炭坑の経済面を担当する部署だが、この職場で良平は「若大将」と呼ばれ、荒くれ男たちを使いこなす度胸と人心収攬術を学びとっている。

父良五郎は人のいい武骨者で金には縁がなかったが、商才にも長けた叔父浩太郎は炭坑経営その他の事業で財を築き、やがて政治活動に走る良平の経済的後楯となっている。

良平は明治二五年、叔父浩太郎に伴われて上京するが、この頃からロシアへの関心を深め、昼は講道館で柔道を学び、夜は東邦語学校でロシア語を学んでいる。支那、朝鮮の研究者は多いが、ロシアを研究する者は見当らぬ、というのが、良平のロシア語勉強の動機だった。

やがて日清間の風雲急を告げると、良平は天佑俠の一員として朝鮮に渡り、武勇伝を残すが、戦後の三国干渉に強い衝撃を受ける。そして、「君国のため一身を賭して三国干渉の恥辱を洗《そそ》がざるべからず」と決意して、当面の大敵ロシアを深く知るため、明治三〇年八月から翌年六月にかけて、ウラジオストックからシベリアを横断してペテルブルグに到る単独旅行を敢行している。こうして内田良平は大のロシア通となり、その果断な行動力と相まって、若年ながら注目される存在になり、三二年八月には、外務省からの機密費一〇〇〇円、農商務省から五百余円の支給を受けて、再度、ロシアに渡っている。

こうした活動で〝若き国士〟となった内田良平は、大陸浪人を結集する黒龍会を創設する。創立メンバーは、福岡の内田良平、平山周、久留米の宮崎来城、権藤震二（成卿《せいきょう》の弟）、熊本の清藤幸七郎、可児長一らの九州出身者を中心に、吉倉汪盛、本間九介、葛生玄晫・修亮兄弟など天佑侠参加メンバーが主力だった。

それだけの政治力と見識を持つ内田良平を見込んで、茂丸は伊藤に推薦したのだった。

三九年二月一日、伊藤博文はソウルに赴任して統監府を開設するが、内田良平は官職には就かず、統監府幕僚として、彼が志す「日韓合邦」に奮闘することになる。たえず東京の杉山茂丸と密接な連絡をとり合うコンビを組みながら――。

さて、父茂丸に抗議して、ようやく家族の引き取りを約束させた杉山直樹は、明治四一年三月二二日、修猷館の卒業式を迎えたが、学業成績はパッとしないままだった。

一年生、一三七人中三四位、二年生、一〇八人中四二位。ここまではまあまあの成績だったが、小説を読みふけるようになった頃から成績は急降下。三年生、一〇四人中七五位、四年生、一〇六人中六三位、五年生、一〇六人中七九位。

学科も優秀だったのは、図画、体操ぐらいで、国語・作文もほとんど八〇点以下、理数系は全くダメで、五年生のときは幾何四七点、三角法五三点と、落第点を取っている。

無事に卒業式を迎えられて、やれやれというところだったろう。このとき在校生総代として送辞を読んだ秀才が、のちに作家・フランス文学者となる豊島与志雄《とよしまよしお》(『レ・ミゼラブル』『ジャン・クリストフ』などを翻訳)だった。豊島も黒田藩士の血筋で、修猷館では成績抜群、第一高等学校文科、東京帝国大学仏文科というコースを歩んで、作家になっている。東大在学中に、一級下の芥川龍之介、山本有三、菊池寛、久米正雄らと第三次『新思潮』を発刊、同人の中では一番早く新進作家として認められている。

夢野久作とは同じ中学で学んだ同世代だが、人生コースも、作家として登場した時期も、作風も、久作とは全く違い、二人の間には私的にも文学的にも接点はなかった。ただ久作は、卒業式で見事な送辞を読みあげる長身の秀才の顔を感心しながら眺めていただけの縁だったろう。

なお、この卒業式の日、先輩の廣田弘毅らが創刊し、中野正剛らが筆を振っていた『同窓会雑誌』の第一七号が発行されたが、直樹はこの号に「阿蘇紀行」を発表していた。おそらくこれが活字になった最初のものではあるまいか。

この「阿蘇紀行」は、五年生の夏休みのことだが、奈良原牛之助と同行しているところを見ると、父茂丸と談判するため上京した後のことではないかと思われる。おそらく鎌倉の茂丸邸で書生をしていた牛之助と顔を合わせて親しくなったのだろうが、直樹が帰福する際、文弱の息子に牛之助の剛気を見習わせたいという茂丸の計らいがあったのかもしれない。

直樹たちは博多駅から汽車に乗って熊本駅で下車、まず「清正公《せいしょこ》さん」の名で親しまれている本妙寺に詣でたが、加藤清正碑や金ピカの本堂にすっかり気を悪くして、「造化が人にたはむれると癪になり、山に戯れると阿蘇になり、水に戯れると白河になる。今度の旅行は造化の戯れを見に行くのだ。健全な自然は何処にあるだらう」などと、夏目漱石の『草枕』ばりの文章を書いているが、『草枕』は三九年九月、『新小説』に発表されていたから、おそらくその影響を受けたのだろう。直樹には、この「阿蘇紀行」が活字になったことのほうが、卒業式よりもよっぽど嬉しかったのではあるまいか。

卒業式を終えた直樹は、父との約束どおり、すぐ福岡市役所の兵役課に行って志願した。係員は驚いた。まだ徴兵検査前で、しかも修猷館卒である。当時の県立中学卒は、今の国立大学卒よりもはるかに数が少ないエリートだった。それが何を好んで一兵卒を志願するのかと呆れられ、拒否された。律儀な正直者の直樹は何度も市役所に押しかけたが、「あんた、また来たとな」と係員をうんざりさせ、門前払いが続いた。

やむなく家族とともに鎌倉長谷の父の家に移転し、父に相談した。軍部にも顔がきく父の口ききで、麻布連隊区で徴兵検査を受けることが出来た。

身長　五尺五寸六分（一六八・五センチ）

体重一三貫弱（四八キロ）

筋骨薄弱　乙種合格

甲種合格でないと入隊できなかったが、直樹は熱心に志願して、一年志願兵として麻布の近衛歩兵第一連隊第四中隊に配属されることになった。これにも茂丸の工作があったのだろう。

近衛兵は天皇の親衛隊であり、特に第一連隊は皇居内にも入って守備に当る重要な任務を負っていた。そのため近衛兵は、本人の人格、思想、家庭環境から血統まで調査されたし、家族はもとより親族に精神病者や犯罪者があれば、それだけで失格だった。

平時にあっては、徴兵の兵役は二年だったが、一年志願兵は、一年間で二等兵から軍曹まで昇進する下士官コースで、それだけ訓練は厳しかった。

八月に入ると、初年兵の第一期訓練を終えて全連隊の検閲演習があった。これは麻布の連隊から千葉県の習志野演習場まで行軍し、演習場で夜営して、翌朝、演習場で訓練の成果をはかる検閲を受け、帰路も演習をしながら帰隊するものだった。真夏、銃を持ち、重装備の重い背嚢を背負った強行軍である。

直樹は肌が弱く、連日の汗まみれの訓練ですでに背中に背嚢ずれが出来ていたが、その痛みに耐えての習志野強行軍だった。帰路、隅田川を渡る頃には陽が落ち、九段の靖国神社まで駆けるような強行軍だった。夜のしじまのなかで神社に参拝すると、麻布の連隊まで駆け足だった。杉山新兵は途中から意識もうろうとなり、営庭に着くなりぶっ倒れた。すぐ休養室にかつぎ込まれたが、背中半分赤剥けになっていた。さらに極度の疲労で肺炎をひき起こし、危篤状態になった。

家族に電報が打たれ、鎌倉から茂丸が駆けつけた。瀕死の息子と対面したあと、茂丸は憤怒して連隊長に面会を求めた。

「いかに軍隊が生死の訓練をするとはいえ、天皇陛下の赤子《せきし》を預かっているのではないか。このような、陛下の赤子を殺すようなことをして、上司としてその任務が勤まると思っているのか」

大音声で抗議して、連隊長を謝らせたという。

幸い直樹は命をとりとめ、あとは順調に昇進し、一一月三〇日、軍曹で満期除隊、一二月一日、予備役見習士官に任じられている。

この頃、茂丸は、政財界人の接待に使っていた築地の柏屋を洋風二階建てに建て直し、それまで八丁堀に置いていた事務所の三興社を移し、台華社と改称した。台華社は、もともとは、台湾をアジアの農業センターとして、孫文の革命を助けるために茂丸が台北に作った事業社だが、お気に入りの名称だったようで、新事務所に使うことになった。

台華社は、一階に車庫、待合室、応接室、事務室、食堂などがあり、二階に茂丸の居室、仏間、趣味の刀剣室などがあった。仏間には天井まで届く大きな仏壇を据え、明治天皇が亡くなると、中央にその位牌を飾っていた。

この台華社が、関東大震災で焼失するまで、茂丸の活動の本拠となる。

鎌倉長谷の家は借家だったが、藁屋根の大きな家で、八畳間六つに女中部屋、二階にも書生が五、六人住める部屋があった。博多の家族を引き取っても充分住める広さだったが、孝心厚い茂丸は、継母トモのために三部屋の離れ家を作ってやり、母屋とは屋根つきの廊下でつなぐ配慮を見せている。それだけの事が出来たのも、この頃はかなり金まわりがよくなっていたのだろう。

兵役を終えると、直樹はいったん福岡へ帰ったが、茂丸の指示で、福岡市郊外の粕屋《かすや》郡香椎《かしい》村大字唐原《とうのはる》の立花山麓に、広大な雑木林（約三万三〇〇〇坪）を買い求めた。数年後、直樹はここに住みついて農園主となり、晴耕雨読の生活からやがて晴読雨読の生活になり、作家、夢野久作に変身することになる。

長男龍丸によれば、茂丸は、博多湾を一望のもとに見渡せるこの土地を、単に杉山家の農園ということではなく、彼が抱懐するアジア政策の策源地として考えていたという。アジア各国は農業が中心だけに、農業の指導者を育てることが肝要で、杉山農園をその研修所に当てるという構想があって、広大な土地を入手したというのだ。

久作の死後、杉山農園を継いだ龍丸は、そういう認識を持っていたから、やがてインドの緑化事業などにこの土地を惜しげもなく注《つ》ぎ込んでしまうことになる。

土地買収の金を用意したのは茂丸だが、現地で売買の折衝に当ったのは直樹で、ちゃんと駈け引きを心得た安買いをして、「直樹もなかなかやりおるな」と茂丸を喜ばせたという。

この唐原の土地を入手したあと、直樹は鎌倉へ戻って、明治四三年の正月を迎えるが、この年から翌年にかけて、彼は英文で日記を書いている。英語の勉強も兼ねていたかもしれないが、青春の煩悶、複雑な家庭の悩みを、家族に盗み読みされたくないという思いもあったのだろう。父茂丸はじめ英文が読める家族は居なかった。

一月四日は直樹満二一歳の誕生日だが、こんな記述がある。

一月四日　火曜――

《今日は私の誕生日で、家族が私の未来の幸福を赤飯で祝つてくれた。私は、兄妹、従兄の戸田さん、友人の奈良原君と約束した通り、鎌倉を離れ、新しい運命の待つ東京へ向かつた。東京に四時に着き、台華社に到着した》

（注＝戸田は幾茂の兄の子、戸田順吉。奈良原は奈良原牛之助で、この当時、茂丸の援助を受けて松戸の千葉園芸学校（千葉

大学園芸学部の前身）で学んでいた）

この時の東京行きは、大学進学を決意した久作が予備校に通うためで、千駄ヶ谷に下宿することになる。

一月二十日　木曜――

《最近私は将来の生き方の選択にすつかり悩んでゐる。今夜は消えかかる火鉢のそばに坐り、考へ込みながらくり返した。「人生は現実的だ。人生は厳粛なんだ。お墓はゴールじやないんだ」今が人生の転機なのだ。私の人生の将来を見通すのは興味深いことだが……》

ほかにも、悩み、悲しみで眠れない夜のことや、台華社に出かけて父と会い、家庭問題を話し合ったが、父に同意できなかったとか、精神的なストレスから胃病になったことなどを記している。

この頃、彼は重大な悩みを抱えていた。継母の幾茂の周辺が幾茂の実子五郎に杉山家を継がせたいという意向を持ち、父茂丸にも文弱の直樹にあきたらぬ思いがあったので、いっそ直樹を廃嫡してしまっては、という動きがあったのだ。敏感な直樹はそれを感じ取り、深く悩んでいた。

この年、九月一日には、予備役に義務づけられた第一種勤務演習のため、近衛第一連隊に入隊し、一二月六日まで兵営生活を送るが、この間の日記は一部を除いて日本文で書いている。軍隊生活では心身ともに緊張を強いられるので、くよくよ悩む余裕はなく、記述も簡略でキビキビしているが、ただ、こんな項もある。

十月九日　日曜――

《久シ振リ外出、台花社（注＝台華社）ニ到リテ父ヨリ御説教ヲキ、今少シ物事ヲ引締テ且ツドッシリトナス可キ由ヲキク》

十月十九日　水曜――

《吾人此肉ヲ去リ此情ヲ去リ此意ヲ去リ此智ヲ去リ此我ヲ去リ此欲ヲ去ツテ後果シテ何者ヲカ其処ニ残スベキゾ》

心身を絞りあげる軍務に真面目に服しながら、直樹は、自分は一体何者なのか、あらゆる虚飾を剥いだあとに一体何が残るのかと、厳しく自分を問い詰める、青春の煩悶のさなかにあった。

韓国併合

明治四〇年正月、鎌倉長谷の家で家族とともに新年を迎えた杉山茂丸のもとに、彼の推薦で韓国統監伊藤博文に随行して京城《ソウル》に赴いた内田良平から長文の手紙が届いた。

《……今や韓民の我顧問等を視する事乳虎の如く蒼鷹の如し（注＝乳虎は子持ちの虎で気が荒く、蒼鷹は情け知らずの役人のたとえ）、其排日党と親日党とを問はず、みな睊々として相疾視して曰く、彼れ改善々々と称するも、悉く改悪のみと。民生日に苦しみ、人心日に離れ、我統監府は独り怨望の府となれり……》

統監府の財政顧問は、前大蔵省主税局長の目賀田種太郎で、通貨の改革や徴税の改変を行なって、韓国の財政を牛耳っていたが、韓国の国情を無視することが多かったため、韓国民の生活を苦境に追い込んでいた。内田良平はその実情を具体的な数字を挙げてこまごまと説明し、

《顧問の施設する所と韓民の受くる所は、毎に相氷炭して、保護の名は虐民の実となり、改善の声は怨嗟の府を築く、之を以て我天皇陛下の徳澤を韓民に被《こう》むらしめんと欲し、統監閣下独り子撫の情念を深くしたまふも、適々以て乖離の目を側て、向隅の歎を切にせしむるに過ぎず。……然るに徒《いたず》らに民怨を購ひ禍根を結び、志業は三千里の阻隔を致し、其肝胆を秦越にして、以て万一不諱に至らば、唯だ皇上の聖徳を傷け国威を損するのみならず、侯（伊藤）が無前の鴻烈は一簣を九仞に欠き、瑕《きず》を後代に貽《のこ》さん……》

現在のような統監府の悪政が続けば、韓国民の怨嗟の的となるばかりで、日本の国威を損なうばかりか、伊藤統監は維新以来の功を一気に失うことになりかねないと訴えている。

内田は、この統監府の苦境を救うためには、日本政府からの借款二〇〇〇万円、韓国民に対する二年間の免租などが必要と提案し、

《我兄請ふ、元老諸公の間に周旋し、統監閣下をして此大事を断行せしめたまへ。統監閣下をして若し許さざるの事情を生ずることあらば、請ふ元老諸公の内より必ず一元老を強《し》ひ、急に起ちて連邦成立の重任を佩《お》ばしめたまへ……》

伊藤がこの大事（この統監政治を改め、日韓対等の連邦を成立させること）が断行出来ないならば、他の元老を選んで、連邦＝合邦を成立させる重任を押しつけろ、と内田は訴えている。「日韓合邦」へ向けて、内田良平は韓国に在って前線の指揮をとり、杉山茂丸は後方（東京）に在って、山縣有朋、桂太郎などに働きかけ、内田の活動を支援するというのが、二人の約束だった。

韓国での内田の足場は、李容九《イヨング》、宋秉畯《ソンビョンジュン》が率いる親日派の一進会で、内田は三九年一〇月、一進会顧問となり、李、宋らと密接な関係を結んでいた。

この一進会は日露戦争の際、日本軍に協力したが、内田良平は自伝『硬石五拾年譜』（硬石は内田の号）にこう書いている。

《一進会は創立以来学校を起し、新聞を発行し、富源の開発に着手し、以て党勢の拡張と日本軍の貢献とに邁進せり。殊に我が軍の北韓に進むや、北進輸送隊を組織して長谷川軍の後援をなし、李容九自ら会員を指揮して、咸鏡道に赴き、密偵を放って露軍の状況を報告する等、屢々《しばしば》奇功を建て、又京義鉄道の急設せらるるに際し、韓民の工夫募集に応ずるもの少なきを見るや、一進会員十万人を発して鉄道工夫を編成し、工事を速成せしめたり……》

一進会会長、李容九は、一八六八年、慶尚道の生まれで、先祖に高麗碧珍将軍李悤言を持つ両班《ヤンバン》の名門だが、彼が生まれた頃は零落していた。二三歳のとき、東学第二代教祖の崔時亨《チエシヒョン》の門に入り、東学党の乱のときは一軍

を率いて活躍、東学軍潰滅後は地下活動に入り、捕らわれて拷問を受け、左脚を骨折している。当時、彼は、反李朝、反日の闘士だったが、釈放後、兄弟子の孫秉熙に連れられて日本に渡り、新興国日本の姿を見聞するうち親日に変わり、日露戦中の三七年、咸鏡北道で進歩党を結成したが、同時期、孫秉熙の紹介で宋秉畯と知り合い、宋が組織した維新会と合流する形で、一進会を結成している。

宋秉畯は、一八五八年、咸鏡南道の生まれで、李容九より一〇歳年長。下級官吏の家の出だが、「奇童」といわれたほどの俊才で、一四歳で武科試験に合格したと伝えられている。彼は若くして日本大使の接伴使随員に抜擢されたことから、早くから親日派になり、明治一七年には、クーデター失敗（甲申事変）で日本に亡命した金玉均のあとを追って日本に渡っている。その後帰国して、謀叛人金玉均とかかわった件で投獄されたが、釈放後、侍従武官長閔泳煥《ミンヨンファン》に接近して宮廷に出入りするようになり、閔一族出身の王妃、閔妃《ミンヒ》の寵遇を受けて官職に復している。だが、日清戦後の二八年一〇月、日本の言いなりにならない閔妃が、韓国公使三浦梧楼指揮の日本兵と壮士団に虐殺されると、また日本に渡って、北海道で朝鮮人参の栽培をしたり、日本の朝野の名士と交わったりしていたが、日露戦争が起こると帰国して、日本軍の通訳になり、ますます日本との密着を深めていた。

才智に長けた豪傑肌の男だが、一進会を結成するときは、年少ながら名門出身で人望のある李容九を会長に立て、自分は参謀長の役どころに納まっていた。

この李容九・宋秉畯コンビについて、内田良平は『硬石五拾年譜』にこう書いている。

《蓋し両者の性格を見るに、宋の短は李の長にして李の短は宋の長、彼等は両人にして始めて一個の人物たるべく、之を分離せしめば、終《つい》に何等の事業をもなすの能力なければなり》

内田良平は、この二人で一人前の李・宋コンビと結んで、念願とする「日韓合邦」を推進しようとしたが、この運動で内田と並ぶ働きをした日本人がいまひとりいる。久留米出身の禅僧、武田範之である。

武田範之は、文久三年（一八六三）、久留米藩士、澤之高《ゆきたか》の三男として生まれたが、勤王派の父が明治四年の反政府事件（大楽事件）に連座して下獄したため、一家離散の状態となり、範之は一一歳のとき、父の同志の医師、武田貞祐の養子になっている。杉山茂丸より一歳年長である。

医家で育ったが、彼は医師になる事を嫌い、養家を出奔して各地を転々としたあげく、新潟県高田在の曹洞宗の名刹、顕聖寺で仏門に入り、内田良平の黒龍会結成当時は、顕聖寺の第三一代住職に納まっていた。彼は仏門に入りながら政治志向が強く、明治二四年ごろから玄洋社と接触を持ち、朝鮮へ渡って、結城虎五郎の金鰲島《クモド》の漁業を手伝ったり、釜山の大崎法律事務所に出入りして天佑俠とかかわったりしていたが、閔妃事件関係で投獄もされている。

禅僧の彼は和漢の文章にすぐれていて、併合関係の貴重な記録を残しているが、一進会会長李容九の名による「合邦上奏文」も、範之の手に成るものと伝えられている。

なお、武田範之と李容九は宗教者として共鳴するものもあり、また、ともに斗酒なお辞さね酒豪で、肝胆相照らすものがあったようだ。精神的には李と武田、政治的には宋と内田というコンビで運動を進めている。

だが、統監府の悪政で思うように事が運ばないまま、明治四〇年の正月そうそう、茂丸に苦境を訴える内田の長文の手紙となったわけだ。

統監府の政治がうまくいかず、事態が悪化するほど、内田と茂丸の間では、手紙と電報がひんぱんに往き交うようになるが、これは茂丸から内田への手紙だ。

《今から漸く君の本場の仕事始まらんとする時に辞職などとは以ての外なりと信ず。彼団々埋没して終始するは実に君国に対して尽す所以に非ず、正直は忠君愛国の術にあらず、君が不平憤懣可憐窮苦の一塊児たるに終ると然らざるとの分岐点は茲に存す、嶄然として此境遇を脱出して他に玲瓏たる一大丘陵に安踞するに非ざれば、此の境遇の者を救ふ能はず……》

法螺丸ならではの激励文だが、茂丸は東京で彼なりの役割を果たしていた。

この年の三月二日、来日した宋秉畯が東京に着くが、当日、茂丸は築地の新喜楽に、帰国中の伊藤統監、内田良平、満鉄総裁後藤新平らを招いて懇談、伊藤と宋の会見の下準備をし、三月七日、大磯の伊藤の別荘滄浪閣で、内田の介添で宋を伊藤に引き合わせている。茂丸が宋と初めて顔を合わせたのもこの時で、内田が宋を台華社に伴って対面させている。そのあと宋は、陸軍大臣寺内正毅や山縣有朋を訪問して日韓合邦の趣旨を述べるが、すべて茂丸のお膳立によるものだった。

この頃、韓国は朴斉純《パクジエスン》内閣だったが、統監府が内閣に宋秉畯を送り込んで内閣を牛耳らせようとしたため、五月末、一進会との提携を拒む朴斉純は辞任、統監府はその後釜に操縦しやすい李完用《イワンヨン》を据え、宋秉畯を農商工務大臣に送り込んだ。

さらに六月、日本にとってはまことに好都合な事件が起きた。

オランダのハーグで開かれた第二回万国平和会議に、韓国の高宗《コジョン》（光武帝李熙《イヒ》）が重臣の李相卨《イサンソル》ら三名の密使を派遣して、日本の侵略の実態を訴えようとしたが、日本の全権大使加藤高明が韓国密使の会場での発言に強く反対したため発言出来ず、密使の件が日本側に知られてしまったのだ。

この密使事件を楯にとって、七月六日に開かれた韓国の御前会議で、宋秉畯が高宗の責任を問うて譲位を強く迫ったため、同月一九日、高宗は退位、皇太子李坧《イチョク》が帝位について純宗《スンジョン》になったが、もはや皇帝とは名ばかりの無力な存在だった。これで邪魔者は取り除かれ、七月二四日、第三次日韓条約が結ばれ、日本は朝鮮の全権を掌握することになった。

しかし、伊藤博文は統監府による保護主義をとり、合併には消極的だった。このため一進会との絶縁を決意し、李完用首相に働きかけて、内相になっていた宋秉畯を、四一年二月、内閣から追い出させた。野に下った宋は内田良平と組んで合邦運動を進め、伊藤がハルビンで暗殺されて間もない四二年一二月には、「一進会百万人」（実質は約一〇万人）の名で「日韓合邦に関する上奏文及び請願書」を、韓国皇帝、韓国政府、統監府に提出している。

前述したように、この上奏文の実際の筆者は武田範之と伝えられている。

韓国合併直後、週刊『サンデー』は「併合特集号」（明治四三年九月四日号）を出したが、この特集号に内田良平は「日韓合邦運動の歴史」を書き、一進会の役割をこう記している。

《けれども此合邦といふ事は日本人が云ひ出す訳には行かぬ。何《ど》うしても朝鮮人から云ひ出さなければならぬ。それには一進会百万の会員が一致して合邦の請願を統監府に呈出するのが最も確実な方法である。……一進会十万の会員が直ちに一致した。其処で僕は、此顛末を東京の杉山茂丸に通知し、氏を通じて山縣、桂、寺内の諸公に内達すると同時に、自ら伊藤統監に会ふて、一進会の従来日本軍に致したる功績を説き……》

こうした経緯で日韓合併に至るわけだが、夢野久作に『日韓合併思ひ出話』という一文がある。これは、久作が、父茂丸が亡くなって間もない昭和一〇年九月上旬、神奈川県茅ケ崎の別荘で病床に伏していた内田良平（一一年七月二六日没）にインタビューして、内田の回顧談としてまとめ、福岡日日新聞に一〇年一〇月五日～一九日にわたって連載したものだが、そのなかに父茂丸の働きに触れている部分がある。

《此の間、東京には杉山茂丸君が居って台閣諸公の間を説きまはり、朝鮮には菊池忠三郎君が杉山君の代理として来て居り、僕（内田）と李容九、宋秉畯等は韓国と東京の間を盛んに往ったり来たりして、あらゆる方法を尽していたものであった。又一方、伊藤、山縣の両公は大磯で喧嘩をしたり、僕が伊藤公を罵倒したりなぞ色々な波瀾もあったが、結局、皇天の加護によって次第に僕等の意見が、日本の台閣諸公と、朝鮮内地の上下に浸潤して来た。遂に朝鮮問題に関する枢軸となって居った伊藤公が、明治四二年九月二七日、杉山茂丸に会うて、

「日韓の合併は、君等の意見に同意する」

という記念すべき言明をさるる機運に立到ったのである》

京城での茂丸の代理、菊池忠三郎は、茂丸の片腕だったサンデー社社長森山守次の友人で、横浜正金銀行（東京銀行の前身）のロンドン支店に勤務したことがある海外通で、のちに茂丸が九州日報の社主になったとき、社長と

して迎えている。

茂丸は以上のような形で併合にからんでいたが、伊藤博文は茂丸に合併同意を告げた一か月後の明治四二年一〇月二六日、ハルビン駅で韓国人の安重根《アンジュングン》（三〇歳）にピストルで射殺された。

安重根は黄海道海州の両班《ヤンパン》の名家の生まれだが、反日義勇軍に身を投じて、満洲の間島地方で組織された連合大韓義軍（約三〇〇名）の参謀中将に選ばれていた。日本軍に追われて逃げたロシア領ポシェトで、彼は行をともにした同志一二名に「断指同盟」を提唱して、全員の血で国旗に「大韓独立」と血書していた熱血漢だった。

茂丸が社主的存在だった週刊『サンデー』は、一一月四日の伊藤国葬の際、一一月七日号を「伊藤公国葬号」として全紙面を埋めたが、巻頭に茂丸が「憶《ああ》故伊藤公爵閣下」という追悼文を書いている。

まず伊藤の首を狙った最初の出会いからの関係を記し、

《爾来二十年間、事端の生ずる度毎に猛烈の衝突を惹起したる事其幾回なるを知らざれども、公と余は常に光風霽月一点憎悪の念を止めず……》

と遠慮のない論敵だったことを強調しているが、注目すべきは、その記事の真中に、一進会の宋秉畯の「敬輓伊藤太師」と題する七言絶句の弔詩を肉筆のまま掲載していたことである。その弔詩は「韓国某名士の輓詩にして宋秉畯氏の書に成る」という説明書きが付いているが、おそらく茂丸が仕組んだものであろう。伊藤を倒した安重根と親日の宋秉畯は対極的な存在だ。韓国人のなかにはこのように伊藤の死を惜しむ者もいるのだとアピールしたかったのだろうが、いささか作意が見えすぎる。

夢野久作が取材した内田良平の回顧談によれば、伊藤暗殺直後の一二月、茂丸は陸軍大臣寺内正毅（合併時、韓国統監）と意見を闘わせて、日韓合併に関する次のような覚書を作ったという。
一、日韓合邦の手続はまず一進会員から合併熱願の陳情書を、朝鮮の総理大臣と国王と統監に出す。
一、総理は此の陳情に同意したならば、直ちに国王に閲して同意を求めなければならぬ。そこで大韓国王が之に同意し、日本皇帝陛下に情を尽して請願する段取りに運べたならば誠に結構であるが、総理が之を反対し、握り潰してしまった時にはどうするか。

一、総理が之に同意しても国王が同意しない時にはどうするか。

一、万一合邦の工作が事前に探知されて、急激な変動が起ったらどうするか。

一、此事は絶対秘密裡に運ばねばならぬが、万一此事が洩れて諸外国から相当強い抗議があっても断じて屁古《へこ》垂《た》れてはならぬ。

この茂丸と寺内正毅の合意覚書と前後して一進会から「合邦上奏文」が出ている。週刊『サンデー』四二年一二月一二日号に上奏文が収録されているが、同誌は「至誠溢るる合邦奏議」と題して、一進会の奏議を誉めたたえている。

韓国皇帝への上奏文は、《一進会長、臣李容九等一百万会員、二千万の臣民を代表して……》に始まり、《幸にして我と日本と本《も》と同族に出づ……両民をして自由に一政教下に遊びて均しく同居同治の福利を享けしめば、誰か弁ぜん此は兄にして此は弟なることを。いわんや日本天皇陛下の至仁なる其我二千万同胞を化育して善く同等の民たらしめたまふや必せり……》と「同等の民」の幻想に酔っているが、まったくの幻想に過ぎなかったことは、併合後の歴史が完膚無きまでに証明している。

四三年五月三〇日に第二次桂内閣の陸軍大臣のまま第三代韓国統監に就任した寺内正毅は、杉山茂丸と交わした覚書どおり強引に事を進め、同年八月二二日、日本の軍隊、憲兵を王宮や統監府に配した厳戒態勢のなかで、日韓併合条約に調印する。

第一条　韓国皇帝ハ韓国全部ニ関スル一切ノ統治権ヲ完全且永久ニ日本国皇帝陛下ニ譲与ス

第二条　日本国皇帝陛下ハ前条ニ掲ケタル譲与ヲ受諾シ且全然韓国ヲ日本帝国ニ併合スルコトヲ承諾ス

韓国皇帝が統治権を日本国皇帝に譲与し、日本国皇帝がそれを承諾したという形が成文化されている。一進会を使って、言い出しっぺは韓国側とするという内田良平らの画策が功を収めたように見えるが、山辺健太郎の『日韓併合小史』では、一進会は実体のない幽霊団体に過ぎなかったと斬って捨てている。

《要するに一進会とは、宋秉畯、李容九のような野心家と内田良平らがつくりあげた実体のない幽霊団体で、こんなものの進言にかかわりなく、日本の朝鮮併合の方針は早くから決まっていた。すなわち「韓国併合に関する件」の閣議決定は一九〇九年（明治四二年）七月六日で、これが同日天皇の裁可になっている。ところが一進会の「合邦声明」は、一九〇九年一二月四日である。日本の朝鮮併合が動かすべからざる事実となったときに、一進会は「合邦声明」をやったわけである。》

しかし、一進会会員は少なくとも一〇万人はいたようだし、同会の合邦提唱が日本政府に利用されたことは否定出来ない。ただ、一進会が求めた「合邦」と、日本政府が意図した「併合」とは、天と地ほどの隔たりがあった。

少なくとも一進会は次のような綱領を掲げていた。

一、李朝五百年来の暴虐政治を脱すること。
二、生命財産の安全をはかること。
三、外国の軍事行動や圧迫による併呑をまぬがれ、二千万民衆を奴隷的境遇から救うこと。
四、二千万民衆を文明に浴せしめ、子々孫々にまで福祉を享受させること。

固陋腐敗の李朝支配からの脱却を目指したものであり、「合邦」成立後は、一進会員は人口希薄な満蒙の地へ移住して、彼等が理想とする自由な社会を作ろうとする祈願を持っていた。

このため内田良平は伊藤統監に、一進会に対して四〇万円の授産資金を与えるように建言し、伊藤もこれを容れて、五〇万円ほど調達する約束をしていた。だが、併合後間もなく、用ずみの一進会は解散を命じられ、手切れ金一五万円が支給されただけで、満蒙移住計画は水泡に帰している。

「日韓合邦」「亜細亜連邦」の夢を抱いていた内田良平は、夢野久作のインタビューを病床で受けた際、朝鮮を徹底的に植民地化した日本政府に対する痛恨の思いを語っている。

《吾々はいたずらに彼等（注＝日本官僚）を漫罵して快とする者ではない。彼等がそうした腐った怠け根性の為に日韓合邦の精神を忘れて、東洋千年の大計を過って行くのが目の前に見えているのだから、吾々は死んでも死にきれない気持になるのである。日本民間の有志として朝鮮民族の為にいくら謝罪しても謝罪しきれない事を想うて、深夜ひそかに夜具の襟を嚙むのである》

併合後、土地収容令などによる土地収奪で生活の場を失い、満洲、シベリアへ流亡した朝鮮人は約二〇〇万人を数えている。代って数十万人の日本人が流れ込み、朝鮮半島の主人となった。

四〇年頃から朝鮮全土に反日義兵（ゲリラ）闘争が起こり、併合前夜の四二年には約七万人も参加したが、弾圧の先頭に立ったのは、駐韓憲兵司令官、明石元二郎少将（のち大将）であった。茂丸と同郷の盟友である。一万数千人が殺されたといわれる。

一方、合併に協力的だった韓国要人には、併合後、朝鮮貴族令が公布されて、侯爵に朴泳孝《パクヨンヒョ》ら五人、伯爵に李《イ》完用《ワンヨン》ら三人、子爵、男爵は多数で、恩賜公債も、侯爵一五万円、伯爵一〇万円、子爵五万円、男爵三万円が交付されている。一進会の李容九と宋秉畯に対しても栄爵の沙汰があったが、日本政府に欺かれたと知った李容九は授爵を辞退し、宋秉畯のみ伯爵を受けている。授爵を辞退した者も少なくなく、合併に反対した重臣の趙秉世《チョビョンセ》、閔泳煥《ミンヨンファン》、洪万植《ホンマンシク》らは自殺して果てている。

野心家の宋秉畯にくらべると、李容九はまだしも志士風のところがあったが、併合後の四四年三月末、心を許した武田範之あて次のような内容の手紙を送っている。

《今にして思えば、私はなんと笑うべき存在でしょうか。二〇〇〇万の同胞を日本国民として参加させることが出来ないばかりか、奴隷の境遇に追いやってしまった罪はすべて私にある。門を出れば人に笑われ、家に入れば門人たちから責めたてられる。一進会の成功とはこの事か、会員の生活保障とはこの事かと。どちらを向いても白眼視され、全くのひとりぼっちです。政府当局は私を敵か乞食のように取扱い、まるで狩のすんだ後の犬のように考えている。

……小生の如き亡国の民は外国に遊覧することも出来ないし、帰る処もありません。ただ黄泉のみが適当かもしれませんが、黄泉でも先人の霊魂に合わせる顔がありません。考えてみれば、杉山・内田・武田の各氏がだまされていたのでしょうか、李・宋の二人がだまされていたのでしょうか。私は愚か者で、まるで夢の中のような気がして、本当の事がわからないのです……》

武田範之は、この悲痛な手紙を受け取った三か月後、東京根岸の養生院で喉頭癌で亡くなっているが、彼もまた苦渋の思いを抱いたまま逝ったことだろう。

李容九も、無限の悔恨、日本への怨みを抱いたまま、明治四五年五月二二日、結核の療養をしていた兵庫県の須磨海岸で病没した。まだ四五歳だった。

この李容九の死期が迫った頃、内田良平は須磨に李を見舞っている。その時の二人の姿を、夢野久作は内田良平のインタビュー記事のなかでこう描いている。

《李容九は涙を流して自分の手を握った。

「吾々は馬鹿でしたね。欺されましたよ」

そう言う痩せ衰えた病友の言葉を聞いて、自分は感極って返事が出来なかった。しかし強いて彼を慰める為に呵々大笑した。

「欺されるのは欺したのより増しじゃないか。実際、君や僕らが、朝鮮二千万の同胞を欺いた形になってしまったのは、いかにも心苦しくてたまらないが、しかし日本国民は官僚ばかりではない。日本国民は案外正直一徹な処があるのだ。吾々の樹立した大亜細亜連邦の精神が日本人の心に印象されている以上、いつかは実現する時が来るのだ。その時には吾々の精神も全世界に認識されるであろう」

李容九は涙を浮かべて頭をもたげ唯一言、

「わかりました」

と言って面を蔽うた。》

夢野久作は、この内田良平の言葉をどんな思いで書きとめ、父茂丸も深く関与した韓国併合にどんな見解を持ったのだろうか。このインタビュー記事には、久作の胸の痛みも込められているように読みとれるが……。

内田良平が最後の希望を託した「大亜細亜連邦」も、やがて日中戦争、「大東亜戦争」で泥土にまみれてしまうことになる。

第五章　香椎・杉山農園

黒白

明治四四年一月一八日、大審院（最高裁判所）は社会主義者、幸徳伝次郎（秋水）ら二四名に死刑判決、翌日、半数は無期懲役に減刑され、二四日から二五日にかけて幸徳、大石誠之助、内山愚童、菅野《かんの》スガら一二名の死刑が執行された。

この「大逆事件」は、明治天皇制国家の総仕上げともいうべき事件だったが、夢野久作の日記には、この事件に関する記述は一行もない。当時、彼は築地の台華社に寄宿して千駄ヶ谷の予備校に通い、大学受験の準備中だったが、こうした問題はまだ関心のほかだったのだろうか。

この年の春、杉山直樹は慶応義塾予科文科に入学するが、なかなか父茂丸に言い出せなかったのか、久作日記によると、四月二日になって初めて父に報告している。その時の父の反応は、《父は軽蔑するように苦笑して、〝ほう、よかったな〟と言った》（英文・引用者和訳）と書いている。

茂丸は日本の学校教育に批判的だった。彼の『青年訓』のなかに、「教育亡国論」という項がある。

《当時、義務教育は小学校だけだが、中学校、高校・専門学校、大学と上級学校に進むほど、学校の数が少ないので、試験という「断頭台」で人員を淘汰するほかない。試験の根本の目的がそうだから、進学希望者が増えるほど、落伍者も増えることになる。首尾よく合格した連中も、「試験奴隷」「免状奴隷」になって、健康は損ない、神経は過敏になり、卒業しても「半病人」である。こうして得た卒業証書も、必ずしも社会の安全な「通行券」になる保証はないし、「高等遊民」が日増しに増えるばかりだ》

以上が茂丸の「教育亡国論」の骨子である。現代の学校教育にそのまま当てはまるような卓説であるが、そんな「教育亡国論」を唱えていた茂丸だけに、自由の気風が強いといわれる慶応の、しかも無用の学問としか思えない文科を選んだ息子を、「こいつも高等遊民の仲間入りか」と苦々しく思ったのだろう。

直樹は四月一八日から授業に出ているが、文科はわずか一〇人で彼が選んだ専攻の歴史科はたった一人のようだと記している。慶応大学といえど、当時、文科はそのような片隅の存在だった。

この年の秋、中国大陸では、一〇月一〇日の革命軍の武昌蜂起を皮切りに辛亥《しんがい》革命が始まるが、これには直樹も関心を持ったようで、日記にこんな記述が見える。

一一月一日　水曜――

《午後、昨春以来、初めて北村氏（注＝茂丸の弟子）を訪ねる。いろいろ話題があつたが、最後に支那の革命について話に花が咲いた》

一一月六日　月曜――

《男らしい情熱、男らしい勇気、子供っぽい自尊心を持つ叔父は、彼が受けた不名誉（私が思ふに全く無実）についての愚痴を一切こぼすことなく、支那革命に身を投じる決意をした。だが、あゝ、彼はもうじき癌で死ぬのだ》

この叔父は、茂丸が『百魔』のなかで「最も特筆すべき魔人」と書いた弟、五百枝《いおえ》（隆造寺隆邦）のことである。不名誉の事というのは、日露戦中、あるいきさつで警官に暴行して留置場に入れられた一件だが、兄茂丸の影響でやはり国事病に罹った五百枝は、日露戦の時も、爆薬を漁船に積み込んで能登から朝鮮に渡航しようとして失敗したことがあったし、中国で革命が起きるともうじっとしておれずに、中国へ押し渡ろうとした直前、膀胱癌が発見されて、入院手術の身となっている（五百枝は六年ほど闘病生活を続けて、大正六年八月没）。

茂丸も辛亥革命にかかわるが、当時、こんな中国観を持っていた。五百枝が革命運動に参加しようと中国渡航を決意したとき、弟の考えに〝大陸侵犯〞の臭いを嗅ぎとり、こう訓戒している。

《今日本全国の大名巨姓の経論家を、俺が委敷《くわしく》通覧して見るに、全部ことごとく支那に対する考へは間違つてゐる。それは「日本は新進興隆の国である、支那は敗亡自滅の国である」とこう思ふてゐるのが大間違いの基である。俺は「日本は即滅崩潰の国である。支那は健全永久の国である」と信じてゐる》（『百魔』）

だから、支那侵略は不可というわけだが、ただ、世界の一強国が支那の一画を占めて強大な軍備を備えると、他の強国も我も我もと支那に軍事的進出をしてくる。そうなると日本も過重な軍備を強いられ、戦う前に亡んでしまう。故に、支那に一画を占めて軍備を整える外国があれば、早期に戦ってそれを撃退するほかはなかったと、日露戦の意義を語っているが、「支那は永久亡びぬ国」が、茂丸の基本的な中国観だった。従って、支那に軍隊を送って内政干渉などするのは愚かなこと、軍隊はあくまで国家防備の任を限度とすべきで、侵略と疑われるような行動をすれば、帝国の威信を汚すことになると論じている。

孫文、宋教仁、黄興らを指導者とする辛亥革命にかかわった日本人は約三〇〇人といわれるが、そのかかわり方はさまざまだった。

大隈重信、犬養毅、尾崎行雄など日中関係を重視する政治家もいれば、北一輝のように、中国革命を日本を含めた世界的変革の突破口にしようとした者もいる。純粋に中国革命に献身した熊本の宮崎寅蔵（滔天）や高知の萱野長知、玄洋社の末永節《みさお》、黒龍会の平山周のような人たちもいる。

総体的には福岡県人が目立つ。玄洋社の頭山満、平岡浩太郎、末永節、黒龍会の内田良平、平山周、資金援助をした炭鉱主の安川敬一郎、中野徳次郎、福岡出身の東京帝大教授寺尾亨――。

杉山茂丸も辛亥革命にかかわっているが、内田良平の依頼で、軍資金（三井から三〇万円借款）や武器の調達に協力した程度で、あまり積極的な行動は起こしていない。

彼は中国の革命運動にも醒めた眼を持っていた。『百魔』に、弟五百枝にこう語り聞かせるくだりがある。

《今支那に東亜の問題に付いて、咄《はな》しの出来る人間が何人いるかと云ふと、俺の考へでは知らざる者までを入れてもおよそ三十人である。この三十人と議論が一致統合さえすれば、支那の事は自由自在である。その僅か三十人がなぜ結合せぬかと云へば、各個人に一種の希望があるからである。何の希望であるかと云へば、金と権力が欲しいのである》

実際、辛亥革命の主だった指導者、孫文、宋教仁、黄興の三者間でも、それぞれ思惑違いがあって一枚岩ではなかったし、孫文はその死に際して「革命未だ成らず」の一語を残さねばならなかった。

革命運動でも、裏に金と権力の欲望ありと、ニヒリスト茂丸らしい観測だが、これでは宮崎滔天や末永節のように辛亥革命に献身することは出来なかったろう。

なお、この辛亥革命の頃、茂丸は週刊『サンデー』に注目すべき文章を書いている。それは、『サンデー』一三九号（明治四四年八月六日号）から一二回連載の「四年間の桂内閣」だが、その第一回にこんな記述がある。

《庵主は此両三年前より新聞記者などに藩閥の走狗と云ふ栄名を冠せられて居る。流石《さすが》天下の耳目を以て任ずる操觚者丈《そうこしゃだけ》ありて眼光紙背に徹する底の慧眼、庵主は一時息も吐《つ》けぬ程敬服してゾーッとする位恐縮したが、見現はされたら仕方がねえ、今は包まず白状する、如何にも庵主は能《よ》く走り、能く嗅ぎ、能く吼えて、毛色は白とも黒とも付かぬ斑《ぶち》色であつて、一定の仕事もなくただブラ〳〵と道路を歩行《あるい》て、勝手に掃き溜めを漁《あさ》りて拾食いを以て世渡りをして居るから、狗《いぬ》に相違ないと自分も思ふて居る。併し此狗困った事には恐水病と云ふ疾患があつて、何か気に障る事があると、其の不平の事を吼え出す前に先づ同類に病毒を伝染せしめて、一斉に狂犬となし、夜昼の分《わか》ちもなく、ギャン〳〵ワン〳〵と、吼え猛《た》けりて狂ひ廻り、位の尊卑と人の親疎の見境なく行成《いきなり》に食らい付くのである。

……庵主は斯様な野犬の特性を備へて、即ち国家社会的の犬であるから、彼《かの》富貴、貧賤、官民上下の間を通じて夜昼間断なく勝手な時に出入をして、垣根の破れからでも、裏口からでも、自分の心任せに往来を続けて或時は床の下に這ひ込み、或時は門前に日向ボッコをして、随処に眠つてゐる故、社会の各階級を通じて其内訌の事情から物事裏面の秘密から、一切の脈絡の関係を、普通人間様の知り得ぬ程度迄を知つて居る事は、此庵主と云ふ犬に多少自信があるのである》

藩閥政治に噛みつくことから政治人生を歩み出した茂丸が、「我輩は藩閥の狗」と戯画化しながら、俺の鼻はよく利《き》くぞ、牙は鋭いぞと、開き直っているのだ。事実、これだけの啖呵が切れるほど、茂丸は権力者たちの内懐に深く食い込み、地獄耳で彼等の恥部も知悉していた。政財界の裏取引き、汚職、金脈、妾、隠し子……茂丸は幾人となく権力者の隠し子の始末などもしてやっている。其日庵などととぼけているが、この犬を怒らせて食いつかれると、大変なことになるのだった。

維新の風雲急を告げる幕末に生まれ、明治一八年初頭、憂国の志を立てて、長州閥の巨頭伊藤博文の首を狙って博多から上京した白面の若者は、波瀾に満ちた春秋を経て、いつしか政界の裏面に蟠踞する妖怪魔人と化していた。

明治四五年一月一日、孫文は南京で中華民国臨時大総統に就任して共和政体を宣言したが、この日、杉山家では、三男五郎が結核で亡くなる不幸が起きた。まだ一三歳だった。二男峻《たかし》に続いて、幾茂が生んだ二人の息子はともに夭逝し、男子は長男直樹のみとなった。なお、五郎の遺体は、茂丸の意志で、医学研究に役立つようにと東京帝大で解剖に付された。

この五郎の死で、直樹が悩んでいた廃嫡問題は立ち消えになったようなものだが、なお直樹の心中には深くわだかまるものがあったようだ。

除隊後も、所属連隊で訓練を受け続けた直樹は、二月一六日、陸軍歩兵少尉に任官して茂丸を喜ばせるが、単なる肩書で、人間の内実はいささかも変わらなかった。「七月某日」と題した英文日記には、およそ軍人精神とは程遠い文学青年の素顔がのぞく。

《君は自分のまはりに何を見ることが出来るだらうか。知識も衣服もなく、悪のはびこる世界にただひとり立ちつくして……情熱、ただそれだけであらう、その情熱は、巨大な力におびえる卑怯者を除く誠実な人間のものであり、真実の心の絶対的なものでなくてはならない》

この年の七月三〇日には明治天皇が亡くなって大正と改元されるが、日記は空白で、なんの感慨も記されてはいない。

それから間もない八月七日には、何か死について考えるところがあったのか、「弟の死」と題して長文の日記（日本文）を書いている。

《先づ余は生前の弟に対し愛すべき道は知り乍《なが》ら一種の峻厳を以て対したる事を告白せざる可からず。愛す可き心はありき。然れ共性来子供嫌なる余は分別臭き心を以て彼に対し、彼をして年寄臭からむ事を求めたりき。人に完全を求めて己の足らざるを知るは人情の常にして而して吾に於て最甚しかりき。しかも隠忍容易に鋒手を顕はさざる余は平生いとやさしき態度を以て彼に対し彼を笑はしめかくして吾等は茲に兄弟仲のよきを以て両親に喜ばるゝ事となりぬ。余が心の斯の如く複雑なりしにも不拘《かかわらず》弟の心は単純なりき》（後略）

年が離れた異母弟との関係を正直に書いているが、注目すべきは「隠忍容易に鋒手を顕はさざる余」という自己表白だろう。胸裏に鋭く光る刃を秘めながら、それを包み隠し、やさしい兄を演じ続けていたのだ。しかし、温和で沈着、まわりの人に愛されたいという異母弟五郎を、彼が愛していたことも事実である。その弟の最期の様子を、直樹はこまごまと日記に記している。

さらに不幸が重なる。九月二八日には、ジャンコばあさんのトモが二度目の脳出血で倒れ、一一月九日、絶命する。この間、久作日記には、祖母の病状が事細かく記されている。物心もつかぬうちに生母と生別し、継母幾茂とも別居の日々が多かった久作にとって、トモは育ての親だった。

一一月八日　金曜――

《……噫《ああ》二十有四年父よりも母よりも吾を撫育し給ひし祖母上も遂にかくならせ給ふ。男乍ら胸迫りて得堪えず。

夜半人無き折ひそかに耳に口つけて強く低く御祖母さんと呼びしに半ば眼をあけて此方を見給ふ。手を握るに握りかへし給へり。以て生涯の記念とす》

祖母トモの死後一か月ほど経った頃、茂丸と直樹の間にちょっとした確執があった。

この頃、直樹は父にすすめられて、鎌倉雪ノ下に住む陽明学者、村上孚光の門に通っていたが、その隣家に、作家志賀直哉の叔父、志賀直方が住んでいた。志賀直方は日露戦争の奉天会戦で負傷した退役軍人だったが、その志賀家によく出入りする同年輩の第一高等学校（一高）生徒がいて、直樹はその一高生と親しくなった。のちに昭和研究会を組織して、近衛文麿の有力なブレーンとなる後藤隆之助である。後藤の方が一か月早く生まれた同世代だった。志賀直方は、後年、陸軍皇道派の荒木貞夫、真崎甚三郎などと密接な関係を持った思想の持主で、後藤隆之助の政治手腕を高く買い、後藤が昭和一一年、昭和研究会を組織すると、毎月五〇〇〇円を援助することになる。

後藤は短軀ながらがっしりとした身体で柔道をやっていたが、肋膜炎にかかって、静養がてら建長寺の宿坊に泊まって参禅していた。志賀直方とはその参禅仲間で話が合い、よく志賀家に遊びに来るようになっていた。

後藤は一高（三年制）に裏表で六年もいた豪傑だが、その間に多くの友人をつくっている。近衛文麿（二歳年下）とも同級生になり、さらに同じ京都帝大に進んだ縁で近衛のブレーンになり、昭和一二年六月の第一次近衛内閣成立の際は、組閣参謀となって閣僚名簿を発表している。

直樹はこの後藤とすっかり気が合い、不自由な寺にいるより、うちへ来て静養したらどうだと誘ったのを、父茂丸に咎められたのだった。このときの父茂丸の叱責の手紙を、直樹は十二月一〇日の日記に写している。

《肋膜炎とは肺病の初期である事を知らぬか。弟をコナコナに解剖して知つて居るではないか。其為家内一同三か月も注射したでないか。一旦家に入れては断るのに更に困難なり。……貴様何故イヤと云はぬか。近日郷里に行くから当分断ると云へ。おれは関係せぬ。

十二月九日

直樹殿》

肺病が死病であった時代であり、五郎がその病気で命をとられたばかりの時ではあったが、病魔を怖れて友情切り捨てを強いる父に反抗するかのように、直樹は一一日の日記にこう記している。

《午後後藤君と談話を交ふ。人間の価値は赤裸々の処にあり。即ち無価値の処にあり》

翌大正二年三月、直樹は慶応義塾予科を中退して福岡へ帰り、香椎の杉山農園に住みついた。父茂丸の了解を得ての事だったが、父の膝元で暮らすうち、家族と離れて独立自営の道を歩みたいという気持が強まったのだろう。

父到の縁でずっと杉山家に出入りして、茂丸の庇護を受けていた奈良原牛之助が、千葉園芸学校で農業技術を身につけていたし、直樹と仲が良かったので、牛之助が農園を手伝ってくれることになった。それに、茂丸の書生だった黒木政太郎も鎌倉から派遣されて来た。黒木は元相撲取りの大男だったが、九二の筆名で短歌をつくり、茂丸の紹介だったのだろうが、博多の短歌会、浅香会に詠草を寄せていた。この黒木の影響で、直樹は短歌を始め、市内中島町の九州日報社の三階で開かれていた浅香会の歌会に黒木と二人してせっせと通った時期がある。

浅香会の主宰者、武田信次郎が、夢野久作没後、追悼特集が編まれた『九州文化』（昭和一一年六月号）に、「農園頃の杉山君」と題する一文を寄せているが、その中にこんな一節がある。

《初め二人が此処に家居することになり開墾をやり出しているうちに、九二君が折り折り夜更して帰ることがある。泰道君はこれを訝《あや》しんで見ていたところ、それが福岡の短歌会に出るのだと判って来た。泰道君はその不善な夜遊びではないことを知るや、自分も直ちにそれに倣《なら》うことになった。二人はやがて相携《たずさえ》て私等の群れに投づることになり、労《つか》れた躰をいとわず詠草を持って出かけて来るようになった。火花を散らす歌会は二更三更に及んだが、それにも構わず鍛えに鍛えられて、三里の夜道をほてった二人が帰るのであった》

最初のうちは黒木ともそんな仲だったのだ。汗を流して雑木林を開墾し、畑作と、蜜柑、桃、梨などの果樹栽培を始めたが、頼りにしていた親友の牛之助が、黒木と合わず、翌三年春、杉山農園を去り、新天地を求めてアメリカに去ってしまう。

それで農園経営の希望を失ったのと、五郎の死後もなお、継母幾茂の周辺に直樹を廃嫡して適当な養子を迎えようとする動きが続いていたこともあって、杉山家から離脱したい思いが強まったのだろう。やがて直樹は杉山農園を離れて放浪生活に入った。

この間の生活は、日記もないし、書き残したものもないので、その詳細はわからないが、久作が長男龍丸などに話したところでは、東京深川の工場街で働いたり、貧民窟に身を寄せて日傭い労働をしたりしたという。

この頃の久作の体験の一つを、父から聞いた話として、龍丸が『わが父・夢野久作』に書いている。

――江戸川区のある町工場で働いていた時、毎日、隅田川の土堤でお昼の弁当を食べていた。そのうち、お昼、いつも向う岸の土堤に来て煙草を吸う男といつしか顔なじみになり、手を挙げて挨拶するようになっていたが、ある日、その男がいきなり背後から襲ってきた作業服の男にハンマーで頭を強打されて倒れた。襲った男は倒れた男を川の中に蹴り落として姿を消した。

その白昼夢のような殺人事件を、久作はただ茫然と眺めたが、それから幾日経っても、この事件は新聞に一行も出なかったという。《それで、彼は自分が求めていた人間らしい社会は、何処にもないということを、また、名もなく、地位もなく、理由もなく、殺され、殺している世間、世界というものがあることと、人間の社会の恐ろしさを知ったと申していました》と龍丸は書いている。

この年の暮れには放浪生活を打ち切ったようで、一二月一七日、茂丸は直樹に杉山家の戸主の座を譲っている。放浪で息子が成長したと認めたのか、戸主の座に据えることで落ち着かせようとしたのか。

これでやっと自分の居場所を得たと思ったのか、直樹は大正四年一月、喜多流一四世宗家、喜多六平太に入門、やがて宗家を継ぐ年少の喜多実と親交を結ぶようになる。祖父三郎平に尻を叩かれ、嫌々ながら通った梅津道場だったが、みずから宗家入門を選ぶほど、能にひきつけられるようになっていた。

しかし、依然として父や継母との軋轢が絶えなかったのか、俗世になじめない苦しみがあったのか、直樹は大正四年六月二一日、東京・本郷の禅寺、曹洞宗の喜福寺で剃髪出家し、名前を泰道と改めた。法号は萠圓。初期の著作には、よくこの杉山萠圓、沙門萠圓の名を使うことになる。

五年には、雲水として、京都、大和路、吉野、熊野と修行しているが、六年になって還俗して、杉山農園に戻っている。この雲水としての足どりも定かではない。

ただ、長男龍丸には、雲水時代のことを多少は話していたそうだが、「雲水の方が見えたら、ぜひ経文を読んでほしい」と待ち兼ねていた高齢の老婆に、土下座して拝まれたことがあり、そのときのことを、

「俺も、お前のじいさん(茂丸)のお陰で、ずいぶん偉い人やすごい奴等にも会うて来たが、この婆さんに拝まれたときほど、恐い思いをしたことはなかったやね。足の爪先から頭の天辺まで、震えが出てとまらないほど恐かったよ」と語ったことなどを、龍丸は記している。

泰道が還俗して杉山農園に戻った大正六年三月、茂丸の台華社から月刊誌『黒白《こくびゃく》』が創刊された。発行兼編集人は廣崎栄太郎になっているが、主宰者は杉山茂丸で、「其日庵法螺丸」の名で発刊の辞を書いている。

《天笛鳴り地弦顫《ふる》ひて烘星只だ青く燿《かがや》く。此時に当って山野の草木蓐《しき》りに蕭殺の声を発して猛獣徐《おもむ》ろに嵎《ぐう》に嘯《うそぶ》く。欧州の大乱一度《ひとたび》バルカンの一隅に起りて世界の均衡倏《たちま》ちに潰《つい》へ、人道の趾礎見す〳〵傾斜して宗教道徳の支柱今将《まさ》に危からんとす。是に於てか全世界の政治経済は文明満開の花に狂風の吹荒《すさ》むが如く徒《いたず》らに繽々紛々として東西に飛散し、黒雲猛雨此間に驟来して随処に満幅の惨画を描出せんとす。……》

一九一四年（大正三年）六月二八日、オーストリア皇太子フェルディナンドとソフィア王妃が、ボスニアで挙行された陸軍大演習の閲兵を終えて、首都サラエボに到着したとき、突然銃声がして皇太子夫妻は射殺された。犯人はセルビアの一九歳の学生で、ハプスブルグ王朝を倒し、ユーゴスラヴィアをオーストリアの圧制から解放しようとするセルビア民族主義将校団の一員だった。

この事件を好機として、七月二八日、ドイツがセルビアに宣戦布告、さらに、ロシア、フランスに宣戦布告、イギリスも連合国側に参戦して、ここに第一次世界大戦が始まった。かねて満洲問題の有利な解決を狙っていた日本も、これを好機として、ドイツが租借していた膠州湾を握るため、八月二三日、ドイツに宣戦布告、久留米の第一八師団（師団長、神尾光臣中将）を山東半島に上陸させて、一一月七日には青島《チンタオ》を攻略した。一方、海軍・陸戦隊は、南方海域に在って通商を妨害していたドイツ東洋艦隊を追って出動、ポナペ島、トラック諸島、カロリン群島、サイパン島など、赤道以北のドイツ領南洋諸島を次々と占領してしまう。この占領によって、第一次大戦後、南洋の多くの島が日本の委任統治領になる。

この大戦のさなか、ロシアでは内乱が起こり、一九一七年（大正六年）三月一二日（ロシア暦二月二七日）、ニコライ二世は退位に追い込まれ、ロマノフ王朝滅亡の二月革命が起こる。『黒白』発刊は、その直後のことだった。

この世界大動乱のなかで、《家国の興亡是の秋に偏らんとす、苟《いやし》くも志を当世に馳するの士豈《あに》黙止するのを得るものならんや》と発刊の意図を伝え、『黒白』という誌名を選んだ理由をこう述べている。

——昔、十字軍遠征の折、エルサレムの野に一枚の楯が立てられていた。東西から騎士が一人ずつ出て来て、甲騎士は、この楯は、「白きこと雪の如し」と言い、乙騎士は「黒きこと漆の如し」と言う。互いに譲らず、しからば剣で以て「黒白を争おう」と決闘に及ぼうとしたとき、北方より丙騎士がやって来て、決闘の理由を聞き、呵々大笑する。怒る二人に丙騎士は言う。

「お互いの位置を換えてこの楯を見よ。この楯は両面が黒と白になつている。なんと査察の粗慢なことか」

《蓋し之を以て神経亢進の癖漢が各基本を解せずして争を為す者を訓戒するの寓言となす、今の世に於ける各政党の争議まさに此の如きものなき乎》

つまり、政党をよく黒白も弁じ得ない愚者として批判し、我々の雑誌はよく黒白を弁ずるものだと宣言しているのだ。

この『黒白』創刊号（六年三月一五日発刊）から、茂丸は『百魔』『木鼠《リス》将軍』、さらに趣味の刀剣譚の連載を始めている。茂丸は先に週刊『サンデー』に『近世魔人伝』を連載していたが、これはのちに『続百魔』として刊行される。つまり、『百魔』よりも『続百魔』のほうが先に書かれているわけだ。『百魔』の第一回は、現在刊行されている本どおり、頭山満との出会いから始まっている。

『木鼠将軍』は、小柄で木鼠《リス》のように敏捷な動きを見せた児玉源太郎のことで、これはのちに『児玉大将伝』となる。

この頃すでに茂丸には、『其日庵叢書第一篇』（明治四四年四月刊）、『乞食の勤王』（同年七月刊）、『英国小説、盲目の翻訳』（同年九月刊）、『其日庵叢書第二篇』（大正三年三月刊）、『其日庵叢書第三篇』（大正四年六月刊）などの著作があったが、この『黒白』発刊で、執筆活動に一段と拍車がかかることになる。茂丸は漢文的レトリックを駆使した講談風の独特の文章を書いたが、実に旺盛な筆力の持ち主だった。筆力にかけては、息子久作を上廻るほどだ。

九州日報

父茂丸の『黒白』発刊とともに、息子の泰道も盛んな執筆活動を始めた。創刊号から沙門萠圓の筆名で「謡曲談」の連載を始めているし、杉山萠圓、沙門萠圓、朴平、鈍骨、香椎村人など、さまざまな筆名を用いて、毎号のように、エッセイや小説風のものを寄稿している。

「謡曲談」は、主に謡曲を話の種にしたエッセイだが、視点は、謡曲などとは無縁の市井の庶民の側に据え、博多にわか的なジョークを交えた会話体で構成したものが多い。

この年の八月には、数年間、癌と戦い続けた叔父の隆造寺隆邦が遂に力尽きて亡くなる不幸があったが、暮れ、泰道に縁談が起きた。間もなく満二九歳になろうとしていたが、当時としては晩婚のほうだ。

相手は、荒戸通町に立派な屋敷を構える鎌田家の次女クラだった。鎌田家は、旧藩時代、槍を立てて登城できる八〇〇石の大組だった。久作の長男龍丸によれば、杉山家の四代目は鎌田家からの養子という縁があったし、それに久作の妹瑞枝がクラと友達だったので、瑞枝の提言もあっての縁結びではなかったかという。

瑞枝は明治二八年二月、クラは同年一〇月の生まれで、瑞枝が小学校に上る頃は、杉山家も荒戸通町に住んでいたし、早生まれの瑞枝が一級上だが、ともに荒戸町の福岡師範付属小学校から県立福岡女学校で学んでいるので、瑞枝とクラはよく知り合っていた。

クラの父、鎌田昌一は、長崎の警察署長などを勤めたあと福岡へ帰って来て、黒門郵便局の局長になっていた。クラは県立福岡女学校から福岡師範学校を卒業して小学校の教諭になり、最初、筑豊の飯塚小学校に赴任したが、この頃は福岡へ戻って来て、泰道の母校、大名小学校で教鞭をとっていた。

現在の大名小学校（福岡市）。この校舎自体が近代化遺産であるが、平成26年３月で閉鎖され、同年４月から舞鶴小学校に統合される

継母幾茂は、「どげなお人か、自分の眼でよう見とかんと」と言って、クラの授業ぶりを参観に行ったそうだが、「あれならよか」と合格の判定を下したそうだ。クラは面長な美人で、しっかり者だった。

しかし、泰道とクラが対面する機会もないまま、話はトントン進み、仲人には、旧藩時代、槍術指南の馬廻役だった村上駿助が立てられ、副仲人に大名小学校の先輩教諭が頼まれた。

相手と対面する機会もないまま進行する縁談に、クラは不安を隠しきれずに、副仲人の先輩に訊いた。

「杉山の泰道さんて、どげなお人で、なんばしよんなさるとですか」

副仲人も詳しいことは知らなかった。

「なんか書きよんなさるごたる。真面目で、おとなしか人ですばい。茂丸さんの息子はバカ息子と言うもんもおるごたるばってん、陸軍の将校にも成っとんしゃるし、きっといまに名ば挙ぐる人じゃけん、心配せんちゃよかよ」

大正七年二月二五日、鎌倉長谷の杉山家で、泰道、クラの結婚式が行なわれた。

杉山龍丸『わが父・夢野久作』によれば、杉山家の結婚式は、通常次のような形で行なわれたという。

《両家の祖先の位牌を床の間に飾り、その前の左右に、両家の両親が並び坐り、新郎新婦は、祖先の位牌に拝礼した後、両家の父親から、三三九度の盃を交して、夫婦の固めを行いますと、新郎新婦は、直ちに両家の両親に

茶菓をすすめて、御挨拶をすることになっていました》

東京で盛大な披露宴をやったあと、福岡でも水茶屋の料亭で披露している。政財界に知友の多い杉山茂丸の嫡男の結婚式である。それ相当の披露宴となったようだ。

なお、久作の妹瑞枝は一足先に縁付いていたが、相手は東京の有名病院、金杉病院（東京慈恵会医科大学の前身）院長、金杉英五郎（衆議院議員）の甥で、金杉病院勤務の医師、金杉進だった。茂丸の盛名あっての縁談だった。瑞枝は不運にも、二児を儲けただけで、夫と早く死別することになる。

泰道夫妻は、結婚後、茂丸設計の新居が完成するとともに、香椎の杉山農園に住むことになったが、この間の事情を龍丸はこう書いている。

《これには、二つの理由があったようです。一つは、茂丸のやっていることが、夢野久作によく判るので、煙たがられたこと。これは茂丸のみでなく、茂丸の周囲の人々も同様であったようでした。また、茂丸も、東京の人々や、特に、茂丸の周囲に来る人々は、茂丸を利用するためには手段を選ばぬ人々であったので、これらの人々の醜い闘争に巻き込まぬためであったと思います。

二つは、継母の幾茂が大変なやきもちやきであったことです。茂丸は、彼女の居る杉山家でも、料亭の女将や、女義太夫関係者、その他でも、平気で面接しました。彼女は、これらと応対は絶対しませんでした。……このように、幾茂が非常に好き嫌いが激しく、感情の激しい人であったことも、一つの原因であったでしょう》

杉山農園には鎌倉から黒木政太郎が送り込まれていたが、黒木は幾茂の意を体した監視役ではなかったか、と龍丸は見ている。

幾茂も不運な女性だった。夫茂丸の女性関係は多岐にわたっていたし、自分が腹を痛めた男子の峻、五郎は夭逝してしまう。特に五郎は利発で、茂丸をとり巻く人々の中にも、五郎さんなら杉山家の跡取りに相応しいと嘱望する声があったという。五郎を失ったあとは、長女瑞枝の夫、金杉進に杉山家相続の希望をつないでいたというが、金杉病院副院長の椅子が約束されていた進は、胆石手術の予後が悪くて急逝してしまう。

泰道は両親から隔離されるような形で、杉山農園で新婚生活を始めたが、そのほうがずっと精神的に楽だっただろう。

広大な農園開墾にはかなりの苦労があったようだが、晴耕雨読の生活のなかで、大正七年九月には、東京の菊池書院から杉山萠圓の名で最初の著書『外人の見たる日本及日本青年』を上梓している。

このエッセイは、父茂丸主宰の『黒白』の同年二月号から七月号にかけて連載したもので、十数年日本に在している白人青年の日本論という形をとっている。いわば、『週刊新潮』のヤン・デンマン方式の先駆である。白人青年の口を借りた泰道の日本論だが、まずその国体論・政体論に注目される。

《貴方の国の人々は日本の国体を世界第一だと思っております。それは本統《（ママ）》です。専制政治も民主政治も一緒にして精神的に統一された理想的の国体です。真に世界第一です。……日本人は日本が世界第一だと思って安心して居ります。誇って居ります。それが怖いのです。それが危ないのです。日本人の理想として居る「国体」は世界第一でも、実際に行って居る「政治」は世界第一ではありませぬ。

日本は君主立憲政体です。立憲君主政体ではありませぬ。これを間違えて考えている様に思えます。藩閥や政党が出来て味方贔屓《ひいき》をして勝手な事をするのも、此君主立憲政体と立憲君主政体とが何方だから判らず、そして又本統の君主政体というものがどんなものだかそれもわからない為です。

私は思います。本統の理想の政体は、明君の専制政治です》

この政体論は、そっくり父茂丸の政体論であり、その受け売りといっていい。発表舞台が『黒白』ということもあって、あるいは父の代弁をしたのかもしれないが、この当時の泰道が父茂丸の政治思想の影響を強く受けていたことは否めない。

ただ、泰道独自の思想も、この第一著作集に展開されている。

《人類が地上に出て来て何をしたか。埃及《エジプト》の大を慕う文明。波斯《ペルシャ》の強さを慕う文明。印度の崇高安楽を願う文明。支那の円満幸福を望む文明。希臘《ギリシャ》の純美を愛する文明。羅馬《ローマ》の壮麗を希う文明。是等は順々に起り順々に亡びて次に起る文明に啓示を与えました。……皆仕舞には行き詰つて古びて腐れて空虚になつてたおれて、つまりは其文明が人類の生命の根本に触れたもので無い事を証拠立てました》

そうした世界の文明史のなかで、泰道が感心するのは釈迦と孔子と基督だが、彼らの教えは宗教と名づけられて偶像礼拝を生み、信仰は堕落して、儀式となり、教会となり、坊主となり、偶像となり、十字架となり、お祭り騒ぎとなり、「とうとう空っぽになった」と宗教の形骸化を鋭く突き、最後にこう断言した。

《それならば此人類の文明のスピリット、人類の生命の最も美はしい強い大きな宗教という酵母はすっかり消えて無くなったのか。いやいや決して無くなって居りませぬ。日本にちゃんと残って居ります。日本に丈け残って居ります》

それは日本人の大和魂であり、この大和魂こそ、人類の精神文明が堕落したなかで、精神文明を甦らせる精髄に成り得るものだとしている。彼にとって、この大和魂というのはどういうものなのか。

《日本人に特有の大和魂——仏教や耶蘇教で最も尚ぶ無欲や犠牲や博愛や忍耐を煎じつめた最も自覚的なもの。孔子教でいう至誠忠恕の最も純一なものを一つにまとめて日本人の持ち前の自然な快濶な勇ましい性格で消化して十数世紀で蒸溜したもの。……宗教というよりも自然其物、生命其物と言った方が適切な程純粋で明白な大和魂》

これが杉山泰道の大和魂概念である。いわゆる忠君愛国思想ではない。自然そのもの、生命そのものであり、日本人が十数世紀にわたって蒸溜してきた純良な魂を、彼は大和魂と呼んでいる。

最近の日本青年は、この純良な大和魂を失っている。もっと精神の自由を取り戻して、日本の精神文明に活を入れよ。というのがこのエッセイ集の結語である。

この最初の著作を刊行した頃から、泰道の執筆活動には一段と拍車がかかり、父茂丸が創刊に深くかかわり、明治四三年一月から四四年三月まで社主もつとめた九州日報（元福陵新報）に盛んに寄稿するようになっている。そして、大正八年四月二四日には、九州日報社に入社する。

長男龍丸によれば、鎌倉から送り込まれた黒木政太郎が農園の支配人格で振舞っていたが、力士時代の飲み打つ買うが身についていて、農園の金を使い込んで苦境を招いていたという。しかも、その責任を泰道の無能にあるかのように鎌倉に報告するので、泰道は黒木との農園生活にすっかり嫌気がさし、農園に依存しない生計の道を求めて九州日報入社となったようだ。

泰道入社時、社屋は那珂川に架かる東中島橋のたもとにあり、海が近かった。社長は、日清戦争時、天佑俠に参加した玄洋社の大原義剛（明治三五年から衆議院議員二期）だったが、この頃も茂丸は資金援助をしていたというから、泰道の九州日報社入社は容易なことだったろう。

入社すると、泰道は取材活動のかたわら、萠圓、白木朴平、海若藍平、土原耕作、三鳥山人など、さまざまな筆名を使って、九州日報紙上に盛んに童話（大半は掌篇）を書くようになるが、上司に怖い男がいた。編集長、加藤介春《かいしゅん》である。

夢野久作の『山羊鬚編集長』のモデルは、この加藤介春と見る向きもあるが、別に介春をモデルにしたものではない。小説の編集長は、背が異常に低い小男で、色は真っ黒で、糸のように痩せこけて、年は四〇と七〇の間ぐらい、などと表現されているが、介春は異常なほどの小男ではなく、痩せこけてもおらず、山羊鬚もなく、第一、年齢は泰道よりわずか四歳年上に過ぎなかった。しかし、加藤介春が、山羊鬚編集長のように飄々としていながら、実に怖い編集長だったことは疑いないようだ。

久作は死の一年前に書いた「スランプ」という一文のなかで、加藤介春のシゴキぶりを書いている。

《新聞専門家の間に名編集長として聞こえていた、同時に自由詩社の元老として有名な加藤介春氏から、神経が千切《ちぎ》れる程いじめ上げられた御陰で、仕事に対する好き嫌いを全然言わない修業をさせられました。死ぬほどイヤな提灯記事、御機嫌取り記事、尻拭い原稿なぞ言うものを、電話や靴の音がガンガタガタと入り乱れるバラックの二階で、一気に伸び伸びと書き飛ばし得る神経になり切っていたのです。自分の筆を冒瀆し、蹂躙する事に、一種の変態的な興味と誇りをさえ感じていたものでした》

泰道に限らず、昔の新聞記者はそうした形で育てられたものだが、加藤編集長の朱筆は猛烈で、苦心して書いた原稿があらかた消されてしまうので、それが口惜しくて、寝ても覚めても文章を練るようになったという。

龍丸が中学二年生のとき、国語の副教科書に加藤介春の詩が載っているのをみつけた久作は龍丸にこう言ったそうだ。

「俺の今日あるのは、この加藤介春先生のおかげだ。よく覚えておけ」

加藤介春は、明治一八年五月一六日、筑豊炭鉱地帯の田川郡赤池町の大きな農家の生まれで、本名・寿太郎。飯塚の嘉穂中学から早稲田大学英文科に学び、在学中、同期の片上伸、小川未明、水野葉舟らと文学仲間になり、四二年、三富朽葉《きゅうよう》、山村暮鳥、福士幸次郎らと自由詩社を創立、言文一致の口語自由詩をつくりはじめる。

四三年春、早稲田を卒業して故郷へ帰り、九州日報社に社会部長として入社したが、翌年四月、社長が菊池忠三郎から大原義剛に代ると、在社一年で編集長に抜擢されている。まだ二六歳だったが、それだけの力量を備えていたのだろう。

しかし、四五年、筆禍事件で投獄される破目になる。九州日報では同年六月四日から九州帝国大学の不良学生を槍玉に挙げるルポ「恋の大学生」の連載を始めた。

九州帝国大学は、明治三六年四月、京都帝国大学福岡医科大学として発足、四四年四月、工学部を併設して、九州帝国大学になっていた。学生数はごく少数で、みな将来を約束されているので、大変なモテようで、花柳界でももっぱら帝大生を相手にする「大学芸者」が現れるほどだった。その人気をいいことに、良家の子女を誘惑したり、借金を踏み倒したりする悪徳学生も増えたため、九州日報では彼等をこらしめるキャンペーン記事を始めたのだった。この連載記事は、記者の小田部《おたべ》博美らが取材して介春がまとめたものだが、大きな反響を呼び、九大の学生総代が学風是正を条件に連載中止を申し入れる騒ぎとなった。

そこで日報側も、成果ありとして連載を中止することになったが、その直前、槍玉に挙げられた一学生が、卑劣な手段で介春に三〇円入りの封筒を届けておいて、恐喝されたと訴え出たため、介春は逮捕された。真夏、福岡監獄の未決監に七〇日拘禁されたが、結局無実とわかって無罪判決となっている。

この時の獄中体験を詠んだ第一詩集『獄中哀歌』(大正三年三月刊)で、彼は詩人としての名を挙げることになった。

芽

ふかき地の底のくらがりから
此世にいでし青き草の芽
うまれんとする胎児が
腹の中をうごくやうに
地の底がかすかにふるふ

その地の底からこつそり
のぞくやうにいでし青き芽

緑色の心をすこしあらはし
おどおどしながら次第にふとりて
つひに此の世のものとなりし青き芽

あをき芽は間者のやうに
ふかき地の底の動きを
吾等の心に語らんときたれり

杉山泰道が九州日報に入社した頃、介春は『獄中哀歌』と『梢を仰ぎて』（大正四年二月刊）の二冊の詩集を持っていたし、かなり活発な詩活動をしていたので、泰道が介春の詩に触れる機会は少なくなかったと思われるが、二人の文学世界は近似している。これは、泰道が九州日報社を退社したあとのことになるが、大正一〇年一一月、介春が刊行した第三詩集『眼と眼』に、介春が敬愛した萩原朔太郎が序文を寄せている。
《介春氏の心霊は、常に何物かにおびえてゐる。彼は運命論者であり、宿命の石に圧されて、牙を嚙みならす。そして意志が自由を得やうとするが、過激な脳髄の振蕩がきて、眩惑する光の中に、奇異なさまざまな世界をみるのだ。ここでは彼の圧迫されてゐた霊視が、喉まで見えるアゴを開いて昼景の中に喘いでゐる……》
まるで夢野久作『ドグラ・マグラ』に寄せられた序文のようではないか。
『眼と眼』のなかにこんな詩がある。

赤ん坊の手
うまれたばかりの赤ん坊が手をかたく握りしめているのは

うまれぬまへの記憶を、
うまれぬまへの思想を、
ふしぎなる生命の起源を、
ぢつと握つてゐるのです。

すべてみなうまれぬまへの事です、
うまれぬまへの世界の事です、
父がもしそれを聞いたら
どんなにかおそれるかもしれない秘密です。

父よ、何んにも聞かぬがいゝ、
子よ、何んにも答へぬがいゝ。

久作は介春からこの『眼と眼』の贈呈を受け、生涯大切にしていたが、この詩に、『ドグラ・マグラ』の巻頭歌を対置してみよう。

胎児よ
胎児よ
何故躍る
母親の心がわかって

おそろしいのか

ほとんど双生児である。『ドグラ・マグラ』の主要な命題「胎児の夢」は、この介春の「赤ん坊の手」に触発されたのではないかと考えられるほどだ。久作日記を読むと、大正一五年八月二一日の項に、《狂人の解放治療遂に書き上げる千百余枚》という記述がある。『ドグラ・マグラ』の第一稿である。介春にシゴかれながら記者活動をしていた頃から、久作は『ドグラ・マグラ』に手を染めていたが、加藤介春から新聞記者としての訓練のみならず、文学的影響も強く受けていたものと思われる。

荒削りの文学青年、杉山泰道という大きな卵を抱いて、文章を書くことの厳しさや、詩人の魂の在り方を教え、異能の作家、夢野久作を孵化させた親鳥は、この加藤介春といってもいいだろう。

介春は、久作よりも長く生きのびるが、敗戦直後の昭和二一年一二月、腸閉塞で死去した。享年六二歳だった。

シベリア出兵

ロシア二月革命後、亡命先のスイスからペトログラードに帰って来たレーニン指導のボリシェヴィキは、一九一七年一一月七日(ロシア暦、大正六年一〇月二五日)、全市を制圧して臨時政府の本部がある冬宮を包囲した。翌日、冬宮は占領され、臨時政府首相ケレンスキーは逃亡して、ここにソヴィエト政権が誕生した。

この第一次大戦さなかのソヴィエト政権樹立は、資本主義諸国に脅威を与えるとともに、この際漁夫の利を得ようとする欲望も駆りたて、英仏は早くも一二月にはロシア分割に関する秘密協定を結んでいる。

日本も傍観せず、コサックの頭目セミョーノフの反革命軍と通じてシベリア進出の策を練り、翌一八年一月一二日には居留民保護を名目にウラジオストックに軍艦を出動させ、四月五日にはイギリスと共に陸戦隊を上陸させている。事実上のシベリア出兵の始まりである。

出兵論の急先鋒は、参謀総長上原勇作、参謀次長田中義一、外務大臣本野一郎、内務大臣後藤新平（一九一八年四月から外務大臣）らだった。

当初、アメリカは日本のシベリア出兵に反対だった。日本軍がシベリアに兵を出すと、シベリアを日本に握られてしまう怖れがあるし、中国にも重圧を及ぼすことになると見ていたからだ。このため、山縣有朋や寺内首相、さらには原敬、犬養毅らが委員をつとめる外交調査委員会も、本格的な出兵に慎重な姿勢を見せていた。特に原敬は、最初、「シベリア出兵は、列国共同干渉の誤解を生ずる怖れあり」と強く反対していたが、結局、チェコ軍団救出に限るという名目で出兵を認めることになる。

こうした状況のなかで、杉山茂丸は大正七年『黒白』五月号に「出兵は既定の問題なり」と題する一文を載せている。

ここで彼は、イギリスやアメリカが、民主主義擁護とかドイツ軍国主義の打破とか称して途中から参戦したのは、とってつけたような理由であって、彼らは参戦することで利を得る国家的ソロバン勘定をちゃんとはじいているのだと、その具体的事実を挙げ、美名にだまされてはならないと警告した上で、日本の場合は《日英同盟の誼を重んじ、東洋平和の為に剣を執つて起つたのである》としている。

そして、出兵は既定の事実であり、自分も出兵に反対はしないが、《既に東洋平和の禍根たる青島《チンタオ》及南洋諸島にして我手に帰しスエズ以東の海洋波静かなるに至つた以上は、我は再び参戦目的の本領に立還って須臾《すべから》く自重し、今後は苟《いやしく》も東洋平和を基礎に置いた条件があるに非ざれば、仮令《たとえ》一兵たりとも動かしてはならない理由に復帰すべきである》と、ロシア内戦に慎重に対処することを主張し、民主主義を標榜しながら強大な軍備を進める英米に不信の声を投げている。さらに、

《軍国主義打破や民主主義を標榜する英米が軍国主義の独逸以上に世界に活躍する時代がありとすれば、日本

を措《お》いて誰が怖い親爺と成るのだ》

と、やがて来る英米との対決を予測するかのような言葉で結んでいる。

さらに茂丸は『黒白』八月号に、「軍備の儀に付建言の次第」と題する一文を発表しているが、これも単なる軍備増強論ではない。

第一次大戦で敵対した英と独に差はない。いずれも科学中毒患者であり、軍艦、銃砲、弾薬、航空機など、悉く科学を悪用したもので、世界は科学悪用の中毒で死滅しかけている。ひるがえってわが日本帝国の有様を見るに、日本も科学中毒に犯されていて、

《其学制の根源より教育施行の現実に至るまで実に悲惨の極《きわみ》を演じ、恰も国民の子弟を挙げて活字となし、之を学校と云ふ印刷機械に掛け、学科と云ふインキを擦りグワチャンと押圧して同一模型の免状を刷出し、校門と云ふ土管の口より毎年排泄するかのやうに見受けられ申候》

今日の画一的な学校教育にぴったり当てはまる悪口は、さすが法螺丸というところだが、さて、科学中毒国日本の軍備については、

《然《さ》れば我帝国が戦時同盟に参加するの限度は東洋の平和が確保せらるゝまでを限度として努力すべきは勿論にして、恰も英国が独逸の帝国主義軍国主義滅尽の時に於て戦を休め米国が世界民主主義確立の時に於て戦を収むると一般に御座候》

東洋の平和を守るための軍備は必要だが、無制限な軍備拡張に走るべきではないとし、外交の重要さを指摘している。

そうした軍備論を展開した上で、出兵の経費、世界的な経済変動に対処するため、数十億円の国債発行を提案している。

《……例へば日本が今日比較的国家経済の優勝地歩を占めて財産を有し居るも、世界と債券の均衡を失し居る

が為に動《やや》もすれば機能不活発なる世界の債券に侵入させられ、現今既に四億以上世界の債券を所有し居る由に候、さすれば我国民の財産は一片の債券と云ふ紙にして、其債券の代償は直ちに外国に於て恐るべき軍器に変化し居るが如き事と申す次第と存候》

経済通の茂丸はちゃんと世界の債券市場に目配りして、多額の国債発行をうながしている。

さて、ロシアの戦況だが、五月、ボリシェヴィキとチェコスロバキヤ軍団の衝突事件が起きた。かねてチェコはオーストリアからの独立運動を進めていたが、大戦中、チェコ兵士の中には、進んでロシア軍に投降して連合国側に加わり、独立を戦い取ろうとする者が多くなった。これがチェコ軍団に編成されて東部戦線で戦っていたが、革命後、ソヴィエト政権がチェコ軍団の解散を命じたため、チェコ軍団は解散を拒否して西部シベリアを占領した。この事件が連合国の対ソ軍事干渉の絶好の口実となった。

七月初旬、英仏両国は北ロシアのムルマンスクに軍隊を上陸させ、日本とアメリカに出兵を要請した。まずアメリカのウィルソン大統領が出兵を決意し、日本にも出兵をうながした。ただアメリカの提案は、ロシアの内政干渉ではなく、あくまでチェコ軍団の救済を目的とし、ウラジオストック守備のため日米同数の七〇〇〇人を派兵し、目的を達成次第撤兵するというものだった。

日本にとっては好機到来である。大正七年八月二日、寺内内閣はシベリア出兵を宣言し、最初、小倉の第一二師団を主力とする一万二〇〇〇の兵力を投入したが、独断で増派し、一〇月末には七万二〇〇〇人に達している。

シベリアで日本軍がいかなる戦闘行為をし、いかなる殺戮をし、いかなる敗北をしたか、第一二師団歩兵一四連隊の一兵卒として出征した松尾勝造の『シベリア出征日記』などが雄弁に物語っているが、他国の革命に干渉したこの派兵は、大作『派兵』をまとめた作家、高橋治が松尾の『出征日記』の解説で、《不純きわまる動機で始められ、実は、不敗の神話の中にあった大日本帝国陸軍の完全な敗北に終わった》と書いたような戦争であった。

ウラジオからの最後の撤兵が大正一一年一〇月二六日で、四年余にわたる出兵だったが、この干渉戦争の実態は、永い間、日本国民の眼から隠蔽されてきた。このシベリア出兵を題材にした久作の小説に『氷の涯』があるが、これは後述する。

この第一次大戦中、日本では、銅山の久原房之助、船舶の内田信也、山下亀三郎など、ひとにぎりの戦争成金は出たものの、物価は騰貴し、庶民の暮らしは窮迫して、寺内内閣のシベリア出兵宣言の翌日、富山県で主婦たちによる「米騒動」が起き、全国に波及する。九州でも、別府、門司、戸畑などで米屋が襲撃され、軍隊が出動して鎮圧する騒ぎになった。さらに炭鉱地帯にも波及して、筑豊の峰地《みねち》炭坑、二瀬《ふたせ》炭坑、粕屋郡志免《しめ》村の海軍炭坑などで坑夫の暴動が起きている。志免から香椎は近い。さまざまな情報が久作の耳に入ったはずだし、新聞記者としての取材もあったかもしれない。

この米騒動で寺内内閣は退陣に追い込まれ、九月二一日、政友会総裁原敬が後継内閣を組閣したが、茂丸にとっては面白からぬ政権譲渡だったろう。根っからの政党人の原敬と、なぜ肌が合わなかったのか、茂丸の政治思想を検分すればよくわかる。

茂丸は大正一〇年七月、「杉山其日庵盲訳」として、台華社から『デモクラシーと寡頭政治』という本を出版したが、原著者はイギリスのジェームス・エリス・パーカーで、喜多川楚川が和訳、その和訳を基に茂丸が文章を綴り、自分の意見を補足したものである。

折から日本では、デモクラシーがもてはやされる時代になっていた。その先鞭をつけたのは、東京帝大教授吉野作造が『中央公論』大正五年一月号に発表した「憲政の本義を説いて其有終の美を済すの途を論ず」という論文だった。吉野はこの論文で、デモクラシーには二つの意味があるとして、一つは、国家の主権は法理上人民に在りとする人民主権説、もう一つは、国家主権の活動の基本目的は政治上人民に在るべしとするもので、吉野はこの後者を「民本主義」と呼び、人民主権説は君主国であるわが国と相容れないが、民本主義は君主国であれ民主国であれ、憲政の基本的精神とすべきだと論述した。

一方、明治四三年の「大逆事件」以来、いわゆる〝冬の時代〟を迎えていた社会主義陣営も、大正四年九月、売文社に籠っていた堺利彦が『新社会』を発刊して社会主義の啓蒙宣伝を始めたりして、逼塞していた社会主義運動が動き出し、さらにロシア革命で活気づいていた。

そうした政治・思想状況のなかで、日本はロシア革命、シベリア出兵という事態を迎えたわけだが、茂丸といえども、デモクラシーを無視することは出来ない時代の趨勢だった。『デモクラシーと寡頭政治』は両者の長所、短所を論じたものだが、力点はデモクラシー批判にある。茂丸はそこに共鳴して「盲訳」したわけだろうが、巻頭言にこんなことを書いている。

《今の世界はデモクラシー思想が万能である。政治に経済に社会に、総てデモクラシーでなければ夜も日も明けぬ勢を呈してゐる。デモクラシー固《もと》より宜《よろ》しい。予は毫《ごう》も之に異議を云ふものではない。異議を言はぬどころか本文評言の随所に於て之に共鳴している。併しデモクラシーの薬も利き過ぎては毒になる。政治に利き過ぎては左党と成り、直接行動派と成らぬ迄も、唯頭数で持つて来いの多数投票主義に堕するのである。デモクラシーは量の多きを以て矜《ほこ》りとする。而《しこう》して質の優れるを貴ぶの風は蕩然として地を掃《はら》ふのである。其の弊の極まる所は即ち団栗《どんぐり》の背較《せいくら》べであつて、船頭多くして船山に登るの愚を為さざるものは蓋し稀れである。

それではいかぬぞと大声疾呼したのが英国の碩学パーカー氏である。……》

このパーカーの著書に茂丸は「百万の味方を得たる如き感」を持ったと書いているが、これが茂丸の政治思想の根幹であり、彼は何よりもデモクラシーの名による衆愚政治を嫌っていた。この「其日庵盲訳」の本で、茂丸はやたらと「庵主曰く」としてカッコつきの意見を補足しているが、たとえばこんな具合だ。

《日本は決して範を英国に採つてはおらぬ。それを愚劣な政党共があとから勝手に英国を我憲法の祖国のやうに言い触らすのである。我国の憲法は範を祖宗の遺訓に取つておる。故に君主立憲政体である。世界に何処を探しても類範はないのである。英国の憲法は立憲君主政体で、日本とは違うも違う真倒様《まつさかさま》で、根本が丸で反対であ

る》

先に、夢野久作の第一著作集『外人の見たる日本及日本青年』を紹介したが、「日本は君主立憲政体」とする久作の政体論の範はここにある。この頃の久作はまだ父茂丸の大きな掌の上にあった。

この「盲訳」本のなかで、茂丸は大筋に於てパーカーのデモクラシー批判に共鳴しているが、パーカーの記述が、デモクラシーの本場はアングロサクソン（英米）であり、ドイツ、日本は領土拡張を計る軍国主義という段になると、パーカーにも激しく噛みつく。

《著者の云ふデモクラシーは、生まれ付の悪いデモクラシーである。……下から上を強迫して獲得したデモクラシーである。そこになると我が日本のデモクラシーは世界一の純良なるデモクラシーである。又世界中にもデモクラシーの祖国を尋ねたら日本である》

杉山法螺丸自賛の「デモクラシーの祖国日本」では、まだ国民平等の選挙権もなかった。貧乏人にも選挙権（男子のみ）が与えられた最初の普通選挙は昭和三年二月のことである。そんな選挙権のことなど、茂丸の眼中にはなかったろう。

独立万歳

大正八年（一九一九）三月一日、ソウルのパゴダ公園に、朝鮮独立を叫ぶ学生、民衆数万人が参集して、主催者のひとり、鄭在鎔《チョンジエヨン》が声をふるわせて独立宣言書を朗読した。

「我々は、ここにわが朝鮮が独立国であり、朝鮮人が自由民であることを宣言する。これをもって世界万邦に告げ、人類平等の大義を宣明し、これを子孫万代に伝えて、民族独立を天賦の権利として永遠に保持させるものである。……旧時代の遺物たる侵略主義、強権主義の犠牲となって、有史以来幾千年、初めて異民族による抑圧の苦痛を嘗めて以来、ここに十年の歳月が過ぎた。わが生存権の剥奪、思想の自由に対する障碍、民族の尊栄を毀したこと、新鋭と独創を以て世界文化の大潮流に寄与すべき機縁を失ったことなど、枚挙にいとまがない……」

この独立宣言に続いて、公約三章が挙げられた。

一、今日、我々の行なうこの事業は、正義、人道、生命尊重のための民族的要求、すなわち自由の精神を発揮するものであって、決して排他的感情に走ってはならない。

二、最後の一人まで、最後の一刻まで、民族の正当なる意志を欣然として発表せよ。

三、一切の行動は最も秩序を尊重し、我々の主張と態度をあくまで公明正大にせよ。

朝鮮建国四二五二年三月一日

朝鮮民族代表として、東学党の流れを汲む天道教教祖、孫秉熙《ソンビョンビ》ほか三三名の氏名が列記されていた。

しかし、これら独立宣言書に名を連ねた三三名の姿はパゴダ公園の会場にはなかった。日本の官憲の妨害を察知した孫たちは、計画を変えて、ひそかに仁寺洞《インサドン》の泰和館に集まり（四名欠席）、独立宣言式を挙行していた。

中心人物の孫秉熙は、かつては同じ東学の流れを汲む一進会の李容九《イヨング》と同志だったが、李が日露戦争時から親日路線に走ると袂を分かち、東学を天道教と改めて、朝鮮独立の地下活動を進めてきた。

独立宣言式に三月一日が選ばれたのは、三日の高宗《コジョン》皇帝の国葬（一月二〇日死去）に照準を合わせたものだった。日本の圧力で退位させられた高宗を慕う国民は多く、地方からの参加者も多く見込めたためだった。

大会後、参加者は数隊に分かれて、市内のデモ行進に移った。リーダーは学生が多かった。

「独立万歳《ドクリプマンセー》！」「大韓民国万歳！」「総監府を倒せ！」

シュプレヒコールを繰り返しながら進むうち、朝鮮総督長谷川好道（陸軍大将）の命で出動した武装警官隊がデモ隊に襲いかかって、たちまち修羅の巷となった。

これがいわゆる「万歳《マンセー》事件」である。

この武力による弾圧が朝鮮民衆の反抗に火をつけた。二日もデモと衝突が続き、三日は予定通り高宗の国葬が行なわれたが、この日もソウル北方の開城で約一〇〇〇名の群衆が警察署を襲撃する事件が起き、五日には、ソウルの南大門駅前広場で、約四万五〇〇〇人の大群衆に数百人の日本の憲兵、警官が抜刀して襲いかかり、多数の死傷者を出した。

この「万歳事件」は朝鮮全土に拡がって、各地で紛争が起きたため、北部の第一九師団、南部の第二〇師団に加えて、日本から六個大隊と憲兵四〇〇人が増派され、朝鮮全域に軍隊・憲兵・警察の監視弾圧網をめぐらして、四月末やっと鎮圧している。この事件の犠牲者は、死者約七五〇〇人、負傷者約四万五〇〇〇人、逮捕者二〇万人にのぼっている。

なお、この「万歳事件」の導火線となったのは、東京で学ぶ朝鮮人留学生たちだった。早稲田大学、慶応大学、明治大学、青山学院、東洋大学に留学中の学生八名が中心になって運動を組織、二月八日、神田の朝鮮キリスト教青年会館で朝鮮独立集会を開き、朝鮮青年独立団を結成したが、警察に踏み込まれて六十余名が検挙されていた。そうした表立った活動とともに、青年独立団の中心人物、早大生の李光洙《イグワンス》を上海へ、早大生の宋継白《ソンゲペク》をソウルに派遣して、同志との連携に当らせていた。二人はハングルの独立宣言書をそれぞれ学生服の内側に縫い込んで海を渡り、使命を果たしている。宋継白がひそかにソウルに運んだ独立宣言が孫秉煕らを動かして、三・一集会になったと伝えられているが、事実、朝鮮青年独立団の宣言書と三・一集会の宣言書は、ほぼ内容を同じくしている。

今日、ソウルのパゴダ公園には、三・一独立運動を記念して、独立宣言書を刻んだ碑と、日本軍警のデモ隊鎮圧を描いた一連のレリーフ、それに、独立運動の志士として孫秉煕の銅像も建てられている。

その一方、かつては孫秉煕の同志だった李容九と、李とコンビを組んで「日韓合邦」に貢献した宋秉畯は、今日、「日本の走狗」「売国奴」の汚名を着せられたままである。

なお、この三・一独立運動の際、日本留学生たちの朝鮮独立青年団のリーダーとして重要な役割を果たした李光洙の生涯を追ってみると、祖国を併呑された朝鮮知識人の、一つのいたましい典型的な姿を示している。彼が二五歳のときに書いた長編小説『無情』は、朝鮮最初の近代小説として高く評価され、新時代の作家として登場したが、有名作家になるとともに、日本帝国の重圧のなかで大きな変貌を見せてゆく。

昭和一四年（一九三九）の暮、朝鮮人に対する創氏改名令が出ると、衆に先駆けて、香山光郎と改名し、朝鮮文人協会の会長におさまり、やがて日本文学報国会の結成とともに、朝鮮文人協会も朝鮮文人報国会に衣替えして、戦争協力の一翼を担っている。

昭和一八年（一九四三）、戦局が逼迫して、「学徒出陣」の段階になると、李光洙＝香山光郎は、在日朝鮮人学生を対象として日比谷公会堂で開かれた「半島学徒決起大会」の壇上に立って檄を飛ばす存在になっていた。彼は歌人でもあったが、当時の作にこういうものがある。

すめらぎの君と神とに連《つな》りて
　　大和も高麗《こま》も一つなるかも

すめらぎのめぐみの露に韓《から》の野も
　　霑《うるお》ひてこそ吾は立つなれ

これが朝鮮独立を叫んだ青年の二十数年後の姿だった。この李光洙は、昭和二五年（一九五〇）六月に起こった朝鮮戦争の際、ソウルで病気療養中だったが、進攻してきた北朝鮮軍に拉致され、平壌《ピョンヤン》に送られたというが、いかなる最期を遂げたか不明のままである。

韓国併合は、独立運動の闘士であったこうした知識人の悲劇も生んでいる。

この「万歳事件」の頃、李・宋コンビと結んで事を進めた内田良平はまだ健在だったが、朝鮮の事態を憂慮して、彼なりの責任を取ろうとしていた。

大正三年には「朝鮮統治に関する意見書」を大隈重信首相、寺内正毅朝鮮総督に提出して、武断的な植民地政策を廃して、朝鮮人の自治制度を採るべきだと進言していたし、大正一〇年には、日韓融和を目的とする同光会を結成して、日韓の人権平等、教育の振興、授産機関の設置、朝鮮人留学生の保護などを訴えている。

同光会は、顧問に大隈重信、相談役に頭山満、岡崎邦輔、小川平吉、河野廣中、寺尾亨、箕浦勝人、関直彦、幹事長内田良平といった顔ぶれだが、相談役にも幹事にも、杉山茂丸の名はない。日韓問題ではあれだけ緊密な連携プレーをとり続けた茂丸の名が消えているのは不思議なことだが、当時、茂丸が旧一進会員から自決を迫られるような事があったため、表に出なかったとも思われる。この件は後述する。

なお、大正一〇年九月、内田良平は『日韓併合始末』という四巻の冊子を謄写版で刷って和綴にしたものを数十部つくって、為政当局者に贈っている。

この『日韓併合始末』は、第一巻が内田良平『隆凞改元秘事』、第二巻が武田範之『零瑞秘符』、第三巻（上下）が内田良平『日韓合邦秘事』から成っているが、内田は、明治三九年二月、韓国統監伊藤博文に随行してソウル入りした時の事から併合に至るまでの過程を、実にこと細かに書いている。杉山茂丸と頻繁にやりとりした手紙、電報、対面したときの会話など、洩れなく記述している。彼なりに全身全霊で以て、この問題に取り組んで来た軌跡はよくうかがえる。

この記録を、併合後十余年経って、敢て謄写刷りして為政者に贈る理由を、内田はこう書いている。

《……之を以て真に朝鮮の統治を全うせんと欲せば、必ずや民心離反の原因を訪ね、治道の改善を計らざる可からず、若《も》し夫れ然らざらんか前途頗《すこぶ》る寒心すべきものあり、是れ余の衷心憂慮に堪えず、多年篋底に秘蔵せし旧

記を謄写し敢て当局為政者に示し、統治改善の資料に供せしめんと欲する所なり》

しかし、朝鮮の隷属化は益々強化され、日本語教育、強制連行、創氏改名、従軍慰安婦といった禍根を残すことになる。

第六章　新聞記者・杉山泰道

白髪小僧

朝鮮の三・一独立運動から間もない大正八年五月二六日、杉山泰道・クラ夫妻に男の子が生まれ、泰道は三〇歳にして初めて父親になった。長男龍丸である。この名は、隆造寺家開祖の幼名をとったものという。公刊された『夢野久作の日記』は、大正二年～一二年の一〇年間が欠けているので、初めて父親となった感懐や命名のいきさつはよくわからないが、祖父茂丸の命名ではなかったろうか。

その一か月前から泰道は九州日報社に入社していたが、香椎の杉山農園からの通勤は遠いので、荒戸町杉土手の長屋を借りて、当時まだ珍しかった自転車で中島町の日報社に通っていた。泰道はハイカラで、流行の先端を行くところがあった。

入社して最初の仕事は時事漫画だった。自筆の漫画に短文を添える時評的なものだが、少年時代絵描きを志したほど絵がうまい泰道に打ってつけの仕事だった。この入社前後から盛んに童話も書き出している。発表された童話の第一作は、入社直前に九州日報に掲載された『正夢』だが、こんな話だ。

――町はずれで大勢の乞食が集まって日向ぼっこをしているうちに、若い乞食がダイヤ入りの金の指輪を拾ったと話す。すると別の乞食が「それは俺が落としたものだ。返せ！」と激しく殴りつける。若い乞食は死んだようになる。それを強欲な禿紳士が見ていて、若い乞食の〝死体〟を買い取ると馬車で家へ運び、医者を呼び寄せ、死体を切り刻んでいいからダイヤの指輪を探し出せと命じる。それを物陰で聞いていた禿紳士の心やさしい娘が、父親が部屋を外したすきに、亡き母親から貰ったダイヤの指輪を医師に渡し、これをお父様に差しあげて、この人を助けてくださいと頼む。医師は娘の願い通り、その指輪を「乞食が呑み込んでいたのを吐き出させた」と禿紳士に差し出す。それを見るなり、どういう指輪かすぐ気がついた禿紳士は、己れの強欲さを恥じ、乞食に聞く。「拾った物は返さねばいかん。どこで拾ったのか」。すると乞食は「あれは夢の話で……」。彼を殴った乞食に聞くと彼も「私も夢の中で落としたもので……」

みんな大笑いとなったが、禿紳士はまじめな顔で言う。

「おまえたちの夢は正夢であった。おかげで俺は善人になることが出来た」

強欲をいましめるこの教訓的な『正夢』を皮切りに、大正一五年五月に退社するまで、久作は九州日報紙上に一四〇篇に及ぶ長短の童話を発表している。

久作の数多い童話のなかでも、最も注目されるのは、大正一一年一一月、杉山萠圓の名で東京の誠文堂から刊行した『白髪小僧』である。

「長篇童話」と銘打たれているが、童話風の物語というだけで、夢と現実の重層的な構成による錯雑したストーリーは、到底子供に理解出来るようなものではない。久作自身、巻頭言で「此物語は他に仕方がない為にすべてお伽話の体《てい》にこしらえたが、実は大人に読んで貰い度いのが本来の希望であった」と記している。

一読、天馬空を行くが如きファンタジーの飛翔に感嘆しながらも、話の筋がよく理解出来ず、再読、三読して、やっと内実が見えてくるような作品だ。『ドグラ・マグラ』の先駆的作品と評されるのも当然である。

久作は巻頭言でこんなことも記している。

「頭の中に多数の批評的観念が出現して、舞台上の役者の行動をいろいろの理屈で束縛し且つ擾乱したのである。……最初の組み立ては随分大部な長いものであったのを途中から切って結末をつけて出版した為に話の筋で残った処が出来た。其中《そのうち》に別稿として続篇を書く積もりである」と、構成の破綻、尻切れトンボの結末を認めているし、失敗作というほかないが、それでも無視出来ないのがこの『白髪小僧』である。長所、短所を含めて、これはまぎれもない夢野久作ワールドであり、処女作と呼ぶに相応わしい。

この長編の筋書を説明するのは困難だが、大筋を要約すると――。

昔、ある所に、「白髪小僧」と呼ばれる乞食がいた。その名の由来は、「頭が雪の様に白く輝いていたから」であり、多くの別称も持っていた。万年小僧、ニコニコ小僧、唖小僧、王様小僧、慈善小僧、不思議小僧、不死身小僧、無病小僧、漫遊小僧、ノロノロ小僧、大馬鹿小僧……。

人々はみな、この白髪小僧を敬ったり、気味悪がったりしていたが、白髪小僧はまわりの声には一切おかまいなく、いつもニコニコしながら都や方々の村を巡り歩いて、物を貰ったり人助けをしたりしていた。

ある日、白髪小僧は都で、川に落ちて流される美留楼《みるろう》公爵の末娘、美留女《みるめ》姫を助けあげる。この姫はお話が大好きで、毎晩、新しいお話を聞かないと眠れない。その話の種も尽きて困っているところへ、赤い鸚鵡《オウム》が飛んで来て言う。「ひとりで街へ行け。白髪頭の不思議な人に話を聞け」

こうして美留女姫はひとりで街へ出て川に落ち、白髪小僧に助けられ、不思議な物語が展開していくわけだが、この白髪小僧は実は藍丸《あいまる》国という国の国王であった。この国はみんな正直者でよく働き、国王に忠義を尽くすので、藍丸王はいつも居眠りしているだけでよかった。

この藍丸国には、「人の声を盗む者、人の姿を盗む者、人の生き血を盗む者、この三つは悪魔である。見当たり次第に打ち殺せ」という古い掟があったが、国王が赤い鸚鵡（人の声を盗む者）にまどわされて森へ連れ出され、白髪小僧にされてしまい、代って、世界の創造神、石神の呪いのかかった眼と口と鼻と耳の四つの魔物の化身、ニセの藍丸国王が現れ、白髪小僧に宣告する。

「どうだ、藍丸王。見えたか、聞こえたか、解ったか、ハハハハハ。見えまい、聞こえまい、解るまい。しかし無駄だろうが言って聞かせる。言うまでもなく俺は最前の四人の魔物が化けたのだ。石神の怨みの固まりだ。今まで赤鸚鵡を種々に使って、やっとお前をここまで連れ出して来たのだ。気の毒だがお前の姿は俺が貰った。ただ生命だけは助けてやるから、その代り賤しい乞食姿になって、何も見ず、何も聞かず、食べず言わず嗅がずに、世界中をうろついておれ。その間に俺は王に化け込んで、勝手気儘な事をするのだ」

良き時代の藍丸国には、人の声を盗む鸚鵡という鳥は一羽も居らず、人の姿を盗む鏡もなく、人の生血を盗む蛇も一匹も居なかったが、今や、三種の神器ならぬ、赤鸚鵡、白銀《しろがね》の鏡、宝蛇の三種の魔器が、人の心を邪悪にし、世の中を掻き乱すことになって、奇怪な出来事が相次ぐことになる。

夢想また夢想の夢遊世界だが、作者の命題はこのニセの藍丸国王出現で明確になる。

おそらく久作は、何でも知りたい、見たい、聞きたい、話したいという欲望が渦巻くようになった近代という時代の正体を、この物語に託して描こうとしたのだ。白髪小僧はその近代にそぐわず、追放されてしまった人物である。

複雑な仕掛けで韜晦されているが、この物語は、久作の近代批判であり、国家論であり、天皇論であると言えよう。

久作は白髪小僧を次のように定義している。

《王様小僧というのは、この乞食が物を貰った時お辞儀をした事がなく、又人に物を呉れと言った事が一度も無いから付けた名前で、慈善小僧というのは、この小僧が貰った物の余りを決して蓄めず他の憐れな者に惜し気も

なく呉れて終い、万一他人の危い事や困った事を聞くと生命を構わず助けるから付けた名前です》

いつもニコニコ顔で、無欲、無口、万人・万物を憐れみ、慈愛の心に溢れている。

そのような聖性を持つ白髪小僧＝藍丸国王こそ、久作が理想とする国王＝天皇イメージではなかったか。その天皇イメージは、明治国家が作りあげた近代的天皇制に対置されていると読み取ることも出来よう。

それにしても、近代を赤鸚鵡、白銀の鏡、蛇の三つの魔物に象徴させて物語を構築した久作の力量にはやはり非凡なものがある。ファンタジーの飛翔に任せて、作品の枠組を突き破ってしまい、しばしば尻切れトンボに終わる欠点も、すでにこの作品に露呈されているが、その欠点も含めて、ここには久作の文学世界の大輪の開花がある。

なお、絵のうまい久作は、この長編小説に自作の挿絵二五枚を添えているが、トランプカードの図柄、インドネシアの人形劇を思わせる人型、シュールな構成の図柄など、多彩な絵を添え、イラストレーターとしてもプロ級の腕を見せている。

九州日報社で家庭欄を担当し、せっせせっせと童話を書いているうちに、大正一〇年九月三〇日、次男鐵児が生まれ、泰道は二児の父親になった。

妻クラは、鐵児を生んだあと軽い結核にかかり、宗像《むなかた》郡津屋崎《つやざき》の療養所でしばらく静養することになり、赤ん坊の鐵児は、クラの実家、荒戸通町の鎌田家に預けられた。その鎌田家と泰道が借りていた杉土手の長屋は、電車道を挟んで向かい合っていたので、いつでも往来出来た。クラは津屋崎の療養所で三か月ほど過ごして帰宅したが、長男龍丸によれば、『白髪小僧』が書かれたのはこの時期だったという。妻療養の寂しい日々、現代への呪詛と悲哀をこめて、魂を宙天へ飛ばす長篇童話を書き綴ったのだろう。

クラが退院すると、泰道は杉土手の長屋から西側の桝木屋《ますごや》町の借家に引っ越した。新聞社の帰りは遅いし、幼な子を二人抱えていては、病後の妻の身体に無理がゆく。せめて二階の静かな部屋があれば、と二階屋を選んだのだが、家賃は八円だった。豆腐が五銭、かけそば一〇銭という時代で、泰道の月給は二〇円だったが、半分近く家賃にいかれてしまう。引越しの手伝いに来た、のちに茂丸の養子になる久田善喜が、荷車のあとを押しながら何度も叫びたてた。

「直樹さん、どげんするとな！　家賃は八円ばい！　わかっとるとな、八円ばーい！」

「わかっとる、わかっとる！　心配しなんな、なんとかなるくさ！」

荷車の前と後でおらびたてながらの引越しだった。

大正一一年二月一日、元老、山縣有朋が亡くなった。享年八五歳、明治の元勲では最も長命であった。杉山茂丸にとっては、最も重要な政治家であり、山縣をどう動かすか、日清戦争頃からの茂丸の政治行動の最大の標的は常に山縣にあったと言っていいほどだ。

同年一二月から茂丸は山縣の伝記『山縣元師』（大正一四年刊）を書き始めるが、その「追録」で、一〇年一二月初旬、麴町五番丁《ママ》の新椿山荘に山縣を見舞い、それが最後の別れとなったときのことを記している。

――山縣は病臥していたが、茂丸の顔を見ると床の上に起きあがり、茂丸が土産の博多の飴を短く折って差し出すと、山縣は笑顔で受け取って口に入れ、茂丸が取り組んでいた博多港の築港工事を、「あれはぜひ君の手でやりとげねばいかん。軍事的にも重要なことだ」などと話したあと、「目を通しておいてくれ」と、警視総監から提出された治安関係書類を茂丸に手渡したという。茂丸は暖かい小田原の別荘で静養するようにすすめて辞去するが、山縣は書生に支えられながら玄関まで見送りに出てくる。

《「如何なされました。何かご用でございますか」と云ふと、急に物を云はれぬ。しばらくして「お渡した書類は読まれたら直《じき》に返してくれ給へよ」

……「それではさようなら……」と云ふて階段を上られる。書生は二人で腰を押す。庵主は上つてしまわれるまで、下から仰向いて見ていると、階段の途中で一度振り返つて目礼をせられた。また上がりしもうて、手摺り

を持つて目礼をせられた》

それが檜舞台の看板役者と黒衣の、今生の別れの劇的シーンであった。

明治の元勲、明治天皇制の設計者、山縣有朋は国葬で葬られたが、約一か月前、同じ八五歳で死去した大隈重信の国民葬が約一〇万人の参列者を数えたのにくらべると、見送る民衆の数はまことに寥々たるものだった。

関東大震災

山縣有朋との最後の別れの席で、博多湾築港の話題が出ているが、この頃、杉山茂丸はこの事業に腰を据えて取り組んでいた。

実業面でも、明治二〇年の福陵新報創刊に始まり、九州鉄道(鹿児島本線)敷設、頭山満(玄洋社)の筑豊炭鉱坑区取得、香港貿易、台湾貿易、日本興業銀行創設、台湾銀行創設、南満洲鉄道(満鉄)経営、関門海底トンネル計画など、多くの事業に参画してきた茂丸だが、なかでも情熱を注いだのが、地元の博多湾築港工事だった。

玄界灘を隔てて朝鮮半島は指呼の間、古来、中国大陸との往来も繁かった土地である。杉山農園のある香椎でも、中国・三国時代の魏の鏡といわれる三角縁神獣鏡が発掘されているし、香椎から海の中道をたどった先端の志賀島で、一七八四年、「漢倭奴国王」の金印が出土したのは有名な話だ。また、古代遺跡、発掘品、地名など、古代朝鮮との密接な交流を跡づけるものに事欠かない。

博多港は、その朝鮮、中国への海の玄関であり、博多港を大型船が出入り出来る港にして、海外発展の拠点とし、地元産業の振興を計るのが、茂丸の永年の夢だった。

博多湾築港計画案は、茂丸の企画で、最初、大正元年一二月に出願されている。この時は不許可になったが、太田太兵衛、河内卯兵衛、下澤善右衛門、山崎清五郎など代表的な博多商人に、玄洋社社長進藤喜平太、筥崎宮宮司の次男、葦津耕次郎に、俠客の大野仁平、古賀惣兵衛なども加わって、博多築港後援会を結成して企画を練り直し、再出願したところ、大正四年三月、認可された。

築港計画は、日本築港界の権威、川上浩二郎工学博士の設計で、御笠《みかさ》川河口から多々良《たたら》川河口に至る博多湾東部の海面約五〇万坪を埋め立て、その地先に延長約一六〇間（三〇〇メートル弱）の直線式繫船岸壁を築き、その前方に、五〇〇〇〜七〇〇〇トン級の船舶が入港出来る錨地と航路を浚渫し、岸壁と並行して、九〇〇間（一六〇〇メートル）の防波堤を築く。埋立地は工業地とし、船舶の建造・修理などに当てる。総工費約三〇〇万円。なお、後背地への鉄道も敷設し、筑豊炭や唐津炭を博多港から積み出せるようにする。

大正五年八月、博多商業会議所で博多湾築港株式会社の創立総会が開かれ、社長・中村精七郎、専務・中村定三郎、常務・鶴田多門、取締役・古賀惣兵衛、深澤伊三郎、技師長・内田富吉などが決まり、杉山茂丸は葦津耕次郎などとともに相談役になったが、発行株三万株（一株一〇〇円）のうち、中村精七郎社長の九八〇〇株に次ぐ四〇〇〇株を引き受けている。発起人の大半は五〇〇株だったから、この事業に対する茂丸の熱意の程がうかがえる。

社長の中村精七郎は、明治四年、平戸藩士の七男として生まれ、兄の定三郎とともに船舶業を営み、日露戦争で財を成していた。兄の定三郎は東京で中村商店を営んでいたので、茂丸の案で、社長に弟の精七郎を据えている。茂丸はこの中村兄弟と日露戦争時から深い縁を結んでいた。

六年六月一日、起工式が行なわれ、防波堤予定の一地点に、茂丸が「神護」と筆を振った礎石が沈められた。当初は順調に工事が進んだが、七年暮れから八年にかけて、長崎市、大阪市、満鉄などから借りていた主力作業船の返還要求が相次いだ上、第一次大戦後の不況の追い討ちを受けて、一〇年二月には、工事中止に追い込まれた。このとき、社長は兄定三郎に代っている。

こうした築港工事の難航を打開すべく、茂丸はまた外資導入を計画して、アメリカのアジア方面投資団で組織するアジア・デベロップメント社から七〇〇万ドル借款の契約に漕ぎつけるが、外資借款の第一要件とされた福岡市の借款保証がうまく行かず、せっかくの契約がご破算となる一幕もあった。

この頃、茂丸は、彼に私淑する炭坑主の中島徳松が、馬出《まいだし》の築港会社に近い吉塚町三角《みすみ》に建ててくれた別荘を足場に、派手な〝待合政治〟を展開していた。

同じ博多に住みながら、そんな父親の暮らしと、狭い借家住まいで自転車を漕いで新聞社に通い、せっせせっせと新聞記事や童話を書いていた息子の暮らしは、大きくかけ離れていた。この博多湾築港工事は、結局、赤字がかさんで、工事の権利を福岡市に譲渡することになり、昭和一〇年六月、その申請書が福岡県庁に提出されたが、時の築港会社社長は杉山茂丸で、彼は築港会社の生みの親であるとともに、その最期を看とらねばならなかった。なお、この申請書提出から一か月後、茂丸は死去している。

大正一二年の春には、杉山農園の支配人格だった黒木政太郎の借金がかさんで、土地を切り売りしなければならないような事態となったため、泰道は遂に黒木と縁切りを決意、借金の始末を肩代りする代りに、黒木を農園から追った。ほかの雇い人たちにも暇を出し、農園は休止状態に陥ったが、祖父三郎平の実家、青木家から、茂丸の従弟にあたる青木熊太郎が入って来て農園を管理してくれることになり、杉山農園はやっと命脈を保った。

そんなさなかの九月一日、関東大震災が起きた。茂丸の本拠、築地の台華社も焼失したが、茂丸はじめ家族の死傷はなかった。

このとき泰道は十二指腸潰瘍の治療で福岡市内の古賀胃腸病院に入院中だったが、二日の新聞で大震災を知ると、病後の身体で東京特派を志願している。新聞記者としての職業意識もさることながら、孝心厚い彼は、父たちの安否を自分の眼で早く確かめたかったのだろう。

三日、博多を発って、汽車で大阪まで出て、大阪港から震災救助船の備後丸に便乗し、横須賀、横浜に寄港して、六日朝、品川の芝浦埋立地に上陸、品川から歩いて都内に入り、まず父たちの安否を確かめている。茂丸と家族は、焼失を免れた中村定三郎の渋谷の屋敷に身を寄せていた。

このとき泰道は、約一か月半、東京に滞在して、横浜、横須賀などでも取材して、自筆スケッチに短文を添えた「東京震災スケッチ」を九州日報に連載している。

この大震災の際、「朝鮮人が東京に攻めのぼってくる」「朝鮮人が井戸に毒薬を投げ込んだ」「『社会主義者』が革命を起こす」などの流言蜚語が流れ、六〇〇〇人を超える朝鮮人虐殺、七〇〇人に及ぶ中国人虐殺、労働組合の活動家一〇人が殺された亀戸《かめいど》事件、さらには、震災半月後の九月一六日には、甘粕正彦大尉指揮の憲兵隊による大杉栄・伊藤野枝《のえ》夫妻と大杉の甥、橘宗一少年の虐殺事件などが起こるが、泰道のレポートにはそうした問題に触れたものはない。戒厳令が公布されたなかでは、こうした問題の全容を知る由はなかったかもしれないが、少なくとも、各地で起こった大量の朝鮮人虐殺を耳にしなかったはずはない。

しかし、泰道のレポートの多くは、被災直後の東京市民がいかに相互扶助の精神を発揮したかとか、軍隊、在郷軍人会、青年団の活躍ぶりを称揚し、朝鮮人虐殺に関しては、《地震と火事に襲はれた結果と、青年団の変形たる自警団の任務と権限を極度に発揮したものといえば、多少弁護の余地が無いでも無い》(「変った東京の姿」)などと、いたって歯切れの悪い記述をしているだけだ。

日本人の恥部をさらしたこの朝鮮人大虐殺に批判や抗議の声を挙げた文学者、知識人は少くなかった。

詩人、萩原朔太郎は、『現代』一三年二月号に「近日所感」と題する詩を寄せて、理不尽な朝鮮人虐殺を糾弾した。

《朝鮮人あまた殺され
　その地百里の間に連なれり
　われ怒りて視る、何の惨虐ぞ》

そのほか、徳富蘆花、秋田雨雀、内田魯庵、江口渙、江馬修、千家元麿、竹久夢二、柳瀬正夢、中西伊之助、長谷川如是閑、宮武外骨、水野廣徳、山崎今朝弥、吉野作造、石橋湛山、柏木義円などが厳しい批判の声を挙げたが、その一方、頭山満、内田良平らの一党のように、朝鮮人を不逞の暴徒ときめつけ、虐殺を正当化する者もいた。

頭山、内田たちは一六名連名で、一〇月一一日、「震災前後措置ニ関スル建言書」を内大臣平田東助に提出しているが、その内容は巷の流言蜚語をまるごと信じた形で、次のように書いている。

《其ノ時ニ当リ不逞ノ鮮人四方ニ蜂起シ爆弾ヲ投ジ石油ヲ注ギテ官庁公署ヲ焚キ菴路ヲ走リ小径ニ潜入シテ頻ニ火ヲ民家ニ放ツ、其ノ各処同時ニ起レルハ偶然的ニ非ズ何等カ予定ノ計画ニ出ヅルコトヲ察知スベク、社会主義者無政府主義者ノ混乱ニ乗ジテ不揆ヲ図ラントスル者相策応シテ之ヲ煽動シ之ヲ誘導セルコト亦明ナリ》

とし、その上で頭山たちは、朝鮮人の非行はなかったとする政府声明に対し、政府のかかる事なかれ主義は「我ガ朝鮮統治上ノ大問題ナリ」として、この事件を「事実ハ事実トシテ」内外に公表せよと迫っている。

さらに頭山たちは、大杉栄夫妻を殺害した甘粕大尉たちの行為も「動機ハ一《いつ》ニ公憤ニ発シ、其ノ心事ノ報国ニ存スルハ天下ノ具瞻スル所」と弁護し、甘粕たちに対する法的処置を斟酌するように求めている。

また一一月には、「災禍犯罪者大赦ノ儀ニ関スル上奏文」を提出している。災禍とは、災害の際ひき起こされたわざわい、つまり、朝鮮人や社会主義者の殺害を指しているが、この犯罪者たちは愛国心に基づく行為だから、大赦の恩命を賜わるようにと訴えている。

杉山茂丸がこの問題にどんな見解を示したか、震災後『黒白』が三か月ほど休刊したため定かではないが、彼は頭山、内田らと行をともにしてはいない。しかし、おそらく国家主義の立場から、自警団の蛮行を糾弾できなかっただろうし、当時、父茂丸や頭山の思想圏にあった泰道が、明確な批判的立場に立ち得なかったことは充分うかがえる。

なお、茂丸は甘粕大尉らに殺された大杉栄と会ったことがあった。大杉がヨーロッパ行きの旅費を無心しに来たことがあったのだ。

大杉は殺される前年の一二月、パリで開かれた国際アナキスト大会に出席するため密出国したが、その旅費をつくるため、台華社に茂丸を訪ねてきた。福岡市郊外の糸島郡前原《まえばる》町（現在、前原市）出身の妻、伊藤野枝の叔父、代《だい》準介が頭山満の遠縁で親しかった縁を頼ったものである。この一件は、大杉の『自叙伝』に記されている。

《伊藤がその遠縁の頭山満翁のところへ金策に行ったことがあった。翁は今金がないからと言って杉山茂丸君のところへ紹介状を書いた。伊藤はすぐ茂丸君を訪ねた。茂丸君は僕に会いたいと言いだした。で、僕は築地のその台華社へ行った。彼は僕に「白柳秀湖だの、山口弧剣だののように」軟化するようにと勧めた。国家社会主義くらいのところになれと勧めた。そうすれば、金もいるだけ出してやる、というのだ。僕はすぐその家を辞した》

茂丸と大杉栄は、いずれも豪快率直で、人間的にはウマが合うところがあったはずだが、思想的な立場が違いすぎて、話の合いようはなかっただろう。ただ、茂丸がその席で、「後藤が」「後藤が」と後藤新平の名を口にして暗示を与えてくれたので、大杉は内務大臣官邸に電話して、後藤新平に面会を申し入れる。警察の大元締、内務大臣に、禁断の国際アナキスト大会への密航費を無心するのだから、大杉は並の男ではない。

会ってくれた後藤は大杉に訊く。

「私のところに無心に来たわけは？」

「政府が僕らを困らせるんだから、政府に無心に来るのは当然だと思ったんです」

太っ腹の後藤は、「差し上げましょう。ただ、ごく内々にしていただきたい、同志の方にも」と念を押して、大杉の言いなりに三〇〇円を与えている。

これが、アナキスト大杉栄の杉山茂丸および後藤新平との一期一会だった。もしも茂丸と大杉が思想的立場を同じくしていたら、世の中をひっかきまわす面白い組み合わせになったことだろうが……。

この大杉栄との出会いでもわかるように、この頃、政界の黒幕となった杉山茂丸の周辺には、さまざまな人物がうごめき、彼を利用しようとする人間が増えていたが、茂丸の悪評もよく聞かれるようになっていた。

首相時代（大正七年九月〜一〇年一一月）の『原敬日記』には、杉山茂丸の名前がよく出てくる。原敬は、前述したように茂丸を嫌って、そばへ寄せつけようとしなかった政治家だから、とかく悪評のみを記しているが、日記に出てくる茂丸の件は、韓国併合に協力した旧一進会、特に宋秉畯がらみのことが多い。

併合後、日本政府から伯爵を授爵された宋秉畯は多く日本に在って、朝鮮人に対する差別の撤廃、李王家への財政援助、旧一進会員の保護などを訴え続けていたが、併合後縁遠くなった杉山茂丸、内田良平に悪感情を抱くようになっていた。

原敬日記　大正九年六月三〇日——

《田中陸相来訪、朝鮮もと一進会の者より杉山茂丸に処決を促がす趣旨（一進会を棄て顧みざるにより）申越せりとて、之を杉山が山縣に送りたりとて其書面を持参し、近日、内田良平朝鮮に赴き是等の処置をなすべしと云ふ事に付書面も一読し、内田にも面会してくれよと云ふに付余之を諾せり》

同年五月末、茂丸は朝鮮北部や間島（朝鮮との国境に近い満洲地域）に在住する旧一進会員の代表一四名連署による「決死状」を突きつけられていた。

「自ら割腹して地下の李容九及び我一進会への謝罪を要求する」と。

原敬日記　同年八月一一日——

（まず栄秉畯が過日、朝鮮へ帰国すべきか否か相談に訪れたことを記し、そのときの宋の話として）

《又近頃、杉山茂丸、内田良平が、旧一進会員より切腹強要せられたりとて之を利用し、朝鮮連邦など途方もなき案を持出し、一進会を利用して金儲を企て、之を山縣に持込み、田中陸相などを捲込み色々の企をなし居れり、自分（宋）は合併当時彼等は一進会に与ふるとて四十余万円を政府より取出し、少々一進会員にやりて後は着服せしが、今回は千四五百万円も一進会に与ふべしとて又々着服を企て居れり、自分に建言書に署名せよとて仲間に入れんとするも、自分は先年の事も知り居り、且つ連邦などは合併当初の意味に非ずとて反対して同意せず、彼等は之を山縣に持込みたるのみならず、大隈、加藤高明、伊東巳代治、後藤新平等にも説示し居れり、決して採用すべき問題にあらずと繰返し陳述したり》

したたかな野心家で、茂丸や内田良平に悪意を抱くようになっていた宋秉畯の言辞であってみれば、どこまでが真実なのかよくわからないが、茂丸の周辺に旧一進会がらみの生臭い話があったことは否定出来ない。

『原敬日記』に登場する茂丸は、こうした悪評ばかりだが、大正一〇年一一月四日、原敬が東京駅頭で中岡艮一《こんいち》に刺殺されたとき（享年六六歳）、茂丸は『黒白』一二月号の「其日庵先生日曜講話」で、原の非業の死を惜しんでいる。

三十数年前、大阪で初めて原敬と出会った時の懐旧談から始め、こう書いている。

《余が（明治）一八年以来の政治道楽で見た多くの内閣総理大臣中では前後一人も見る事の出来ない程の徹底的の奮闘、其事の善悪と余の賛否は別として真に満身の力を傾注した原氏は不測兇漢の毒刃に、又彼の運命の支配に遭ふたのである。今や自失茫然殆んど其弔ふの詞も見出さぬ位である。ただ、「僕も同じ一人の人間であるから、やがては彼の運命の支配下に服従して往くべき一人であるから、また世界を同じふして旧事を物語るの時期が来るであらう」と云ふの一語のほかないのである》

政治家としての原敬の力量、努力を評価しながら、ただ残念に思う一事は、家族に残された私的な遺書が公開されてしまったことだと嘆じている。

このため、授勲授爵を辞退したいといった故人の意志が、世間の余計な論議を招くことになったが、こうしたことで原敬の死を傷つけてはならぬと案じている。

政敵ともいえる原敬だったが、その非業の死に対しては、礼節をわきまえた態度で接するとともに、政治家たるものはあくまで公に徹し、私的な部分はさらけ出すべきではないという信念を述べている。

東京人の堕落

関東大震災の折は、父たちの安否を確かめる目的もあって、志願して東京へ出かけ、震災リポートを連載した杉山泰道だが、新聞記者には成りきれない悩みがあったようで、翌大正一三年一月の日記には次のような記述が見える。

一月二十九日　火曜――

《やうやく天地処がよくなる。社会部の編輯はおもしろし。しかしいやな事も多し。自分は新聞の編輯者として欠けたる処多し。否事務家として欠けたる処多し。しかも其欠けたる処はあまりに不自然で強烈なる修養をなしたる結果なり。香椎より行きかへる途中は余の修養の礼拝堂なり》

この頃の日記には「神経衰弱」という語が散見されるが、三月一日には遂に九州日報社を退社して、農耕と読書・執筆の生活に入った。

この頃の泰道夫妻の生活を、長男龍丸が『夢野久作の生涯』のなかでこう書いている。

《この頃、妻クラと泰道の間に、時々夫婦喧嘩が起こった。それは、泰道の生活は父茂丸によって左右され、殊に継母幾茂の意向が支配することが多く、又東京の茂丸、幾茂を中心とする人々、とりまきが、泰道を馬鹿扱いしたり、ないがしろにすることが多く、それが、妻のクラや子供の事までに及んだからであった。

或る日、朝食の時から、泰道と妻クラとの間に喧嘩が起こり、泰道は妻のクラに色々事情をいって聞かせた。

……妻のクラの主張は、東京からの仕送りを断って、独立してやって行こうということであった。

……長男の龍丸はそのような難しい事情は知らず、ただ両親が朝食からともに涙ぐんで口喧嘩している異様な空気がたまらず、外に出て、一人しょんぼりと畠に居た。通りがかりの村の百姓さんが、「坊ちゃん、お父さんとお母さんは元気な」と聞かれると、龍丸は、「うん、おとうさんとおかあさんは、朝からけんかして、どっちも泣きよんしゃっちゃん」》
父茂丸の庇護を受けなければ成り立たない暮らしに、久作もクラも鬱屈する日々だったのだ。この頃、幾茂の画策か、茂丸の書生をしていた親戚の久田善喜を養子にして、杉山千俊と改名させる出来事もあった。泰道にはなんの相談もなく行なわれたことで、それを知ったときクラは激怒して、「どこまでバカにされて黙っとるとですか」と夫に食ってかかったという。
そんな日々のなかで、泰道は、昭和三年から十年にかけて雑誌『猟奇』『ぷろふいる』に発表する「猟奇歌」のはしりを日記に記している。

俺の腕の太き青すぢ断ち切りて
　血を吸はせやうかドクダミの花

カフエーに来て
ストローを口にしてやっと
　人を殺して来た気持ちになる

毒薬の小さな瓶が唯一の
　楽しみとなって半日経った

木の葉動かず
星もまた、かず
たった今人を殺した俺をみつむる

そんな日々のなかで、泰道は九州日報に記事連載の約束をとりつけて上京、大震災から一年後の東京で約一か月半取材して、杉山萠圓の名で、九州日報の一〇月二〇日号から一二月三〇日号まで五八回にわたって「街頭から見た新東京の裏面」を連載、さらに翌一四年一月二二日号から五月五日号まで七九回にわたって「東京人の堕落時代」を連載した。

「街頭から見た新東京の裏面」はこう書き出されている。

《万世一系のミカドの居ます東京――。
黄色人種中最高の民族のプライドを集めた東京――。
僅か五十幾年の間に日本をあれだけに改造した東京――。
思想でも流行でも何でもかんでも、日本でモテたり、流行《はや》ったりするものの大部分はここからはじまる東京――。

……その一度たたきつぶされた東京が、どんな腰付きで、どんな表情をして起き上るかということは、全人類の視聴を惹くに充分であった》

かなりの気負いを以て泰道は取材にかかっているが、一年前、震災時の人情美を描いた時とは一変して、まず彼の筆は復興事業を食い物にしている東京市政の腐敗堕落を糾弾する。折から東京市長は、電気局のストライキ問題の責任を取って永田秀次郎が辞職し、第二代満鉄総裁の中村是公に代ったばかりだったが、その人事の黒幕は、父茂丸の盟友で初代満鉄総裁、元東京市長の後藤新平だった。その後藤を「日露政治ブローカー」などと、父茂丸を顧慮することなく書いているのが注目される。

泰道は「日本式最初のプロ文化を作った」江戸ッ子の潔癖と義侠心を愛していたので、そんな江戸ッ子を捜し出そうとするが、江戸ッ子はほとんど亡んでしまい、代って、小利口な「現代式東京人」が棲息する街に変わっていた。

泰道はあくまで視点を庶民の側に据えて、震災後のさまざまな事象、人情風俗を描いているが、日本民族論、日本文化論も随所に展開している。

これは、ある文士の話としているが、泰道自身の考えと見ていいだろう。

《日本民族が滅亡する時、最後まで踏み止まって闘うものは江戸ッ子じゃないよ。無論、主義者でもなければ、憲法学者でもない。二重橋前の玉石砂利にオデコを埋めて涙を流す赤ゲット連だよ。彼等の無知の底には、切っても切れぬ民族的自覚が流れているのだ。

……労農とかソビエットとかいうと当局はビクビクしているが、実はこんな土百姓や労働者を最も尊重した政治をすることだと思う。田舎を嫌って、東京の新知識にカブレて、ルパシカを着て、カフェーで威張っている連中のアタマは、いつの時代にもある文化カブレのなまけ者だよ。本当の労農尊重主義から見れば、実に唾棄すべきプロ型のブル思想なのだよ。

……レーニンは赤旗を尊重した。これに対して日本人は赤ゲットを尊敬してもらいたい。青白い江戸ッ子を尊敬してもらいたくない。そうして日本のブル思想と偽もののプロ思想を全滅さして、すべてを赤ゲット化してもらいたい》

「赤ゲット」は、田舎からのお上《のぼ》りさんの蔑称だったが、土にまみれて生きる百姓こそ国の大本であり、文化をつくる者というのが、この頃からの夢野久作の終生の思想であった。また、ブルジョア思想を排撃するとともに、頭でっかちで足が地についていない外来新思想も排除するのが、彼の一貫した姿勢だった。

そうした泰道の物差しで今の江戸ッ子を計ると、《プロ型のブル気分、平民式の貴族気質》の持ち主が多く、《こうした消極的な文明的な個人主義が、江戸ッ子の知識階級をすっかり冷《ひえ》固まらしているから、東京の市政が如何に腐敗していても、彼等には何等の刺激を与えない。……だから選挙なぞは、彼等にとってうるさいものでこそあれ、責任感はすこしも受けない》と、今日の東京人の多くにそのまま当てはまるような記述をしている。

この当時は「文化」が一種の流行語で、文化生活、文化住宅、文化机、文化丼、文化饅頭など、やたら「文化」を頭にくっつけたものが氾濫していたが、普通の納豆の倍の値段の一個一〇銭の文化納豆まであるので、よっぽど上等だろうと思って買ってみたら、容器が違うだけで、味は同じだったと、皮肉たっぷりに書いている。《猫も杓子も文化文化とあこがれている有様は、さながらに青空を慕う風船玉よろしくである。こうして昇って昇って昇り詰めたら、日本はおしまいにどこへ持って行かれるだろうかと心配になる位である》

見せかけだけの上げ底文化に痛烈な批判の矢を放っている。

震災後、浅草を中心にはやりだした正札商法も槍玉に挙げている。それまで買い物は、客と店主の対話によって成り立っていたが、正札商法ではもはや対話は不要だ。少しでも値切ろうとする駆け引きに、客と店主の人間的なつながりも生まれたが、正札商法にはそうした人間関係が割り込む余地はない。店主は無言のまま商売出来る。この正札商法に近代的合理性を認めながらも、泰道は割り切れぬ心情を吐露している。

「東京人の堕落時代」は「街頭より見たる新東京の裏面」の続篇だが、主に震災後の東京人の性風俗を描いている。

《彼等東京人は食物に飢えたように性欲にも飢え渇いた。その烈しい食欲と性欲は、彼の灰と煙の中でか《か》ようにみじめに交易された》

一杯一〇銭のライスカレーで体を売る女、怪しげな性具、媚薬、猥本、春画などの横行、秘密フィルム用の映画室をつくった富豪、上流紳士の女狩り、上流婦人の男遊びなど、「震災後の淫風」を活写している。

次いで、この時代の特殊な呼称「職業婦人」についてのレポートが続く。これは現代のOLとは意味が違う。

《現代的職業婦人の名称には、単純な意味と複雑な意味と両方ある。単純な方はつまり醜業婦の事である。……複雑な意味の職業婦人というのは、要するに裏と表と二重の職業を持っている婦人で、こちらは反対にドンドン増加しつつある》

泰道の関心はもっぱら表と裏の顔を持つ複雑な職業婦人に向けられ、その特徴的な服装、髪型、化粧、立居振舞などに作家的観察眼を光らせている。

《白粉を塗り過ぎる。しかし襟垢は残りがちである。髪を大切にする。しかし毛の根は油でよごれている。美しい着物を着る。しかし裾にしまりがない。取り澄まして歩む。しかし眼づかいは下品である》

金になる男を物色する眼である。このセミプロ的職業婦人たちを、現在の浮薄な東京人は「解放された女と認めて讃美する」が、男同士になると陰で、「彼女は職業婦人だよ」と冷笑し合っていると書く。そんな彼女たちの裏の仕事の相場も挙げている。

活動写真館の案内嬢は五円〜一〇円、カフェの女給は一〇円〜二〇円、モデル、女優になると、やや高級……。

泰道は、こうしたセミプロ職業婦人が震災後激増したと書き、その原因を、次のように断定する。

《女子供でも遊んでいられなくなった。親子兄弟の間でも個人主義にならなければやり切れなくなった。外国から輸入された思想はこの傾向をいよいよ高潮さした。日本の教育＝忠孝仁義を説きながら、実は物質万能、知識万能を教える日本の教育当局の方針も、この思想を益々底深く養い上げた。……現在の日本の若い男女は悉く文化の歎美者であり、物質万能主義者となったわけである》

泰道の女性観は、処女の美を讃美し、良妻賢母型を尊重するものではあったが、女性がしっかりした職業を持ち、一心に働く姿には共感を寄せている。だから自分の妻にも、教職にあったクラを選んでいる。しかし、物質万能の功利主義は、彼が最も不可とするものだった。その功利主義の風潮に毒されてしまった震災後の東京の姿を嘆き、一か月半にわたる東京取材の結論をこう書いている。

《科学文明の都市――折角向上しかけた人類の精神文化の象徴たる宗教――道徳を数字攻めにして責め殺し、芸術をお金攻め、実用攻めにして堕落させて、精神美を無価値なものにして、物質美を万能にして、遂に文化的に禽獣の真似をするよりほかに楽しみを持たぬ程度にまで落ちぶれて果てた人類――その真似をするのは無上の光栄と心得る、日本人の中での罰当《ばちあた》りが寄り集《たか》る処――それが東京である。

数字とお金とで動かせる死んだ魂の市場――それが東京である。

智識と才能と人格の切り売りどころ――それが東京である》

震災で焼け出されなかったものの、震災後の東京を作家の触覚でつぶさに見聞した永井荷風は、昭和二〇年の敗戦直後の九月二八日の『断腸亭日乗』に、《我日本の滅亡すべき兆候は大正一二年東京震災の前後より社会の各方面において顕著したりに非ずや》と、日本滅亡の兆候はすでに大震災前後にあったと書いているが、九州から震災後の東京を取材にやってきた夢野久作もまた、東京住まいの作家、永井荷風と同様なものを感じ取っていた。作風は全く違うが、社会の文物、人間を見る眼には相通じるものがあったのだろう。

久作はこの震災レポートで、このような東京人の腐敗堕落の影響は日本全国に行きわたりつつあると書いているが、今日に至る日本の近代化の行方をすでに透視していたと言えよう。

このとき、首都東京を「死んだ魂の市場」と見切ってしまった夢野久作は、作家として名を成したあとも、決して仕事の場を東京に移そうとはしなかった。

第七章　夢の久作さん

あやかしの鼓

久作日記、大正一五年元日——

《天気よく暖し。白雲棚引き、東風松の梢を渡る。暖き日の下小鳥なき渡る。

クラ、龍丸、鐵児、青木親子、サクノ以上七人にて雑煮を祝う。十三喰ふ。

正午より、二児と青木親子五人連れにて、香椎宮にまゐる。参詣人多し。辻占を引く。運半吉。人力を尽せ、神之を扶くと》（注＝青木親子は杉山農園を担っていた青木熊太郎・甚三郎。サクノはお手伝い）

久作のモチ一三個には恐れ入るが、杉山家の平和な年の初めである。

大正一四年の四月一日、久作は一年前に退社していた九州日報社に復職して、またせっせと童話を書いては紙上に発表していた。『奇妙な遠眼鏡』『オシャベリ姫』『豚吉とヒョロ子』などなど。

また、『黒白』には大正一四年一〇月号から二月号にかけて、最初の探偵小説『侏儒《しゅじゅ》』を連載していた。

この作品は、一三年、当時の大手出版社、博文館の懸賞小説・探偵小説部門に本名の杉山泰道で応募して、「選外佳作」となったものである。そのまま消えるのは惜しかったのか、『黒白』に連載していた。なお、応募作品に手を加えたのかどうかはよくわからない。

語り手は「一本の万年筆」で、小説の舞台は九州帝国大学医学部法医学教室。主人公は法医学の老教授八白《やしろ》圭策で、彼の地下室の異様な標本室をめぐって、オーストリアの法医学博士ワルテンブルグ、九州帝大医学部助教授、曾地《そち》愛太郎、探偵活劇映画のスターとして売り出した米国生まれの人気女優で来日中のフェルマ嬢、そして八白教授にその犯罪知能をさんざん利用されたあげく、殺されて標本にされてしまった未開国生まれの〝侏儒〟、この四人がからみ合って物語が展開するが、ワルテンブルグ、曾地、フェルマ、侏儒はいずれも八白教授を実の父親とする異母兄弟で、ワルテンブルグと曾地はフェルマをめぐる恋仇、犯罪に強い関心を持つフェルマは天才的な犯罪知能を持つ侏儒に恋、といった設定。

そんな物語の構成といい、現実に有り得べからざる話の展開といい、人間の心に潜む暗黒性の摘発といい、『ドグラ・マグラ』の雛型的習作ともいうべき作品だが、探偵小説としては未熟で欠点が多いので、『選外佳作』に終わっている。しかし、久作の特異な才能は、この初の探偵小説に鮮やかに提示されていた。

そしてこの大正最後の正月を迎えた頃は、『侏儒』とは全く作風が違うが、文壇へのデビュー作となる『あやかしの鼓』を書き綴っていた。

一月五日の日記には《終日、原稿能面の呪ひを書く》とあるし、一〇日にも《終日「鼓」の原稿をかく》、一一日にも《夜二時まで小説原稿書く。此頃胃弱く消化わるし》など、『あやかしの鼓』に打ち込んでいる記載が続き、一月二八日《終日風邪にて引籠り、原稿を書く。遂に書き上ぐ》と完成を記したあと、

空はるかに飢えたる鳥が一つ舞へり
　心おもたくわれは地をゆく

と心境を歌に託している。

久作は小説を書きあげると、クラはじめまわりの者に読ませて反応を確かめる習性があったが、書きあげた翌日には、探偵小説ファンの義弟、石井俊次（九大医学部卒業の耳鼻科医で、久作の異母妹たみ子の夫）の家まで原稿を持参して石井一家に読ませている。

《自分は、俊次が読むのをききながら、菓子を食ひ茶を飲んだ。読んでしまつてあとからみんないろ〳〵な批評をした。しつくりとしてゐるといふ評があつた》と日記に記している。

それで自信を得たのか、この『あやかしの鼓』を、大正一五年四月二六日に完成して、また博文館の懸賞小説に応募したが、今度は二等（賞金二〇〇円）に入選、博文館刊行の月刊誌『新青年』の同年一〇月号に掲載される。

『新青年』は大正九年一月の創刊で、当初は新世代の海外雄飛を呼びかけるものだったが、創刊号から掲載したミステリーの翻訳物が人気を呼び、掌編ミステリーの懸賞募集も始まって、いつしかミステリーを主力とする雑誌になっていた。江戸川乱歩（久作より五歳年少）も、この『新青年』の大正一二年四月号に発表した『二銭銅貨』でデビューしていた。初代編集長は森下岩太郎（雨村）で、久作が『あやかしの鼓』を投稿したときはまだ森下編集長だった。昭和二年三月号から、二代目の横溝正史に代わる。

このとき、初めて夢野久作という筆名が使われたが、長男龍丸によれば、この筆名の由来はこうだったという。

大正一五年三月、泰道は九州日報社の大原社長の依頼を受けて、苦境の経営問題を父茂丸や頭山満に相談するため上京したが、その折、未完成の原稿を茂丸に見せたところ、

「ふーん、こらどうかいな。夢の久作さんの書いたごとある小説じゃねぇ。」

という茂丸の感想に発したものという。

博多では、いつも夢を見ているような、うすぼんやりした役立たずの男を「夢の久作さん」と呼ぶ。父にそう言われた泰道は、わが意を得たりとばかり、即座にペンネームに採り入れてしまったという（本来の「夢の久作」も

筆名を使っている）。

泰道が復職した九州日報社の経営状態は二〇〇人の社員の給料も払えないほど悪化していた。東京へ着いた泰道は、まず父茂丸と会って日報社の苦境を訴えているが、三月二一日の日記にこんな記述がある。

《俗たらむか、僧たらむか。父曰く、閙市門頭在入処。吾曰、諾。父、過去を語り、刀の話に移る。あとトランプ。十二時就寝》（注＝閙市門頭在入処—禅語で、騒然とした市の門を入ったばかりでガタガタ騒ぐな。）

九州日報社の経営難には、茂丸も頭山満もお手上げで、泰道はいったん帰福して大原社長に報告、四月二日、再度上京するが打開策が得られず、もううんざりしたのか、帰福後は出社していない。五月に入って正式に退社したが、家計も窮迫。

四月二四日土曜——

《終日、雨ふる。終日、うたひの原稿をかく。二匹の鶏を煮る。父へ二百円の電報を打つ。クラ泣く》

九州日報退社の肚を決めた泰道が、当座の生活費として二〇〇円送ってくれるよう、父茂丸に電報を打ったため、クラはそれが口惜しくて泣いている。

重苦しい日々が続くなかで、泰道は憂さを晴らすように、五月五日から博多へ出かけ、泊りがけで鼓の稽古をしていたが、八日、東京から朗報が届いた。

五月八日　土曜——

《けふも昨日の通りけいこ。博文館森下岩太郎氏より「アヤカシの鼓」二等に当選せりとて手紙来るを、クラ喜びて持ち来る》

『あやかしの鼓』は、能、鼓の素養なくては書けない小説だが、入選作が掲載された『新青年』一〇月号に寄せた「所感」で、久作は作品の由来をこう述べている。

大震災後のある年の秋、謡曲の師匠が所持していた俊寛の面を失って嘆いていたので、さる未亡人秘蔵の面を借りようと奔走した話にヒントを得た。ストーリーを組み立て、義弟の石井俊次に話したら、石井一家は探偵小説ファンぞろいで、『新青年』への応募を勧められたので応募した、と。

《この鼓はまったく鼓の中の妖怪である。皮も胴もかなり新しいものの様に見えて、実は百年ばかり前に出来たものらしいが、これをしかけて打つと、ほかの鼓の、あのポンポンという明るい音とはまるで違った陰気な、余韻のない……ポ……ポ……ポ……という音を立てる》

そんな鼓をめぐる奇怪な因縁話を、殺人の嫌疑をかけられた青年の遺書の形で綴ったものだが、選者の評価はあまり高くなかった。

江戸川乱歩は、念のため二度読んだが、「私にはこの作品のよさはわかりません。第一、人物が一人も書けていない。どの人物もその心持を理解することが出来ない。少しも準備のない、出たとこ勝負でちょっとばかり達者な緞帳芝居を見ている感じです」と評しているし、第一位に推した甲賀三郎は、「全篇を濃厚に推し包んだグロテスクな気分、鼓にまつわる神秘と鼓師を取り捲く世俗的な出来事が、互に絡み合って渦を巻きながら進展して、ある一つの焦点に不可抗力的に収斂して行く所は得難い味である」としながらも、「残念なことは筆負《ふでまけ》がしている事で、鏡花の才筆あらしめばと思うのである」

欠点は多いが、鼓を扱い慣れただけの巧みな描写もある。

《『あやかしの鼓』の皮は、しめやかな春の夜の気はいと、室に充ち満ちた暖かさのために処女の肌のように和らいでいるのを指が触ると同時に感じた。（中略）初めは低く暗い余韻のない……お寺の森の暗に啼く梟の声に似た音色が出た。喜びも悲しみもない……ただ淋しく……低く……ポ……ポ……と》

久作には『近世快人伝』『犬神博士』などナンセンスな哄笑の作品もあるが、この鼓の淋しく低い、ポ、ポ、ポという音は、久作の魂の一つの基調音と言ってもいいだろう。このポ、ポ、ポ、は、『ドグラ・マグラ』はじめ彼の多くの作品の底に暗く潜む魔的な音である。

この『あやかしの鼓』入選で自信を得たのか、久作は杉山農園にひきこもって執筆生活に入った。前出のエッセイ「スラムプ」にこう書いている。

《そのうち九州日報を首になりましたので、私は書きたい材料をウンウン言うほどペン軸に内攻させたまま山の中に引込んで、そんな材料をポツポツペン軸から絞り出して行くうちに、山の中特有の孤独な、静寂な環境のせいでしょうか、次第次第にペン先が我がままを言うようになりました》

すでにこの頃、久作は代表作『ドグラ・マグラ』の第一稿をかなり書き進めていたが、この大作こそ「わがままを言うようになったペン先」からほとばしり出たものである。

五月十一日　火曜――

《朝、風強く。午后凪ぐ。終日、精神生理学の原稿を書く》

以後、日記には毎日のように「終日原稿書く」が続き、五月二四日には「『狂人』を書く。」と、初めて『狂人』が記されている。

七月十日　土曜――

《天気よし。妻に、狂人の解放治療の話をきかす》

この時点で、妻クラに『ドグラ・マグラ』の構想を語っている。

八月二一日　土曜――

《たうたう今日まで日記なまける。狂人の解放治療遂に書き上げる千百余枚。徳蔵君小包を包んでくれて、東京博文館森下岩太郎氏宛送る》（注＝徳蔵はクラの親戚で、九大の学生だった杉山徳蔵。のち三菱樹脂社長）

この『ドグラ・マグラ』の初稿は出版されずに返されてくるが、一〇月には初期の代表作『押絵の奇蹟』も書き出している。

十月四日　月曜――

《終日好晴。「押し絵」の原稿をかく。

かひこ上る。クラと大小鼓を合はす。かひこ上るゆえ手つたふ
干物売りの爺が来て、帳面つけるのに、片仮名でつける。龍丸曰く、お爺さんは二年生かと》

当時の杉山家の暮らしぶりがよくわかるが、久作が筆で立つ決心をしたあと、クラは家計を支えるため養蚕を始めていた。その作業の合間に、大鼓《おおかわ》、小鼓《こつづみ》を打ち合うような夫婦だった。

『押絵の奇蹟』の発表は、『新青年』の昭和四年一月号のことになるが、この年の作品で、『あやかしの鼓』と共に注目すべき作品は、九州日報夕刊に大正一五年三月一六日から四月一日まで一五回にわたって連載した童話『ルルとミミ』である。

当時まだ珍しかった切り絵のイラスト付きだが、数多い久作の童話のなかで、最も完成度の高い、抒情性溢れる秀作である。

切り絵の作者は戸田健《たけし》。継母幾茂の兄、戸田健次の息子なので、久作とは血のつながりはない従兄弟《いとこ》だったが、昭和二年、久作の異母妹えみ子と結婚して久作の義弟となる。

ルルとミミは兄妹で、美しい湖のほとりに住んでいるが、まず母親を亡くし、鐘造りの名人だった父親も、村に頼まれた鐘造りに失敗したのを恥じて湖に身を投げてしまい、ルルとミミは孤児になる。兄妹は村人たちにかわいがられて育つが、ある時から湖の水が濁り始める。村では、湖が濁るとよくないことが起こると伝えられていた。その頃、ルルは父が残した仕事場で、一所懸命鐘を造っていた。その鐘が出来上がり、村人たちに告げると、みんな喜んで、ルルが造った鐘を村のお寺に寄進して、村じゅうでお祝いすることになった。鐘がお寺に納められ、初めて鐘を撞く日が来た。お坊さんが撞くと、鐘は一度だけかすかに唸っただけで、それきり音は出なかった。打ちのめされたルルは、父親同様、その夜、湖に身を投げてしまう。ミミは嘆き悲しむが、睡蓮の花から「湖の底まで届く花の鎖を編んで、その鎖を伝って湖の底の真珠の御殿へいらっしゃい。ルルさんは湖の女王

から呼ばれて湖の底の御殿にいますから」と教えられて、長い長い花の鎖を編み、それを伝って湖の底に降りて行く。そして、やがて濁りが消え、美しさを取り戻した湖に、抱き合ったルルとミミのなきがらが浮かぶ。

この童話は、久作の父恋い、母恋いの歌であるとともに、『瓶詰の地獄』などと通じ合う兄妹相姦的な愛情物語だ。「父の作品のなかで最も好きな作品の一つ」という次男の鐵児がこう語る。

「農園の中に四〇〇坪ほどの蓮の生えた池がありましたが、父はその池のほとりでこの物語の発想を得たのかもしれません。」

執筆、謡、鼓、テニスに明け暮れる日々を過ごすうち、一一月一四日、妻クラが福岡市の相浦産婦人科で三人目の男の子を生み、香椎の自宅に電報で知らせてきた。

「アラ　マタ　オトコ」

三人目はぜひ女の子が欲しいと、久作は産着から布団まで女の子の用意をさせていたし、名前も「緑」と決めていたほどなので、クラもがっかりの電文となった。

この期待はずれの男の子が、三男参緑である。なにやら語呂合わせのような命名だが、せっかく用意していた女の子の名前「緑」を生かしたところが、口惜しまぎれの苦心の作と言えようか。

産後の肥立ちがあまりよくなかったのか、クラは同月二八日に退院、久作は病院まで迎えに出ている。

この頃の杉山家の生活は、次のような久作日記の記述がよく表している。

十一月三十日　火曜――

《東京より、為替百五十円来る。

能の原稿をかく。ストーブと電灯にて、室中華かなり。

鐵児、母の歌をうたふ。龍丸、ベントーを忘れたりとて喰ひにかへる。家は麦まき》

父茂丸からの仕送りは毎月一五〇円で、依然としてそれが家計の柱になっていた。

一二月一九日には、杉山農園を苦境に追い込んだ黒木政太郎に絶交状を送り、父茂丸にそれを報告する手紙を送っている。黒木と二人、博多の短歌会、浅香会に出席して、遠い夜道を語り合いながら帰った日々は、もはや遠い想い出になっていた。

一二月二五日には大正天皇が亡くなり、昭和と年号が変わるが、久作日記の記述は簡単だ。

《陛下薨去

終日、狂人の原稿書き》

父茂丸ゆずりの古代的天皇観を持っていた久作だが、近代天皇制の天皇にはそれほど崇敬の念がなかったのか、明治天皇崩御の際も、日記にはその一〇日ほど前に「天皇陛下御不例」の一行があるのみだった。

いなか、の、じけん

昭和元年はわずか一週間で終わり、昭和時代の事実上の幕開けとなった昭和二年元日の久作日記。

《大喪中の元日とて「お目出度う」に関する一切の行事をせず、妻子が香椎宮に参詣せしのみ。

余は終日引き籠りて、狂人の解放治療の原稿を書く。菓子を喰ひ過ぎて、身体だるし。天気あたゝかく、風無し。

元日になれば、又生帳面《（ママ）》に日記をつけむと思ふ心ぞおかしけれ。今年は年まわりわるし。余、三十九、妻三十三、龍丸九つ、鐡児七歳、参緑早や二つとなれり》（注＝年齢は数え年）

久作は酒は全くだめで、大の甘党だったが、元日から、気分が悪くなるほど菓子を食べながら、狂人の解放治療＝『ドグラ・マグラ』の原稿を書いている。二日、三日と来客もなく、終日書き続けている。

一月三日　月曜――

《天気いよ〳〵佳し。終日物を書きて終る。狂人の解放治療中、脳髄は物を考へる処に非ずといふ議論を書くに、六ケしき事限り無し。それを平易に短かく、面白く書くは容易の業に非ず》

この頃、『ドグラ・マグラ』の核となる脳髄論に手をつけていることがわかるが、一月一二日の日記には、《狂人の解放治療、又組み直し初む。これにて満十度目なり》とあるし、一月二〇日の日記にも、《狂人の原稿改良しては、又置きかゆれども工合悪し。すこしトリックを濫用したる気味ありとおぼゆ。しかれどもその焦点が何故に結ばれざるか判明せず》など、久作が如何に悪戦苦闘したかがよくわかる。

そんな日々のなかで、久作はときどきテニス、碁を楽しみ、二月二八日には博多の能仲間六人で太宰府天満宮に梅見に出かけているが、名物の梅が枝餅《えもち》をなんと一三個も食べている。胃酸過多でよく胃の不調を訴えているが、こうした口腹の欲にはまるで抑えがきかない男だった。

三月八日には、風呂場ですべってガラス戸に手を突っ込み大けがをした父茂丸を見舞うため上京、喜多流家元の稽古場や能楽研究会に顔を出したりしながら、『ドグラ・マグラ』を書き続けている。

この時は父茂丸とうちとけた時間が持てたようで、三月二七日の日記に、《夜、父上珍しく茶の間に出で来られ、義太夫の話さる》といった記述が見える。

義太夫と謡曲。表現形式の違いはあるが、芸道にかけては父子ともにかなりの修練を積んでいたので、話のウマが合うことは多かったろう。

茂丸には『義太夫論』や『浄瑠璃素人講釈』といった著述がある。『義太夫論』によれば、茂丸は義太夫の真髄をこうとらえていた。

《其脚色の骨子とするものは即ち「死」の一事を以て人情に迫り総ての波瀾起伏は之れより発生すること丶せり、之れは彼《か》の仏教が生老病死の悲哀的を根據として百万の経典を縦横し以って人情迷悟の妙機を制したるに倣《なら》ふものにして、即ち人類最強感の「死」を以て基礎としたるを知るべし、其君臣の義は之を以て貫き父子の親も之を以て遂げ夫婦の和又之を以って唱ふ、是に於てか社会百般の出来事は悉く死に纏綿《てんめん》したる情実にして、之を解決する死の研究をなす事は此等作者によりて愈々進歩したりと云ふべし》

これはテロリストとして出発した茂丸の死生観にぴったり重なるものであり、それ故の傾倒となったのだろう。

この『義太夫論』は明治末年の著述だが、すでに「決死」の心得を失った時代に追随するかのような義太夫の堕落を嘆いていた。

今の義太夫は古人の語りの「電話的復習」ばかりで、「人情の変化、語気の動静、人格の品位等を腹中に構えて、音声の序破急《じょはきゅう》を練磨するものなく」と嘆き、その頃流行しだした女義太夫など以ての外と斬り捨てている。

《如何となれば義太夫節の修業は恰も武士の武術を修業するに酷似せり、其満身の応用、其気合の鍛練、其息間等の研究、実に寸毫の間隙、油断を許さざるの芸術たり、故に此修業は彼の嬌《か》容繊弱なる婦女子の敢て一音節だも伺ひ知り得べきの事にあらざるなり》

茂丸にとっては、義太夫も斬るか斬られるかの真剣勝負だった。人と対座する時も、重要な論議となれば、この気合を持って立ち向かったからこそ、権力の頂点にいる人間でも動かすことが出来たのだろう。

『浄瑠璃素人講釈』は、ポピュラーな浄瑠璃の外題十数篇を例にとって、外題にまつわる色々な話や、その語り口の要領を文章にしたものだが、気合、息間、仰揚……実に事細かく記述している。たとえば、『菅原伝授習鑑《かがみ》』の寺子屋の段では、こうだ。

《松王の『ヤレお待ちなさァれと』は遠い所から云ふて、『暫《しばら》く』と「中」で云ふ事、『憚《はばか》りながら』から傍近く物を云ふ事、『病中ながら』『病身の願』等総《すべ》て腹で拵《こしら》へて息で「ヘタッテ」云ふ。之を仕込と云ふ。夫《それ》でなければ二度する咳が生ぬ》

義太夫、浄瑠璃に関する茂丸の蘊蓄はなかなかのもので、この『浄瑠璃素人講釈』などを読むと、法螺丸の異名をとった雄弁、座談の名手ともいわれた話術のコツを、多く浄瑠璃から学びとっていたことがうかがえる。
《語り方は成る丈け陰気に運んで、それを派手に聞かせて、人情を漂わする事を、一生研究したとの事》
《厳重な目標に向つて、鍛練すればこそ、一種の風格が更に出て来る。……その鍛練より発する、恐ろしき味を号《なず》けて、芸術の妙風と云ふのである》
《故に芸術は人に聞かす物、人に見せる物と思ふては間違いである。自分が人も我を忘れて、その境涯になつて演ずるので、それを無心の第三者が、見物となつてみたり聞いたりするのである》
きちんと芸術の要諦を心得ていたし、独特の文章論も持っていた。
週刊『サンデー』第一七八号（明治四五年五月）から連載を始めた『近世百魔伝』のはしがきにこう書いている。
《文章は第一に撰字、第二に配調、第三に興趣、第四に暗誦の四つが必要で、撰字は配調を促し、配調は興趣を起こし、興趣は暗誦に便あり。暗誦されない文章は文章に非ず》
そんな文章論にのっとって、興至れば、七五調の義太夫ばりの名調子が入る独特の文章を書いた茂丸だけに、文章にもなかなかの目利きで、配調は乱れ、興趣を欠いた文章で、わけのわからん事を書く息子の小説は、「ふーん、夢の久作さんのごとあるな」とサジを投げるほかなかったのだろう。
しかし、久作にとって父茂丸は、芸術の怖るべき鑑賞家であり、学びとるものも多かったはずだ。それに、父と義太夫などについて語り合えるひとときを持てるようになったのは、心やすらぐことであったに違いない。
このとき久作は東京に一か月ほど滞在して四月八日に帰宅しているが、帰宅後、『いなか、の、じけん』を書き始めている（昭和五年まで書き続ける）。
実際に起こった事件も素材にした、田舎の土俗的な小話の集成だが、注目すべき作品である。
当時の香椎村はまだ鄙びた農漁村で、大正末年まで、「略奪婚」が残っていたような土地だった。これと目をつけた娘を、農作業中など数人がかりで襲って、執心する男の家にかつぎ込み、〝夫婦〟の既成事実を作ってしまう。文字通りの略奪もあったたし、婚礼費用を省くための両家狎れ合いのお芝居もあったという。これは何も特殊なことではなく、全国ざらに見られたことだが、そうした田舎のさまざまな出来事を、フィクションも交えて描いたのが『いなか、の、じけん』である。

なかでも、近代化以前の土俗臭溢れるものや、色と欲に駆られた悲喜劇の幾つかを紹介しよう。

『一ぷく三杯』

村一番の吝《けち》ン坊婆さん、お安さんが、鎮守の祭の晩、不思議な死に方をした。お安さんは村はずれで茶店を出してひとり暮らしをしていたが、ふだん自分の腰帯にしていた紐をしわだらけの首に三廻りほど巻かれて息絶えていた。しかし、外から誰も侵入した形跡はなく、盗まれた物もなく、新聞に「近来の怪事件」と報じられたが、やがて事件の真相が明らかになった。

吝ン坊のお安さんは「一服三杯」で有名だった。村の寄合や祭の打ち上げとなると、前夜から腹をペコペコにしておいて、しっかり腹に詰め込む。腹一杯になると、やおら煙草を一服して間合いをとり、さらに三杯。また一服して三杯……。

祭の晩、きっと詰め込みすぎて、夜中に口からはみ出しそうになったので、あらもったいないやと、自分で喉元を締めたのが強すぎて命取り……。

というのが、お安さんの「一服三杯」を再三見てきた村人たちの推理だったが、これが当った。屍体解剖の結果、その推理がぴったり裏付けられたのだ。

『古鍋』

界隈で知らぬものはいない「金貸し後家」は、「五十前後の筋骨逞しい一タ目と見られぬ黒アバタ」だが、ひとり娘のお加代は、母親とはまるで似つかぬ色白の器量よし。そのお加代のもとへ、隣村の畳屋の次男坊、勇作が夜這いに通ってくる。他所者《よそ》の夜這いは許せぬと、村の青年代表三人が抗議にやって来ると、後家は上り框に仁王立ちで言ってのける。

「勇作は娘の処へ通って来るんじゃないよ。私が用があるから呼びつけてるのさ。」

「えっ、お前さんが！」

「へっへっへ、大事な用があってね、そのうちわかるよ、ハッハッハ」

青年たちは煙に巻かれて帰る。

その後、勇作は公然と金貸し後家の家に入りびたるようになり、それとともに、後家の下腹がせり出して来た。

「勇作がなんとあの金貸し後家を孕《はら》ませたぞ」

噂が村じゅうに知れわたった頃、後家は村役場に、勇作を娘の婿養子にすると届け出た。これでまた一騒動になったが、そのうち後家の家は閉め切って、人のけはいがなくなった。不審に思った区長の届け出で、駐在所の巡査が裏口をこじ開けて入ってみると、人影はなく、金庫が開いて現金も通帳もなくなっており、勇作・加代連名の手紙が残されていた。

『お母さん、あなたがあの時に勇作さんを助けて下すった御恩は忘れません。けれども、それから後のあなたの勇作さんに対する恩着せがましい横暴な仕打ちはいくら恨んでも恨みきれません。妾はもう我慢出来なくなりましたから、勇作さんと一緒にどこか遠くへ行ってスイートホームを作ります……』

後家さんはどこへ行ったのか探すと、物置の梁から半腐れの縊死体となってぶら下がっていて、その足元にはボロ切れに包んだ古鍋がころがっていた。それが、娘をかばうための、後家さんの妊娠の正体だった。

そのほか、村の青年たちから〝郵便局〟と呼ばれてみんなに遊びものにされ、父親が誰かもわからない子供を死産して死ぬ白痴の娘を書いた『郵便局』。

いまどき珍しい親孝行の模範兵士と村人たちに思われていた兵士が、実は変態性欲者で、ずっと年上の情婦を〝母親〟と称してせっせと通っていたが、若い情婦をつくって〝母親〟を自殺に追い込んでしまう『模範兵士』。などなど、猥雑な底辺の位相を描いたものが多いが、久作はそうした世界を蔑視し、拒絶しているのではない。むしろ、そうした前近代的な土俗臭、民衆の愚昧に一種の愛着すら示している。こんな作品もある。

『赤い鳥』

村はずれの海辺の松原に大きな別荘が建つ。有名な相場師の別荘で、モーターボート用の倉庫まで付いている。ひと夏、息子夫婦が保養にやって来るが、彼らは赤いオウムを飼っている。物珍しさで別荘をのぞきに来た子供が、オウムから「バカタレーッ、バカタレーッ」と罵られて泣いて帰る。怒った父親が「オウムをひねりつぶしてくれる」と別荘に乗り込み、オウムをつかまえようとして、鳥籠から逃がしてしまう。その騒ぎを聞きつけて現れた若旦那と取っ組み合いの喧嘩になる。その数日後、若旦那夫婦は別荘を閉めて町へ帰るが、空になった鳥籠は家の外の小松の枝にぶら下げられたままだった。その鳥籠にいつの間にかオウムが戻って来て、「バカタレーッ、バカタレーッ」と呼び続けていた。

『白髪小僧』の赤鸚鵡とそのまま重なるものではないが、この別荘の赤いオウムも近代の魔物と見ていいだろう。久作はずっと西欧的近代に違和感を持ち続けていた。

昭和二年八月に入ると、また日記に「狂人の原稿書き」が続出する。それも、終日というのが多い。

八月一一日　木曜――

《終日、狂人の原稿書き。天気よろし。気持ちよろし。夜に入りて月光満ちて地、虫声やかまし》

九月六日　火曜――

《終日、狂人原稿書き。

三六、這ひ出しのまねごとをする

◇外道祭文キチガヒ地獄》
三六は参緑。這い這いがかなり遅い。前年の一一月一四日生まれなので、順調な育ちなら、もう伝い歩きの月齢である。
「外道祭文《げどうさいもん》キチガヒ地獄」は、六、七、八日の三日間で書きあげているが、いうまでもなく、これが『ドグラ・マグラ』の「キチガヒ地獄外道祭文」である。この頃、あのスチャラカ、チャカポコの鳴物入りの祭文を書きあげている。
《あ〜ァ。外道祭文キチガヒ地獄。さても地獄をどこぞと問えば、裟婆というのがここいらあたりじゃ。ここで作った吾が身の因果が。やがて迎えに来るクル、クルリと。眼玉まわして来る火の車じゃ。めぐり廻《めぐ》って落ち行く先だよ。修羅や畜生、餓饑道越えて。ドンと落ちたが地獄の姿じゃ。針の山から血の池地獄。大寒地獄に焦熱地獄。剣樹地獄や石斫《きり》地獄。火煩、熱湯、倒懸地獄と。数をつくした八万地獄じゃ。……》
祭文は、祭祀の際、神前で奏でる祝詞だが、これが歌祭文となり、歌祭文を謡って銭を乞う賤業も生まれて祭《さい》文語《もんかた》りと呼ばれたが、久作はこの歌祭文を作中に採り入れ、精神病者の地獄相を謳いあげている。かなり長いものだが、それを三日で書きあげたあたり、この頃の久作は創作意欲に溢れ、言葉が地下水脈から熱湯のように噴き出している感じだ。

猟奇歌

昭和三年元旦の久作日記――

《東京の両親に送りたる年賀状。

「謹みて、新春の御祝詞申上候。本日半晴。妻、龍丸、鐵児四人にて、香椎宮への参詣仕候。山色新、日の本の不尽《ふじ》の白雪、ほのぼのと新玉の春迎へける哉」

夜、子供達歌留多《カルタ》をなして遊ぶ。余二つの生き残りの原稿をかく。

宮地獄詣の自動車、街道を連りて走る。

午後好晴。暖かし。人名簿を整理す。三六誕生夜、先づ筆を摑みし由。兄弟三人共、筆を執るか》

生き残りの原稿二つは、旧年一二月一日の日記に、『新青年』編集長（二代目）の横溝正史から原稿を注文され、『人の顔』と『白菊』の二篇を候補作に決める、とあるところから、この二作のことか。『白菊』の発表は遅れるが、『人の顔』は『新青年』三月号に掲載される。

海べりの宮地獄《みやじだけ》には由緒ある神社があって、福岡周辺の三社詣りの一つとなっていた。博多から「湾鉄」と通称される私鉄が通じていて参拝客が利用していたが、ようやく自動車が走る時代になっていた。

「兄弟三人共、筆を執るか」には、父親としての期待がうかがえる。三人とも職業的な文筆家にはならなかったが、それぞれ筆の仕事も残すことになる。

なお、『人の顔』は、久作の特色がよく出た好短篇である。

チエ子は孤児院から船の機関長の家庭に貰われてきた子だが、不思議な幻視力を持っている。母親と道を歩いていて、突然、「あの電信柱の上に……いつもよくうちにいらっしゃる保険会社のオジサマの顔が……」と口走って、保険の外務員と密通している母親をギクリとさせたり、半年ぶりに船から上って帰宅した父親に、ふたりで出かけた活動写真からの帰りの夜道、「あ、あそこにお母さまの顔が……あら、あのオジサマの顔も……あんなところでお母さまのお顔とキッスなさって……」

子供の澄んだ眼で大人の仮面をひっぺがし、ほとんど猟奇歌の世界である。

一月五日の日記には、この頃の久作の思想をうかがわせる記述がある。この年の三月一五日には共産党弾圧の三・一五事件が起きるが、マルクス主義が多くの学生や労働者の心をとらえ、芸術面でも、プロレタリア文学、プロレタリア演劇が盛んな時代である。芥川龍之介が社会変動の気配に「ぼんやりした不安」を感じて自殺したのは、昭和二年七月二四日のことだった。

昭和三年一月五日の久作日記――

《現時、宗教道徳の権威地に墜ち、辛ふじて文化的迷信となりて残存す。

赤化思想が之に代りて、現代の最強力なる理智感性の支配者となれるは、故なしとせず。唯その唯物に立脚せるがために、頽廃的感性の原動力となれるは、痛惜の到也。吾は信ず。唯心は非なり。唯物は更に非也。心物共に棄て、拠る処無き時、股栗《(ママ)》恬然として自省せしむ。

自省即ち、彼の空間と時間との、無限に対する自我の確立也。自我大自在の大歓喜也。真の血、涙、皮、肉、骨の蘇生也。自然の同化也。人類文化の最終最始也。吾は道ふ。唯物唯心共にその終点は自殺也。破滅也。小児嬉々として戯れ、花開き鳥歌ふ。其間に何等の唯物唯心がある。平和も戦争も、宗教も無し。自由自在にして歓喜無辺也。客観的にも主観的にも美の極喜の極也。「唯」の災、大なる哉》

無限の時空のなかの自我大自在。季節がめぐれば花は咲き、鳥は歌う。そこには、唯物も唯心もない。ただ人は自然に同化して生きるのみ。それが禅を学び、老荘思想に親しんだ久作の思想の核ともいうべきものだった。

心やさしい彼は、非搾取、非差別の社会をめざすマルクス主義の流行に一定の理解を示しながら、資本主義同様、功利的な唯物主義と見て排したが、共産党弾圧には無関心ではおれなかったようで、昭和三年の三・一五事件の報道が解禁された四月一一日の日記には《共産党の大検挙発表される》と記している。

この年の春、次男鐵児が小学校に入学し、長男龍丸は三年生。三男参緑はまだ幼児だが、この頃久作は、夕食のあと、よく参緑を膝に抱いてお伽話をしてくれたという。

龍丸は、『わが父・夢野久作』のなかで、父久作のお伽話を懐かしんでいる。

《その童話は、全く奇想天外にエロ、グロ、ナンセンス、滑稽ともいいようのないもので、彼が話す度に、母は顔を真赤にして、子供達の前でそのような話をしてと怒ったり、箸を投げ出してお茶碗を置き、吹き出したり、気持が悪くなったといって、食事をやめたりした》

なかでも子供たちに大受けだったのが、「屁こき嫁」の話だったという。

嫁いできたばかりの嫁がだんだん痩せ細ってお腹ばかり大きくなる。「ややこが出来たのか」と姑が聞くと「いいえ」と言う。「じゃ、どげんしたとな。なんでもよかけん言うてみない」と問いつめると、嫁は赤くなった顔を両袖で隠し、蚊の鳴くような声で言う。

「屁ば、こきとう、ございます」

姑が「屁ばこくくらいなんの遠慮がいるもんか。遠慮なくこきなさい」と許すと、嫁は縁側に立って行って、お尻を庭に向けてさっと裾をまくりあげ、

「お母っさん、よござすな！」

かけ声とともに、グワワ～ンと一発放つ。家鳴り震動して、姑は気絶しそうになるし、たわわに実っていた庭の熟柿は、嫁の一発で全部落ちてしまった。しかも落ちた熟柿には嫁の屁の臭いがしみついていたそうな。

といったお話だが、久作の語り口が抜群に面白く、何度繰り返してももう家じゅうが笑いころげたという。

まだ健在の次男鐵児も、この「屁こき嫁」の話はよく覚えているが、先年、NHKで放映された武田麟太郎原作の『雪』という劇のなかに、久作の「屁こき嫁」とほとんど同じ話があって驚いたという。こちらは東北の雪国が舞台で、さては東北民話がルーツだったのかと調べてみたが、ルーツがどこかよくわからなかったという。

いずれにしても久作がかなりの脚色をして、抱腹絶倒のお話にしてしまったことは間違いない。

子供たちにとっては楽しい父親だったが、厳しい面もあった。

昭和三年九月十一日　火曜――

《鐵児学校に行くと云ひて、途中で遊びて母を偽り白状せず。三ツたゝき母の処へ行きて謝罪して来いと云へば、

ハイ〳〵と泣きて、何もかも云ふ。あはれなれど詮方なし。

夕食の時に、兄弟を戒む。最悪「嘘を云ふこと」其次「弱いものをいぢめる事」》

「あはれなれど詮方なし」に、久作の父親としての心情がよく表れているが、この件について、鐡児はこう語る。

「扁桃腺で微熱があった日で、母にせかされてしぶしぶ家を出ましたが、もう遅刻とわかっていたので、学校の近くの桑畑で二時頃まで遊んで家に帰ったんですよ。すでに担任の先生からの電話で無断欠席がばれていたわけで、嘘をつこうとしたもんだから……。

でも父から、勉強せいと叱られたことは一度もなかったですね。おかげで私の通知表は家鴨《あひる》（乙）の行列でしたけどね」

ふだんのしつけは母クラの役で、いたずらが過ぎると、山桃の木に縛りつけられたり、押入れに閉じ込められたりしたという。

「母の手に負えないときは、母が書斎の父に告げに行くんです。そのとき、書斎から出て来る父の足音、顔つきは、本当に怖かったですね」

家庭を顧みなかった父茂丸の轍《わだち》は決して踏むまいとするかのように、久作は自己抑制の強いモラリストになり、家庭にあっては、良き父、良き夫として振舞っていた。抑制された内面的なものは、作品に吐き出すことで、精神のバランスをとっていたが、大正末年から折にふれては、わが身内の毒素を吐き出すかのように書き続けたのが猟奇歌である。

この年の一〇月、雑誌『猟奇』の創刊号に初めてその一部を発表している。

此の夕べ
可愛き小鳥やは〳〵と

絞め殺し度く腕のうづくも
今のわが恐ろしき心知るごとく
ストーブの焰
くづれ落つるも

春の夜の電柱に
身を寄せて思ふ
人を殺した人のまごころ

久作のこの猟奇歌は、彼の死の前年まで、『猟奇』『ぷろふいる』に断続的に掲載が続く。

誰か一人
殺してみたいと思ふ時
君一人かい……
……と友達が来る

人間の屍体を見ると
何がなしに
女とフザケて笑つてみたい

最後の行が「血潮したたる」となる連作もある。

闇の中に闇があり
又闇がある
その核心から
血潮したたる

骸骨が
曠野をひとり辿り行く
行く手の雲に
血潮したたる

死とエロスにからまるものも多い。

泣き濡れた
その美しい未亡人が
便所の中でニコニコして居る
十七歳の少女の墓を発見して
頭を撫でて

お辞儀して遣る

何もかも性に帰結するフロイドが
天体鏡で
女湯を覗く

そして、人間存在の不可解さ、己れの心の奥の奥をのぞき込んだような歌のかずかず。

宇宙線がフンダンに来て
イライラと俺の心を
キチガヒにしかける

羽子板の羽二重の頰
なつかしむ稚な心に
針をさしてみる

わが罪の思ひ出に似た
貨物車が犇きよぎる
昼の陽の下

ニヤニヤと微笑しながら跟《つ》いて来る
もう一人の我を
振返る夕暮

うなだれて
小暗き町へ迷ひ入り
獣の如く呻吟してみる
脳髄が二つ在つたらばと思ふ
考えてはならぬ
事を考えるため

ブラックユーモアあり、風刺あり、不可解な人間心理あり、日常性に潜む怪奇あり、短篇小説のモチーフ的なものもありと、多彩な彩りを見せているが、この猟奇歌は、鋭敏な感覚で、心的事象を倒影させて陰画する、久作ランドの暗箱と言えようか。

この年、久作数えの四〇歳。不惑の年だが、ますます多情多感になっている。

九月十九日　水曜――
《(前略)此の年になりて、骨肉のあはれしきりに身に近く、人情の事なぞ語るに、涙しきりに胸に迫る心地す。老ひたるかとひとり笑へばいよ〳〵悲し》

一〇月には傑作短篇『瓶詰の地獄』を『猟奇』に発表している。海で遭難して二人だけ孤島に流れ着いた兄妹の近親相姦の悲劇を描いたものだが、漂着した麦酒《ビール》瓶に封じ込められた兄妹の三通の手紙を、時間的に逆流した構成をすることで、巧みな効果を生み出している。

童話『ルルとミミ』も兄妹哀話だったが、異母弟妹ばかりだった久作には、真実の美しい兄妹愛を求める気持ちが強かったように思える。

一〇月は『押絵の奇蹟』の執筆に精を出しているが、そのさなか、参緑がまたジフテリアで重症になり、地元の病院に入院している。一番病弱な子で、久作日記にはしばしば参緑の病気、入院が出てくるが、久作はいつもこまやかな気遣いをしている。

暮れの一二月一九日、久作は一通の電報を受け取った。生母、高橋ホトリの危篤を知らせる高橋家からのものだった。

律儀な久作は、二〇日、東京の父茂丸に電報を打つ。

「ホトリキトク　ミマイニユクオユルシヲコフ」

しかし、二〇日の日記には、《九時五十分香椎発、直方より、豊国第二坑まで、シボレーを飛ばす。五円。オモウタホドナシ、モヤウミルと妻に電打つ》という記述があるところを見ると、父の許しを待たずに、母の枕辺に駆けつけている。

生母ホトリは、再婚先の高橋家で三児をもうけたが、この頃、長男誠太郎が田川の豊国炭坑に勤めていたので、その社宅に身を寄せていた。この時の母子対面の状況は、龍丸が父から聞いた話なのか、『九州文学』に連載した『西の幻想作家』のなかでこう書いている。

久作が社宅に着いたとき、ホトリはすでに昏睡状態で、見舞客の識別も出来なかったという。

《この様子を見た夢野久作は、家人の制止するのも聞かず、その枕頭に坐って謡曲を謡い始めました。渾身の力を籠めて夢野久作の謡う能楽の謡曲は、その社宅のみならず、そのあたりに響き渡りました。人々は何事ならんと集まって来ましたが、彼があまり真剣に謡っているので、皆固唾を呑んで見守っていました。そのうち、ふと高橋ホトリは眼をあけて、あたりを見廻すように眼球を動かしました。その様子を見た夢野久作はすかさずホトリから見えるように座を彼女の胸のところへ顔を見えるように移し、

「お母さん、直樹ですよ！　直樹がお傍に来ていますよ！　分かりますなっ！　お母さん！」と呼びました。

すると、ホトリはかすかにほほえんで、うなずいたということです》

そんな今生の別れをしたあと、二三日、久作は母の訃報と父の電報を同時に受け取っている。父の電報はおそらく「ユルス」だったろうが、それを待っていては、最期の別れは出来なかった。

久作がホトリの通夜、葬儀に参列した記述はない。ただ彼は二三日の日記に、短歌を一つ書きつけた。

逢ふて又別れし夢の路の霜
あかつきとほき名残なりけり

押絵の奇蹟

昭和四年一月九日、前年一一月五日に『新青年』編集部に送っていた『押絵の奇蹟』が掲載された新年号が届き、一三日には、鎌倉で親しくなった後藤隆之助が農園を訪ねて来て、『押絵の奇蹟』を読み、遠慮のない批評をした。

一月十四日　月曜――

《朝食の時、後藤「押絵」を読みかけて曰く。余の性格は不自然也。概念で満足する質也。情を殺す漢学放盲の余臭ありと、盛んに攻撃し、余を凹ます。余をかくの如く凹まし得るもの、後藤と実のみ。

雨中、一つ家の踏切まで見送る》

前述したように、後藤隆之助は、一高、京都帝大の同期生、近衛文麿と親しく、近衛のブレーンとして昭和史

に名を止める人物だが、政治的識見が高く気骨のある後藤に久作は一目置いていた。

実は、喜多流一五世宗家の喜多実《みのる》である。久作より一一歳年少だが、久作終生の友であった。

『押絵の奇蹟』は、久作の作家的地位を確立した初期の代表作だが、『新青年』編集長（第三代）の延原謙の三〇枚という依頼に、久作はこの一七〇枚の作品を送っている。約束と違ったものの、延原は一読して感激、新年号の巻頭に掲載したと伝えられている。

『あやかしの鼓』を低く評価した江戸川乱歩も、『押絵の奇蹟』は高く買い、同誌二月号に、次のような感想を寄せている。

《古い型の小説でも、これだけ豊かに、濃《こま》やかに、味わい深く書けたら、もう言うことはないではないか。あの時代の九州の都会の地方色が、何と心憎いまでに出ていることか》

古風な因縁物語だが、かなり入り組んだ構成にも破綻なく、情緒豊かな文体も洗練され、小説としての完成度は高い。乱歩が言及しているように、独特の伝統文化と気風を持つ博多という町の地方色も濃厚に描出されている。

恥を知り、いさぎよさを誇る黒田武士の家系、維新後の貧窮、婦女の内職の押絵、芝居好きが多く、東京や上方から一流の役者が来る芝居小屋、悲劇を生む押絵が納められる櫛田神社の絵馬堂……そうした博多の風土色の上に物語は構成されている。

博多は芸どころといわれるほど芸能が盛んな土地で、明治期には、オッペケペーの川上音二郎や浪曲の桃中軒雲右衛門を育て、また独特のお笑い寸劇、博多にわかを生んだし、明治・大正にかけて、永楽座、教楽座、明治座、川丈座《かわじょうざ》、寿座、九州劇場、博多座など多くの劇場があった。また、櫛田神社は博多っ子の氏神様で、今も七月の博多祇園山笠では、〝山のぼせ〟（山笠熱狂者）たちの血を湧かせる「追山」の舞台になっている。

そうした博多の風土色が色濃く出ている小説だが、久作の発想は、滝沢馬琴の『南総里見八犬伝』にあったよ

「押絵の奇蹟」の舞台、櫛田神社

うだ。伏姫は夫と立てた犬の八ッ房と契らないまま八犬士を生むが、男と女が一途に想い合うだけで、その相手によく似た子供を生んだり、生ませたりすることが出来るというのが、『押絵の奇蹟』の骨子である。

博多一番の美人妻女といわれた井ノ口家の妻は押絵作りの名手で、博多随一の金持ち柴田忠兵衛（柴忠）に、娘の初節句を飾る押絵を頼まれる。そのモデルに、折柄、市内の芝居小屋に来演した東京の千両役者、中村半太夫が選ばれ、彼が演ずる「阿古屋の琴責め」を五枚組みで作ることになる。そのため柴忠は、一番いい桟敷を初日から千秋楽まで一〇日間買い切り、井ノ口一家を招待する。押絵のモデルとするため、半太夫を一心にみつめる妻女、その熱い視線に胸を焼かれた半太夫。ここに、一途に想い合う男女関係が生まれ、井ノ口夫人には半太夫そっくりの女の子、半太夫の方には井ノ口夫人そっくりの男の子がほぼ同時期に生まれて、悲劇を生むことになる。

「阿古屋の琴責め」の押絵の見事な出来に感嘆した柴忠は、東京から芝居絵をたくさん取り寄せて、この中からお好きなものでもう一つ押絵を、と井ノ口夫人に注文する。夫人が選んだのは、『八犬伝』の犬塚信乃と犬飼現八の芳流閣上の戦いだった。これも見事な出来で、柴忠は多くの市民の眼に触れさせたいと、井ノ口夫人の押絵二作を櫛田神社の絵馬堂に奉納する。

それをある日、町の評判につられて、元五〇〇石取りの武士だった頑固一徹の夫が、櫛田神社まで妻の作品を見に出かけたことで、一挙に暗転する。

わが娘とそっくりの犬塚信乃（半太夫）の顔。「不義の子」のささやきも耳に入って、夫は血相変えて帰宅するなり、妻を座敷に呼びつけて詰問する。

「あの犬塚信乃の押絵の顔は誰に似せて作ったッ」

不義を責めたてられた妻は、涙を流しながら言う。

「どうかお心のままに遊ばしませ。私は不義を致しました覚えは毛頭ございませぬが……この上のお宮仕えは致しかねます」

夫は狂乱し、日本刀で妻の肩を斬り下げ、不義の子と見た娘ともども胸を刺し貫く。

この小説も、『あやかしの鼓』や『氷の涯』同様、久作得意の手紙形式をとり、生き残った井ノ口の娘の、奇しき因縁で結ばれた半太夫の息子あての手紙という形で物語を展開しているが、「この上のお宮仕えは……」と母親が言ったあとの描写は、この小説の圧巻である。

《……その時にお父様は、右手に刀を提げておいでになった筈でしたけれども、その刀はお父様の身体の陰になって、私の目には入りませんでした。ただ、お母様のうしろの壁に、赤い花びらのような滴《したた》りが、五ッ六ッ、バラバラと飛びかかっているのが見えましたが、その時は何やらわかりませんでした。

そのうちにお母様の白い襟すじから、赤いものがズーゥと流れ出しました。……と思うと左の肩の青いお召物の下から、深紅のかたまりがムラムラと湧き出して、生きた虫のようにお乳の下へ這い拡がって行きました。お母様の左手にも赤いものが糸のように流れ出していたように思います。それと一緒に、その青いお召物の襟の処が三角に切れ離れて、パラリと垂れ落ちますと、血の網に包まれたような白いまん丸いお乳の片っ方が見えましたけれども、お母様は、うつ向いたままチャンと両手を膝の上に重ねて坐っておいでになりました》

妻子を殺傷したあと、夫は納戸の仏壇の前で切腹して果てる。妻も死に、重傷の娘だけが生き残る。

この夫は、黒田藩の元五〇〇石取りの武士で、昔気質の頑固一徹者で、維新後は近所の若者に漢学を教えていたことになっているが、この夫には祖父三郎平がイメージされているし、押絵作りは祖母トモや叔母カホルの手内職で、久作には親しみ深いものだった。邪推した夫の手にかかって果てる美しい夫人は、久作を生んで間もなく離縁された生母ホトリへのオマージュとも受けとれよう。

この作品は、久作の生いたちのなかから次第に発酵して、形を成した物語とも言えよう。古風な因果物語とはいえ、久作には、単なる作りものではなかったはずだ。

この年、久作は、『押絵の奇蹟』のほか、『支那米の袋』『鉄槌』『空を飛ぶパラソル』などの力作、佳作を発表したほか、『いなか、の、じけん』『猟奇歌』の連作も書き継ぎ、旺盛な創作活動を見せている。

一二月には改造社の日本探偵小説全集の第一一巻として『夢野久作集』も刊行され、作家としての地位が確立された年だが、彼は香椎の杉山農園から動こうとはしなかった。

相変わらず父茂丸から生活費の援助は受けていて、上京中の昭和四年二月二七日の日記には《父より三〇〇円受取》といった記述も見える。そうした父の生活援助もあって、東京で辛気臭い作家生活を送る気にはならなかったのだろうが、何よりも久作は、妻子と共に過すのどかな農園生活、博多の能仲間、テニス仲間、麻雀仲間などとの交友を楽しんでいた。

たとえば、こんな一日がある。この日は、午前一〇時、竹しゃん（義弟の戸田健のこと）と博多の喫茶店『ブラジル』で会う約束をして、朝から博多へ出かけている。

『ブラジル』は、西中洲の那珂川河畔に建つ博多最初の喫茶店で、山小屋風の三階建てもしゃれていて、博多のハイカラ人種や学生で賑わっていた。

四月一七日　水曜——

《竹しゃんとブラジルにて会ひ大工町お雪しゃんをたづね、黒門局（注＝妻クラの父が局長の郵便局）、妙案寺、鎌田（注＝クラの実家）、柴藤（注＝能仲間の富裕な商人）、牛肉屋と立寄り香椎へ。

　夕食、ブタ。

　夜、月に乗じ散歩、和白《わじろ》浜にて貝掘りをする。防風草取り、竹しゃん、クラ、タツ丸、テツ児、余、月下砂原をはひまはる》

　興到れば月明の海辺へ出て、貝を掘り、砂原を這いまわる。こんな生活を捨てて、東京で味気ない作家生活を送るなど、久作にはまっぴら御免だったのだ。

　だが、能関係者や父と会うため、よく上京はしている。五月一一日には上京、父茂丸と、一三日、一七日と帝国ホテルで会っている。一七日の日記に《帝国ホテルで父と面会。昨日やると云ひし洋服を、今度はやらぬ、もう一度上京しろといふ》とある。一人前の作家になっても、父子関係は相変わらずで、父は気ままな帝王だった。久作は上京すれば必ず父に挨拶に出向いているし、茂丸が帰福すれば、吉塚三角の中島別荘に御機嫌伺いをしているが、茂丸のほうは帰福しても、香椎に出向いて来ることはまずなかったようだ。だから、久作の長男龍丸にしても、初めて祖父茂丸と会った記憶は三歳の夏、料亭だったという。

《いきなり、母に洋服をキチンと着せられ、迎に来た自動車で、かつて孫文が潜んでいた福岡一の料亭・常盤館に連れ込まれた。……広間には、大勢の人がズラリと坐っていて、しきりに扇子を使っている。アチコチに珍しい扇風機がフラリ、フラリ首を振って、美しく着飾った芸者が黄色い声をあげている。

　母が坐って、「あれがお祖父様よ。御挨拶なさい」という。

　指す方を見ると、床柱を背に大あぐらをかいて、「おー、龍丸か、これをやろう」と言って、女将に博多名物の鶏卵素麺をもって来させた》（『杉山茂丸の生涯』）

　久作の息子たちと祖父茂丸の関係はそんなものだった。めったに顔を合わせることはないお祖父様は、遠くて偉い存在だった。

それだけに久作は、全身で父親たらんと子供たちに接している。創作に苦心しながら、筆を休めた時は、子供たちと遊び、夜はよくお伽話を語り聞かせ、風呂もよく一緒に入っている。龍丸が『わが父・夢野久作』のなかで風呂の中の音楽会を書いている。

《楽器は洗面器、盥、風呂の蓋を叩くことで、指揮者は彼でした。楽譜は、軍艦マーチと、蛍の光が主でした。ガチャ、ガチャ、ドン、ドン、カン、カンやっていると、必ず母の雷が落ちました。「やかましいッ！洗面器や盥が毀れますッ！」と怒鳴られました。

父も私達も、素裸で、シャッチョコ立ちのように、彼女の叱声に素直に立っていましたので、母が笑い出しまして、風呂から出ることが出来ました》

そんな楽しい父親を演じながら、この年も久作は『狂人』（ドグラ・マグラ）と苦闘を続け、人間の暗部をのぞかせる猟奇歌も書き続けていた。

わが心狂ひ得ぬこそ悲しけれ
　狂えと責むる便をながめて

日が照れば子供等は歌をうたひ出す
　俺は腕を組んで反逆を思ふ

何者か殺し度い気持ち只一人
　アハアハアハと高笑いする

九月二〇日の日記には《狂人原稿終り、油紙に包む》とあるが、まだまだ手に入れることになる。すでに一二月一七日から二七日にかけて、《「脳髄論」書き直し》の記述が見える。果てしない『ドグラ・マグラ』との格闘だった。

能とは何か

昭和五年二月二三日、クラの父、鎌田昌一が亡くなった。昌一は養子だが、維新後、警察署長などをやったあと、荒戸通町の自宅に近い黒門郵便局長(土地の素封家など経営の三等郵便局)をしていたが、晩年、家庭内はもめ事が多かった。当時としては珍しくないことだが、妻妾同居で風波を起こしたり、社会主義運動に入った嫡男豊吉との確執が絶えなかった。

豊吉はクラの弟で、上海の東亜同文書院に学び、頭山満や茂丸に接近した時期もあったが、旧弊な父への反逆もあって社会主義運動に入り、大正九年二月の八幡製鉄所の大ストライキの指導者で、『溶鉱炉の火は消えたり』で名を売った浅原健三と親しく交わったりしていたので、昌一が激怒し、父と子が日本刀を抜いて渡り合うような騒ぎもあった。

久作とクラは、昌一と豊吉の中に立って、なんとか和解させようと努力したが、うまく行かず、遂に豊吉は父から準禁治産者として申告され、廃嫡されてしまった。

クラと結婚当初から、久作はこの義弟となった豊吉の父に背《そむ》く姿に、青年時の自分の姿を重ね見る思いがあったのか、何かと相談相手になってやっていたが、豊吉の思想に賛同したわけではなかった。

五年七月一一日の日記にこんな記述がある。

《鎌田豊吉と無産党の事話すうち共産主義の原理の根本的破綻に気づく。共産主義は結論英雄崇拝主義なり。

極端な科学の迷信思想也。

哲学を透過せざる現代文化の諸般の主義は意義を成さず。現代の泰西の科学文化はカント哲学に淵原す。カントの哲学は、儒仏耶の教の中の最皮相に属する認識を根柢とす。

極端なる唯物論は結局極端なる唯心論にかへる。唯物、唯心有無双通、渾然として中道に立つ。未発、之を中として、発中節、之を私と云ふ、中和を致して、天地位、万物》

この頃は、一冊一円の本が大流行した「円本時代」で、各種の文学全集などとともに、改造社の『マルクス・エンゲルス全集』（通称マル・エン全集）が版を重ねるような時代だったが、久作は日記に《余、社会科学の片鱗だも知らず》と書いているように、マル・エン全集などを読んだ形跡はない。従って、マルクス主義に対する知識は耳学問の域を出なかったのかもしれないが、既にしてスターリニズムを予見するかの如き見解を述べている。

ここでも、唯物論、唯心論、ともに排する持論を述べている。末尾の文は禅語のようだが、難解にして、よく理解出来ない。

嫡男が廃嫡されたため、鎌田昌一の死後、娘婿の久作が黒門郵便局長の後釜に据えられることになり、五月二日、久作は黒門郵便局長任命の辞令を受けている。一〇日には市内二四の郵便局の挨拶回りをしているが、その後ほとんど局に出勤していない。第一、出勤したところで役立たずだったろうし、形ばかりの局長さんだった。

昭和五年という年は、杉山家では元日から次男の鐵児が肺炎で高熱を出したり、それがやっと治ったと思ったら、今度はクラと参緑が寝込んだりして、久作が一月二二日の日記に《今年はどうしても四十二の本厄らし、元日から今日までろくな事なし》と書いたように、滑り出しから悪かったが、鎌田家の内紛から郵便局長の椅子に坐らされたりで、あまり執筆も出来ず、まとまった仕事としては、喜多流の機関紙『喜多』に連載した『能とは何か』がある程度だ。

博多の喜多流師範、梅津只圓の熱烈な門弟だった祖父三郎平から、三歳ごろから謡を仕込まれ、九歳のとき梅津門に入門、一〇年近く只圓の薫陶を受けた久作にとって、能は彼の人生の規範ともいうべきものだった。

『能とは何か』の前書に、久作はこんなことを書いている。

若い外国のエスペランチストが訪ねて来て、エスペラントの雑誌に能のことを投稿したいので教えてくれと頼まれた。その青年は話を速記して原稿にまとめ、「誤りがないか、ひまな時に見てくれ」と原稿を置いて帰った。ところが、そのまま現れない。しばらくして、その青年は左翼運動にかかわっていたため、外国に放逐された、という噂が耳に入った。優秀な友人を失ったのは悲しいが、原稿は彼の生き形見なので、少し筆を入れて発表すると――

この前書は、たぶん久作の創作だろうが、当時、若い知識人に増えていた左翼エスペランチストを登場させて読者の注目をひくところなど、なかなかのジャーナリスト感覚である。

このエッセイのなかで、彼は能の本質をこう書いている。

《筆者をしていわしむれば、人間の身体のこなしと、心理状態の中から一切のイヤ味を抜いたものが「能」である。そのイヤ味は、或る事を繰返し鍛練することによって抜き得るので、前に掲げた各例は明らかにこれを裏書している。

畢竟《ひっきょう》「能」は吾人の日常生活のエッセンスである。すべての生きた芸術、技術、修養の行き止まりである。洗練された生命の表現によって、仮面と装束とを舞わせる舞台芸術を吾人は「能」と名付けて、鑑賞しているのである》

これが、久作にとっての能である。

その能は、名人たちが純真な芸術的良心をこめて繰り返し繰り返し演じるなかで、舞の一手、謡の一句一節に到るまで次第に洗練されて、今日の姿になったと説いている。

《かくして能の表現は次第次第に写実を脱却して象徴?へ……俗受けを棄てて純真へ……華麗から率直へ……

客観から主観へ……最高の芸術的良心の表現へ……透徹した生命の躍動へと進行して行く。画でいえば、未来派、構成派、感覚派、印象派なぞいう式の表現のなやみは夙《とつ》くの昔に通過してしまった。狩野派、土佐派、何々流式の線や色の主張も、飄逸も、洒脱も、雄渾も、枯淡も棄て、唯一気に生命本源へ突貫して行く芸術になってしまった。

……真剣な玄人は、知、不知の中にそうした進行の跡を辿り味わいつつ自分の芸を向上させつつある。一心に能を渇仰し、欣求しつつある。……技巧から魂へ……魂から霊へ……霊から一如へ……》

能の真髄をよくとらえた芸術論だが、芸の究極を「一如《いちにょ》」としている。

仏教で一如とは、宇宙万有の真理はただ一つで、平等無差別であることをいう。物心一如でもある。久作が志向したのは、この一如の世界であった。

久作はこの稿の最後のほうで、美しい蝶の舞い、鳥の歌に触れて、蝶の舞いぶり、鳥の歌いぶりは、人間のそれとくらべてはなはだ無意味であるが、それだけに彼らは、春の日のうららかさ、自然の諧調と調和しているとする。

《人間の世界は有意味の世界である。大自然の無意味に対して、人間はする事なす事有意味でなければ承知しない。芸術でも、宗教でも、道徳でも、スポーツでも、遊戯でも、戦争でも、犯罪でも、何でも……。

能は、この有意味づくめの世界から人間を誘い出して、無意味の舞と、謡と、囃子《はやし》との世界の陶酔へ導くべく一切が出来上っている》

この一節は、能楽論であるとともに、彼の思想、作品の秘密を解き明かすものでもあろう。何かの意味がなければ価値なしとする世界から—それは多分に功利的な世界だが、人間を無意味な世界へ誘い出して陶酔させるところに、芸術の意義があるのではないかと彼は言っている。

父茂丸は、いわば有意味の世界の最たる体現者であったが故に、息子の書くものは「夢の久作さんのごとある」

と評するほかなかったわけだが、夢の久作のごとあることこそ、彼にとっては作家として望ましい姿だったのではないか。筆名「夢の久作」は、有意味の世界が贈ってくれた、この上ない筆名だったといえよう。

なお、この年の秋、久作は自分の発案で、福岡日日新聞社の後援を得て、博多で初めての学生能を公演している。喜多流の親しい仲間の協力を得て事を運んだが、能装束を柳河の旧藩主、立花邸まで借りに行ったりしている。準備を進めるなかでの人間関係に神経を消耗することも多かったようで、五年の日記の末尾にそのあれこれを記している。

そして、最後に不平を一つ言わせてもらうとして、《学生能は興行とは違ふ。教育が目的だから全然極力人格的に行かねばならぬ。初めての印象に粗悪なものを残す事は深刻な害があると思ふ》と記している。

純粋な夢をかけ、苦労して組織した学生能もまた、有意味の世界から脱け出せず、彼を裏切ったようである。

第八章　久作の迷宮世界

犬神博士

昭和六年九月一八日夜、奉天（瀋陽）郊外の柳条湖で満鉄の線路が爆破される事件が起こり、関東軍は直ちに軍事行動を開始して、満洲事変が始まった。昭和二〇年八月の敗戦に至るまでの、一五年戦争の始まりである。

この満鉄爆破も、昭和三年六月の張作霖爆殺事件同様、日本軍が仕掛けたもので、第二次大戦後の極東裁判で、「参謀本部付の将校、関東軍の将校、その他の者によって、あらかじめ綿密に計画されたもの」と裁かれることになる。

旅順にあった日本軍司令部は直ちに奉天に移されて軍政を布き、数日にして戦闘は一段落したが、各地の中国軍や馬賊（ゲリラ）の抵抗は続き、日本軍の軍事行動が終結したのは翌七年二月のハルビン占拠後だった。

これで関東軍はほぼ満洲を制圧し、さらに七年一月末からの上海事変を経て、同年三月一日の満洲国建国宣言という展開になる。

九月一五日には、新京（長春）で日満議定書が調印されて、事実上の権力は関東軍が握り、植民地政策が推進される。一〇月三日には第一次武装移民団（東北中心の四二三名で、弥栄村《いやさか》をつくる）が東京駅を発ち、以後、続々と開拓移民団が渡満して、敗戦前には総勢三〇万人にのぼることになる。

開拓移民のみならず、日本で食いつめた一旗組、大陸浪人と呼ばれる人種、左翼運動からの転向者などが満洲へ流れ込むが、この満洲侵略に杉山茂丸は反対していた。

孫の龍丸が『杉山茂丸の生涯』や『わが父・夢野久作』のなかで書いているが、戦後、茂丸の側近だった人物から聞いた話として、茂丸は満洲に進出しようとする人たちに向かって、「満洲だけはやめとけ。満洲は世界の臍《へそ》じゃ。あの臍を押すと、大きな屁が出る。日本はその屁のために亡んでしまうぞ」と警告していたという。日清戦争、日露戦争、韓国併合などでは積極的に動いた茂丸だが、独自の中国観を持っていて、中国大陸の領土的侵略には与しなかった。

茂丸の警告どおり、満洲国はやがて日中戦争の引き金となり、太平洋戦争を招き、昭和二〇年夏の敗戦時、開拓団の悲惨な集団自決、残留孤児、関東軍将兵のシベリア抑留など、かずかずの悲劇を生むことになった。大陸侵略の野望に燃える日本軍が、茂丸のいう「世界の臍」を押してしまった満洲事変勃発から間もない九月二三日から、夢野久作は福岡日日新聞に『犬神博士』の連載を始めた。地元の画家、青柳喜兵衛の挿絵で、七年一月二六日まで続く。

福岡日日新聞（通称、福日）は、久作が在社した九州日報のいわばライバル紙だったが、五年秋の学生能公演の際、福日の後援を得て、福日の幹部と人間関係が深まっていたため、福日の連載となったのだろう。

福日と九州日報は、太平洋戦争中の昭和一七年八月、一県一紙の国の方針で、合併して西日本新聞になるが、『西日本新聞百年史』は両紙の違いをこう書いている。

《福日社は新聞の定道を守り、品格を重んじ、社会の耳目としての堅実な歩みを心がけ、一方、九日社は奇道を求め、時に奔放に走り、主義に殉ずるの気概が横溢している。
それは紙面にもあらわれ、福日紙は良識を基にして品位を保ち、政治、経済の報道に重点を置く紙面をつくり、九日紙は覇気に満ちて、時にその主張は激越に走り、筆禍を招いた》

激越奇矯な小説『犬神博士』の発表舞台は久作の古巣の九州日報のほうが似合っていたのかもしれないが、九日社は相変わらずの経営難で、ちゃんと稿料が貰えるかどうか怪しかった。それにくらべ、福日紙のほうは、当時の発行部数十四万余で、販路も福岡県のみならず、九州一円から朝鮮、中国大陸にまでも及んでいたので、久作にとっては嬉しい発表舞台だっただろう。

《ハハア。吾輩の話を速記にして新聞に掲《だ》すと云うのか。物数奇《ものずき》な新聞もあればあるものだな。第一吾輩は新聞に書かれるような名士じゃないよ》

そんな書き出しで、約五〇〇枚の小説『犬神博士』は始まる。新聞連載という型式をそっくり小説の中に取り込んでしまっている。

主人公、大神《おおがみ》二瓶《にへい》は、博多の箱崎松原の汚い一軒家にひとり住まいで、犬や猫をゴチャゴチャ飼い、九大総長のお下がりという山高帽に二重マントという異様な姿で、博多の町中をブラブラ歩き廻っている人物だが、いろんな綽名を付けられている。

キチガイ博士、山高乞食、閻魔《えんま》大王、鐘馗《しょうき》大臣、犬神博士……。

犬神というのは、天変地異や、神隠し、泥棒、人殺しなどが相次ぐような時、村内の寄り合いで、犬神様を祭ってお伺いを立てようということになるが、まず山の中の荒地を地均《なら》しして、犬神様のお宮を建てておいて、その前に一匹の牡犬を生き埋めにする。そのまま一週間もほったらかしにしておくと、犬は飢えて狂気のようになる。その潮時を見計らって、犬の鼻先に水だの肉だの魚だのを並べると、犬はもう目も舌も吊り上がった神々しいような姿になる。その一瞬、背後からズバリと首を斬り落とし、その首を素焼きの壺に入れて黒焼きにする。それをご神体とするのが犬神様だ。

いわば呪術的な土俗神である。この犬神様にお伺いを立てると、なんでもよく当たるという伝承があるが、大神二瓶はそんな犬神様のような神通力を持っているということで、犬神博士の異名をとっていた。

《ハハア？　何処でそんな神通力を得たと云うのか。それはナカナカ大きな質問だ。第一吾輩の身の上話を聞かないと解らん。ウーム。問われて名乗るも烏滸《おこ》がましいが、所望とあらば止むを得ない》

と滔々と語り出したのがこの小説である。

少年時代、彼はチイと呼ばれて、大道芸人の両親と諸所方々を歩き廻っていたが、どうやら棄て子か何かだったのを拾われて、芸を仕込まれたようだった。その両親の描写——。

《その男親と名乗る方は、普通の人間よりも眼立って小さい頭をイガ栗にした黒アバタで、アゴ（注＝飛魚）の干物みたいに痩せこけた小男であった。冬はドテラ、夏は浴衣の上から青い角帯を締めて赤い木綿のパッチを穿《は》いて、コール天の色足袋に朴歯の下駄、赤い手拭で覆面をして鳥追い笠を冠って、小鼓を一挺提げて、背中に莫蓙二枚と傘を二本背負っていた。

又女の方は男と正反対に豚みたいに赤肥りしたメッカチで、模範的な獅子鼻を顔のマン中に押しつけて、赤い縮れっ毛を櫛巻にして三味線を一挺抱えていた》

芸人の中でも最下等に属する部類であり、社会の最底辺を這い回る無産の民である。

チイは女装させられている。おかっぱ頭に、振袖、太鼓帯、白足袋。真白な厚化粧で、頰と眉の下と眼尻に紅をさしている。

チイはそんな姿で、巡査やうるさい村役どんの眼がないとき、女親の三味線、男親の鼓と唄で、淫猥な『奥の四畳半』や『いつも御寮《ごりょん》さん』を踊る。チラッと巡査の影でもすると、男親がエヘンと咳払いして、たちまち踊りは無難なものに変わる。それがこの一座の十八番だった。

そして投げ銭を頂くと、チイは地面に頭をこすりつけて、「尾張《おわり》が遠《と》うございます」とやる。男親が教えてくれたこの洒落で、「ウーム、面白い。貴様にも一銭やるぞ」とチイに一銭玉を投げてくれる客もあったが、チイの懐中は素通りだ。

《今までの話でも判然《わか》る通り、吾輩の育った家庭は、極度に尖鋭化された資本主義一点張の家庭であった。……その収入は一文残らず女親の懐《ふところ》中に流れ込むように仕かけてあるので、その中でも一番過激な労力を提供する吾輩は、文句なしの搾取されっ放しであるが、いくらか理屈のわかる男親は、花札とサイコロのインチキ手段で絞り上げられる》

その日暮らしの大道芸人一家を「極度に尖鋭化された資本主義一点張の家庭」などと、当時流行のプロレタリア文学を逆手にとったような表現をしているが、この手の諧謔性、諷刺性とともに、劇画調のオノマトペが多いことも、この作品の特徴の一つである。

ゴチャゴチャ、ブラブラ、コソコソ、ニタニタ、ヒラヒラ、ペコペコ、ホイホイ、キョロキョロ、チャラチャラ、ギラギラ……。

概して久作作品にはオノマトペが多いが、特にこの小説は際立っている。しかし、これは、最底辺の人間に視点を据えて構築したこの物語には、必然的な用語というべきものだろう。とりすました高踏的な文体で、卑俗な芸人の生活、彼らを取り巻く俗世間の臭気を描けるものではない。これは対象を知悉して選んだ作意的な文体なのだ。

会話は、久作にとっては血肉化している博多弁を主体に、すべて方言を使って、猥雑な生活臭を出している。

チイ一家は、博多の町で〝風俗壊乱〟の踊りが巡査に見つかって、福岡警察署にしょっぴかれる。そこへ、踊りがうまいチイを抱えっ子にして、競争相手の相券の鼻をあかしてやろうと、中券の芸者、トンボ姐さんが現れて、チイの下げ渡しを願い出る。

ところが、チイの着物を作るため寸法をとっておこうと、トンボ姐さんがチイの帯を解いてみると、汚い猿股が現れた。女の子がなんでこげな汚か猿股ば……と降ろしてみると、チンポコが現れて、トンボ姐さんはびっくり仰天、巡査二人は笑いころげるが、ここらあたりの博多弁の会話が秀逸である。いかに久作にユーモアの才能があるか、よく表れている。

《「あなたあホンナ事い、自分で、男か女か知んなざれんと？」

　吾輩はモウ一度無造作にうなずいた。

「知らん。そやけどドッチでもええ」

　トンボ姐さんはいよいよ我慢し切れなくなったと言う見得で、だしぬけに金切声を立てて我輩にシガミ付いた。

「どっちでもええチュウがありますかいな。歯掻《はが》いタラシ気《げ》なかこの人ア。大概《たいがい》知れたもんたい。セッカク人が足掻《あが》き手掻《たが》きして福岡一番の芸妓い成《な》いて遣ろうとしよるとい……」

「芸妓さんは嫌いや。非人がええ」

「太平楽ば言いなざんな。芸者いどうしてなられますな。こげな物《もん》ば持っとって……こりゃあ何な……」

「チンコじゃがな」

「こげなもんをば何ごと持っとんなざるな。馬鹿らしげなか」

「モトから持っとるガナ」

「そりゃあ解っとります。後から拾い出《だ》いたもんなあおりまっせん。バッテンが持っとるなら持っとるごとナシ早よう出《だ》しんしゃらんな。フウタラヌルカ……」》

　博多弁の機微を生かした見事なナンセンス会話である。なお、ここで使われている博多弁は、いわば正調博多弁である。

このあと、チイの噂を聞いた禿茶瓶《ちゃびん》の知事閣下がチイの踊りを見たいと言い出し、チイは取巻きを連れた知事がふんぞり返っている料亭の一室に呼び出されるが、みんなの前で言ってのける。

「巡査さんやら、知事さんやら、親分さんやら、みんなフウゾクカイラン見たがるバカたれや」

〝風俗壊乱〟取締りの親玉、知事閣下もコケにして、権力の座から引きずりおろしてしまい、閣下にペコペコする連中の〝忠義〟も笑い物にしている。

到る所に哄笑の仕掛があり、チイの幻魔術《ドグラ・マグラ》あり、奇想天外な話の展開ありの傑作だが、この『犬神博士』での久作の狙いは何だったのか。

チイと禿茶瓶知事との出会いまでは話の前段で、舞台は筑豊炭田に移り、チイは官憲派の財閥と玄洋社の坑区争奪戦を目撃することになる。白刃ひらめく喧嘩に巻き込まれもする。そうしたなかで、玄洋社社長楢山到（頭山満と奈良原到の合体）と禿茶瓶知事の対決の場ものぞき見ることになる。

その知事との対決で楢山は、「福岡県で一番エライ役人のあんたが、警察を使うて、人民の持っとる炭坑の権利をば無償で取り上げるような事ば何故しなさるとかい」と問い詰め、知事が「この筑豊の炭田は国家のために入用なのじゃ」と斬り返すと、楢山は「それはわかっとる。日本は近いうちに支那とロシア相手に戦争せにゃならん。その時一番大切なものは鉄砲の次に石炭じゃけんなあ。しかしな、知事さん、日清戦争は誰が始めよるか知っとんなさるな」と畳みかける。

「それは帝国の外交方針によって外務省が……」と知事が言うと、楢山は笑い飛ばす。

「私が戦争を始めさせるとばい。いま朝鮮に行って、支那が戦争せにゃおられんごと混《ま》ぜくり返《かや》しよる連中は、みんな私の子分の浪人どもですばい。」

そして、今の政府は三角（三井）や岩垣（三菱の岩崎）の番頭のような政府じゃなかな、と批判し、啖呵を切る。

「ホンナ事イ国家のためをば思うて、手弁当の生命がけで働きよるたあ、吾々福岡県人ばっかりばい」

と、日清戦争の火付け役を演じた玄洋社や父茂丸を正当化するかの如き展開を見せている。父茂丸とその周辺から政治情報を得ていた久作の歴史認識は、当時、そういうものだったろう。

この玄洋社の抗区取得問題は、第二章の二で前述したように、頭山はたしかに三井と争ったものの、安場知事とはむしろ結託して広大な坑区を取得したのが実情である。三井の背後には井上馨を親玉とする長州閥が控えていたが、玄洋社が直接、官憲と対峙したわけではない。そこらあたりは、話を面白くするため、頭山びいきの久作のフィクションというものだろう。

そうした問題はあるにしても、この小説が日本資本主義勃興期の主要なエネルギー源である石炭問題を重要なモチーフとしたことは疑いない。

筑豊の焚石《たきいし》(石炭)採掘は一八世紀初頭に始まるが、幕末になると、採掘箇所は露頭から地下鉱脈に移って、坑道の掘進や石炭の採掘は熟練を要することになるが、地下に潜る坑夫は「げざい人」であった。下罪人とも書くし、下財人とも書くが、要するに、無産の地下労働者であり、そんな呼称が象徴するように、炭坑労働者は最初から賤民化されていた。

汽車は炭ひく　雪隠《せっちん》虫や尾ひく
川筋《かわすじ》ゲザイ人はスラをひく　（坑内仕事歌）

旧藩時代、各藩は焚石会所を設けて、焚石の生産・管理に当っていたが、維新後の明治六年、統一的な鉱業法「日本坑法」が制定されて、近代的な産業体制をとることになった。明治前期の筑豊の炭坑主は、貝島太助に代表される坑夫上がり、庄屋だった麻生《あそう》太吉、蔵内治郎作《くらうちじろさく》のような地方資産家、福岡藩士の松本潜・安川敬一郎兄弟や平岡浩太郎のような武家出身者などで、みな地元出身者だったが、明治二十年代に入ると、石炭の重要さに目を付けた中央の財閥資本の筑豊進出が始まった。まず明治二一年五月、渋澤栄一と益田孝(三井)の連署で田川郡三〇〇万坪の借区申請が出され、これは却下されたが、この頃から、地元資本に、三井、三菱、藤田組などの中央資本（さらに、住友、古河なども参入）が競い合う「借区競争」が激しくなった。

玄洋社関係では、箱田六輔、平岡浩太郎が早くから炭坑に目をつけて、十年代から炭坑を経営していたが、頭山満が杉山茂丸のすすめで坑区獲得に乗り出したのは、借区競争が激しくなった二二、三年からだった。

頭山が山野坑区五三万坪を手始めに、下山田坑区六〇万坪、牛隈坑区三四万坪など、次々と借区権を獲得したのは二四年のことだから、『犬神博士』の時代背景は明治二四年頃ということになるが、厳密に時代考証がされているわけではない。日清戦争前夜の匂いもあるし、玄洋社の壮士と官憲派の武闘は、二五年二月の選挙大干渉の際の武闘さながらだし、久作の見聞がごちゃまぜに詰め込まれている。

ただ、注目すべきは、楢山に「人民の持っとる炭坑の権利」と言わせていることだ。地下資源の権利者はその土地に住む人民であるはずだが、筑豊の各地で〝芝はぐり〟（炭坑開設）が始まると、近在の農家の次三男以下や、筑豊に点在する多くの未解放部落の若者たちが「げざい人」となって、地下の坑底へ降りて行った。

『犬神博士』の翌年、『斜坑』を書いたことでもわかるように、久作は炭坑にかなりの知識と関心を持っていた。茂丸の周辺には中島徳松のような炭坑主もいたから、望めば坑底へ潜る便宜も得ただろう。生存の武器となるものはわが肉体しか持たず、「げざい人」になるほかなかった坑夫たちの声を、楢山に「人民の持つ炭坑の権利」と代弁させたのではなかったろうか。

この炭坑の「げざい人」たちと、その日暮らしの大道芸人の子、チイは同列にある。いや、性悪の女親が君臨する〝尖鋭な資本主義一家〟で搾取されてきたチイは、坑夫以下の存在であった。久作はそんな無一物のチイに幻魔術《ドグラ・マグラ》を与えることによって、やくざも、警察署長も、知事閣下も、はては玄洋社の楢山社長も、すべて「げざい人」の域に引きずり降ろしてしまっている。

新聞小説なので、娯楽的な要素は強いが、日本近代化の浮薄や虚妄を最底辺から撃った稀有の作品といえる。結末が尻切れトンボに終わっているのは惜しまれるが、それにはこんな事情があったようだ。

昭和六年一二月二五日、福岡日日新聞学芸部長、黒田静男にあてた久作の手紙が残されている。

《(前略)最初より百回以内の予定で出来るだけ早く切り上げてご迷惑のかからぬ様に致し度い考えで居りました処、此間からお願ひ致しました様な次第で最後の山を少々作り過ぎました為に却つて長く相成りまして、百回では打ち切れなくなりました。

……当初から唯貴紙に名前を出して書かして頂き度いばかりで其他の事を全然懸念せず、専心努力した甲斐もなく、性来の非力及ばず、事故と戦い得ませず、失態百出の上斯様な不始末と相成りました事を返す返す慚愧致しますと同時に、御社の御面目の程、且は身に余る御高誼に酬いる道が無い事を深く深く悲しむばかりで御座います。(後略)》

当初の約束、一〇〇回以内ではまとめきれずに、結局、一一〇回の連載になっているが、おそらく予定オーバーを気にして、ラストは駆け足になってしまったのだ。

学芸部長の黒田静男は、明治一九年、福岡県三池郡銀水村の生まれで、久作より三歳年長、東京帝大英文科を卒業して大正二年に福日入社、同六年から学芸部長の職にあったが、久作の連載延長にとやかく言わず、大晦日には原稿料をちゃんと送ってくれたのがよほど嬉しかったのか、七年の元日には、一家そろっての三社詣りの足で、雨の中を黒田家まで新年の挨拶に出向こうしている。だが、タクシーが拾えなかったため黒田家訪問を断念、帰宅後、黒田にその旨を記した年賀状を送っている。

《……刑の宣告を待つ心地で居りました処、御蔭様で一安堵致しまして、心楽しく元日を迎へた事で御座いました。早速お礼言上の為、社参を兼ね、家族全部を引連れ出発致しました処……》

律儀者の久作の素顔がよく見える。

なお、この年は、福日紙上で『犬神博士』の連載が終わった頃から、不穏な暗殺事件が続発した。「一人一殺」を唱える血盟団(盟主・井上日召)の団員によって、二月九日、前蔵相井上準之助射殺、三月五日、三井合名理事長団琢磨射殺。そして、五月一五日には、霞ヶ浦航空隊などの海軍青年将校、陸軍士官学校生徒、橘孝三郎を塾頭とする水戸の愛郷塾塾生らによる五・一五事件が起こり、犬養毅首相が射殺された。

この五・一五事件のとき、新聞人の名を挙げたのが、福岡日日新聞の主筆、菊竹淳《きくたけすなお》（号六鼓《ろっこ》）であった。菊竹は明治一三年、福岡県浮羽郡田主丸《たぬしまる》町の生まれで、久留米の県立中学明善校から東京専門学校（早稲田大学の前身）卒業後、福日に入社して健筆を振っていたが、五・一五事件の全容を知ると、早速筆を執って、一六日の夕刊トップに「首相兇手に斃る」と題する社説を掲げて軍部批判を展開し、さらに翌一七日の朝刊でも、「あえて国民の覚悟を促す」という社説を掲げ、「軍隊および軍人が政治に容喙《ようかい》することは、直ちに軍隊および軍人の潰乱頽廃を意味するものである」と、ファシズム批判を続けた。

このため、福日には久留米師団の情報参謀から強い抗議の電話がかかってきたり、軍用機が社屋上空を威嚇旋回したり、菊竹個人に対する右翼の攻撃があったりしたが、自由民権の伝統を持つ福日は、全社一丸となって菊竹主筆を守り、勇敢に主張を展開した。

この福日のペンの戦いを、御手洗辰雄は『新聞太平記』のなかで、五・一五事件の暴風のなかで、最後まで新聞の権威を守り抜いたのは福岡日日のみと称揚している。

当時の夢野久作日記は欠けているので、彼がこの福日の反軍キャンペーンにどんな感慨を持ったかうかがい知れないが、迫り来るファシズムの足音を敏感に感じとったに違いない。

怪夢

《誰もが容易に想像されるであろうが、たしかに炭鉱は幽霊やおばけの話の稀有の繁殖地であり、種々雑多な妖怪変化たちにとって最後の植民地であり亡命地でもあった。

……幾千尺の地底の鬼気せまるような暗闇と静寂が、滅亡寸前の古い陰微な信仰や迷信に生気をふきこみ、その復活と再生をうながしたことはいなみがたい》

みずからも採炭夫として筑豊の坑底に潜り、生涯、筑豊炭鉱を書き続けた作家、上野英信の『地の底の笑い話』の冒頭の一節である。

坑内で事故死(黒不浄)が出ると、遺体を運び出しても、魂が地底に残って死霊となってさまようと信じられているため、遺体搬出には黒不浄の儀式が要る。『地の底の笑い話』には、その黒不浄の儀式も書かれているが、夢野久作が昭和七年四月、『新青年』に発表した『斜坑』は、黒不浄の儀式から始まる。

《地の底の遠い遠い所から透きとおるような陰気な声が震え起って、斜坑の上り口まで這い上って来た。

「……ほとけ……さまあああ……イイ……ヨオオオイイ……旧坑口だぞおお……イイイ……ヨオヨオ……イイ……イイ……」

その声が耳に止まった福太郎はフト足を佇めて、背後の闇黒《やみ》を振り返った。

それはズット以前から、この炭坑地方に残っている奇妙な風習であった》

死者の魂が地底でさまよわないように、坑口へ出る道筋を触れながら遺体を搬出するのだが、炭坑の風習をよく知る巧みな書き出しである。常夜の闇に閉ざされた地底の不気味さ、その中で働く男たちの連帯と信心が、魂《たま》送りの儀式ともいえるこの風習に凝縮されている。なぜこういう風習が生まれたかを記述したあと、こう続く。

《吉三郎の声は普通よりもズッと甲高くて女のように透きとおっていたのみならず、ズタズタになった死体の耳に口を寄せて、シンカラ死人の魂に呼びかけるべく一所懸命の声を絞っているので、そこいらの坊さんの声なぞよりもはるかに徹底して……無限の暗黒を含む大地の底を冥途《あのよ》の奥の奥までも泌み通して行くような、何とも云えない物悲しい反響を起しつつ、遠くなったり近くなったりして震えて来るのであった》

主人公の福太郎は工業学校を出た若い小頭《こがしら》だが、お人好しで、炭坑《ヤマ》の下の町のうどん屋で働いていた年上のお作に籠絡されてしまう。お作は丸ポチャの色っぽい体と押しの強さでいろんな男を手玉にとってきた女で、なかでも仕繰夫《しくりふ》の源次とはいい仲だった。源次は詐欺賭博《いかさま》で入獄《いろあけ》したような男だけに、福太郎は仲間から注意される。

「源次に気をつけろ。奴に楯突いた者はいつの間にか坑《あな》の中で消え失せるちゅうぞ」

死人を送る呼び声に、ふと源次のことを思い出し、福太郎が不安定な気持になりながら斜坑の急斜面を登るうち、突然、眼前に真紅の火花が飛び散り、轟然たる大音響とともに土煙に包まれ、福太郎は気を失った。

一五〇〇尺の斜坑を一直線に逆行して来た四台の炭車《トロッコ》が脱線し、その上に巨大な硬炭《ボタ》が落ちかかった事故だった。幸運にも福太郎は転覆した炭車がつくった隙間に挟まれて命拾いするが、事故の原因はわからないままだった。

救出されて家にかつぎ込まれ、見舞いに駆けつけた仲間たちに、——その中には源次の顔もあった——お作が酒を振舞って、みんなが陽気に騒ぐうち、頭を打って半分麻痺したような福太郎の脳髄に、遭難した時のことがスローモーションで再現される。

《……福太郎の眼の前の死んだような空間が、次第に黄色く明るくなったり、又青白く薄暗くなったりしつつ、無限の時空をヒッソリと押し流して行ったと思う頃、一方の車輪を空に浮かした右手の炭車の下から、何やら黒い陰影が二つばかりモゾリモゾリと動き出して来るのが見えた。そうして、それが蟹のように醜い、シャチコ張った人間の両手に見えて来ると、その次にはその両手の間から塵埃《ごみ》だらけになった五分刈の頭が、黒い太陽のように静かにゆるぎ現われて来るのであった》

現われたのは源次の土まみれのひきつった顔だった。その源次の口がパクパク動く。声は聞こえなかったが、福太郎はこう読み取った。

「おれは、源次ぞ。貴様は、おれに、恥を、かかせたろうが。それじゃけに、引導をば、渡いてくれたぞ。……お作はもう、おれのもんぞ。あの世から見とれ。ザマを、見い」

福太郎は全身がゾクゾクし、源次の顔をぐっと睨みつけた瞬間、まわりにただならぬどよめきが起こり、福太郎はハッと我に返った。目の前に源次がうつ伏せになって倒れ、打ち割られた頭から鮮血が流れ出していた。気がつくと、いつの間に背後の押入れから取り出したのか、福太郎は右手に大鉄鎚をしっかり握りしめていた。

炭坑事故に材をとった短篇だが、ほとんど『ドグラ・マグラ』的夢遊殺人である。炭車暴走事故は源次の仕掛けだったように、福太郎の脳髄のなかで再現されるが、日頃、源次に警戒心を持っていた福太郎の深層心理が呼び起こした幻影とも読める。

この『斜坑』は緊密な構成と文体を持つ秀作だが、この年発表した『怪夢』も注目される。これはごく短い掌篇を六編集めたショート・ショート集だが、散文的な幻想詩、観念詩ともいうべきもので、時代に先駆ける前衛性も読みとれる。

特に冒頭の『工場』は、硬質の文体で、人間性を疎外する機械文明を告発している。

《……人間……狂人……超人……野獣……猛獣……怪獣……巨獣……それらのいっさいの力を物ともせぬ鉄の怒号……如何なる偉大なる精神をも一瞬の中に恐怖と死の錯覚の中に誘い込まねば置かぬ真黒な、残忍冷酷な呻吟が、到る処に転がりまわる。

今までに幾人となく引き裂かれ、切り千切られ、タタきつけられた女工や、幼年工の亡霊を嘲る響き……。

このあいだ打ち砕かれた老職工の頭蓋骨を罵倒する声……。

ずっと前にへし折られた大男の両足を愚弄する音……。

すべての生命を冷眼視し、度外視して、鉄と火との激闘に熱中させる地獄の騒音……》

この『怪夢』のなかには、『ドグラ・マグラ』的世界の断片も組み込まれている。

『空中』では、偵察機に乗って、快適に飛行するうち、まるで鏡に映った影のような、そっくりな機影が真正面から現れ、そのまま接近して衝突しそうになる。あわてて座席を飛び出し、パラシュートを開かないまま一〇〇米ほど落下すると、その前方にも、自分とそっくりの姿をした飛行士が……。

二重人格《ドッペルゲンゲル》というか、自分自身の分身を見るのは、『病院』も同様だ。

精神病院らしい病院で、鉄の檻に閉じ込められた私の視界に、青白く痩せこけ、髪をクシャクシャに掻き乱した、診察衣を着た男が現れる。よく見ると、それは、かつてこの病院の医局で勉強していた自分の姿であった。

患者の私は「ここから出してくれ」と訴えるが、診察衣の私は、「だめだ。おまえはおれの大切な研究材料だ。おまえをこの檻の中に閉じ込めて、完全に発狂させなければならないのだ。それがおれの学位論文になる、国家社会のために……」

引き裂かれた自分……主体性喪失……近代社会の病根をえぐっている。

『縊死体』もこの系列の短篇である。

「私」は一か月前、郊外の空家で、恋仲だった美しい下町娘を殺してしまい、死体を鴨居に吊して縊死に見せかける。なぜ恋人を殺したか。それは、私に会いに来たときの彼女の桃割れ髪と振袖姿が美しすぎて、息苦しくなってしまったからだ。

いわば不条理の殺人だが、その後、一か月経っても、新聞に「空家で振袖娘が縊死！」といった記事が現れない。新聞を読むたびにニタリとしていたが、ある日、公園で拾った夕刊を見てギョッとなった。

「空家の怪死体、死後約一か月を経た半骸骨、会社員らしい若い背広男」

場所は娘を殺した空家に間違いなかった。新聞をつかんだまま夢中で現場に駆けつけてみると、空家の鴨居から半骸骨の死体が片手に新聞をつかんでぶらり……その死体は、まぎれもない自分であった。気を失いそうになったとき、若い女の笑い声が聞こえた。

「オッホホッホ、私の思いがおわかりになって……」

無残な自我分裂の怪夢なのだ。

この一連の作品には、久作が最も愛好したエドガー・アラン・ポオの強い影響が読みとれる。ポオに『ウィリアム・ウィルソン』という小説がある。同姓同名、同日生まれで、姿形も気質もそっくりの二人の少年が、同じ日に同じ学校に転入する。ただ違うところは、片方がささやくような低い声しか出せないことだ。ウィルソンAはやがてカードと酒に溺れ、いかさまも覚えて、オックスフォードで成金貴族の友人からいかさまで金を巻きあげたりするが、Aが悪業をやるたびに、ささやき声のBが現れ、Aの悪事をささやき声でみんなに暴露する。最後に、Aがローマのカーニバルで侯爵夫人を誘惑しようとしたとき、またもBが現れて邪魔立てしようとしたので、激怒したAは短剣で幾度もBの胸を刺す。その部屋の奥には大きな鏡があったが、その鏡に映るわが姿を見てAは慄然とする。まっさおな血まみれの姿で、よろよろと鏡に近づく自分。Bのささやき声が聞こえる。

「おまえは勝ったのだ。だが、これから先はおまえも死んだのだ。この世界に対して、天国に対して、また希望に対して死んだのだぞ!おまえはおれのなかに生きていたのだ。おれの死とともに、おまえが自分を殺してしまったことを、おまえ自身のこの姿をよく見ろ!」

青年時から自我分裂の悩みが深かった久作にとって、このポオの小説はとりわけ感銘深いものがあったろう。『ドグラ・マグラ』には、呉一郎が九大医学部精神科の正木教授の部屋から、庭の解放治療場にいる自分そっくりの青年の姿を見る(幻視する)シーンがあり、その現象を「離魂病」と正木教授に言わしめているが、これも発想の根は『ウィリアム・ウィルソン』にあると思われる。

氷の涯

公刊された『夢野久作の日記』には、昭和六年~九年が欠けているので、その間の久作の日常、杉山家の内情はよくわからないが、福岡県立図書館に杉山家から寄贈された杉山文庫に、久作夫人クラの昭和八年度の家計簿が一冊残されている。三月分からだが、「摘要」欄にクラのメモがある。

三月一日　晴――

《佐藤さん見ゆ、自動車本日より通る。

風強くホコリ煙の如し。

東京より百五十円送金。

新潮社より十二円送金》（注＝「佐藤さん」は、梅津只圓門下の能仲間、佐藤文治郎。「東京より百五十円」は、父茂丸からの毎月の送金）

家計簿には、その日の出費、入金がこと細かに記されている。クラの主婦としての堅実さ、几帳面さがうかがえる。三月一日の出費は――

《〔賄費〕水菜四銭、もやし五合四銭、みかん十五銭、ほうれんそう十銭、あらめ八銭、味の素二十五銭。

〔図書教育〕龍丸月謝五円三十銭。

〔交際娯楽〕切手三十枚九十銭。

〔被服〕トジ糸二つ八銭。

〔小遣〕髪油クラ用、伊豆椿二十銭。

〔諸掛〕青木熊太郎へ給料十五円。

〔雑費〕メンソレータム二十四銭》

三月二日　晴――

《主人、中耳炎にて江浦入院。

夜、権藤さん、栗野さん見舞に見ゆ。

午後四時、八度三分。

（注＝「江浦」は博多土居町の江浦耳鼻科で、久作は能仲間の院長と親しかった）

〔賄費〕お魚十銭。

〔交際費〕権藤六十五銭
〔器具〕洗濯はさみ三十八銭。

〔小遣〕コンパクト七十銭。

〔雑費〕スリッパ四十銭、江浦宅へ人形、文房具四円五十銭、電車賃五十二銭。

〔お手伝い〕くま十三円。

〔臨時〕主人渡三十五円、みかん其他二円八十三銭》

この日の出費は五十七円九十八銭と多いが、これは久作入院のためで、ふだんは一〜二円の支出で済ましている日が多い。

三月七日、久作は耳の手術を受けているが、その看病中、クラも具合が悪くなって一四日から数日間、江浦医院の夫の病室に泊って九大病院に通院している。久作の退院は同月二一日だった。

三男参緑も病弱でしょっちゅう病院の厄介になっていたし、何かと事の多い杉山家だったが、久作は勤勉に創作活動を続け、中耳炎手術の前月には、力作『氷の涯』を『新青年』に発表している。

この小説は高い評価を得て、これを契機に久作の作品発表舞台は、『オール読物』『文藝春秋』『中央公論』などの一流誌にも拡がるようになる。

『氷の涯』は、シベリア出兵（大正九年）の頃のハルビンを舞台にしており、ハルビン駐剳の日本軍司令部に勤務する陸軍歩兵一等卒、上村作次郎の遺書という形で、錯綜した物語が推理小説仕立てで展開される。

上村一等卒は日本の官憲から重大な嫌疑をかけられている。その嫌疑を晴らすための遺書というわけだが、その容疑は——。

《司令部付の星黒主計と、十梨通訳と、同市一流の大料理店、兼、待合業「銀月」の女将、富永トミの三人を惨殺して、公金十五万円を盗みました……同時に日本軍の有力な味方であった白軍の総元締オスロフ・オリドイスキー氏とその一家を中傷、抹殺し、同氏の令嬢ニーナを誘拐した上に、銀月を焼き払って赤軍に逃げ込んだものに相違ない……だから、それに絡まる売国、背任、横領、誣告、拐帯、放火、殺人、婦女誘拐、等々……と言ったような想像も及ばない超記録的な罪名の下に、現在、絶体絶命の一点まで追い詰められて来ているのだ》

上村一等卒は無実という一点を別とすれば、以上のような一連の事件が相次ぎ、それがそのままこの小説の粗筋となっている。

前述したように、シベリア出兵の実態が明らかとなったのは近年のことで、父茂丸やその周辺からいろんな情報を得ていた久作にしても、この小説の執筆当時は、このダーティな内政干渉戦争の全体像を知る由はなかっただろうが、関東軍に多額の機密費が渡っていたことが最近明らかになったように、軍内部の腐敗があり、この小説に描かれる二等主計の公金横領のような事件も実際あったようだ。

久作はこの公金横領事件を、シベリア出兵に従軍した博多の能仲間の庄林という友人から聞いたというが、自分は一度もハルビンの土を踏まないまま、ハルビンの街を活写している。

久作は、博多から玄界灘をひとまたぎの朝鮮の釜山には、叔父の林駒生や叔母の安田カホルがいたし、さらには義弟の石井俊次が釜山府立病院に勤務していた時期もあるので、何度も出かけているが、満洲には一度も足を踏み入れたことはない。それでいて、ハルビンにしばらく住みついていたかのような街の描写をしている。久作には、資料が必要なものは徹底的に調べる勤勉さがあり、『氷の涯』では、小さなトランク一杯の資料を集めていたという。

文学青年の上村一等卒は、ハルビンで散歩と読書以外は何の楽しみもない軍隊生活を送っていたが、司令部経理室の星黒二等主計が十梨という通訳と組んで、公金一五万円を横領して逃亡する事件が起きる。この事件を発端に、上村一等卒は日露の諜報戦に巻き込まれることになる。

日本軍司令部が入っているキタイスカヤ大通の赤煉瓦四階建ての建物は、白系露人オスロフの所有で、オスロフ一家はその最上階に住んでいるが、コルシカ人とジプシーの混血児という養女のニーナは、日本軍の情報を赤軍に内通している。上村はそのニーナとある事件から親しくなる。

一五万円拐帯逃亡の星黒主計・十梨通訳、料亭「銀月」の女将富永トミ、オスロフ一家をトライアングルにして、謀略また謀略のスパイ合戦の裏面が描かれるが、オスロフが日本軍にひそかに始末され、悪どい「銀月」の女将が店の火災で焼死したあと、ニーナは上村に事件の真相を明かしながら彼に警告する。「あんたは何も知らないの。無頼漢街《ナハロハ》と、裸体踊りと、陰謀ゴッコが哈爾賓《ハルビン》の名物だって事をあんたは知らないのよ。殺されるわけがないったって、殺される時には殺されるのが哈爾賓の風景なんだもの……」

事実、上村は冒頭の引用文のような〝超記録的な罪名〟を日本軍司令部からおっかぶせられて、身内から追われる身となる。

すべての事情を知るニーナは、謀略戦の生贄とされた正直者の上村に同情して彼を愛するようになり、二人は変装してシベリア放浪の旅に出る。上村が手風琴を弾き、ニーナがジプシーの踊りを踊り、各地で人気を呼ぶが、やがて捜査の手が身辺に迫ってくる。

ニーナは大好きな梨をかじりながら、無造作に提案する。

「ねえ、あんた、私と一緒に死んでみない。どうせだめなら、銃殺されるよりはいいわ。ステキな死に方があるんだから……」

《僕はニーナの話を聞いているうちに、今の今までドンナ音楽を聞いても感じ得なかった興奮を感じた。僕の生命の底の底を流れる僕のホントウの生命の流れを発見したのであった。……そうして全然生まれ変わったような僕自身の心臓の鼓動を、ガムボージ色に棚引く煙の下にいきいきと感じたのであった》

ジプシーの血をひく野生児のニーナに、日本帝国の軍服をはぎとられて一自由人となった上村は、本当の自分をとり戻して共鳴し、ニーナの誘いに身を任せる。

ニーナの「ステキな死に方」は、馬橇に上等のウイスキーの角瓶を四、五本積んで、凍結した海に滑り出すことだった。

《ルスキー島をまわったら、一直線に沖に向かって馬を鞭打つのだ。そうしてウイスキーを飲み飲みどこまでも沖へ出るのだ。

そうすると、月のいい晩だったら、氷がだんだんと真珠のような色から、紅のような色に変化して、眼がチクチクと痛くなってくる。それでも構わずグングン沖へ出て行くと、今度は氷がだんだん真黒く見えて来るが、それから先は、ドウなっているか誰も知らないのだそうだ》

バッグを編みながらそんな話をするニーナに、上村が聞く。

《「もし氷が日本まで続いていたらドウスル……」

と言ったら、彼女は編棒をゴジャゴジャにして笑いこけた》

ここで、ロシア内戦下のハルビンを舞台にした二五〇枚ほどの国際スパイ小説は終わる。このラストが印象的で、久作はまるでこのラストシーンを書きたいために、日本軍、ロシア赤軍、白軍がゴジャゴジャと入り乱れた謀略戦を構築したかのようにさえ見える。

ニーナは類型的でなく、《コルシカ人とジプシーの混血児だと自分で言っているが、そのせいか身体が普通よりズット小さい。濃いお化粧をすると、十四、五位にしか見えない。それでいて青い瞳と高い鼻の間が思い切って狭い細面で、おまけに顔一面のヒドイ雀斑《そばかす》だから素顔の時はどうかすると二十二、三に見える妖怪《ばけもの》だ。ほんとの年齢は十九だそうで、ダンスと、手芸と、酒が好きだというから彼女の血統は本物だろう》と描かれているが、無国籍者に近く、上村一等卒も日本軍隊からのハミダシ人間である。そんな二人が馬橇で氷の涯へ乗り出して行くシーンこそ、久作のモチーフではなかったろうか。たとえ死出の旅とはいえ、気楽に国家の規範から抜け出していく若い二人の姿に、自由に飛べない己れの夢を託したのではないだろうか。

なお、ロシア革命を背景とした久作の作品には、短篇『死後の恋』（昭和三年一〇月『新青年』発表）もある。

この短篇は、ロシア革命後、ウラジオストックの町をオンボロ礼服でうろつく、〝風来坊のキチガイ紳士〟コルニコフが語る形式になっている。

彼は貴族のひとり息子で、革命後のロシア内戦に白軍の一兵として参加したが、同じ分隊にリヤトニコフという気品のある一七、八歳の少年兵士がいた。そのリヤトニコフは、両親の形見だという見事な宝石を二、三〇粒も持っていた。それを心許したコルニコフに見せ、これは両親から、この一部を結婚費用にして、家の血統を絶やさぬようにと与えられたものだと打ちあける。

ある日、彼らの部隊は、赤軍に襲撃され、リヤトニコフは殺されるが、実は彼は女性で、赤軍兵士に暴行されたうえ、死体は樹に吊るされていた。その下腹部には、三十数粒の宝石が口径の大きな猟銃で撃ち込まれていた。その女性は実は、ロマノフ王朝の生き残りだったアナスタシア姫……。

ロシア内戦の戦場を空想の翼で一飛びしてみたというだけの作品で、格別論ずるほどのものではないが、妖しい宝石の輝きを見せるうまい短篇である。

海外を舞台にしたものには『爆弾太平記』（昭和八年六～七月『オール読物』発表）もある。

朝鮮南部で漁場を開拓した轟《とどろき》雷《なる》雄《お》の回顧談という形でまとめられているが、父茂丸の末弟で、朝鮮総督府の水産技師をつとめ、退任後は釜山で朝鮮水産時報を発行していた叔父、林駒生が取材源であろう。

海中でダイナマイトを爆発させて魚を獲る乱暴な漁法が横行したため、これでは朝鮮海五〇万の零細漁民の死活問題だと、正義感に燃える轟雷雄はその撲滅のために闘うが、ダイナマイト漁法の背後には、爆薬を売り込む日本政財界の利権がからみついていて、轟は結局、一敗地にまみれるというお話。

ダイナマイト漁法は海の生態系を狂わせてしまい、魚群は年々陸地から遠ざかって行くため、沿岸漁民の死活問題だというわけだが、そうした知識は、叔父駒生の伝授だろう。しかし、そうした話に共感して『爆弾太平記』を書いた久作の問題意識には注目したい。

杉山龍丸によれば、甘党が多い杉山家のなかで、林駒生は大酒呑みで、ほとんどアル中の部類だったという。だから、彼が杉山農園にやって来ると、クラは一升瓶を二本並べ、酒の肴に大皿に山盛りの沢庵漬けを置いたという。

茂丸の次弟五百枝も相当な魔人であったが、杉山家には尋常な生き方からははみ出してしまう、熱い血のたぎりのようなものがあった。

木魂《すだま》

自分の私生活や心境を綴った、いわゆる私小説は、夢野久作には一編もない。ほとんどは、多彩な題材、特異な発想、推理小説的な構成に成るもので、日本の文壇的な腑分けによれば大衆小説ということになろうが、いわゆる純文学の範疇に入るものもある。

たとえば、短篇『木魂《すだま》』である。この作品は、昭和九年五月、京都で発行されていた雑誌『ぷろふいる』に掲載されたものだが、『中央公論』や『文藝春秋』の文芸欄に掲載されても、なんら遜色はなかったであろう。

彼は林の中の亜鉛葺の一軒家に住む小学校教師である。大学を〝銀時計〟(優等生)で卒業した学士様で、いくらでも出世の道は開けていたのに、ただ子供たちに好きな数学を教えたいばかりに、小学校教師の職を選んだ男だ。それに、静かな山暮らしが好きなので、不便な山中に住んでいる。

彼は子供の時から山が好きで、よくひとりで山を歩くことが多かったが、どこからともなく「オーイ」と呼びかける声を耳にすることがよくあった。その声は「木魂」であった。

教師になって迎えた妻は村長の娘で、村では珍しい女学校卒業の才媛だったが、あえて栄達の道を捨てて小学校教師の職を選んだ男の心意気に共鳴して結婚し、一子太郎をもうけている。

住まいの山裾には鉄道路線が走っていたが、文明の利器、汽車が走る線路が、この作品の主題の重要な布石となっている。

この生活状況の設定は、杉山農園によく似ている。山の中服にある杉山農園の足元には、湾鉄(現在・香椎線)と鹿児島本線が走っていて、昭和初年、まわりにはほとんど人家はなかった。

そんな山暮らしのなかで妻が先立つ。息子太郎に「どんなに急いでも、線路を歩いてはいけませんよ」と言い残して。あとに残された父と子は約束し合う。「これから決して線路は歩かないことにしようね」と。しかし、彼はその約束を守れない。つい学校へ近道になる線路を歩いてしまう。

その日も彼は線路伝いに帰宅していたが、長い堀割の真ン中あたりにある白ペンキ塗りの信号機の近くで、ふと「お父さーん」と呼ぶ息子の声を耳にする。まわりを見まわして、高い国道沿いの土堤に小さな黒い人影を発見した。彼はカンニングをみつかった生徒のように赤くなり、「降りて行きましょうか」という息子に、「いや、俺が登って行く」と急斜面を必死になって這い上がる。

《……これは子供に唾を吐いた罪だ。子供に禁じた事を、親が犯した報いだ。だからコンナ責苦に遭うのだ。……堤の上に登ったら、直ぐに太郎を抱き締めて遣ろう。気の済むまで謝《あやま》罪って遣ろう……。そうして家に帰ったら、妻の位牌の前でモウ一度あやまって遣ろう》

その日、疲れ切って帰宅した彼は高熱を発して寝込んでしまう。その間の雨風の日、太郎は禁断の線路を歩いてしまい、あの白ペンキ塗りの信号機あたりで汽車に轢かれて死んでしまう。

そんな家庭状況を踏まえて、この小説はこんな書き出しで始まっている。

《……俺はどうしてコンナ処に立ち停まっているのだろう……踏切線路の中央に突立って、自分の足下をボンヤリ見詰めているのだろう……汽車が来たら轢き殺されるかも知れないのに……。
そう気がつくと同時に彼は、今にも汽車に轢かれそうな不吉な予感を、背中一面にゾクゾクと感じた》

この「コンナ処」は、息子太郎が轢死した場所である。そんな書き出しでこの小説は始まり、息子と同じ場所での彼の轢死を思わせる描写で終わる。

信号機の所でしばらく立ち止まったあと、歩き出したところへ、突然、背後からグワーンとどやしつけられ、眼の前が暗くなってゆく。

《……お父さん、お父さん、お父さん、お父さん……
と呼ぶ太郎のハッキリした呼び声が、だんだん近付いて来た。そうして彼の耳の傍まで来て鼓膜の底の底まで沁み渡ったと思うと、そのままプッツリと消えてしまったが、しかし、彼はその声を聞くと、スッカリ安心したかのように眼を閉じて、投げ出した両手の間の砂利の中にガックリと顔を埋めた。……》

五十数枚の短篇だが、久作作品のなかでは珍しく自己表白の強い作品といえよう。彼は閑寂な山中生活を愛し、魂の奥処《おくど》でいつも木魂を聞いているような人だった。

作中、モスコー大学の心霊学会の雑誌に発表された新学説として、

《……何にも雑音の聞こえない密室の中とか、風のない、シンとした山の中なぞで、或る事を一心に考え詰めたり、何かに気をとられたりしている人間は、色々な不思議な声を聞くことがあるものである。現にウラルの或る地方では、『木霊に呼びかけられると三年経たぬうちに死ぬ』という伝説が固く信じられている位であるが、しかもその『スダマ』もしくは『主の無い声』の正体を、心霊学の研究にかけてみると何でもない。それは自分の霊魂が、自分に呼びかける声にほかならないのである》

と記述しているが、この〝新学説〟もたぶん久作の創作で、みずからの魂の在り様を語っていたのだろう。

近道に便利な鉄道線路は、機械文明の便利な生活と読みとれようが、それはまた、魂を夢遊させている人間を、背後からグワーンとどやしつける存在でもあった。

この作品には、道義を重んじ、厳しく己れを律した久作のモラリストの一面もよく現れている。

この年の夏休み、久作はクラと子供三人を連れて上京、麴町三年町の洋風三階建ての茂丸邸に約一か月間滞在している。この家は、中村汽船社長で博多湾築港会社の社長もつとめた中村精七郎から譲り受けたもので、久作の修猷館の先輩、廣田弘毅外務大臣の住む官邸と裏庭続きになっていた。

この前年、茂丸は高血圧による眼底出血を起こしたりして、かなり弱っていたので、父が元気なうちに子供たちを引き合わせておきたいと考えての上京だった。それまでに、長男の龍丸だけは祖父と会っていたが、次男鐵児、三男参緑は、このときが初めての改まった祖父との対面だった。このとき、鐵児は小学六年生だったが、初めての東京で楽しい夏休みだったという。

「自家用車のパッカードに乗せてもらって三越へ出かけたり、小田急で箱根の別荘に出かけたり、もの珍しいことばかりでした。じいさんはそんな怖い感じはなかったですよ」

中学二年生だった長男龍丸は、このときの祖父との対面で印象深かったことをこう記している。

《母から「今、お祖父様はご用便中ですから、お部屋に入ってはいけませんよ」と、忠告されたのを無視して、私は彼の部屋に入った。

彼は寝台と扉の陰で、便器にまたがり、大きな糞を出すのにいきんでいた。

私が入って来たので、ふりかえり、大きな眼でじろっと見たが、すぐ向うをむいて黙っていた。私も黙って外へ出た》

明治・大正の政界の舞台裏で活躍した法螺丸も、そんな晩年を迎えていた。久作にとっては、たえず精神的な重圧となってきた父だが、晩年の父に久作はやさしかった。

茂丸が眼底出血して湯河原で静養したときには、久作は福岡から見舞に駆けつけていたが、永年茂丸に付き添ってきた看護婦の話では、そのとき初めて、水入らずで楽しげに語り合う父子の姿を見たという。それは本当の和解というほどのものではなかったかもしれないが……。

久作晩年の秘書、紫村一重は、『夢野久作全集』（三一書房）第三巻の月報にこう書いている。

《東京の杉山家の生活は、万事が格式ばった貴族趣味に包まれていた。野趣を好み、理想主義的ロマンチストであった久作にとって、それは鼻もちならぬものがあっただろう。空洞化した形式の中における偽善の虚飾というものに、人一倍抵抗を感じていた久作にしてみれば当然だろう。とにかく父君とは常に一定の距離を保ちながら、敬して遠ざかった。

年に一度の正月の賀状にしても、父子とはおよそ違った肌合いを感ずるような几帳面なものを候文で奉っているのを見ると、父子の間のある距りを感ぜずにはいられない。そのことは又当然創作活動の面にも現われざるを得ない》

紫村は、久作が東京暮らしを嫌ったことや、父を敬して遠ざけながらも、晩年までずっと相当額の生活費補助を受けていたことにも触れ、《書かなくても食えるという事と同時に、書く上にある見えない壁を感じたのではないだろうか》と書いている。

この紫村一重と久作の出会いは、紫村にとって人生の転機ともいうべきものだったが、久作にとっても重要な出会いであった。

序章で前述したように、紫村一重は福岡連隊時代、戦友の青木甚三郎に連れられて杉山農園を訪ね、久作と面識を得ていたが、除隊後、郷里の直方に帰り、農民運動に奔走しながら、久作と真摯な文通を重ねていた。

たとえば、昭和七年三月二日の紫村の久作あて手紙を見ると、便箋八枚に細かい字でびっしり、久作に鋭く斬り込むような文面が綴られている。

《……あの手紙でやっぱり先生は、先生御自身の厚い伝統の殻から脱し得ない事をはつきり告白されています。最初の私の印象は先生は意識的にニヒリストになつてゐられるのかもしれません。そして思想的な分野に於て悩んでいられたのではないかしらん。それが今度の返事で先生の立場及び進路をはつきり知る事が出来ました。元より此の事実はブルジヨア性のこつぴどくこびりついている先生には争へない事実です。もし先生が生《は》へ抜きのプロレタリアであつても、現在の先生の立場生活がジヤーナリスト、インテリと云ふ、社会世相の上で幾多の弱点を持つ境遇に置かれているからです。インテリは華やかな理論闘争を好み、一時的な興味から簡単に他人の言に追従する。その反面、一寸の障害強圧があると直ぐに赤錆を出す。その逃場として極端なる個人主義的享楽主義者になるより外に道はないのです……》

紫村は久作より二〇歳も年下だが、ブルジョア性がこびりついていると見た久作に、遠慮会釈のない批判の言葉を投げつけている。紫村は貧農の育ちで、貧苦と差別に鍛え抜かれた闘士だった。

《戦ふ事は苦しいけれど、戦はなければ食えない私達貧農小作人です。米価は暴落し、税金は益々増える、借金は増える、おまけに不作、農村は正に飢餓線上にあります。都会人の夢想だにしない、食ふや食はずの獣の様な生活を続けています。私たちの闘いは、生活擁護の血みどろの闘争であります。……》

紫村は久作とこうした文通を続けながら農民運動に奔走するうち、昭和八年二月の共産党・農民組合活動家の一斉検挙で逮捕され、昭和九年秋、保釈で出所している。保釈後も紫村は、《私は先生の思想生活を盲目的に憬拝敬慕するのではありません。否、性格的には反対の部分があるかも知れません》(九年一一月四日)といった手紙を久作に送っていたが、同年末、久作は紫村一重を秘書として杉山農園に迎え入れている。

このことは、久作の懐の広さとともに、紫村の政治思想にも久作が一定の理解を持っていたことを示している。もとより二人の結びつきは、深い信頼関係によるものだが、お互いに啓発されることの多い師弟関係だった。

骸骨の黒穂《くろんぼ》

魂の奥処《おくど》でいつも自分の霊魂の声を聴く『木魂《すだま》』のような作品の一方で、水平社（部落解放同盟の前身）から激しく糾弾された問題小説もある。『オール讀物』昭和九年一二月号に発表された短篇小説『骸骨の黒穂《くろんぼ》』がそれである。

全国水平社総本部の機関紙『水平新聞』一〇年一月五日号に、次のような見出しの糾弾記事が掲載された。

《部落民は怪教徒で野獣的な
惨忍なる復讐的な悪魔だとして
最も劣悪なるものと規定
大胆極まる差別魔夢野久を叩き伏せろ！》

そして本文はこう始まっていた。

《差別小説「骸骨の黒穂」は明治十九年頃の筑前直方の警察署内で起った奇怪な謎の殺人事件を解いたもので、山窩の物語を書いたものだが、「山窩」というのは、封建時代の法律的範疇として造られた穢多非人に属する最下層身分で共に差別迫害されて来た集団部落であり、現下の部落民がそれ等の差別迫害を最も集中的に受けつゝある現状に於いて、作者は最も露骨なる差別観念を以て、山窩の人心、習慣等が劣悪極まるものと規定して造ったもので、一般大衆に対して民族的偏見を扇動したものである。……》

以下、その問題箇所を具体的に指摘して、厳しい糾弾の声を挙げている。

この『骸骨の黒穂』は次のような小説だ。

明治半ば、筑豊の炭坑町、直方の町はずれの小さな居酒屋が舞台。主人の藤六は六〇歳ほどの独身者で、若い頃どまぐれたか、入れ墨を背負っている男だが、どんな客もへだてなくもてなし、店先に乞食が立つと、かならず何がしかの施しをするので、「乞食酒屋」と評判だった。

そんな藤六が、明治一九年の暮れ、前夜食べたものを吐き散らしてポックリ死ぬ。何かの中毒死ということで片付けられるが、家の中を調べてみると、不思議なものがあった。仏壇の奥に人間の頭蓋骨が一つ飾られ、その前に、白紙に包んだ麦の黒穂が幾束も供えられていた。のぞいた人々は驚きながらも、藤六が仏心から、どこかでみつけた無縁仏の髑髏《しゃれこうべ》を祭っていたのだろうと噂する。

この藤六の突然死の騒ぎの最中に、藤六によく似た若い男が現れ、故人の甥と名乗り、話の辻褄が合うので、まわりもそれと認めて、居酒屋を引き継ぐことになる。この男、銀次は、「丹波小僧」の異名をとった小悪党だが、お客大事の商売をしたので店は繁昌する。だが、藤六と違って、銀次は乞食を店に寄せつけなかった。そのせいか、直方の町からいつしか乞食の姿が消えてしまい、人々は「乞食の赤潮」と言って驚く。

そんな状況のなかで事件が起こる。

桃の節句の月夜、銀次が早い店仕舞いをしたところへ、初々しい銀杏髷《いちょうまげ》の小柄な若い女が酒を買いに来る。実は、この女、お花は、藤六の隠し子で、藤六を猫いらず(殺鼠剤)で殺して店を乗っ取った銀次の命を狙って、居酒屋の下検分に来たのだった。抜け目のない銀次はすぐそれと悟って備えを固め、深夜襲ってきたお花を逆に取り押さえ、手ごめしたうえ、細引で縛りあげて、物盗りの女を捕らえたと警察署にかつぎ込む。その署内で口実をつけて縄を解いてもらったお花は、一瞬の隙を狙って「父さんの仇」と銀次を刺殺し、自分も首を刺して自害してしまう。

銀次も実は藤六の落とし子で、銀次とお花は異母兄妹、異母兄に処女を奪われた果ての復讐劇という種明かしがされる。

それだけの話なら、久作好みの猟奇物語で終わるが、問題は一件落着後、この奇怪な事件について語る警察署長と巡査部長の対話にある。

署長が、なかなかの物識りだという小学校の校長から聞いた話だとして、こんな話をする。

《「あの男（小学校長）がこの間、避病院の落成式の時にこげな事を話しよった。……人間の舎利甲兵衛《しゃりこうべえ》に麦の黒穂を上げて祭るのは悪魔を信心しとる証拠で、ずうっと昔から耶蘇教に反対するユダヤ人の中に行なわれている一つの宗教じゃげな。ユダヤ人ちうのは日本の××のような奴どもで、舎利甲兵衛に黒穂を上げておきさえすれば、如何《どげ》な前科があっても曝《ば》れる気遣いは無いという……つまり一種の禁厭《まじない》じゃのう。その上に金が思う通りに溜まって一生安楽に暮されるという一種の邪宗門で、切支丹《きりしたん》が日本に這入って来るのと同じ頃に伝わって来て、九州地方の山窩とか、××とか、いうものの中に行われておったという話じゃ」》

藤六は山窩の親分格で、よく彼の店先に立って施しを受けた乞食たちはその仲間であり、彼等が一斉に姿を消した「赤潮」も、藤六の死とつながりがあったのではないかと語り合われる。

この山窩に対する偏見もさることながら、「××」の表記が水平社をひどく刺激したわけだ。この「××」は原文のままなのか、編集部による伏せ字なのかは不明だが、文脈からして、当時の被差別部落民の呼称「穢多」を指すことは間違いない。

たとえ、物織りの小学校長の解釈を伝える署長の発言とはいえ、明らかに「山窩」や「穢多」に対する差別である。久作はさらに署長に、「吾輩は元来、山窩という奴を虫が好かんで……悪魔を拝むだけに犬畜生とも人間ともわからぬ事をしおるでのう」といった発言もさせている。

また、筑豊には山窩が多かったなどと、各地からの流れ者が多かった炭坑労働者と非定住の山窩を一緒くたにするような、根拠が乏しい記述もあるし、水平社の糾弾を受けても仕方がない小説だが、単純に差別小説と斬り捨てにくい面もある。

作者の藤六の描き方自体にはなんら差別の色合いはなく、入れ墨を背負った前身はともかく、老後は貧しい仲間に施しをする仏心の男として描かれているし、親の仇討ちをして自決するお花は同情をこめて描かれている。作者自身に山窩に対する差別意識、嫌悪感があれば、こういう物語の構成、藤六やお花の描き方にはならないはずである。

だから、逆説的にいえば、久作は、国家権力の末端に連なる警察署長の下層民に対する露骨な差別意識をあばきたてているという読み方も出来よう。そういうしたたかな芸当も出来る作家だった。

しかし、水平社にとっては、署長の発言は毒々しい差別語であり、それはそのまま作者の差別意識として受け取られたことだろう。

この激しい糾弾に対して、久作はどう対処したか。

この頃、久作は、やっと『ドグラ・マグラ』が刊行されて上京中だったが、一〇年一月一七日、一八日の日記にこう記している。

一月一七日　木曜——

《夕刻春秋社下レインボオへ行き。佐々木茂索、藤江閑二君今一名より大阪水平社本部員が余の「髑髏《ママ》と黒穂」につき脅喝せし話を聞く。格別心配せず》

夜は碁を楽しんだりして、実際、あまり神経質になったけはいはないが、翌一八日、事態の収拾に動いている。

一月一八日　金曜——

《二時本郷と共に警視総監に会う。父よりのことづてと、水平社の事を頼む。総監曰く。承知しました。脅迫に来ましたら直ぐ通知せられよ。特高課で扱つて上げます》

その後の展開についてはなんの記述もないが、当時もまだ、父茂丸は警視総監に顔が効く存在であり、久作は父の力を頼って問題の処理に当ろうとしている。

父の横暴さを嘆きながら、いざとなれば父に頼る。久作の生き方にはそうした甘さがつきまとうが、そんな面が秘書の紫村一重から厳しい批判を受けたようだ。紫村は社会の底辺で生まれ育ち、差別される側の辛苦を嘗めてきた人だ。おそらく『骸骨の黒穂』に対しても、たとえ久作の本意が「山窩」や「穢多」の差別ではなかったにしても、水平社を刺激する小説を不用意に発表してしまう久作の認識不足を厳しく批判したに違いない。

同和教育、被差別部落問題と取り組んできた久作の次男、三苫鐵児が、この『骸骨の黒穂』の糾弾問題を知ったのは、昭和六〇年(一九八五)、福岡部落史研究会が九州水平社機関紙『水平月報』を復刻する際に、『水平新聞』のバックナンバーが参考にされ、『骸骨の黒穂』の糾弾記事に気づいた会員から、「作者の名前は夢野久になっとるけど、これはあなたのお父さんの作品じゃなかですか」と言われて、初めて知り、ショックを受けたという。

この問題を避けて通れなくなった三苫鐵児は、『骸骨の黒穂』が再録されたちくま文庫版『夢野久作全集』第四巻(一九九二年九月刊)に《このまま不用意に一般の読者へ提供するには問題があり過ぎると思われますので、この作品を中心に文中の人権的な問題を、不充分とは思いますが、指摘しておかなければならない責務を感じます》と、特に解説を添えている。

三苫鐵児は、糾弾の要点を紹介したあと、《したがって、この小説が一般民衆の偏見・差別意識を助長・拡大する悪質な文書として、徹底糾弾すべきだと考えられたにしても仕方がないと思います》としながらも、現実生活では人を差別しなかった父を弁護せざるを得なかった。《ただ、作者の被差別者に対する無意識とはいえ無自覚と無頓着さ、表現上の問題は指摘されても、父の文学の根幹を流れるものは、社会的な身分階層を越えて、人間すべてに対する限りない愛と肯定であったということ、そして父は、「声なき民の声」につねに耳を澄まし、それを表現するのに刻苦していた作家であったということを、若い読者には特にこの『全集』全体を通して感得していただけたらと念ずるばかりです》

永年、被差別部落問題と取り組んできた三苫鐵児にとっては、苦渋の発言だったことだろうが、夢野久作が「声なき民の声」に耳を澄ました作家であったことは、『犬神博士』『氷の涯』など多くの作品が証明している。

第九章　胎児の夢

ドグラ・マグラ

昭和一〇年元日の久作日記――

《朝八時温突《オンドル》を設備せる座敷にて雑煮。床の間に家父垂訓の軸。余四十七歳、クラ四十一、龍丸十七、鐵児十五、三六（参緑）十歳。紫村二十七、クマ同。

朝来雨甚し。日照り又降る。風少々。余と妻、紫村君と三人にて三苫の大綿妙見神社、奈多の三郎天神、蛭子神社に参り、中島別荘千俊方に立寄りて帰る。

玄海の波高し。海岸白泡に満ち、雨中満々として潮さし来る。松籟濤声に和し千古の静寂を伝ふ。俗心頓に銷し、詩も歌も無し。此感何時の時、誰に向つてか語り得む。語り得ずして黙々土に入るとも憾無き境地也。午后亀田君と喫茶。夜一同と児戯。笑ひ疲れて眠る》

（注＝家父垂訓は明治四四年、茂丸が久作に与えた訓戒の書。「智而移者寧不如愚而守者矣」＝智くして移るより愚にして守るに如かず〟。中島別荘は、吉塚町三角に中島徳松が建てた別荘で、茂丸に提供されていた。この頃は久作の義弟、杉山千俊が住んでいた）

この元日の日記で注目されるのは、「俗心頓《とみ》に誚《しょう》し」であり、「語り得ずして黙々土に入るとも憾《うらみ》無き境地也」である。

秘書（紫村自身の表現によれば食客）として身近に接したのは一年半ほどだが、深い精神的交流を持った紫村一重は、前述の久作全集の月報で、久作の思想についてこう書いている。

《では、久作の思想の根底にあるものは何だろう。それは禅の空意識であり、老荘の虚無感だと私は思う。久作はこの両者を統一し止揚し、二次元の久作的宇宙観を形成した。この宇宙観も未だどろどろの状態で、これこれこういうものだという風に、器用に掌の上にのせて見せたり、言語や文章で表現できない域のものであり、久作においてはあえてそうする必要もなかった。いわば人間修練の過程でかい間みた真実なるものの一点を必死に追求する恐るべき忍耐と、執念の凝結した修行僧の姿である》

よく夢野久作の精神の内奥を覗き見得た人の言といえよう。

真実なるものを追究する、忍耐と執念の凝結した修行僧……その大いなる成果が『ドグラ・マグラ』であった。十数年をかけたこの大作は、ようやく出版の運びとなり、前年の師走、紫村がまる二日かかって最終的な校正をすまし、本が完成するばかりになっていた。「黙々土に入るとも憾無き境地」には、ライフワークがようやく陽の目をみる安堵もこめられていただろう。

出版元は、喜多流の喜多実の紹介で知り合った春秋社社主、神田豊穂との縁で、春秋社の別会社、松柏館書店。中央では『新青年』作家としてしか認められていなかった地方作家の、一二〇〇枚にのぼる異色の長篇小説を、冒険覚悟で出してくれる出版社はなかなか無かったが、やっと陽の目を見ることになったのだ。従来、『ドグラ・マグラ』は自費出版とされてきたが、これは誤りである。

一月八日、久作は上京したが、出発前、仏壇のある居間で、妻クラと次男鐵児の前で久作は、「『ドグラ・マグラ』は俺が死んだあと、いつか必ず問題にされるぞ」と、ひとりごとを言い、その夫をクラが笑顔で見上げた姿を、鐵児は記憶に止めている。

上京した久作は、一〇日には春秋社を訪ねて見本刷りを手にし、社主の神田豊穂、出版の労をとってくれた喜多実、親しい大下宇陀児《うだる》と顔を合わせて出版記念会の相談をしている。一一日にはまた春秋社に出かけて、印紙二五〇〇枚に検印したと日記にあるので、初版二五〇〇部とわかる。

一二日には熱海で静養中の茂丸・幾茂夫妻を自動車で訪ね、父から警視総監あての紹介名刺を貰っている。当時、東京での多数の会合は警視庁への届け出が必要であり、特に『ドグラ・マグラ』のような異端の書の出版記念会には、警視庁に手を打っておく必要があったのだろう。

茂丸の次女、石井たみ子の話によれば、晩年になっても、茂丸の前では警視総監が威儀を正していたというから、名刺一枚が大きくものをいう存在だったのだ。

一四日、やっと完成した『ドグラ・マグラ』一〇冊を手にして、その日のうちに、在京の義弟、石井俊次、戸田健、従弟の安田勝らに贈り、一五日には、五六冊に署名して、全国の精神病院に寄付している。

このあと、前述のように、『骸骨の黒穂《くろんぼ》』に対する水平社糾弾を耳にして、一八日警視総監と会い、出版記念会の件と糾弾対策を頼んでいる。

一九日には、香椎で家を守るクラから手紙が届いた。

《電話で今度の本は「モウカラン」と澤子さんから聞きました。そのわけがあるさうで御座ゐますが、これは明後日きくことにしてゐます。「モウカラン」ことは覚悟の前です。それよりも此後の基礎が出来れば何よりと、それだけ太宰府(天満宮)にお願ひしてゐます。お利益《りやく》はきつとありますよ。おミクジ引いてお酒《みき》があたりましたもの。……》

変ちくりんな小説で、儲からんのは覚悟の前と、クラは肚をくくっていたが、西原和海の調査によると、『ドグラ・マグラ』はすぐ再版五〇〇部が出て、さらに数版重ねているというから、けっこう売れたわけだ。久作はこの印税を、ぜひ出版したかった、『梅津只圓翁伝』（同年三月、春秋社）の自費出版に当てている。

出版記念会は、一月二六日夜、内幸町の大阪ビル内、レインボー・グリルで行なわれ、江戸川乱歩、大下宇陀児、甲賀三郎、小栗虫太郎、森下雨村、水谷準ら作家・編集者に、『犬神博士』の挿絵を描いた親しい画家の青柳喜兵衛、義弟の石井俊次、戸田健など五八名が出席、久作は羽織袴に威儀を正して登場したが、当夜の模様を読売新聞がこう伝えている。

《書卸し千二百枚の『ドグラ・マグラ』を松柏館から上梓した夢野久作氏を九州の隠棲から迎え、二十六日午後六時から、探偵小説界のオール・スター・キヤストを以つてレインボー・グリルにその出版記念会が催され、会するもの五十八名、頗る盛会であつた。デザート・コースに入り、「九州に蟠踞して誰も正体を知らない怪物をごらんに供しながら」という司会者大下宇陀児《うだる》の指名で、江戸川乱歩、甲賀三郎……》

司会の大下宇陀児は、長野県出身で、久作より七歳年少だったが、九州帝大工学部の出身で、博多となじみが深く、久作と親しかった。

この日の久作日記には、まず《会ふて嬉しかりし人》として、江戸川乱歩、森下雨村、青柳喜兵衛ら七人の名を挙げて、

《宴会の最中バナナを喰ひ居る処を撮らる。出版記念会はよくある由なれど、初めての事とて汗をかきたり》

酒が呑めない久作は、バナナでも頰ばるほかなかったのだろうが、いささか珍なる光景であったろう。

この出版記念会に出席した探偵小説ファンの義弟、石井俊次も、この『ドグラ・マグラ』には辟易したようで、出版記念会後に書いた「怪物夢久の解剖」という文章にこんなことを書いている。

《『ドグラ・マグラ』は何千部売れたか知らないが、これを通読した人は、いや通読してくれた人は何人であっ

ただろう。この一篇には今までの夢野久作ファンもウンザリしたことと思ふ》
自分もウンザリしたことを言外に告白している。たしかにこの大作は難物だ。複雑な入れ子構造の小説で、一度読んだぐらいでは、脳髄を掻き廻されてただ茫然という読者は多いことだろう。しかし、再読、三読すると、久作の精神細胞を総動員して構築したこの大作の全容が見えてくる。
冒頭から、狂人の解放治療、精神科学応用の犯罪、夢中遊行、自我忘失症、潜在意識、脳髄論、胎児の夢といった、この作品のキイワードが提示されているし、作品の概要さえちゃんと冒頭で説明してくれている。案外、読者に親切な小説なのだ。

《……『精神病院は此世の活地獄』という真実を痛切に唄いあらわした阿呆陀羅経の文句……
……『世界の人間は一人残らず精神病者』という事実を立証する精神科学者の談話筆記……
……胎児を主人公とする万有進化の大悪夢に関する学術論文……
……『脳髄は一種の電話交換局に過ぎない』と喝破した精神病患者の演説記録……
……冗談半分に書いたような遺言書……
……唐時代の名工が描いた死美人の腐敗画像……
……その腐敗美人の生前に生写しとも言うべき現代の美少女に恋い慕われた一人の美青年が、無意識のうちに犯した残虐、不倫、見るに堪えない傷害、殺人事件の調査書類……》

作者自身、ちゃんと要領のいい内容紹介をしてくれているのだ。題名の『ドグラ・マグラ』についてもこう解説している。

《維新前後までは切支《キリシ》丹伴《タンバ》天連《テレン》の使う幻魔術のことを言った長崎地方の方言だそうで、ただ今では単に手品とか、トリックとか言う意味にしか使われていない一種の廃語同様の言葉だそうです。語源、系統なんぞは、まだ判明致しませんが、強いて訳しますれば、今の幻魔術もしくは『堂廻《どうめぐり》目眩《めぐらみ》』『戸惑《とまどい》面喰《めんくらい》』という字を当てて、おな

じように『ドグラ・マグラ』と読ませてもよろしいというお話ですが……》

この大作のなかには、地球の創成、生物進化の歴史、三〇兆の細胞から成る人体の不思議、その人体の中枢部、脳髄の役割、さらに総合的な人間論、その人間が造った現代文明論などが織り込まれ、久作特有の言葉遊び、諧謔も交えた多彩な文体――阿呆陀羅経のキチガイ地獄外道祭文、脳髄論の学術論文風、呉家に伝わる「青黛山如月寺縁起」の擬古文、事件関係の新聞記事風など――を自在に駆使しながら、奇怪な物語を展開していく。

この物語の仕掛人は、九州帝国大学医学部精神病科教授、正木敬之と、そのライバル、法医学教授、若林鏡太郎だが、正木教授の脳髄論は、この小説の核ともいうべきものである。

久作日記によると、この脳髄論は昭和四年一二月一三日から翌五年一月五日にかけて書かれたもので、かなり苦心のあとが見える。

《何を隠そうその「脳髄」こそは現代の科学界に於ける最大、最高の残虐、横道を極めた「謎の御本尊」なんだ。人体の各器官の中でもタッタ一つ正体のわからない、巨大な蛋白質製のスフィンクスなんだ。地上二十億の頭蓋骨を朝から晩までガンガン言わせ続けている怪物そのものに外ならないのだ》

正木教授の学説によると、物を考えるのは脳髄ではなく、人間の精神、意識は、細胞の一つ一つにある。脳髄は、その全身の細胞の一粒一粒が持つ意識の内容を、洩れなく反射交換する仲介機能を受け持つだけの「電話交換局」にすぎないのだが、身体のなかで一番高い所に鎮座して、人体の各器官を奴隷の如くこき使っている。あたかも人類文化の独裁君主であるかのように……。

この脳髄論は、裏を返せば、久作の国家論でもあるわけで、脳髄は無数の細胞(国民)を支配する国家権力に比せられている。

《その脳髄は、脳髄ソレ自身によって作り出された現代の人類文化の中心を、次第次第にノンセンス化させ、各方面に亙って末消神経化させ、頽廃させ、堕落させ、迷乱化させ、悶絶化させつつ、何喰わぬ顔をして頭蓋骨の

空洞の中にトグロを巻いているという、悪魔中の悪魔ソレ自身が脳髄ソレ自身になって来るという一事だ》

久作はさらに、正木教授の口を借りて、近代化を招いた「物を考える脳髄」に、異常な程の悪罵を投げつける。

《人間世界から「神様」をタタキ出し、次いで「自然」を駆逐し去った「物を考える脳髄」は、同時に人類の増殖と、進化向上と、慰安幸福とを約束する一切の自然な心理のあらわれを、人間世界から奪い去った。すなわち父母の愛、同胞の愛、恋愛、貞操、信義、羞恥、義理、人情、誠意、良心なぞの一切合財を「唯物科学的に見て不合理である。だから不自然である」という錯覚の下に否定させて、物質と野獣的本能ばかりの個人主義の世界を現出させた》

これはそのまま、久作の近代社会に対する認識だが、『ドグラ・マグラ』の根底に、こうした現実社会の認識、嫌悪感があることを見逃してはなるまい。それ故にこそ、この壮大な夢遊小説が生まれたともいえよう。

正木教授は「脳髄は物を考える処に非ず」としながらも、悪魔的な脳髄で以て、精神医学の一大実験を試みるべく、夢中遊行(夢遊病)癖がある純真な青年、呉一郎に暗示を与えて、母と許婚者を殺させるという、精神科学応用の犯罪を遂行させることになる。

夢は、夢野久作の多くの作品に登場するし、この『ドグラ・マグラ』などは、壮大な夢の万華鏡といっていいほどだが、この作品では、「人間の胎児は、母の胎内に居る十ヶ月の間に一つの夢を見る」という胎児の夢も、重要な要素となっている。

正木教授によれば、胎児は十ヶ月間母の胎内に在って、さかんに細胞を分裂させ、進化し、一個の人間の姿になるが、《先祖代々が進化して来た当時の記憶を繰返しつつ、その当時の情景を次から次へと胎児の意識に反映させつつある》それが胎児の夢であると。

つまり、胎児は一人一人、人類進化の過程を追体験してこの世に生まれ出るが、その胎児の夢を支配するものは、細胞の記憶力であり、それが一切の生物の子々孫々の輪廻転生に深遠微妙な影響を及ぼしている――としている。

夢野久作は、世界的な心理学者としてフロイトと並び称せられるスイスの精神科医、カール・グスタフ・ユング（一八七五年〜一九六一年）の著作を読んでいたふしがあるが、胎児の夢の祖型はユングの学説の中にある。

ユングは、心の奥の無意識の領域に深く踏み込んで深層心理学を創造した「魂の医師」だが、人間の個性や個人的特徴は、その人の先祖代々から遺伝して来た心理作用の集積だとしている。このユング説に沿うように、久作は主人公、呉一郎の犯罪を、彼の先祖と伝えられる中国・唐時代の画家、呉青秀が描いた妖美怪奇な死美人絵巻によって呼びさまされた胎児の夢によるものとしている。

正木教授は、記憶を喪失してまだ自分が何者かに気づいていないアンポンタン・ポカン君（呉一郎）にこう語る。

「あの呉一郎が初めてこれ（死美人絵巻）を見た時には、君と同じように慄え上がったに違いないのだ。……恰も太古の生物の遺骸が、石油となって地層の底に残っているように、あの呉一郎の底に隠れ伝わっていた祖先の一念は、この絵巻物を見てゾッとすると同時に点火されたんだ」

「呉一郎の全身の細胞の意識のドン底に潜み伝わっていた心理遺伝……先祖の呉青秀以下の代々によって繰返し繰返し味わい直されて来た変態性欲と、これに関する記憶とは、その六個の死美人像によって鮮やかに眼ざめさせられた」

呉一郎は、一〇〇年前の唐の玄宗時代、美人の妻の死体の腐乱していく様を六枚の克明な絵にした呉青秀の生まれ変わりであり、青秀の心理遺伝をそっくり受け継いでいることになっている。

《呉一郎の遺伝性、殺人妄想狂、早発性痴呆、兼、変態性欲……すなわち一千年前の呉青秀の怨霊の眼で見ると、世界中、到る処の土の下には、女の死体がベタ一面に匿《かく》されているように思われて来たのだ。だから土さえ見れば鍬が欲しくなったのだ。そうして鍬を貰うと毎日毎日死物狂いに土を掘返す事になったのだ》

精神科の解放治療場で、狙っていた鍬を手にした呉一郎は、さらに少女二名を殺す狂乱に走り、自分も自殺を計るが（未遂）、彼をそこまで狂わせた正木教授は、実は呉一郎の実父であったという種明かしがされる。

正木教授は、功名心に駆られた医学実験のため、息子をモルモットにして犯罪に走らせたあと、狂人を装った異様な姿で自殺する。

九州帝国大学医学部の正門が、現在の九州大学医学部附属病院の正門として遺されている

とにかく構成も複雑で、粗筋の紹介すら厄介な小説だが、この長篇は、呉一郎が収容された九州帝国大学医学部精神科病棟七号室の夜明けに始まり、窓辺に月の光が射し込むその日の夜で終わっている。その一日のなかに、一〇〇〇年前の唐時代の死美人絵巻の話から、前日の殺傷事件まで、すべての出来事と、精神病理学から近代文明批判まで、ギューギュー詰めされているから、一度読んだぐらいでは、異様な情熱をこめた言葉の奔流にただ茫然といったことになる。

なお、時は大正一五年（一九二六）一一月二〇日と設定されているが、杉山家の出来事でいえば、三男参緑が生まれて六日後のことであり、久作日記によれば、一一月二〇日の夜は「十五夜なり、寒月白昼の如し」。

この大作の終章の一節――

《……これが胎児の夢なのだ。

……と私は眼を一パイに見開いたまま寝台の上に仰臥して考えた。

……何もかもが胎児の夢なんだ……あの少女の呼び声も……この暗い天井も……あの窓の日の光も……否々……今日中の出来

事はみんなそうなんだ……。
……俺はまだ母親の胎内にいるのだ。こんな恐ろしい「胎児の夢」を見て藻掻《もが》き苦しんでいるのだ……》
久作はこの長篇の巻頭に、

胎児よ
胎児よ
何故躍る
母親の心がわかって
おそろしいのか

という猟奇歌（昭和五年七月四日作）を掲げているが、それに照応する終末である。

十数年かけた大作がようやく出版され、出版記念会も東京で盛大に開かれたが、この大作も文壇ではほとんど黙殺された。

親しい探偵作家仲間でも、江戸川乱歩は「僕には批評の資格のない、よく分らぬ側の作品」と敬遠しているし、当時の『新青年』編集長（第四代）だった水谷準も、昭和一〇年の探偵文壇回顧で「恥をさらすようだが、まだ読んでいない、読むだけの気構えになれなかったのだ」と告白している。一応評価しているのは大下宇陀児ぐらいのものだ。

「この小説からは、筋を拾おうとしてはいけない。……探偵小説的トリックと謎も有《も》っていながら、『ドグラ・マグラ』の与うるものは、筋よりもその狂気じみた感銘である。読者は一度キチガイにさせられてしまう。まことに一大奇書というべきである……」

久作自身は「反逆芸術」と自負しているが、彼と同年生まれの作家、室生犀星、村松梢風、内田百閒、久保田万太郎などの作品とくらべると、いかに久作が突出したアバンギャルド作家だったかがよくわかる。

『ドグラ・マグラ』は余人には書けない〝奇書〟だが、久作自身の生い立ちと深くかかわっている作品だった。生母とは早く引き離され、父とも触れ合うことは少なく、むしろ父の重圧感に喘ぎながらの日々だった。戦国の雄、龍造寺家の後裔という家名も重かったことだろう。出家遁世を考えるほど苦悩の日々もあった。そうした日々のなかで、ひそかに紡ぎ出した孤独な想念が、ユングの学説などと結びついて、胎児の夢の着想を生み、大作『ドグラ・マグラ』の骨格を成したのだろう。

筆を染めて出版まで十余年を費やし、その間、繰り返し手を加えてきただけに、久作文学のすべてが込められている長篇小説といっていいが、久作をして忍耐強くこの小説と取り組ませたものは何だったのだろうか。

彼が好む夢遊世界のパノラマティックな創造であり、土俗的な神秘思想から最新の精神病理学まで織り込まれ、今の社会全体が狂人の解放治療場といった痛烈な文明批評も展開しているが、どうしてもこの大作を書かずにおれなかった何かがあるはずである。

久作は九州日報の記者時代、よく九州帝大医学部に通って、精神病科教授の榊《さかき》保三郎や同助教授の諸岡存から精神病とその療法に関する基礎的な知識、また法医学教授の高山正男（初代医学部長）から法医学の知識を得ていたが、特に諸岡助教授と親しく、啓発されることが多かったようだ。

大正二年二月から四年一月まで、約二年間にわたって、歌人でもあった耳鼻科教授、久保猪之吉を中心とした九州帝大の文学愛好グループが、『エニグマ』（謎）という雑誌を発行したことがあったが、諸岡はその中心的メンバーで、当時は東京在住だったが、『エニグマ』の編集発行人であった。

この雑誌には学外からも数人加わっていたが、加藤介春はその一人で、ほとんど毎号のように寄稿していた。その介春の紹介で、久作は諸岡と親しくなり、いろいろ教示を得たのだろう。

そうした専門家の指導を得ただけに、医学的にも評価に耐える作品のようで、現代の解剖学者、養老孟司《たけし》前東大教授がこう評価しているほどだ。

《脳、発生、進化、遺伝。これらはすべて、現在の生物学の基本的問題となっている。おおげさにいえば、この小説は、現代生物学の諸問題の重要性を予言したともいえる。……夢野久作は、この国には稀な一種の生物哲学者であったといっても過言ではないであろう》(『ユリイカ』一九八九年二月号)

しかし、久作は何も医学小説を書いたわけではない。

「人間とは何か」「人間の狂気とは何か」という大命題は容易に読みとれるし、主人公の呉一郎に即して言えば、「私は誰か」という自己探しの物語でもある。久作が影響を受けたと思われるユングのライフワークの命題は、自分のなかに潜む無意識、深層心理を探求して、自分という人間存在の魂の隅々まで知ることにあったが、久作にも相似た情熱がうかがえる。

久作は、この大作に於て、黒田藩、杉山家という系譜のなかで生を享けた己れの苦しみ多かった半生を、呉一郎に託した陰画として描いているかにも見えるが、筆者は、一郎を精神医学のモルモットにしてしまった正木教授が、実は一郎の実父であったという設定に注目する。

探偵小説の定石的な仕掛けといえばそれまでだが、久作は結末で正木教授を精神病者を拘束する際の手枷足枷をつけた無惨な溺死体にしている。いわば厳しく処刑している。

そこには、横暴なる父なるものへの怨念が込められているのではないかとも思える。それがモチーフの一つではなかったろうか。

近世快人伝

『ドグラ・マグラ』の出版記念会から間もない昭和一〇年二月一四日の久作日記に次のような記述がある。久作はまだ東京に滞在していて、この日は、朝九時ごろ新橋駅を発って、熱海で静養中の茂丸夫妻を見舞っている。

《……夕食後父上自ら薄茶を立て、賜ふ。淀み多く苦し。後の思ひ出とならむ。汝は俺の死後、日本無敵の赤い主義者となるやも計られずと仰せらる。全く痛み入る。中《あた》らずと雖《いえど》遠からず。修養足らざるが故に看破されたる也》

さすが法螺丸、老いたりとはいえ、息子の正体を見抜いている。久作のほうも「当らずといえど遠からず」と父の洞察が見当はずれではないことを認めている。

この「赤い主義者」は、社会主義者のことではあるまい。茂丸はもとより社会主義とは無縁であったし、久作も、社会主義を資本主義同様の功利的物質主義と見て排していた。では、何を以て茂丸は「赤い主義者」という表現を使ったのか。

息子の書くものを「夢の久作さんのごとある」と評した茂丸が、久作作品の熱心な読者だったとは思えないが、『黒白』連載の『暗黒公使』（最初の題名は『呉井嬢次』）はじめ、『あやかしの鼓』『押絵の奇蹟』などに、茂丸にとっても関心の深い題材を書いた『犬神博士』『爆弾太平記』『氷の涯』、息子が情熱を傾けた『ドグラ・マグラ』ぐらいには眼を通したことだろう。茂丸自身、多くの著作があるし、表現の底を見抜く鑑識眼も持っていたから、久作の小説の中に潜む反逆の匂いを嗅ぎとっていたのではあるまいか。

久作は政治的関心は深かったが、現実政治にかかわることはみずからに禁じていた。鎌倉で知り合って以来、ずっと交際が続いていた後藤隆之助とも、政治的な関係は持っていない。しかし、久作は、大正デモクラシーの申し子とは言えないまでも、明治国家（私的には父茂丸）の桎梏を脱して、精神的自由の天地に立とうとした自由人であったし、社会の欺瞞や腐敗を鋭く見抜くラジカルな姿勢を持っていた。それは、明治維新以降の日本の近代化路線に対する厳しい批判につながっていた。茂丸はそうした久作の思想を読みとって、「赤い主義者」と表現したのではなかったか。

茂丸も若い時は一命を賭して藩閥政府に立ち向かおうとした人間だが、いつしか明治国家を構築する側の陣営、それも中枢部にかかわる形になっている。自分がかつて藩閥政府に槍を突きつけたように、これからこやつは日本国家に槍を突きつけてくるのではないかと、感じとったのではあるまいか。

昭和一〇年の一月三日の日記に、晩年の久作の思想をうかがわせる記述がある。共産党員だった秘書、紫村一重相手の談話である。

《紫村君の熱心さに釣られ調子に乗りて法螺を吹く。武士道、ヤクザ仁義。プロレタリヤ精神と神道仏道。之に関連したる世界宗教史。釈迦、孔子、基督の一代の説教は要約すれば「自分を公有せよ」「黙つて働け」勅語の恭倹《きょうけん》持己《おのれをじし》の一点に帰す。即ち真の美的生活は茶の湯の精神也。芸術の極致。宗教の行止まりの礼式は、其時限りの使ひ棄てなり。南無阿弥陀仏と払ひ給へ浄め給への瞑合也。神ながらの道也、云ふものは知らず也。これが真のプロレタリヤ精神といふ話》

アトランダムなメモで、脈絡に欠けるきらいはあるが、久作にあっては、「自分を公有せよ」「黙って働け」が真のプロレタリヤ精神と理解されていたかに見える。それは同時に、久作自身のプロレタリアート宣言とも読める。

茶の湯を芸術の極致と称揚していることにも注目される。

久作自身は茶道はやっていないが、クラ夫人がたしなんでいたし、能仲間にも茶人はいただろうから、茶席に入る機会は幾度となくあったことだろう。エッセイ「お茶の湯満腹談」には、財界の大立物で、名だたる茶道具コレクターだった益田鈍翁（孝）の茶席に入ったことを書いている。本来無一物、一期一会といった茶の湯の初心、茶道に結晶された日本の伝統文化、工芸美をよく理解していたものと思われる。いま少しの余生が許されていたら、茶の湯に芸術の極致を見る久作は、一介のプロレタリアートとして、草庵の茶室を結び、心静かに一碗の茶をすする侘び茶の生活を夢みていたのかもしれない。

上京しても、用が済めば、いつもさっさと帰郷していた久作だが、『ドグラ・マグラ』の出版記念会をやったこの時だけは、一月八日に上京して、帰宅は三月五日になっている。その間、東京で、さまざまな用を足しながら『近世快人伝』を書いているが、これは注文原稿ではなく、久作の「特志」による執筆だった。

二月七日の日記にこう記されている。

《水谷準君へ手紙。頭山満以下奇人快人の逸伝、現代の軽薄神経過敏なる世相と福岡県人中に見受くる面白からざる気風に対し、一服の清涼剤を与ふる目的、小生の特志原稿にして稿料等頂戴せず。一切の誤解は小生に於て引受可申候。云々》

この原稿は自分の憂世の志で書くのであって、従って稿料は不要と断っているのだ。

しかし、随分書きづらい素材だったようで、二月四日の日記には、《新青年の頭山満と杉山茂丸。書きにくき事夥《おびただ》し》とある。

第一、頭山満も杉山茂丸も現存している。まして茂丸は父親である。頭山にしても、極めて身近な存在だし、いまや「巨頭」となった頭山を取巻く多くのうるさ方の眼も光っている。《一切の誤解は小生に於て引受申すべく候》と肚をくくってかかったものの、筆がちぢこまって難渋したようだ。

『近世快人伝』は、頭山満、杉山茂丸に、奈良原到、篠崎仁三郎を加えて、この年の四月〜一〇月、『新青年』に連載されるが、頭山満と杉山茂丸はあたりさわりのないものになっている。

頭山満の項では、若い時からの豪傑ぶりを面白い逸話を拾って啜っているが、その豪傑ぶりを「ノンセンス」の一語でくくり、「巨大な平凡児」としているあたりや、頭山を祭り上げてきた取巻き連中のクレームに前もって先制パンチを繰り出しているところなど、久作の端倪すべからざる土性ッ骨がのぞいている。

杉山茂丸の項では、私情を交えず、法螺丸の足跡を出来るだけ客観的に書こうとする姿勢が見えるし、息子ならではの見聞、理解もあるが、総じて文章に久作らしい闊達さがない。書きづらかったはずである。末尾のほうで《法螺丸には男の児が一人しかいない。これが親仁《おやじ》とは大違いの不肖の子で……》と自分を登場させ、多少戯画化しながらも、《この愚息なども法螺丸にとっては、頭山満と肩を並べる程度の苦手かも知れない》と与太をとばして、したたかな面も見せている。

これが、三人目の奈良原到になると、すでに故人ということもあって、久作の筆は生彩を放っている。奈良原到は、高場乱の興志塾の乱暴者としてすでに登場しているので、改めて紹介することは避けるが、久作は奈良原の長男牛之助と親しく、杉山農園の開園当初は起居を共にして汗を流した縁もあり、奈良原父子には格別の親愛感を持っていた。このため、奈良原到の項は親身な情がこもった書き出しになっている。

《前掲の頭山、杉山両氏が、あまりにも有名なのに反して、両氏の親友で両氏以上の快人であった故奈良原到翁があまりにも有名でないのは悲しい事実である。のみならず同翁の死後と雖も、同翁の生涯を誹謗し、侮蔑する人々が尠《すくな》くないのは、更に更に情ない事実である。

奈良原到翁はその極端な清廉潔白と、過激に近い直情径行が世に容れられず、明治以後の現金主義の社会の生存競争場裡に忘却されて、窮死した志士である》

久作は満腔の同情と敬意をこめて、清廉潔白、直情径行のあまり世に容れられずに窮死した奈良原到の墓碑銘を刻んでいる。だから筆に渋滞がなく、奈良原到の風貌、生きざまをよく伝えている。

向陽社時代、奈良原は頭山と二人で高知まで出かけ、土佐立志社の板垣退助と盟約を結ぶなどの働きをしていたが、国会開設の頃から玄洋社から遠ざかっている。その間の経緯を、久作はこう書いている。

《日本政界の腐敗堕落が甚しくなるに連れて、換言すれば天下が泰平になるに連れて、好漢、奈良原到も次第に不遇の地位に堕ちて来た。しかもその不遇たるや尋常一様の不遇ではなかった。遂には玄洋社一脈とさえ相容れなくなった位、極度に徹底した正義観念……もしくは病的に近い潔癖に禍された御蔭で、奈良原到翁は殆ど食うや喰わずの惨憺たる一生を終ったのであった》

久作の記述によれば、奈良原到は《これほどの怖い、物すごい風采をした人物に出会った事がない》というほどド迫力のあった男で、福岡監獄の典獄（刑務所長）で囚人を震えあがらせた時代もあるが、日清戦後、台湾へ渡って巡査になり、帰国後は娘の嫁ぎ先を頼って札幌で農園の番人などをしていたという。大正元年、頭山に呼ばれて帰福するが、その際慶応大学在学中の久作は、父茂丸に命じられて、東京から博多まで奈良原に同行している。頭山か茂丸の心づけであったろうが、久作は青の二等切符（当時、汽車（JR）の切符は、一等白、二等青、三等赤の三段階に分かれていた）を二枚用意したが、その青切符を見るなり、奈良原は久作をどなりつけた。

「馬鹿者ッ。まだ若いのになんという不心得だ。我々のような人間が、国家に何の功労もない奴が中等（二等）に乗れるか。下等でも勿体ないくらいじゃ。戻いてきなさい！」

このとき博多までの長い車中で、奈良原は久作に聖書を数十回も精読したことを話し、こんなことを言ったという。

「キリストは偉い奴じゃのう。あの腐敗堕落したユダヤ人のなかで、思い切ったことをズバリズバリ言いよったところが偉い。日本に生まれたら、高山彦九郎ぐらいの値打ちはあるところじゃ。日本の基督教は皆間違うとる。どんな宗教でも日本の国体に巻込まれると去勢されるらしい。本家の耶蘇はちゃんと睾丸《きんたま》ば持っとって世界一喧嘩腰の強い男じゃったとに、日本に渡ってくるうちに印度洋かどこかで睾丸ば落といてきたらしいな」

キリストを世界一喧嘩腰の強い男としたり、草莽の志士高山彦九郎と同列に並べるところなど、奈良原到の面目躍如というところだが、この奈良原の項には、頭山満、杉山茂丸の項には見られない親愛の情がこもり、奈良原の一徹な生涯を際立たせるために、頭山と茂丸を前座に据えた――という見方も出来るほどである。

さて、しんがりに控えしは、博多っ子代表の篠崎仁三郎である。

博多弁で表現すれば、とんぴん（剽軽《ひょうきん》）で、むてんぽち（無鉄砲）で、ふてえがってえ（豪気な）男である。

久作は浅香会の武田信次郎に、「純粋な博多っ子の湊屋仁三郎さんのごたる人のことば今のうちに書いとかんと、あとで誰が世に伝えるか心もとなか」と語ったそうだが、この篠崎仁三郎の項は、滑稽小説の傑作ともいうべきもので、夢野久作のユーモアの才能が存分に発揮されている。書き出しからうまい。

《……縮屋《ちぢみや》新助じゃねえが江戸ッ子が何でえ。徳川三百年の御治世がドウしたと言うんだ。憚《はばか》んながら博多の港は、世界中で一番古いんだぞ。埃及《エジプト》の歴山港《アレキサンドリア》よりもズット古いんだ。神世の昔×××様（注＝天照大神か）のお声がかりの港なんだから、いつから始まったか解らねえくれえだ。ツイこの頃まで生きていた太田道灌のお声がかりなんてシミッタレた町たあ段式が違うんだ。

（中略）

日増しの魚や野菜を喰っている江戸ッ子たあ臓腑《はらわた》が違うんだ。玄海の荒波を正面に控えて「襟垢の付かぬ風」に吹き晒された哥兄《あんちゃん》だ。天下の城の鯱《しゃち》の代りに、満蒙露西亜《ロシア》の夕焼雲を横目に睨んで生まれたんだ。下水《どぶ》の親方の隅田川に並んでいるのは糞船ばっかりだろう。那珂川の白砂では博多織を漂白《さら》すんだぞ畜生……》

篠崎仁三郎は博多大浜の魚市場随一の大株、湊屋の大将である。『近世快人伝』が書かれたときはすでに故人だが、久作は九州日報の記者時代、「博多っ子の本領」という企画で、玄界灘の浜風で臓腑《はらわた》を洗ってきた快男児、湊屋の大将にインタビューしたことがあった。この湊屋の大将が挙げた博多っ子の資格がものすごい。

一、十六歳にならんうちに柳町の花魁《おいらん》を買うこと。
二、身代構わずに博奕《ばくち》を打つこと。
三、生命構わずに山笠《やま》を舁《かつ》ぐこと。
四、出会い放題に××すること。
五、死ぬまで鰒《ふぐ》を食うこと。

四、の××だが、若いとき、魚の触れ売りをしていた仁三郎の体験によると――

「号外と同じ事で、この触声《おらびごえ》の調子一つで売れ工合が違いますし、情婦《おなご》の出来《でけ》工合が違いますけに、一所懸命の死物狂いで青天井を向いて叫《おら》びます。そこが若い者のネウチで……しかも呼込まれた先々が大抵レコが留守だすけに、間違いの起こり放題で……」

といった次第で、尻軽の御寮《ごりよん》さんたちと大いに××を楽しんだというわけだ。

五、の鰒《ふぐ》ときたら、もう命がけの食いもんだったが、仁三郎のバクチ仲間、大和屋惣兵衛（大惣）が、一緒に出かけた長崎で鰒にあたって死にかけたときの話ときたら、もう笑いがとまらない。

死にかけた大惣に、仁三郎が「死んだら、貴様の生胆《きも》ばくれんか」とやる。

「ウム、ヤル。臓腑《ひやくひろ》デモ……睾丸《きんたま》デモ……ナンデモ遣ル。シネバ……イラン」

その頃、長崎には生胆買いの支那人がいたそうで、仁三郎は「よか買い物があるよ」と支那人を連れて来て、死にかけている大惣の枕元で値段の交渉をする。もめていると、虫の息の大惣が仁三郎の着物の袖をひっぱって言う。

「……ヤスイ、ヤスイ……ウルナ、ウルナ」

「わたし、もう帰ります。一八円……いけませんか」

「ペケ……ペケ……オレノ……キモハ……フトイゾ……ペケペケ」

どこまでウソかマコトがわからないが、久作の筆の間合いは、息の合った漫才コンビの絶妙な掛け合いを思わせるものがある。

さらに、鯨の新婚旅行といった落語顔負けの珍談も交えて、もう抱腹絶倒の一遍だが、この一遍や『犬神博士』を読むと、いかに久作が父茂丸ゆずりの話術、言葉の魔術に長《た》けていたかがよくわかる。能で身についたものだろうが、なによりも間の取り方がうまい。夢野久作は本格的な喜劇作家にも成れる素質を持っていた。

茂丸の死

三月五日、二か月近い東京滞在から帰宅した久作の日記には、安堵感が溢れている。

昭和一〇年三月六日　水曜——

《香椎へ帰りて初めて落付きて日記を書く気になる。梅散り桃ふくらみ麦青し、雲雀いまだ揚らず。何とも云へず気持よい。亀田君に画と表装を頼む。原稿すこし書き居るうち忽ち睡魔来り午睡す。醒むれば夕食。妻子五人紫村君と共にラヂオを聞きながら雑談す。楽し》

三月七日　木曜——

（この日は朝から紫村同伴で博多へ出かけ、知人三、四人と会っている）

《……帰宅舞鶴バスのニキビダラケの運転手「久しく見えませんでしたなあ」と振返りて云ふ。なつかし。田舎のすべては真実也。空行く太陽、生ふる草木、今日の言葉も皆然り。東京は太陽も空気も人間も皆インチキのやうな気がする。愉快さも一時的の智的の愉快さのみ。心より楽しからず》

久しぶりに田園のわが家に帰った久作の歓びがよく表れている。ここでも彼は東京嫌いを表明しているが、彼は父茂丸をとり巻く人々に親近感を持っていない。茂丸自身も、死ぬ前に久作に、「俺の関係者や側近にいた者を信用するな。あやつらは俺の本当の心と志がわかっていない奴らだ」と語っていたという。

この頃、久作には原稿の依頼が相次ぎ、四月二日の日記には、《原稿の註文殺到す。五つの原稿三四百枚引受けたり》とあるが、やはり『ドグラ・マグラ』にドギモを抜かれた編集者が多かったのだろう。

このとき書いたものに、『超人鬚野博士』（講談雑誌）、『S岬西洋婦人絞殺事件』（文藝春秋）、『二重心臓』（オール読物）などがあるが、いずれもあまりいい出来ではない。久作は多彩な題材を書きこなせる筆力は持っていたが、注文に追われて小器用にまとめられるタイプの作家ではなかった。

五月四日には、東中洲の中華園で『ドグラ・マグラ』の出版記念会が開かれ、四〇人出席しているが、日記には《皆久作をコキ下《おろ》す》とある。

「こりゃなんな。とつけもなか（途方もない）話で、ようわからんばい」と、さんざんけなされたようだ。

しかし、多年辛苦の大作を世に送り出してひと安堵したのだろう、日記には心のやすらぎを見せる記述が多い。

五月一二日　日曜――

《龍丸、鐵児二人同伴奈多《なた》の外海岸を西戸崎《さいとざき》まで散歩す。沖曇り陸曇り頭上のみ晴れ透明なる日光透明なる砂の海底に徹す。寄りては返す波に心もすきとほるばかりなり。鳶黒く舞ひ千鳥白く群がる。……鎔岩の破片貝類などを拾ひ戯れつ、西戸崎海岸に到り裸体となりて鐵児と共に海に泳ぐ。冷澄骨に徹す。少時にして上陸》

五月三〇日には、頭山満と杉山茂丸の交友盟約五十周年を記念する金菊会が、東京丸の内の工業クラブで開かれ、旧藩主の黒田長知をはじめ郷党の有名人、政治家、財界人が顔をそろえる盛大な会となったが、久作は出席していない。

そんな場違いな席に顔を出すより、好きな野球でも見物していたほうが、ずっと性に合っていた。龍丸と鐵児は小学校時代、野球部に入っていたが、その応援から久作はすっかり野球ファンになり、対校試合ともなると、もう仕事をほっぽらかして応援に駆けつけ、夢中になって大声を挙げるので、息子たちは恥ずかしくてしようがなかったという。

その日、七月一七日も、久作は龍丸と鐵児を連れて、香椎球場で行なわれた西日本大学高専リーグ戦の台北高校対九州医専の野球試合を見物に出かけていた。その最中、杉山農園の管理をしていたおばさんが泣きながら電報を届けに来た。

「チチ　ノウイッケツ　スグコイ　イクモ」

久作はすぐタクシーを呼んで帰宅、クラに一三〇円を用意させると、着替える間もなくタクシーに乗って博多駅に駆けつけ、東京行急行に乗った。一八日夜、東京着。麴町三年町の茂丸邸に駆けつけたが、父は意識不明で、もはや言葉を交わすことは出来なかった。

父臨終の様を、久作は、『父杉山茂丸を語る』にこう書いている。

《七月十九日の午前十時二十二分に三番町《（ママ）》の自宅自室で父が七十二歳の息を引取った時、私は脱脂綿を巻いた箸と水を容れたコップの盆を両手に支えて、枕頭に集まっていた数十名の人々に捧げ、父の唇を濡らして貰ったが、私は金城鉄壁泣かない積りで、故意に冷然と構えていた。……私の背後には昨夜から父の最期の喘ぎを一心に凝視して御座った羽織袴の頭山さんが、キチンと椅子に腰かけて両手を膝に置いて御座るので、醜態を演じてはならぬと一所懸命に唇を噛んでいたが、トテモ我慢しきれなかった》

茂丸が息をひきとると、久作は茂丸とかかわり深かった人たちから別室に呼ばれ、こう言い渡された。

「あなたのお父さんは、あなた個人のお父さんと思ってはいけない。われわれのお父さんでもあり、社会的公人だと思います。この際、申しわけないが、われわれに葬式をさせていただきたい」

久作はその申し出を即座に承知し、そのあと幾茂に報告して、専断の許しを乞うている。

そのとき幾茂は涙を流しながら、久作の手を握って、「もうこれからは、何もかもあんたの思い通りにしなさい」と言ったという。

茂丸は献体を遺言していた。すでに茂丸は三男五郎が死んだとき、医学研究のお役に立てばと解剖に付したが、献体は早くからの茂丸の素志だった。若年時、国事に一身を投げ打つと決意した茂丸だが、献体もまた公に徹したもので、その点、彼は公に生きる生涯を首尾一貫させたと言えよう。生涯、無位無冠であった。

杉山茂丸の死は新聞に大きく報じられたが、二〇日の読売新聞夕刊は「杉山茂丸翁、政界の裏に活躍の生涯」という見出しでこう報じた。

《国士杉山茂丸翁は去る一七日麹町三年町二の自宅で脳溢血で倒れて重体に陥つていたが一九日午前一〇時二〇分遂に眠るが如き大往生を遂げた。享年七十二歳。二階二〇畳の洋間の枕頭には幾茂夫人、令息泰道氏、令嬢金杉瑞枝、石井たみ子、戸田笑子三夫人はじめ頭山満翁、窪井海軍参与官、内田良平氏ら多数の近親知友が詰めかけ、一代の志士の最後を見守つたが、わけても交友五〇年兄弟よりも親しかつた頭山翁が双眸に涙を湛えて盟友の最後を見守る姿は、並みいる人々の胸を打つた。

……なお、遺骸は翁が以前、主治医稲垣（政）博士らに「わしが死んだら死体を解剖して、わが国の医学に多少でも役立つよう切り刻んで十分研究してくれ」と云い残してあつたので、この遺言通り二〇日東京帝大病理学教室において緒方博士執刀の下に解剖に付されることになつた。……》

解剖の結果、脳が常人よりはるかに重い一五五〇グラム（成年男子の平均値は一三五〇～一四〇〇グラム）もあったことがわかったし、明治人としては大柄だった骨格は標本にして保存されることになった。

（妻幾茂は、夫の死から約二年後の一二年八月二二日に死去したが、夫にならって献体され、骨格はやはり標本にされて、現在東大病理学教室に夫婦仲良く並んでいる）

献体したため、髪と爪と、火葬した咽喉骨が骨壷に入れられ、二二日、芝の増上寺で盛大な葬儀が営まれたが、参列者の顔ぶれはまことに多彩だった。

岡田啓介首相はじめ、政治家、財界人、胸に勲章をずらりの陸海軍の大将などに、欧米人、中国人、印度人などの知友も混じり、相撲の力士、柔道・剣道の高段者、囲碁の本因坊、托鉢僧の一団、花柳界の女将、老妓の華やかな一団、役者、義太夫語り……と新聞は教えあげ、《それは正《まさ》しく不思議な存在の最後を如実に語つている》と結んでいる。

七月二四日、杉山邸に、茂丸とかかわり深かった日魯漁業副社長真藤慎太郎、中村汽船社長中村精七郎、星製薬社長星一《はじめ》、海軍参与官窪井義道の四人が集まり、久作も交えて、債権債務の処理などを計る委員会の設置が協議された。

口八丁の借金術を誇った茂丸の後始末は、世事に不慣れな久作ひとりの手に負えるようなものではなく、まわりの有力な人物の協力を得て清算にこぎつけるほかなかった。

初七日の法要の席で戒名が決まった。僧侶が用意してきた戒名には頭山が異議を唱え、頭山提案の其日庵隠忠大観居士が選ばれた。

法要をすますと、久作はその日のうちに父の骨箱を抱いて東京駅から博多へ発ったが、そのときの模様を、同行した長男の龍丸が『わが父・夢野久作』にこう記している。

《二等車の中央に置かれた机に、祖父の骨箱を父が安置して、後方の席に祖母の幾茂、前の席に父が坐りましたら、頭山翁と廣田（弘毅）さんが窓に来られて、深々と拝まれました。

……頭山翁と廣田さんは、じっと遺骨をみつめて、只黙って立って居られましたが、頭山翁の両の眼から涙が次々と溢れて、皺の多い頰を流れ、白い鬚を伝って流れ落ちました。

……私は父の傍にいましたが、祖母が、

「頭山さんが、頭山さんが……」

と嗚咽して泣きやまず、父も涙を流して、品川近くまで泣いていたのを覚えています》

頭山満は茂丸より九歳年長なので、このとき八十代になっていた。茂丸は一匹狼で、必ずしも頭山（玄洋社）と行を共にしなかったが、ふたりは深いところで結ばれた生涯の盟友だった。

帰郷後、博多でも葬儀が行なわれたが、久作が頭山の意向を容れて、盛大な玄洋社葬が営まれた。

博多の玄洋社葬をすますと、八月三日、久作はまた上京して、父の後始末に追われながら、出版社の注文で父の事を書き、九月、『中央公論』に『父・杉山茂丸』、『文藝春秋』に『父杉山茂丸を語る』を発表している。

『父・杉山茂丸』では、東京へ戻った翌日、父茂丸の推薦で満鉄総裁に就任したばかりの松岡洋右《ようすけ》（のち第二次近衛内閣の外務大臣）が訪ねて来たときの話を書いているが、松岡に父茂丸の迫力ある国士像を語らせているだけのものだ。

『父杉山茂丸を語る』のほうは、かなりの長文で、幼時からの父の想い出、わが眼に映った父茂丸の素顔を描いていて、興味深いものがあるが、その挿話の多くはすでに引用紹介した。この稿には、『近世快人伝』と違って親子の情がこもっているし、親子関係もよくうかがえる。

『ドグラ・マグラ』の刊行、父の死と事多かった昭和一〇年だが、この年の久作日記は、一二月一四日の記述で終わっている。

《眼の前の原稿がやつと今日済んだ。日本少年、令女界、サンデー毎日、週刊朝日、福日、これから来年の仕事。新青年長編、冨士長編、現代長編、日本少年。

残つてゐる俗用は、河原花本の始末、白骨標本、喜多文子訪問。

母上例の胸の痛みで二三日寝て居られる》

河原は河原アグリ、花本は料亭「花本」の女将、ともに茂丸が面倒を見ていた女性。父の白骨標本は完成が年越しとなったのか。喜多文子は喜多流一四世宗家六平太の妻。久作は文子の依頼で文子の伝記を書いていたが、急死で未完に終わる。

『ドグラ・マグラ』の刊行に、有名人だった父の死が重なって注目され、どうやら原稿の注文が殺到したようだが、久作にも、この世の時間はあまり残されていなかった。

久作急逝

昭和一一年の正月を杉山農園で迎えた久作は、一月、『現代』に「人間レコード」、二月、『日本少年』に「頭山満先生」などを発表したあと、二月一九日には再び上京するが、その出発前、龍丸と鐵児に将来の志望を聞いている。

「軍人になります」

龍丸が即座に答えると、久作は「そうか」と言っただけで、書斎に戻ったそうだが、二、三日後の夕食時、龍丸にこう言ったという。

「おまえは軍人になれば、相当な地位までゆけるだろう。しかし、おまえは軍人では終わらない。何かが到来してお前は何かやるに違いない」

この久作の予言は当った。龍丸は陸軍士官学校に進み、陸軍少佐で敗戦を迎えたが、戦後、常人ではとても出来ないことを敢行する。久作はよくわが子の正体を見抜いていたと言えよう。

今回の上京には秘書の紫村一重も連れ、久作は岡山で途中下車して一泊、二一日東京に着いて、継母幾茂と妹瑞枝母子がいる渋谷南平台の家で旅装を解いている。一方、農民運動をやっていた紫村は、運動の関係者を訪ねたのか、大阪、名古屋から茨城県と廻って、二・二六事件の当日、東京駅に着いている。まだ雪は降りしきっていた。電話で久作に出迎えを頼んだが、交通が乱れて行き違いになり、紫村は尋ね尋ねてやっと南平台の家にたどり着いている。

三月三日発の久作のクラあて手紙――。

《……大変な騒動ではあるが、三年町あたりは全部危険区域で全部立退きを命じられているに反し、此処あたりは至つて静かで心配は無い。来る匆々大雪と大騒動で閉口している。……》

二・二六事件そのものに関しては、何の感想も記してはいない。

三月六日、クラあて手紙――。

《手紙見た。二重心臓の書直しや何かで原稿に攻められている。東京では昼間は絶対に書けない。しかし、お父さんの御他界は俺の名声に余程影響するらしい。本屋が喜んでいる。残忍な連中だ。俺はニコニコして何卒よろしくお頼み申上げますと云ふておいた。二、三日前の朝食の時、母上、瑞枝、博、勲、勝等の食卓で俺は訓話した。

「杉山家一同は此頃怖いものが居なくなってダラケておる。これからは反対に引締めよ。父上の御在世中は皆々イクラ反《そ》りくり返っても、変な事をしても、父上のエライ蔭にかくれて人が何とも云わなかった。ところが俺はチットモ豪くないのだから、他人も決して遠慮しないぞ。ドンナ事でも遠慮なく批評したり、待遇したりするぞ。俺はソレに対して一言も抵抗出来ないのだからその積りで居れ」

皆不愉快そうな顔をして飯を食っていた。

……俺は杉山、鎌田両父上のエライ人であつた影響を俺たち一代で打ち切る積りで居る。それを打切るには、物質上、精神上の得の行く処の全部を避けて、損の行く処の全部を引受くる覚悟で行かなければ駄目だ。……俺達夫婦は、さうした意味の最大最高の稀有の闘士として此世に結びつけられているのだ》

父茂丸が一代で築きあげた杉山家という楼閣を、久作が如何に考えていたかよくわかる手紙だが、自分たち夫婦を稀有の闘士と位置づけているところに、久作の決意の程がわかる。この手紙の末尾にはこう記されていた。

《一日も早く帰りたくてウズウズしている。原稿を盛んに頼まれるが、ここではトテモ書けない。香椎に限る……》

しかし、久作は生きて香椎に帰ることは出来なかった。間もなく、突然の死が訪れる。

東京で出会った二・二六事件に関して、久作は何も書いていないので、というより書く間がなかったので、この「昭和維新」を叫んだ青年将校たちのクーデター事件を、久作がどう見たか明らかではないが、毎日のように戒厳令下の市内に変な服装で出かけて、憲兵に捕まりはしないかと幾茂や瑞枝を心配させたというから、関心は深かったはずだ。

岡田内閣はこの事件の責任をとって総辞職し、後継首班に、茂丸の葬儀で副委員長をつとめた廣田弘毅が選ばれ、三月九日、廣田内閣が発足した。

廣田弘毅は、明治一一年二月、福岡鍛治町の石工の長男として生まれ、大名小学校、中学修猷館と、久作の先輩になる。廣田は玄洋社ともかかわり深く、妻静子は、来島恒喜と大隈襲撃を謀った玄洋社社員、月成功太郎の娘である。

秀才の廣田は東京帝大法科を出て外務省に入り、出世コースを歩むが、近衛内閣の外務大臣として日中戦争開始の責任を問われ、戦後の極東軍事裁判で絞首刑判決を受けた七人の一人として生涯を終えることになる。文官ではただひとりの刑死者だが、玄洋社との関係が不利になったともいわれている。

廣田内閣発足の翌一〇日も、久作は外出しているが、この日は珍しく早く帰宅して、家族や紫村と夕食を共にしたあと、紫村と、杉山農園を農民道場に作り変えることなど、今後の計画をいろいろ話し合っている。この農民道場計画は紫村の献策だったろうが、二人は二階の部屋で長時間話し合い、一二時すぎ枕を並べて就寝している。これが久作最後の夜となった。

一一日、久作は来客の約束があり、早めに起床すると、まず散髪に出かけ、帰宅して朝食をすませると、入浴して、下着を新しいものに取り替えている。

一一時、茂丸没後の清算委員会の会計主任を引受けてくれていたアサヒビール社長の林博が、葬儀や後始末関係の帳簿を持って訪れた。久作は黒紋付に仙台平の袴という正装で林を通した座敷に出て行った。幾茂はいつもラフな服装を好む久作の紋付袴姿を見て奇異に思ったというが、妹石井たみ子の記憶によれば、久作は喜多流宗家を訪ねるための正装ではなかったかという。

時候の挨拶のあと、林は「予定の如く終わりました」と帳簿を差し出した。

「やっと終わりましたか。ご苦労さまでした。いやあ、これで……アッハッハ」

久作は笑いながら両手を挙げたが、その姿勢のままストーンと背後に倒れた。すぐ起き直るかと思ったのに、起きてこないので、驚いた林がそばに近寄って声をかけた。

「杉山さん、どうかされたんですか」

久作は一言も発せず、閉じた瞼がひくひくと動いただけだった。異変と覚った林は大声を挙げた。

「誰か来てください！杉山さんが！」

隣室にいた幾茂がすぐに駆けつけたが、久作の様子を見るなり叫んだ。

「瑞枝さん、はよ庭の雪ば持って来なさい！」

瑞江は足袋のまま庭に飛び降り、まだ消え残っていた雪を掌ですくってきて、久作の額に当てたが、もう息絶えていた。父茂丸と同じ脳出血死だった。

このとき、秘書の紫村一重は、久作から香椎に帰宅の日（一四日）を知らせる電報を頼まれて電報局まで出かけ、ついでに他の用もすませて、夕刻帰ってみると、杉山家の門前には花輪が並び、玄関には黒い幔幕が張られ、多くの人が出入りしていた。何事が起きたのかと驚きながら、茶の間に入ると、瑞枝から、

「あなた、いままで何をしてたんですか。泰道兄さんが亡くなったのよ。早く兄さんを拝んできなさい！」

と言われて、びっくり仰天したという。

この日、香椎の杉山家では、クラは鐵児と参緑を連れて博多の権藤病院まで出かけ、龍丸が留守番をしていたが、そこへ東京からの電報が届いた。

「タイドウ　ノウイツケツニテ　タオレル　スグコイ　イクモ」

その電報を見た瞬間、龍丸は「あッ、とうとうやってしもうた！」と思ったという。

律儀な久作が、父茂丸の後始末や原稿書きで心身ともに疲れ果て、血圧も高くなって、ときどき頭痛を訴えていたのを、龍丸は知っていたのだ。

龍丸はすぐ母に電話して呼びもどし、すぐ家族そろって博多駅に駆けつけた。

小田原駅まで紫村一重が出迎えていて、座席で一緒になるなり、緊張した顔で繰り返した。

「奥さん、しっかりしてくださいよ。龍丸さん、よかな、あわてなさんな、しっかりしんしゃいよ」

クラがほほえんでみせて、「よくわかっております。どんな様子だったか話してください」と言うと、紫村はやっと表情をゆるめた。

「ああ、これで安心したばい。私よりあなた方がどげーにびっくりさっしゃったことじゃろう、どげーに悲しかことじゃろうと、そればっかりが心配で心配で……ここまで来た甲斐がありましたばい」

紫村は、クラや子供たちが、いきなり物いわぬ久作の枕頭に座って取り乱しはしないかと、それを怖れて小田原まで出迎えたのだった。クラたちが南平台に着いたのは一二日夜のことだが、久作の遺骸のまわりには当時まだ珍しかったドライアイスが詰められて、きれいに保たれていた。

そのときの父の姿を、龍丸は『夢野久作の日記』のあとがきにこう書いている。

《室の中央に布団が敷かれ、紋服のまま父が寝ておりました。髪はきれいに理髪してあり、顔は、髭を剃ったあとが青々として、生来青白かった皮膚に生々しく、何か神々しい程、美しい顔をしていました。

母がただ一言、

「後のことはご心配なく、引受けました」

と父の耳許に小さくつぶやき、皆で一緒に拝礼をしました》

祖父三郎平、父茂丸、久作、みな脳出血で倒れている。やがて龍丸も同じ道をたどることになる。血筋もあろうが、久作の場合、幼時から祖父三郎平に仕込まれた喫煙が禍いした面もあろう。久作は酒は飲めなかったが、一日にゴールデンバットを七、八箱も吸うヘビー・スモーカーだった。

龍丸によると、「東京の親類」から、久作の遺体も、父茂丸同様、東京帝大医学部に献体したらという強い希望が出されたそうだが、龍丸は父の遺体は自然に葬ってやりたくて、献体はとりやめ、茶毘に付している。

《納棺の際、僧侶時代の禅笠と念珠を入れました。この禅笠は、前年、父が私を書斎に呼んで、「貴様が三十歳になったとき、俺は六十だ。そのとき、二人で大和路を歩こう。この禅笠は、そのとき二人でつけてゆくためのものだ。一つは今、貴様にやって置く」

と、申していたものでした。》（『夢野久作の日記』あとがき）

一四日、南平台の家で告別式が行なわれ、首相の座に就いたばかりの廣田弘毅も夫人同伴で参列した。文学関係では大下宇陀児、能関係では喜多実が弔辞を述べたが、喜多は弔辞の最後で、

「今謹んで謡曲『実盛』の一章を誦して君の霊に捧ぐ」

と言って、朗々と『実盛』を謡い、参列者の胸を打った。

告別式後、当時、福岡中学四年生だった長男龍丸が父の遺骨を抱いて、二等車で帰郷したが、多くの駅で別れを告げる能仲間などが待ち構えていたし、山陽本線終点の下関駅には、加藤介春はじめ九州日報の関係者や能仲間が五、六〇人も出迎えてくれたという。

加藤介春は『九州文化』同年六月号に久作の追悼文を寄せているが、久作の最後の上京前、博多のケーキ店で久作とお茶を飲みながら語り合ったことを記している。その席で「大器晩成型の」久作は、これからどしどし仕事をすると、熱っぽく抱負を語ったという。

《氏は厳父に似て確かに広かった。それに厳父の大きさはなかったにしても深さはあった。氏の広さは、氏が謡曲や文学やその他、これをよく世間で使う言葉で云うと、行くところ可ならざるはなしの語が当て嵌《はま》る人だったことを証明する。

……しかし、そうした広い人であり、そして各方面に友人を持ってはいたが、本当の友人として氏が真に許していた人が何人あったかは疑問だ。或いは極めて少数だったかも知れない。その点からは、氏はその広さに反比

例して、狭い、淋しい人だったとも云われるだろう》

さすがに介春は、夢野久作の本質をよく見抜いていた。

その数少ない親友のひとりが喜多実だが、彼は久作没後、喜多流の機関誌『喜多』四月号に、「友・杉山の死」という一文を書いている。

『ドグラ・マグラ』の出版記念会で、大下宇陀児が久作の紹介に「怪物」という言葉を使ったが、まさにその通りではあるものの、ただ、その怪物の意味が世間では正当に解釈されていないとして、

《私は彼の怪物たる所以を、その頭脳と、その性情との余りにも矛盾している点にあると考えている。私が誰よりも深く友として敬愛したのは、その性情の稀れに見る美しさにあった。恐らく私のこれからの一生に、彼程の美しい友愛を示してくれる人は絶対にあり得ないと考える程、それは至純なものだった》

これまた、久作をよく知る人の言葉だった。

久作の遺骨は、福岡市の東部を流れる御笠《みかさ》川べりの官内町《かんない》（現在、中呉服町）の杉山家の菩提寺、浄土宗の一行《いちぎょう》寺《じ》に葬られた。久作は父の死後、杉山家累祖之墓と刻んだ立派な墓碑を建てたばかりだったが、はやばやと自分もそこに納まることになった。

戒名は悟真院吟園泰道居士。享年四七歳だった。

《底抜けの善人で、底抜けに正義感の強い人間であった。また、底抜けの律儀ものであった。そして、底抜けの欲のない男であった》

長男龍丸の父久作評（『夢野久作の生涯』）だが、当時、福日の若手記者で久作と接触があった林逸馬（のち作家）も、久作没後、《氏は小説家に似合わず、極めて謹直な人で、我々のような若い者が原稿を依頼しても、チットモ大家ぶらず、必ずキチンと書いてくれた》（『福岡県人』昭和一一年四月号）と記している。なお、林逸馬は、『ドグラ・マグラ』が刊行されたとき、福日紙上に書評を書き、「探偵小説界に一エポックを画する一大傑作」と高く評

価していた。
律儀者の久作は急逝の直前までせっせと原稿を書いていて、死の直前から死後にかけて、幾つも作品が発表される。
三月、『悪魔祈禱書』(『サンデー毎日』増刊号)、『少女地獄』(黒白書房)
四月、『名娼満月』(『富士』)、『女抗主』(『週間朝日』特別号)
五月、『戦場』(『改造』)
六月、『冥土行進曲』(『新青年』)
きっちり注文をこなして死んでいる。
なお、死後も発表される機会がなく、後年陽の目を見た『赤猪口兵衛』のような作品もある。久作としては珍しい時代物の探偵小説で、赤猪口兵衛はアカチョコベーと読む。これは博多の方言で、子供が相手を愚弄するときにやるアッカンベーである。
赤猪口兵衛は、博多の町はずれの寺の片隅に建てた堀立小屋に住む、五十男の乞食狂歌師だが、博多の裏情報に通じている。目明かし良助に助力を頼まれて、難事件を見事にさばいてみせ、金儲けには手段を選ばない分限《ぶげん》者《しゃ》(金持ち)や無能な役人の鼻を明かして、アカチョコベーとやるわけだが、この乞食狂歌師を主役に据えた久作の発想には注目すべきものがある。これは『犬神博士』のチイと同じ視点だが、最底辺の人間の眼で社会の虚妄をひっぺがしてみせるのだ。
久作の新しい作品展開を予感させる小説だが、その門口で彼は逝ってしまった。
なお、死後発表された作品のなかには、『少女地獄』のような注目すべき作品もあるが、ここでは、〝遺作〟として『戦場』を採りあげておきたい。
『戦場』は、第一次大戦中の激戦、フランスのヴェルダン要塞攻防戦を舞台にしたもので、ドイツの軍医中尉を主人公にして、戦争のむなしさ、非人間性を描いている。

戦争の現場を知らない久作だが、『氷の涯』で、一度も足を踏み入れたことのないハルビンの街を活写したように、ニュース映画や写真を資料にしたのか、戦場の描写には迫真力がある。

《……直ぐ向うに見える地平線上に、敵か味方かわからないマグネシューム色の痛々しい光弾が、タラタラ、タラタラと入れ代り立代り撃ち上げられている。その青冷めた光に照し出される白樺の幹の、硝子じみた美しい輝き……その周囲に展開されている荒涼たる平地の起伏……それは村落も、小川も、池も、ベタ一面に撒布された死骸を一緒に、隙間なく砲弾に耕され、焼き千切られている泥土と氷の荒野原……それが突然に大空から滴り流れるマグネシューム光の下で、燐火の海のようにギラギラと眼界に浮かみ上っては又クウウーンと以前《もと》の闇黒の底に消え込んで行く凄惨とも壮烈とも形容の出来ない光景を振り返って、身に沁み渡る寒気と一緒に戦慄し、茫然自失しているばかりであった》

第一次世界大戦は、飛行機、戦車、毒ガスなどの近代兵器を総動員した物量戦で、これまでの戦争の様相を一変させた戦争だが、大量殺戮の戦場の悲惨さを鮮やかに描き出している。

ヴェルダン要塞攻防戦は、一九一六年（大正五年）初頭のドイツ軍の攻撃に始まり、約半年間にわたって激戦が繰り返され、両軍の戦死者は七十余万人を数え、戦傷者はその三倍を超える。一つの戦場でこれほどの犠牲者が出たのはかつてないことだ。

そんな戦場で、ドイツ軍軍医、オルクス・クラデル中尉は、負傷して眼が見えないと訴える士官候補生と出会う。女のような美少年だった。候補生はザクセン王国の旧家の出で、親切に手当てしてくれた中尉に、「私は生還出来そうにありません。帰国されたら、これを妻に渡してください」と、金庫の鍵や妻の住所を入れた油紙包みをことづける。

クラデル中尉と候補生は、衛生隊長ワルデルゼイ大佐に、死体の山と負傷兵の群れがころがっている場所に連れて行かれ、中尉は大佐から候補生の負傷の模様を厳しく問い詰められる。

「何の弾丸だったかね、それは？」

「………」

「味方の将校のピストルの弾丸じゃなかったかね」

「………」

「ハハハ、もうわかっただろう。ここに集められている負傷兵の種類が……」

敵前逃亡を計ったため上官に撃たれたり、わざと自傷した兵士たちだったのだ。すでに処刑された屍であり、これから処刑されようとする兵士たちだった。候補生もその仲間に入れられる。すでに銃殺隊も用意されていた。その処刑のどたん場で負傷兵たちは必死になって戦線復帰を願い出て、やっと処刑を免れるが、クラデル中尉はそうした戦場の悲惨な実態を知って打ちのめされる。

《……これが戦争か。これが戦争か。コンナ人間同士を戦わせるのが戦争ならば、戦争の意義は何処に在る……。私はいつの間にか、国家も、父母も、家族も持たない、ただ科学を故郷とし、書物と機械と薬品ばかりを親兄弟として生きて来た昔の淋しい、空虚な、一人ボッチの私自身に立ち帰っていた》

昭和一二年七月七日、北京郊外の盧溝橋事件に端を発して、日中戦争が始まり、日本は二〇年八月の敗戦を迎えるまで、中国大陸で、東南アジア各地で、南太平洋で、沖縄で、国内で、おびただしい彼我の血を流すことになった。

久作の『戦場』は、そんな時代への警鐘ではなかったろうか。

死の前年の春、久作は龍丸を伴って宗像路《むなかたじ》を歩いているが、そのとき、蓮華草や菜の花が咲く道ばたの土提に腰をおろした久作が、苗代つくりをしている百姓一家に眼をやりながら語った言葉を、龍丸は胸に刻み込んでいた。

「龍丸、あれを見ろ。あの人たちは一家総出で苗代つくりに精を出している。俺たちはあの人たちのおかげで生きておれるのだ。人類の文化をつくるのは、大臣や学者や軍人ではないぞ。あの人たちが太陽の光に焼かれ、渋紙のようになって働いて、一粒でも多く米を作ってくださることで、世の中は動いているのだ。世の中で一番偉いのはあのお百姓さんたちだぞ。よく覚えておけよ」

久作の晩年、最も身近にあった紫村一重も、「故夢野先生を悼む」（『月刊探偵』一一年五月号）のなかで次のようなことを書いている。

紫村が同行した最後の上京のとき、食堂車でくつろぎながら久作は、「ゆとりが出来たら、もう一度日本歴史をしっかり読み直したい」と言って、こう続けたという。

「貴族だとか、富豪だとか、豪傑だとか云ったって、自分にそう思い込んで、らしい顔付をしているのは、ほんとに楽じゃありませんよ。そんな連中は、日本歴史には一人も要りません。私たちは、とかく歴史の表舞台のみを見て、その裏を、いや、その舞台を動かす、底の底に働く人々を知らないのが常です」

そんな久作の言葉に続けて、紫村はこう書いている。

《先生は一体舞台の何処を睨んでいられたのだろう。そうそう、私は思い出した。何時か私に下さった手紙の一節を……

「私は、路傍の乞食同様に、只一本のペンの力で、世の人様から養って貰わねばならぬ、おろかな者です。貴方は何処までも、その尊い、土の生活に、真実の自己を発見して下さい。偉いとか、馬鹿だとか、そんな世間的な概念にこびりついて、真実の形相が見得ないのは最も悲しむべき事実です」……》

紫村一重は、後年、「土の生活」に徹し、農業のかたわら、農民運動や、部落解放運動と取り組み、直方市議会議員にも選ばれ、明治六年夏の参加者三〇万人という大百姓一揆を書いた労作『筑前竹槍一揆』などを遺して世を去った。

「裸一貫でこの大地の上に突立った人間ほど力強いものはありませんよ」
というのも久作の言葉だったそうだ。

やがて戦火の拡大とともに、多くの文学者が陸海軍の報道班員として従軍させられたり、反体制的な作家は作品発表の場を奪われたり、思想・言論の統制、弾圧が激しくなる。

日本が米英に宣戦布告して全面的な戦争に入った半年後の昭和一七年五月には、情報局の指導で日本文学報国会（会長徳富蘇峰）が結成され、中里介山、永井荷風、宮本百合子など極く少数の例外を除いて、ほとんどの作家、詩人、評論家が入会した。

会の運営に当る常務理事・理事には、尾崎士郎、久米正雄、中村武羅夫、菊池寛、白井喬二、吉川英治、柳田国男、折口信夫、佐藤春夫、室生犀星らが名を連ね、壺井繁治・栄夫妻、中野重治、佐多稲子などプロレタリア文学関係者も参加した。探偵作家も多く入会したが、中でも甲賀三郎と、久作と親しかった木下宇陀児は積極的な活動家となったし、九州日報時代、久作に多大な影響を与えた詩人の加藤介春も入会して、一八年春、文学報国会が建艦献金運動のキャンペーンとして企画した、原稿用紙一枚に小説や詩を書く「辻小説・辻詩」運動に賛同して、短詩一篇を寄せている。

もし久作がこの頃まで存命であれば、こうした時流に如何に対処し得たか、たいへん興味深いところだ。軽々に推論は出来ないが、老荘哲学に親しみ、何よりも自然の素朴さを愛した久作は、少なくとも、自然を破壊し、人間を殺戮する戦争は「兵は不祥の器なり」（老子第三一章）として、積極的に与することはなかっただろうと思われる。

第十章　三人の息子たち

久作復活

戦争中から戦後にかけて、夢野久作はごく一部の読者に読みつがれていただけで、ほとんど忘れ去られた作家だった。

久作復活のきっかけを作ったのは、一九六二年（昭和三十七年）、評論家、鶴見俊輔が、『思想の科学』一〇月号に発表した「ドグラ・マグラの世界」だった。

鶴見俊輔は杉山家と無縁ではない。久作の父茂丸が福岡県知事にかつぎ出した安場保和は曾祖父にあたり、茂丸の生涯の盟友だった後藤新平（安場の娘婿）は祖父にあたる。

ただ、鶴見自身はそうした縁は知らずに、子供の頃、自宅の書棚にあった夢野久作の『犬神博士』を熱中して読み、夢野久作の名を記憶にとどめていたという。

鶴見は、「ドグラ・マグラの世界」で、『ドグラ・マグラ』を中心に、『犬神博士』『氷の涯』の三作を採りあげ、第一次大戦、ロシア革命の頃から日本でも世界意識が生まれるが、《これまでの日本の世界意識の代表的作品と考えられて来た『白樺』の諸作品よりも、夢野久作の作品の中に、現代の日本の世界小説の系列の先例を見ることができると思う》と、久作再評価の烽火をあげている。これは日本の文壇的常識をくつがえす斬新な提言であり、闇に埋もれていた夢野久作に新しい光を当てるものだった。

『ドグラ・マグラ』については、「自分を探す探偵小説」だとして、鶴見なりの解釈を展開した上で、『ドグラ・マグラ』は、推理小説の始祖ポオの『ユリイカ』によく似ているし、久作と同時代の表現主義の作家カフカの『審判』『城』『変身』にもよく似ているとし、推理小説にも思想の容器としての系列があるが、その系列の中で、『ドグラ・マグラ』は独自の位置を占めているとしている。

《『ドグラ・マグラ』は、日本の推理小説の系列の中で、一つの位置を占めるだけではない。日本の思想史の上でも、他の著作によっておきかえることのできない重要な位置を占めている。日本の右翼思想の思想方法上の特色を、集約的に表現しているからだ》

として、鶴見は、久作の父茂丸に触れているが、茂丸を《昭和時代に入ってから現われるかたくなな国粋主義者、国権論者ではなく、自由民権の拡大とアジア解放とを求めるインターナショナルな視野を持つ民族主義者であり、国粋主義、国権主義への転向前の民族主義者である》とし、そのような右翼浪人の姿は、特に『犬神博士』と『氷の涯』に鮮やかに出ているとしている。

多彩な貌を見せた杉山茂丸の歴史的位置づけは難しいところで、鶴見の評価には異論もあろうが、茂丸抜きの久作論が片手落ちになることは間違いない。

この鶴身の評論は新しい視覚で久作を評価し、久作復活の糸口をつけることになったが、杉山家にも波紋を投げた。

杉山家でこの鶴見の評論に最初に気づいたのは三男の参緑だった。参緑は幼時から病弱で、久作の日記を読むと、参緑の病気は数えきれないほどだが、父親の文学的資質を受け継いで詩を書いていたし、『思想の科学』にもよく眼を通していた。参緑から鶴見の評論を知らされた長男龍丸は、早速眼を通し、鶴見に手紙を書く。

その手紙は、「父・夢野久作の周辺—T氏への手紙」と題して、『思想の科学』一九六四年五月号に掲載された。

《……本日、末弟の詩人で生命派という新しい分野の詩を書いています杉山参緑から「思想の科学」一〇月号を見せられて、今その一〇月号を読みつつこの手紙を書いているところであります。

亡父、夢野久作の〝ドグラ・マグラ〟が、この様にあなた様の御努力で、世の中に紹介されていますことに驚きましたと共に、非常に嬉しく存じました。

〝ドグラ・マグラ〟は、亡父の畢生の作で、およそ十数年、否二十年もの間、温め、幾度も書き直して遂に自費出版（注＝前述したように、商業出版）したものであります。たいへん変ですが、亡父に代わって申しますなれば、世界一流の名著に入るもの、又探偵小説の分野と申すのでも特別のものとして、亡父は自負していたと申しても過言ではありません。……》

久作没後二六年にして、ようやく父の労作に光が当てられたことを喜びながら、久作は死去の前夜、秘書の紫村一重と、二・二六事件を契機に、《日本の将来の事を、日本の思想の根本的なことを書いて世に問う決意》を語り合っていたと述べている。

すでに龍丸には、一九五八年七月発行の『別冊宝石』七八号『久生十蘭・夢野久作読本』に書いた「亡き父、夢野久作を偲んで」という一文はあったが、『思想の科学』の鶴見評論をきっかけに、堰を切ったように父久作について書きはじめる。

『思想の科学』六六年一一月〜一二月号に「夢野久作の生涯」。

『九州文学』七四年六月号に「父・夢野久作の思い出」。

七六年一〇月には、三一書房から単行本『わが父・夢野久作』。

『九州文学』七八年二月〜七九年八月号に「西の幻想作家」など。

また、龍丸は祖父茂丸の生涯にも深い関心を持ち、『思想の科学』七〇年一二月号に「杉山茂丸の生涯」を書いている。

龍丸の父久作を語る文には、敬愛の念がこもっているが、父を失ったのが一六歳の時なので、父がどういう人間か、よく理解もしていた。

「底抜けの善人、底抜けの律儀者……」といった評価は前述したが、その裏に潜む孤独もよく察知していた。

《彼には多彩な天分があった。しかし彼は肉体は非常に弱く、その心は非常に繊細で傷つきやすかった。……彼の天分を生かす仕事をしたいという色々のことも、父や周囲の状況で塞がれた。そして、心無い人々の行動は、彼の心を傷つけた。

……彼は孤独であったと思う。家族に愛を求めて、彼は妻がそんなにしなくてもと思う程つくした。異母妹らも、お兄さん、お兄さんと、口々に親しみを込めて、彼を呼んだ。しかし、心の底に、本当の信愛は、得られなかった。それでか、彼は友達に尽した。しかし、彼を本当に理解し、彼が尽したのに、報いた友人が何人あったであろうか？》（「父・夢野久作の思い出」）

この一文は、何よりの父へのオマージュとなっている。

父久作や祖父茂丸に関する龍丸の記述は、多少事実関係の正確さを欠く面や、肉親ゆえの思い入れが強い面があるものの、久作、茂丸の面目をよく伝えていて、貴重な資料となっている。

鶴見俊輔の「ドグラ・マグラの世界」や、それに触発されての杉山龍丸の一連の著述などがあって、夢野久作に対する関心が深まり、六九年六月から三一書房の『夢野久作全集』（全七巻）の刊行が始まった。編者は中島河太郎と谷川健一。

第一巻の巻末対談（谷川健一・尾崎秀樹）で、谷川は久作の魅力をこう挙げている。

「近代日本文学史というのは、要するに西欧の合理主義的なパターンというものを追っかけているわけでしょう。純文学にしろ。ところが夢野久作というのは、そういうことをてんから無視しているというところがありますね。西欧的な合理主義に習うということは、いろんな理づめの小説になるし、情緒なら情緒というものを述べるにしても、何かその理由づけをしなければならない。ところが、理由がない、前提のない、いきなりジャンプするというようなところに、夢野久作の非常な魅力があるような気がするんですよ。……夢野というのは、人間の内臓なら内臓というのをくるっと裏返しにして見せるような、何か無気味さがあるような気がしますね」

久作文学の特質をよくとらえた評言といえよう。

『夢野久作全集』の刊行が始まった六九年は七〇年安保の前年であり、大学紛争が全国的な規模で展開され、「全共闘」「新左翼」が流行語になった時代である。パリのカルチェ・ラタンにバリケードを築いたフランス学生の叛乱や、「造反有理」を掲げた中国文化大革命の影響もあって、造反の嵐がキャンパスに拡がっていた。東京大学でもかつてない叛乱が起り、催涙弾が乱れ飛ぶ安田講堂攻防戦がくりひろげられたのは同年一月のことだった。

そうした政治・社会状況のなかで、『夢野久作全集』の刊行が始まったわけだが、その刊行の意義を、尾崎秀樹が前記対談でこう語っている。

「そういう異端と正系の問い直しが、七〇年を前にして出てきているわけで、文学的な路線においても、異端と正系の問い直しがある。……だから、『夢野久作全集』が今日思想的な意味を持つとするならば、まさにそういう異端と正系というものの問い直しという、思想的な変革、そういうものの上に立つから意味があるんだ」

何が正系で、何が異端か。『夢野久作全集』は、その座標軸を問い直す格好の問題提起となったわけだが、この全集刊行を機に、異端派と位置づけられてきた評論家、作家、詩人による久作論が相次ぐ。

たとえば平岡正明は、《歴史が変動するときには、一つ前の歴史的変動期に突入したものが再現される。これは、日本思想の循環的テーマに一致する》とし、その突出した代表的作品の一つとして『ドグラ・マグラ』を挙げ、

《久作の思想が日本の思想の最深部からアッパーカットのように突きあげてくる日もそれほど遠くない》（「夢野久作・白日夢の文学」東京都立大学新聞六九年五月二五日号）と書いている。

久作のアッパーカットも、太平楽の日本社会は柳に風と受け流してきた感じはあるが、平岡正明の一連の夢野久作論は久作の思想の熱いマグマに触れ、異端と正系を鋭く問い直す論考ではあった。

七一年には、『ドグラ・マグラ』を医学から文学、哲学にわたる豊かな学識と犀利な評論眼で分析してみせた狩々博士《カリガリ》『ドグラ・マグラの夢』（三一書房）のような本格的な評論も現れた。

久作が生きていてこの本を読んだら、半分は「ふ～ん、よう読み込んじょるなあ」と感心し、あと半分は「あたきの頭はとてもここまでは廻りきらん。百科辞典のごたる脳髄ばしとるんなはる」とポカン君になりそうな、博学多識の大論文である。

いったい、狩々博士とは何者なのか？

本の内容からすると、文学好きの精神病理学者、あるいは、相当な学識と批評眼を持つ文筆のプロとしか思えないが、未だに博士は仮面をかぶったままである。従って、その正体は公表しないのが礼儀であろうが、ただ、京都在住の会社員とだけ紹介しておこう。

なお、久作のあらゆる作品（新聞記事なども含めて）から、久作に関する断簡零墨に到るまで、久作関係の資料を発掘してきた西原和海のような研究者もいるし、怖るべき久作ファンは少なくない。夢野久作はそれだけの魔力を持つ作家だった。

いまひとつ、久作評価のサンプルを提示しておく。半世紀近く未完の大作『死霊』を書き続けてきた作家、埴谷雄高の『ドグラ・マグラ』論である。

『夢野久作全集』第六巻の谷川健一との対談で、埴谷はこんな発言をしている。

「これまでの対談で、『胎児の夢』がどれほど触れられたかわからないけど、僕は非常に感心しました。……それから『脳髄論』が出てきますね。この『脳髄論』は『胎児の夢』の本質論から比べれば一種の現象論みたいなもので、このごろ大衆の前衛化ということがいわれますけど、それを先取りしたみたいに、各細胞がそれ自体が一単位であり、中央の司令部は単に電話局みたいな機能を果たしているにすぎない、というようなことがいわれているわけですね。これはほんとに現代を先取りしていると思います」

特に埴谷は、『胎児の夢』は、単に胎児のことを言っているのではなく、生物とは何ぞやということを言っているもので、久作は『胎児の夢』に仮託して全人類的な生物論をやっていると見る。しかも、その『胎児の夢』が真犯人となっているところに、『ドグラ・マグラ』の素晴らしさがあるとしている。その一方で、文学的欠陥も指摘している。

「探偵と犯人とが同じ場面で向き合って対立していないですね。つまり、次々と呉一郎の前に現れるけど、若林と正木が論争し合って、互いに追いつめていってはドンデン返しになるといった、そういう対立がないのですね」

その対照として、埴谷は、ドストエフスキーの『罪と罰』のラスコーリニコフとスヴィドリガイロフ、『白痴』のムイシュキンとラゴージンといった対立を挙げ、ドストエフスキーは対立の極点に行くまでの道程を鮮明に記しているため、読者は精神の高みに引き上げられることになるが、久作の『ドグラ・マグラ』にはそれが欠けているとしている。

ドストエフスキーと比べれば、もっともな指摘である。

杉山大尉

久作復活に大きな役割を果たした長男の龍丸だが、孫のなかで容貌、体格が最も祖父茂丸に似ていた彼は、茂丸同様、波乱に富んだ生涯を送った。

龍丸は『杉山茂丸の生涯』を書いているが、祖父の生涯をこう見ていた。

《あり余る才能・体力・精神力等々、彼は人間の望むもの、人の欲するもの全て備え、かつ行なってきた。その意味では、最も恵まれた人といえるかもしれない。しかし私から見ると、最も気の毒な人であった。彼は、全てのものを持つことが出来た。しかし、全てのものを失った人だったのである。これは、明治期に出た多くのとんでもないやつらの中で、彼が一番始末しにくい人であることにもなる。

……レーニンは「ああクタビレた」といって死去し、孫文は「革命未成功」と書き残している。彼はすべてにクソッタレといって死にたかったに違いないと、私は思っている》

龍丸もまた、そんな祖父の生涯にも似た「とんでもない」人生の軌跡をたどることになる。

久作最後の上京の際、父から将来の志望を聞かれて、「軍人になる」と答えた龍丸は、父の死後もその志望を変えず、翌一二年三月、福岡中学を卒業する際、陸軍士官学校を受験して首尾よく合格した。なぜ軍人を志したのか？

《祖父茂丸の世界も、父夢野久作の世界も嫌いで、逃避して生きるために、軍人の世界に入った》（『夢野久作の生涯』）

龍丸は陸軍士官学校（第五三期）を出ると、航空技術将校になり、戦闘機の整備隊長として活躍している。

龍丸は『幻の戦闘機隊』（未公刊）と題する軍隊記録を残しているが、それによると軍歴は―。

昭和一八年春、航空技術学校を卒えて、北満洲・嫩江《ネンチャン》基地の飛行第三一戦隊（九七式軽爆撃機隊）の第一中隊整備隊長として赴任。

一八年九月、第三一戦隊は西満洲の白城子基地へ移駐。それとともに、戦隊は戦闘機隊に改変されたため、杉山中尉は一二月、一式隼戦闘機の整備技術を習得するため、三重県明野《あけの》の陸軍戦闘機学校に出向、一九年一月末、帰隊している。

一九年四月、第三一戦隊は再び嫩江基地に戻り、杉山大尉は戦隊整備隊長に就任。その際、杉山隊長は部下にこう訓示した。

「飛行機は多くの部品から出来ている。そして、一つ一つの部品は色々の材料で出来ている。鉄もあれば、アルミニウムもある。それは単なる物質である。しかし、それらを製作した人々の心が籠っている。また、物質には違いないが、その物の魂といったものもあると自分は考える。

我々技術員がこれらの部品を組み立て、正確にその結合を行なうことで、それぞれの物の魂に一つの線が出来て、それを我々が徹底して磨き、手入れして、始動するとき、その魂と我々の魂が一致して躍動することになる。徹底してやれ！」

すでに敗色濃厚となっていた一九年六月初旬、第三一戦隊にフィリピンへの転出命令が下った。貨車で朝鮮半島を南下し、釜山から輸送船で門司へ着き、約一〇日間滞在して、器材や食糧の補給をしたが、その間、六月一五日には米軍がサイパン島に上陸、一九日には、マリアナ沖海戦で、日本海軍は空母、航空機の大半を失っていた。なお、サイパン島の守備隊三万人は一万人の住民を巻き込んで、七月七日全滅。

そうした戦況のなかで、フィリピンへの転属組約二〇〇〇人が八〇〇〇トンの扶桑丸に乗船し、護衛艦とともに門司を出港したが、二四歳の杉山大尉は副輸送司令官の重責を担った。

船団はいったん台湾の高尾に寄港し、他からの輸送船も集結して、総数三六隻の船団を組んでフィリピンへ向かった。

七月三〇日未明、マニラまであと三日というパリタン海峡で船団は敵潜水艦の魚雷攻撃を受け、午前四時一五分、魚雷を食らった扶桑丸に「全員退船！」の命令が出た。

部下たちの退船を指揮したあと、四時三〇分、杉山大尉も真暗な海面に飛び込んだが、運よく筏にたどりついて漂流した。無事だったのはわずか九隻だけで、おびただしい数の兵士が、海中に呑まれ、漂流していた。

午後四時すぎ、やっと漂流海域に一隻の駆逐艦と三隻の掃海艇が現れて救助活動が始まり、杉山大尉は漂流一四時間で五時三〇分ごろ救助されている。

第三一戦隊整備隊は、隊員の三分の一の一一五名とともに、全器材、全工具を失った。

生き残り組は命からがらルソン島に上陸してマニラに入り、飛行機で先着していた先発隊員と合流して、なんとか態勢を整えたが、こうした事態を、杉山龍丸は早くから予測していたという。

《陸軍航空技術学校で、昭和一七年、戦争を中止させるために心血を注いで考え、近衛公、頭山満翁、廣田弘毅、その他の人々を訪ねて、戦争中止の説得をした折に、日本は行くところまで行かねばならぬと、覚悟を決めざるを得なかった。

既に、和平、講和のチャンスは去ったし、為政者、官僚、民間人は勿論、軍人も、生産や技術に関する必要な知識を持っていないので、ブレーキのない車で坂を走るようなものである。しかし、これらの実情を兵士達に話すわけにはゆかぬ。必勝の信念を持って鍛えられて来た兵士達に敗戦の心得を説くことは不可能である。それならば、死力を尽くして戦い、そして生き残る工夫を与えるだけであろう》（『幻の戦闘機隊』）

一九年八月上旬、第三一戦隊は、ネグロス島ファブリカ基地に移駐したが、すでに米軍はブーゲンビル諸島やニューギニアのウエワク、ホーランジャ等を攻略して、フィリピンの奪回作戦にかかっていた。

九月には入ると、第三一戦隊でも特別攻撃隊が編成され、その第一陣として二機が出撃した。杉山大尉と士官学校の動機の岡野和民大尉が第一中隊全機を率いて掩護出撃したが、その岡野大尉も戦死した。

そのあとはもう、それこそ坂道を転げ落ちるような敗戦続きで、第三一戦隊は、一〇月一五日の第二回レイテ出撃でほとんど潰滅する。そんな敗勢のなかで、杉山大尉指揮の整備隊は、破損した戦闘機の整備を必死になって続けるが、敵機の空爆が続くようになり、杉山大尉も身体が土砂に埋まってしまったこともあった。

二〇年三月八日には、第三一戦隊の戦闘機は遂にゼロになり、三月三〇日、杉山大尉以下整備隊員五名は、第二飛行師団長命で内地転勤を命ぜられ、まずボルネオのタワオ基地に飛んだ。そのタワオで敵地の機銃掃射に遭い、杉山大尉は右胸部を機関砲弾で貫かれ、瀕死の重傷を受けている。

ようやく生命ながらえ南方の病院で敗戦を迎えているが、杉山龍丸は戦後、命令とはいえ、どたん場でのフィリピンからの脱出をひどく苦にしていた。

『幻の戦闘機隊』のあとがきに、彼はこう書いている。

《……ネグロス島シライ町の飛行第二師団司令部の命令で、脱出してボルネオに行ったことは、命令とはいえ、結果的に脱出した事実は、如何なる方法をしても否定出来ないことである。……残置隊として残る者から見れば、如何なる理由があるとも、この誤解非難は受けねばならぬ事であろう。

何故かなれば、多くの司令部、部隊長、軍司令官、師団長等々、上級将校ほど、逃亡、脱出の状況があり、帝国陸軍の将校として、統帥者として、誇りも何もない、無責任な作戦、行動があまりにも多かったからである》

杉山龍丸は恥を知る武人であった。卑怯未練な高級将校たちと同列に見られるのが無念でならなかったのだ。彼は戦後、第三一戦隊整備隊の戦死者たちの遺族を訪ねて廻って、香華を手向け、戦死の状況を報告し、上官としての責任を果たしている。

龍丸が、『幻の戦闘機隊』(約九〇〇枚)を書きあげたのは一九八三年七月のことだが、なぜ戦後三八年を経てこの戦記を書くことになったか、その心情を彼はこう記している。

《飛行機第三一戦隊、特に特攻機の記録は、何としても書き残して置かねばならぬと思って、既に十数度、この三十八年間に筆を執ったが、書いているうちに原稿用紙の上に涙が落ちて、書けなくなってしまった。

……私はいま六三歳。まだ体力、生命はあるが、ネグロス島より脱出後、ボルネオ島タワオにおいてP38ロッキード機の銃撃を受け、右胸部に機関砲貫通傷を負ったことでの神経痛と、砂漠を緑化するために200度Cに近い砂漠を歩いたため、坐骨、下肢の神経痛を併発する身になっているが、更に砂漠を緑にするために努力することになりつつある。
私としては、この飛行第三一戦隊、幻の戦闘機隊の記録を残すことが出来たことで、なんら思い残すことはないと思っている》
しかし、『幻の戦闘機隊』は公刊される機会を得ないまま、彼は世を去らなければならなかった。

砂漠緑化

戦後、龍丸は五年ほど香椎の杉山農園で戦傷の回復を待ち、どうやら元気になると上京して、米軍基地で戦車修理、化学薬品のセールスマン、アイスクリームの原料売りなどを転々としたあと、秋葉原で合成樹脂のパイプ・板の設計販売店を開いている。

東京でそんな商売をしていた昭和二九年暮れのある日、龍丸は東京駅で旧知の大男とばったり出会った。陸軍士官学校の同期生で、さらに航空技術学校でも一緒だった佐藤行通だったが、なんと彼は芥子《からし》色の法衣を身にまとい、日本山妙法寺の僧侶になっていた。行通は一人のインド人青年を連れていて、あたりかまわぬ大声を挙げた。

「いいところで会うた。明日、俺はインドに出発することになっている。そこで貴様に頼みたいことがある」

日蓮坊主の傍若無人の大声に、まわりの人たちが何事かと寄って来たので、龍丸は行通を喫茶店に連れ込んで話を聞くと、頼みが二つあるという。

「一つは、このインド青年はガンジー翁の弟子で、平和運動のためアメリカに行くことになっているが、旅費がない。ついては、その旅費をなんとかしてくれ。もう一つは、俺はインドに行って農業開発の手伝いをするが、日本から必要な農業器具を入れたい。その手伝いもしてくれ」

この佐藤行通はやがて平和運動家として世界的にその名を知られることになるが、この時の出会いで、龍丸はインドにひきずり込まれることになった。その著『飢餓を生きる人々』にこう書いている。

《彼一流の平和論からガンジー翁論、世界論と、約一時間以上まくしたてられ、否応なしに約束させられたのが、運の尽きであった。

正直にいって、祖父や、先輩のいろいろのことは、頭になかった。

……佐藤行通という男もアキれた奴で、明日インドへ行くというので、彼がインドに行ったら後のことは知るものかと思って、翌日、事務所で、合成樹脂でつくる化学装置の設計見積もりをしていたら、事務所の外で、これまた事務所が家鳴震動するくらい大声をあげて、南無妙蓮華経、南無妙法蓮華経と太鼓を叩く奴がいる。飛び出して見ると、佐藤の奴である。背後に、キャシャな服を着た昨日のインド青年がいる》

佐藤行通は、杉山茂丸の『百魔』に登場してもおかしくないような魔人で、龍丸の事務所に入ってくるなり、「昨日約束した旅費を出せ」ときた。龍丸が「いまは金はない」と言うと、「では、手形でも書け」。その迫力に龍丸は負けてしまった。

佐藤行通は重爆撃機の操縦を志して航空士官学校に進んだが、陸軍所沢飛行場で飛行訓練中、エンジン故障で不時着、そのときの衝撃で左目の視力をほとんど失っている。そのため龍丸がいた航空技術学校に転科、昭和二〇年八月一五日の「終戦の詔勅」は、八王子の第四陸軍航空技術研究所で聞いている。熱血漢の彼は、無条件降伏に反対して、同志たちと所沢近傍の陸軍航空士官学校に乗り込んで決起を呼びかけたり、米航空母艦への重爆撃機特攻を企てたりしたが、すべてはむなしい抵抗に終わっている。そして、敗戦のショックからようやく醒めた二〇年一一月、日本山妙法寺の山主、藤井日達《にったつ》と出会って弟子入りしていた。

その佐藤行通がインドへ行って龍丸のことを吹きまくったのか、インドから多くの宗教家やガンジーの弟子たちがぞろぞろ龍丸を訪ねて来るようになった。

だが、龍丸は最初からインドにのめり込んだわけではない。インドから帰ってきた藤井日達から面談を求められて話し合った時も、最初は政治的な問題で意見が対立したというし、戦場で死線をくぐり抜けてきた龍丸は、安易に平和とか人類愛を口にする人間が信じられなかったという。

だが、自分を訪ねて来るインド人たちと接するうちに、龍丸のインドを見る眼、ガンジーを見る眼が次第に変わって行った。

特に、日本に陶器製造の技術を習得に来たインド青年の世話をした際、食器もなく、木の葉に食物を盛っている多くの国民のためにと、不器用ながら必死になって陶器作りを学ぶ姿に胸を打たれ、インドに肩入れするようになったという。

昭和三〇年には、ネール首相の協力要請もあって、アジアの国民生活と産業技術の指導を目的とする国民文化福祉協会を設立している。

《日本で約七年間、陶器、農業、農器具、竹細工、手工業等々、多くの人が学び体験してインドに帰って行った。一人として、私から求めて教え導き、案内したのではない。いや偶然か、いろいろの方面から探し求めてきたのか、彼らにせがまれ、断っても去らず、ついに私のほうが根負けして、知っていることを教えて、このようになったのである》（『飢餓を生きる人々』）

そんな多くのインド人との交わりを経たあと、龍丸は、昭和三七年（一九六二年）一一月中旬、藤井日達一行とともに初めてインドへ旅立ち、約半年間滞在して、翌三八年四月中旬帰国している。インドは乾期だった。

この初めてのインドで、龍丸はカルカッタ、ボンベイを経て、グジャラート州の奥地ベトチーでのガンジーの弟子たちによる中印国境事件の討議に参加したあと、ニューデリー、ラジプールからカシミールのスピティ・ヒマラヤ地方にも足を踏み入れ、中印国境の聖地マニカラも訪ね、さらに、釈迦が住んだビハール州ラジギール、ガンジス河聖地ベナレスなど、南インドを除く各地を幅広く歩いている。

それに龍丸は、ガンジーの後継者といわれたヴィノバーと約半月寝食を共にしたり、ガンジーの高弟、スワミジー・マドウ・アナンドやビビ・アッサラムなどと接触し、ガンジーの平和・独立運動が如何なるものであったか、肌で学んでいる。

マハトマ・ガンジー（一九四八年一月三〇日暗殺）はすでにこの世になかったが、龍丸はデカン高原中央部のワルダにあるガンジー住居跡のガンジー・アシュラム（生産工場、医療設備なども持つ学習塾）をひとりで訪ね、三日間滞在している。

《私はこの眼でガンジー翁の御住居と居室、食堂、作業場、朝、日の出を拝まれるところ、大きな菩提樹を背に、ガンジー翁が河砂利を敷いた広庭に塾生と共に朝の祈りをされる様子そのままのものを見て、また一緒にお祈りをしてきた。

そこから受けたガンジー翁の姿は、それは素朴そのままの人の姿であった。……ガンジー翁は、一個の人間として自らを弱い弱い人間として生き、努力して弱い弱い人間の涙に、共に泣き、共に喜んだ人のように私は思った。

……静寂の中に、今は亡きガンジー翁は、さらに強い強い言葉で私に語りかけてこられているように思った。「私はただ人間として、人間のためにのみ努力してきただけです。ただそれだけです」と》（『印度をあるいて』）

この龍丸のガンジー塾体験は、一種の回心とも呼ぶべきものだったのだろう。こうした形でガンジーの人間と事業を理解したとき、龍丸は深くインドにとらわれてしまっていた。

その精神の祖形は、父久作に見ることが出来よう。黙々と渋紙のようになって働く農民こそ文化をつくる人たちだと畏敬した久作の素朴な人間観と、龍丸の回心はつながっている。

ガンジーに三つの教えがある。

一、サッチャ・グラハ（真理の把握）

二、アヒンサ（非暴力的）
三、サンチ・セナ（聖なる奉仕）
有名なガンジーのチャルカ（糸車）は、空理空論に陥らず、真理を自分の体で体得するサッチャ・グラハの象徴……といったことも龍丸は学びとっている。

アヒンサはいうまでもなく、ガンジーが生涯かけて守り抜いた戒律だし、ガンジーのサンチ・セナは平和運動の形で発現されたと龍丸は理解した。

龍丸の『印度をあるいて』と『飢餓を生きる人々』には、彼の魂を揺り動かしたインドの諸相、出会った多くの出来事が綴られているが、『印度をあるいて』のなかに、元大統領ラジェンドラ・プラサドをパトナの自宅の病床に、藤井日達とともに見舞った時の記述がある。

絶対安静の病床を見舞った数日後、日達と龍丸はプラサドの使いの者から案内を受けた。

「きょう一月三〇日はガンジー翁の命日です。アシュラムの庭で翁の冥福を祈りますので来て欲しい」

行ってみると、庭の大きなマンゴーの樹の下に席台が設けられ、真白なカディを着けた一〇〇人余の塾生が席台の前に坐っていた。日達と龍丸は席台の上に招じ入れられた。

《博士（プラサド）は、奏楽の中に無心にチャルカを操り、一束の糸を作られた。

それが終わる頃、どこからか国歌が歌いだされ、そしてガンジー塾生の祈りの唱和となっていった。黙念と坐った博士は、眼を閉じ、一つ一つ噛みしめるように僅かに唇を動かして唱和されていた》

プラサド元大統領が死去したのは、それから二か月後のことだった。

半年間にわたってそんなインド体験を重ねた龍丸は、その後、一九六七年、六八年、六九年とインドへ渡って農業指導をしているが、彼を決定的にインドに結びつけたのは七二年に渡印したときのようだ。最初の渡印から一〇年後のことである。

インドは六五年から六七年にかけて大飢饉に見舞われ、約五〇〇〇万人の餓死者を出していたが、七二年も飢饉で多くの餓死者が出た年で、龍丸はガンジーの弟子たちから救済方法を考えてくれと訴えられて、インドへ飛んでいる。

このときの体験は、よほど強烈なものだったらしい。龍丸はこのとき、パトナ、ラジギール、ブッダガヤなど、釈迦寂滅後インドで最も栄えたアソカ王朝文化の地を歩いているが、海のようなガンジス河が流れていながら、見渡すかぎり乾ききった半砂漠の大地に茫然となる。その乾ききった平原に太陽が落ちると、暗黒の夜の帷のあちこちから、篝火が現われる。餓死者を河へ運ぶ担架の四隅に立てられた魔よけの火であった。闇の中から黙々と現われ、黙々と消えていく。ガンジス河に向かって……。

龍丸はそんな夜の光景を眼裏に焼きつけながら、時には涙を流しながら、乾ききったインドの大地をめぐり歩いた。親兄弟を失った子供たちから、「バブシ、バブシ、お恵みを！」と袖や腰にすがりつかれて、有り金をはたき、それでもなお追いすがられて、ごめん、ごめんと逃げ出したこともある。

森がない大地。草が生えても、無数の牛、山羊、羊の大群にすぐ食いつくされてしまう大地。森がないから、地下水もない。

《このような大地に生きているのがインド国民である。私は気狂いのようになって、インド各地を歩き、あらゆる階層の人々の家を訪問し、納屋の農具を点検し、地主階級の農具を収めた倉庫を見た後、各家庭の台所を調べて歩いた。……台所には包丁一本もない。……日本のように俎板に包丁でトントンと切るなんて、インドでは想像もできぬことであった》（『飢餓を生きる人々』）

航空技術将校として爆撃機や戦闘機の修理整備をしてきた龍丸は、技術者の眼で、インド人の生活の隅々まで見取っている。

この七二年の渡印の際には、九州大学農学部の土壌肥料の研究者、山田助教授、森林学の宮崎助教授らも同行して、砂漠の底から古代森林の炭化木を発掘したりしているが、そうした学者たちの研究も参考にして、龍丸はこんな認識を得ている。

《文化は、森林を失わしめて砂漠とし、人類が生きられない、死滅した静寂の平和をもたらすものであるということが、多くのデータとして、私の手許に集った。

……我々人類の近代史は、産業革命後、地球の資源を略奪し、科学という力で、最も強大な繁殖力をもつものが闘争してきた姿ではなかったか?

この大きな疑問に対して、生涯かけて探求し努力したのが、ガンジー翁の運動ではなかったかと思う》（同前）

たしかに、中近東のメソポタミア文明、インドのインダス文明、中国の黄河文明など、今はすべて砂漠の中に消えている。人類の文明は大地の砂漠化がもたらしてきたとも言えよう。

龍丸は、インドのカースト制も、人類の文明そのものが生んだ鬼っ子と考えていた。

『部落解放史ふくおか』第一四号（一九七九年二月）に、龍丸は、『座談会「不可触民差別を考える」を読んで』という一文を寄稿しているが、そのなかで彼は、不可触民問題に対するガンジーの運動が不徹底に終わったことに触れて、ガンジーは努力はしたが、一朝一夕に改まるようなものではないと、問題の根深さを指摘しながら、こう述べている。

《故に私は、カースト問題は、人類のもっている文明の中から生まれた現象であって、文明そのものを是正せぬ限り具体策は生まれないと考えています。

ここに、文明と砂漠化という問題が存在します。……人間の欲望が森林地下資源を枯渇せしめていった。ここに自然と人類の生き方のかかわりあいの問題があります。その根本問題に努力せぬ限り、このカースト問題が解決せぬと考えています》

そんな考えに達した杉山龍丸は、ガンジーの異国の弟子の一人となり、自分の生涯を賭ける発願をする。緑の森林を失ってしまったインドの大地に緑を甦らせてやろうと。

その志は、祖父茂丸、父泰道の遺嘱でもあると、龍丸はその著『砂漠緑化に挑む』に書いている。

龍丸によれば、祖父茂丸は、中国革命の指導者孫文と協力して、朝鮮半島から満洲、蒙古にかけて植林したことがある植林事業の先覚者であったし、自分はその祖父の遺志を継ぐ者だとしている。また、父泰道は何よりも緑ゆたかな自然を愛し、農を重んじた人だと。

インドの砂漠緑化で、龍丸がまず着目したのは、砂漠、乾燥地帯にも、なんらかの植物があり、生存している動物もいるという事実であった。彼らは本能的に地下水分の存在を知っているからこそ、砂漠でも生きられる。

そこで彼は地下の地層に興味を抱き、調査研究を進めてみると、砂漠、乾燥地帯の水分は、地表から一～三メートル底の粘土層の上の砂の層に沿って流れていることや、植物の根がその粘土層まで届いていることを確認した。

問題はまだあった。地下の水脈が深い上、水質に塩分が多かった。日本の森林ではどこでも清水を飲むことが出来るが、これは水中の塩分を樹根が摂取しているためで、樹木が少ない砂漠地帯では、太陽の強い直射日光で水分が蒸発したあと塩分が残り、地下水も塩分を多く含むことになる。

そうした問題を一つ一つ解決しなければ、乾燥地帯の植林は成功しないが、特に塩分の除去は最大の課題だったという。

それに、外国人である龍丸にとって、大きな障害となったのは、詳細な地図が入手できないことだった。多くの国が国防上そうした制約を設けている。そのため自分の足で地理を調べるほかなく、炎熱の大地を歩き廻った龍丸は、やがて坐骨や下肢の神経痛に悩まされることになった。

しかし、そのうち気象衛星ランドサッドの航空写真で、大局的な地形、植物の状況などがつかめる便宜が生まれたし、海水から浄水をつくり、その浄水を砂漠に送る方法も考案されて、砂漠緑化の方法は急速に進展する。

龍丸はヒマラヤ山麓の土砂崩壊を防ぐ植林計画などで成果を挙げ、学者や政治家の注目も浴びるが、積極的な協力、援助の手はほとんどなく、彼は次々と広大な杉山農園の土地を売却して、インドの緑化事業に私財を注ぎ込むことになった。それを彼は、父祖の遺志を継ぐ行為と称してはばからなかった。

《私が砂漠緑化を生涯の仕事としてやってきたのは、祖父杉山茂丸が財産を残し、私を杉山農園で育て、遺言のようにして誰か子孫でやって欲しいと言ったためで、特別気負いがあったわけではない。……彼自身は、砂漠緑化をやっていることは一言も発表していない。杉山茂丸から夢野久作へ、そして私の秘密の伝承であった》(『砂漠緑化に挑む』)

それがたとえ、彼がそう信じ込んだ想念であったにせよ、杉山龍丸は、国事病にとりつかれた祖父茂丸の衣鉢を継ぐ者であり、人類の文化をつくるのは農民だと諭した父久作の遺訓を守る人だったと言えよう。

一九七八年には、インド植林の功を認められて、インド政府から同政府主催の国際砂漠地域会議に賓客として招聘されたり、八四年にはオーストラリアでの第二回国際砂漠会議に招聘されたりするが、日本ではなんら酬われることなく、八六年七月、祖父や父同様、脳出血で倒れ、二年余、不自由な療養生活を送って、八八年九月二〇日、世を去った。享年六九歳。

この龍丸の〝義挙〟とも言えるインド植林事業で、香椎唐原の杉山家は丸裸になってしまっていた。

九州大学医学部時代、杉山家に下宿していた医師、森文信《ふみのぶ》さんは、筆者の旧制福岡高校の後輩でもあり、杉山家との縁に結ばれた人物だが、昭和五〇年ごろ、クラさんに久闊を叙するため訪ねたときのことを、エッセイ「無可有郷《ユートピア》の下宿、夢野久作の家」のなかで、こう書いていた。龍丸さんが同居中だった。

顔を合わせるなり龍丸さんがいきなり切り出された。

「森さん、お医者さんでしょ。お金あるでしょ。砂漠緑化のために私に寄付してください」

すでに龍丸さんは、杉山農園をあらかた売り払った金をインドの砂漠に吸い込まれ、資金難にあえいでいたのだ。

そばにいたクラさんから、「お会いしたばかりで、なんと失礼なことを」とたしなめられると「アハハ、ちょっと急ぎすぎましたな」

夢野久作の３人の息子たち（右から龍丸、鐵児、参緑）とクラさん（森文信氏撮影）

「明治・大正政界の黒幕」「借金魔」とも言われた祖父茂丸の血を色濃く享けていた龍丸さんはそんな人物だった。

杉山農園は三万三千坪もあったのに、龍丸は次々と切り売りして、ほとんど無くなってしまい、アバラ家と化した杉山家のまわりはなんとゴルフ場になっていた。

森さんは龍丸のいきなりの借金申し入れにドギモを抜かれた上、下宿当時、クラさんや参緑さんと食事をしていた部屋に入ってさらに驚いた。


天井板が消えて、代りに朱色の大きなテントが吊るされていたのだ。びっくりして天井を見上げる私に、龍丸さんは事もなげに言った。

「雨漏りがひどかですけん、バケツや盥じゃ間に合わんとですよ。天井をとっ払ってテントを張ったので、もう安心ですたい。テントの下までは雨は降ってきませんもんね」

さらに第三段の驚きが待っていた。

森さんがクラさんに「屋根がこんなに痛んだのは、下手なゴルフボールが飛んでくるからですよ。抗議しなさらんと」と言うと、クラさんは、拾って貯めたゴルフボールが十個ほど入った籠を見せて、

「貯まったら、ときどき返してあげに行っとります」

これはもうおおらかな無可有郷《ユートピア》の出来事ではないかと思った森さんは、「なんという達観！」とお手上げの賛辞を呈していた。

このアバラ家で育った龍丸の長男、満丸さん（昭和三一年生）は少年時代、父親がインドに私財をつぎこんでしまったための貧乏暮らしに不満を持ったことがあったそうだが、

「不平不満は口に出せんとですよ。子供が親に反抗するなど絶対許さんというおやじでしたからね」

満丸さんの大学進学はひともめした。

彼の最初の狙いは早稲田の政経だったが、恐る恐るそれを口にすると、

「文系はダメ、理系にせろ」

そんならと、北海道大学の農学部受験を口にすると、

「なにィ、おまえは北海道に行ってオレの仇になるつもりか。オレはおまえなんかには絶対負けんぞ」と息まく始末。

といって、九州大学に入れば、怖いおやじの重圧にさらされ続けるので、中間をとって東京農工大学に落ちついたそうだ。

卒業時には東京の会社に就職が内定していたが、龍丸の檄が飛んできた。

「東京なんぞでウロチョロせんで、こっちへ帰って来い。九大農学部の研究生になってもっと勉強せろ」

どうやら龍丸の肚の底には最初から満丸さんをインド植林事業の後継者にしたい魂胆があったようだ。

そこで満丸さんは三年間九大で農業工学を学んだが、そのころはもう龍丸は資金難で四苦八苦の状態になっていて、満丸さんに言い渡した。

「オレはもうおまえの面倒はみきらん。自分で仕事探して食っていけ」

で、まず設計会社に職を得たが、やがて九州産業大学付属九州産業高校の理科教諭に転職し、今日に至っている。

高校教師となり、社会の構造がよく見えるようになるとともに、怖いばかりだった父龍丸を見る眼も変わってきた。

そんなときに、平成一〇年(一九九八)の初春、福岡市の九州朝日放送のディレクター、林謙司さんからこんな電話がかかってきた。

「あなたのお父上、杉山龍丸さんのインドでの足跡を訪ねる企画があります。ぜひご一緒に出かけていただけませんでしょうか」

この頃、満丸さんは父龍丸の遺品や関係資料を集めて、多数のダンボール箱に収め、高校の寮監も兼ねていたので寮監室に積み重ねていた。

そんな父親のぼう大な資料の山に囲まれて、これは一度、インドまで出かけておやじの足跡をたどらなければと思っていたところへ、九州朝日放送からの誘いである。まさに渡りに舟だった。喜んで誘いに乗った。同行者に福岡県出身の俳優・田中健が決まった。

満丸さんはインド行を決意した心情を、インド行の体験をまとめた著書『グリーン・ファーザー』のプロローグにこう書いていた。

父がどんな思いで砂漠に立ち向かっていったか、そのことを息子として、どうしても知っておく必要がある。

父が大きな夢を抱いて始めてインドに渡ったのは四十四歳。そのときの父とほぼ同じ年代にさしかかっている僕は、体力の衰えを感じる人生の半ばから、父がなぜインドの大地に立ち向かっていったのか？　父の情熱の源はなんだったのか？　それを知りたい。そして、父が生きた証《あか》しを見てみたい——。そんな僕の思いは一日一日と強くなっていった。だから、九州朝日放送の林さんの誘いはうれしかった。

インドへ同行の田中健とともに旅立ったのは平成一〇年四月だった。

　父龍丸は砂漠や乾燥地をどんどん歩き回って、どんな植物がどんな土地で育つか研究を繰り返し、ユーカリの植林にたどりついている。ユーカリは地下一、二メートルまで根を深く伸ばし、乾燥している土地でも地底を流れる水を吸収する生命力を持っていて、しかも成長が早いことも知っていた。こうして龍丸のユーカリの植林が始まった。

現地に到着した満丸さんは、まず父龍丸がデリーからアムリッツァルまでの国際道路に植え続けたユーカリの並木に案内されて、見事に青々と繁るユーカリの並木に感動する。

龍丸の足跡をたどる旅のなかで、ある農業試験場では、若いとき龍丸に協力して植林をしたという場長が研究員たちの前で、満丸さんの肩を叩きながら、

「おう、タツマルの息子が日本からはるばる来てくれたぞ。タツマルの息子のミツマルはわが家族だ」

試験場長はこうも言った。

「タツマル・スギヤマは緑のガンジー先生だ。インド独立の父はガンジー先生だが、インドの緑の父はスギヤマさんだ。あなたのお父さんはグリーン・ファーザーですよ」

このとき試験場長が口にした「グリーン・ファーザー」を、満丸さんはインド紀行をまとめた著書の表題とし、扉にこんな献辞をつけていた。

これは、インドの人々から
グリーン・ファーザーとよばれた
杉山龍丸の足跡をたどる心の旅であり、
父へ捧げる一篇の賛歌である。
――杉山満丸

同和教育

夢野久作の日記、大正一五年六月二五日――
《雨降らず、終日物を書く。タデ、チソ、トマト皆よくのびたり。満目皆青く、只、山つつじのみ赤し。龍丸いよいよイタズラ坊主となる。鐵児寝小便やまず。クラいよいよ元気なり》

寝小便で苦労した次男鐵児だが、三兄弟のなかでただひとり、いまも健在である。

長男龍丸は容貌も性格も祖父茂丸似であり、三男参緑は父久作似だったが、鐵児は祖父にも父にもあまり似ず、どちらかといえば母クラ似で、母の血を強く享けたようだ。クラは長寿だったし、その体質も享け継いでいるのだろう。

鐵児も子供の頃はよく病気もしたし、寝小便の悩みもあったものの、腕白で、いつも山野を駆けまわる野生児として育ち、初めて父久作に引き連れられて東京まで祖父茂丸に会いに行ったとき、「山猿三匹連れて来ましたやな」という父の言葉に、山猿とは俺のことだな、と思ったという。しつけに厳しい母クラから庭の山桃の樹に縛りつけられるのも、もっぱら鐵児だった。

彼が父親を失ったのは中学二年生のときで、父恋しさで、母や兄の眼を盗んでは、ヘビースモーカーだった父のタバコの匂いが残る書斎に入り込んで、父の小説を読んだというが、暗いものばかりで、「なんでおやじはこげな小説ばかり書いたんやろ?」と疑問に思い、その後あまり関心を持たないまま過ごしてきたという。

だが、学校教師となり、同和教育に取り組むうち、父親の仕事に対する見方も変わってきた。

一九七六年、葦書房から刊行された『夢野久作の日記』の月報に、鐵児はこう書いている。

《観念的な自由でも平等でもなく、資本主義者でも社会主義者でもなく、それ以前の、もっと根源的な、人間として、ギリギリの生きる権利、生存権的基本権を、ありのままの生き方で訴えている人達の、生活の中から生きる課題、人間としての生き方の原点を、なんどもなんども問い直そうとして模索している動きが、直観的に、父の小説に共感を呼ぶのかも知れません》

ちゃんと父久作の文学の本質を理解する域に達している。

鐵児も兄龍丸同様、県立福岡中学で学び、西南学院専門部に進んで、商業科を卒業後、昭和一八年八月、麻生鉱業に入社したが、兵役が免れない情勢になっていたため、入社後間もなく、海軍予備学生(第一三期)に応募して静岡県の大井海軍航空隊に入隊、鈴鹿、高知航空隊を経て、鹿児島航空隊で敗戦を迎えている。兄同様、操縦士ではなかったため、死を免れている。

戦後、中学教師になって、同和教育と取り組んできた鐵児には、『「同和」教育の基本的課題について』という冊子があるが、軍隊時代の自分についてこう書いている。

《「日本は、万世一系の『現人神』を戴く神聖な国であり、その国民は神民であり、天皇を親とし、国民を赤子とする家族的国家であり、日本を中心に世界を一軒の家のなかのように平和な世界にする使命を持つ国であり、国民なのだ。『八紘一宇』とは、そんな精神で世界を平和にしようとするものなのだ」と学校で、新聞で、軍隊で説かれ、その気になって一三期飛行科予備学生として、国内の海軍の航空隊を転々として、二一歳から二五歳の青春時代を私は「尽忠捨身」をモットーに夢中ですごした。正に尊血主義的な価値・態度体系を「忠死」の鉢巻きを締めて血肉化していたわけである》

典型的な戦中派の一人だったわけだが、ここで彼が使っている「尊血主義的な価値・態度体系」という言葉に注目したい。鐵児は、この尊血主義こそ差別を生むものであり、戦後もこの価値体系によって形成された社会意識が温存されて、「部落差別」の社会問題を生み続けてきたと論じている。

鐵児は復員後、麻生鉱業に復職するが、戦後の混乱と価値観転倒のなかで神経衰弱になり、二年後に退職、新生の道を教師に求めて、昭和二四年、香椎小学校の教諭となる。

昭和二五年、粕屋郡の新制須恵《すえ》中学に移り、三〇年には、地元の香椎中学に戻り、四〇年、福岡市内の東光《とうこう》中学に転任している。

この間、三六年から四〇年にかけて日教組福岡支部執行委員として、学力テスト闘争、勤務評定闘争で活躍、この頃、九州大学の向坂逸郎教授が主宰する社会主義協会にも入会している。

鐵児が同和教育と取り組むことになったきっかけは、東光中学への赴任だった。

「組合運動の仲間に、東光中学への転任を話したら、〝そりゃ、ご苦労ですな〟と言われたとです。その〝ご苦労〟の意味が赴任してやっとわかりました」

校区に大きな被差別部落があって、前任地の香椎中学にくらべると目立って学力の低い生徒が多かったのだ。

「三年目に初めてクラス担任になり、家庭訪問をしてよくわかりましたが、ちゃんと勉強が出来る生活環境じゃなかったとです」

学力だけの問題ではなかった。やがて三苫先生はさまざまな問題に直面する。就職差別、結婚差別……本気で同和教育、部落解放問題と取り組まざるを得なくなった。

鐵児は福岡市同和教育研究会に入り、さらに昭和四九年九月に発足した福岡部落史研究会にも参加して、本格的に被差別部落問題を勉強する。福岡部落史研究会は機関誌『部落解放史ふくおか』を刊行しているが、その創刊号（五〇年三月）に、三苫鐵児は、苦難の日々を送ってきた部落の古老からの聞き書きを発表している。

五五年三月、三苫鐵児は東光中学校長を最後に、三十一年間勤めた教壇を去ったが、退職後も、福岡市の民生局同和対策課の就職指導員をつとめたり、福岡教育大学、福岡女子大学の非常勤講師として部落問題を講義したりしてきた。

前述の「同和教育」の冊子のなかで、三苫鐵児は次のような被差別部落の母親の詩を引いている。

あたらしい朝　　国分八重子

息子よ
切ないめめしい歌を
うたうな

闘わないお前に
朝は　ない
朝も昼も　夜も
確かに　めぐってはいる
だが　お前の場合

夜のつぎは　朝だと
夢にも思うな
お前は　部落の子
母の腹から
ずっと夜だ
私のいう朝とは
人間の誇りと　熱さを知る
歓喜の日だ

この詩のあとに、三苦鐵児は次のような文章を添えている。

《母胎に生命が宿ることは、全くの偶然性に基づくものであるにもかかわらず、その生命が部落の母親に宿った瞬間から「差別される者」「蔑視される者」としての刻印が無惨に焼き付けられる。

「部落差別」の非人権的な人間に対する不当な「価値づけ」の、その非情さを、これほど痛切に訴える詩を私はほかに知らない。

同じ人間に、だれが、どんな理由で、そんな残酷な「価値づけ」をするのか……そして、その非情な、冷たい、暗い差別に満ちた夜を、人間味溢れる温かい「夜明け」にしなければならないのは、一体だれなのか……》

三苦鐵児は、この引用した詩と自分の文章で、部落解放運動、同和教育と取り組んできた心情をあますところなく伝えている。

鐵児はまたこの冊子で、「同和教育の空洞化」を問題にしているが、《子供の持つ悩み、苦しみ、そして喜びを、子供の立場に立って共感し、共鳴し、共働していこうとする、いわゆる「子供に学ぶ」意欲、姿勢が教師にあって、初めて教師と子供との「共生」への一体感が生まれ、それを基盤にして、初めて「教育の場」が成立する》としている。

こうした姿勢は、兄龍丸のインドへの肩入れと共通するものがあろう。

鐵児は結婚とともに三苫姓となり、杉山家を離れてからは、なるべく杉山家の事には口をさし挟まぬようにしたため、兄龍丸とはあまり語り合うこともなかったというが、

「私が同和教育と真剣に取り組むようになってから、ある日、兄貴と出会ったとき、日本の部落問題やインドのカースト制の話になりましてね、久しぶりにじっくり話し合ったんですよ。共感することも多くて、それまでの兄貴との距離が縮まった気がして嬉しかったですね」

長男龍丸によれば、久作の乳母でずっと杉山家に仕えた友田ハルは無学文盲の女性で、そのため来客に礼を失するようなことがよくあったそうだが、そんなとき、久作の妻クラがハルを呼びつけて叱責したりすると、久作は黙ってその様子を見ながらポロポロ涙をこぼすことがあったという。そして、ハルを帰したあと、クラに懇願したそうだ。

「わけもわからん者を、あんなに叱らんでもよかじゃなかか」

そうした父のやさしさ、非差別の心を鐵児は享け継いだのだろう。

若い頃は父の作品に親しめず、『ドグラ・マグラ』は途中で何度も投げ出したという鐵児だが、いまはこんな理解を示す。

《かつて鶴見俊輔氏が、その著『夢野久作』に「迷宮の住人」というサブタイトルをつけて父を描いてくれましたが、父は、複雑な家庭の重圧の下で、心理的にはまさに「迷宮」のような境涯に呻吟していたのではないかと、私には思われます。「家族」「地域」「国家」の強固な枠から抜け出したい衝動が常に父の心をつき動かし、それは別にいえば、精神の絶対的孤独としても自覚されたはずです。そんな精神の砂漠の中から、「猟奇歌」は生み落と

され、「ドグラ・マグラ」もまた自ら「迷宮の住人」とならざるをえなかった父の心理の産物のような気がしてなりません》（ちくま文庫版『夢野久作全集』4のあとがき）

鐵児は祖父茂丸の生涯にも関心は深く、近年、福岡で開かれている「杉山茂丸を語る会」の中心メンバーである。彼は前述の「同和教育」の冊子で、祖父や玄洋社の仕事に触れながら、次のようなアジア観を述べている。

《福岡における初期玄洋社には自由民権的思想とともに、「アジア人として」、西欧先進諸国の植民地化していく状況を、中国や朝鮮の立場に立って真剣に憂う動きがあったと思う。「アジア的ナショナリズム」を復活するのではなく、西欧の一員としてあることが「脱亜入欧」以来の歴史的な流れとしても、「アジア」の一員としての「人類愛」の道筋を、竹内好氏の「西欧的な優れた文化価値を、より大規模に実現するために、西欧をもう一度東洋によって包み直す、逆に西洋自身をこちらから変革する……東洋の力が西洋の生み出した普遍的価値をより高めるために西洋を変革する」くらいのロマンスをもって探って行きたいと思う》

民権政社として生まれた初期玄洋社（それは茂丸の出発点でもあった）に一定の理解を示しながら、「脱亜入欧」の日本近代化に疑問を呈しているが、この歴史的認識は、父久作と重なっている。

生命派

「三公」「三公」と父久作からかわいがられていた末っ子の参緑は、父が死んだとき、小学二年生だった。東京へ出かけた父の帰りを指折り数えて待っていて、父の死の数日前には、「おとうさま、はやくかえってきてください」と手紙を出していた。

死に目に会えないまま、父は永遠の不在となったが、それ故にこそ、参緑のなかで父は永遠に生き続けたのだろう。

参緑は母クラの死に目にも会えなかった。葬儀にも参列しなかった。

クラは香椎から太宰府に移った長男龍丸の家で亡くなったが、唐原の参緑の家には電話もないまま、近くに住む次男鐵児が母の死を知らせに行き、礼服も持たないだろうからと、礼服も用意して持って行ってやった。しかし参緑は、通夜にも葬儀にも顔を出さなかった。

甥の満丸が、あとで参緑と会ったとき、「おいちゃん、なして（なぜ）おばあちゃんのお葬式に来んやったと?」と咎めるでもなく訊くと、参緑はこう答えたという。

「いきなり死んだといわれたっちゃ、現実の出来事とは思えんやないね」

母が死んだとは思いたくない心情から、母の死顔を見なかったのだろうが、参緑にとって母の死は、通夜、葬儀といった儀式を超えた魂の問題であったと思われる。

父久作の風貌、資質を最もよく伝えていた杉山参緑は、夢遊の人であった。序章で記したように、若い頃、参緑と交際があった筆者は、久作の長篇童話『白髪小僧』を読んだとき、「あ、これは参緑さんやな」と思ったものだった。

ニコニコ小僧、万年小僧、慈善小僧、不思議小僧、漫遊小僧、大馬鹿小僧……。

青年期の一時期を除けば、参緑は生涯、浮浪の一生だったが、彼はひそかな矜恃をもち続けていた。

次兄の三苫鐵児は、あるとき、長兄龍丸に寄食していて、一向に働こうとしない弟を厳しく責めたことがあるという。

「おまえは『生命派』などと名乗っているが、ちゃんと働きもしないで、なにが『生命派』だ。人はみな、自分や家族の生活を守るために、さまざまな屈辱に耐えて一生懸命働いとるんだ。働くなかで生まれる苦渋が詩の叫びとなって、初めて『生命派』と言えるんじゃないか」

するとと参緑は、毅然としてこう答えたという。

「ぼくは働いている。ただ、詩のためにだけ働いている」

また、就職をすすめる鐵児に、こう答えたこともあったという。

「あの山の中の一軒家では、おふくろのそばに居てやらんと、おふくろが困るんだ。五右衛門風呂の薪取りや、屎尿の汲み取り、畠の草取り、誰も居ないときのおふくろの番なんか、ぼくがするほかないんだよ。ぼくは唐原《とうのはる》の家を蔭で守っているんだ」

　父久作の想い出がつまっている唐原の家、父亡きあと母が守ってきた家……参緑には離れがたい思いが強かったのだろう。四五歳になって、小さな家を建ててもらって母屋を出たが、すぐ歩ける距離だった。

　参緑も、長兄龍丸、次兄鐵児同様、県立福岡中学に進学したが、入学が一年遅れている。入学した年、日本は米英に宣戦布告して太平洋戦争に突入、戦争一色に塗り込められた中学生活（最後の一年は工場動員）を送り、昭和二〇年春、特別措置で四年修了で卒業するが、卒業後、生年月日が早かったため、劣弱な体格で陸軍に召集されている。その頃、龍丸はフィリピン、鐵児は鹿児島航空隊と、兄弟三人とも兵役にあった。

　鐵児の話によると、

「家のほうから、参緑が吹上浜《ふきあげ》（注、鹿児島県）に近い伊作《いざく》の部隊にいるようだと知らせがあって、訪ねて行ったことがありますが、居ませんでした。山陰のほうにやられていたようです」

　やがて敗戦を迎えて復員した参緑は、翌二一年春、次兄鐵児同様、西南学院専門部に入学、二四年春卒業すると、小学校教師になっていた鐵児の世話で、唐原から程近い海の中道の西戸崎《さいとざき》小学校の教師になった。

「その歓迎会で、先輩教師たちがいたずら心で、生まじめな参緑に、裏をひっくり返すとあぶな絵を描き込んだ博多人形ば贈っとるとですよ。それを参緑は本気で怒っとりました。鐵ちゃん、――参緑は私をずっとそう呼んでいましたが――教師ともあろうもんが、こげないやらしか人形ば呉れたとばい、と言うて」

　そんな猥雑な職員室の空気に耐えられなかったのだろうか、漁師の子が多い悪童たちをうまく御し切れなかったのか、一年ほどで教師をやめ、今度は長兄龍丸の世話で、筥崎宮の禰宜《ねぎ》見習いになっている。杉山家と筥崎宮の神官葦津家とは、旧藩時代から親戚同様のつきあいだった。久作日記にも、宮司の葦津洗造の病気見舞いのことや、洗造の弟、耕次郎のことが出ている。葦津耕次郎（明治一一年生）は、頭山満、杉山茂丸を深く敬愛した硬骨の士で、杉山家とは特に縁が深かった。

参緑は、筥崎宮から大分県の宇佐神官にも勤めたが、これも永続きせず、一年ほどでやめている。このそれぞれ一年ほどの小学校教師と神官見習いが、参緑の唯一の職歴である。

唐原の杉山農園に舞い戻った参緑は、昭和二六年、香椎の香住丘バプテスト教会で受洗する。神道からキリスト教へ、振幅が大きすぎるかに見えるが、夢遊人、杉山参緑にとっては、同じ神話的世界であり、格別の飛躍ではなかったものと思われる。

没後刊行された詩集『種播く人々』にこんな詩がある。

さびしい人

裏庭につづく　縁側のそばで　ただひとり　梅の木をみて　山桃の木をみて　しずんでる日日を
きょうもかさねる友達が　いるんだ

いままで歩きつづけていた足は　しびれてもう　時間もなく　雲を　どこまでも呪いつづいてゆく雲を
じっとみつめて
考えこんでいる友達を　ふっと　呼んだのだ

手紙一本で　馳けこんで　喫茶店の　椅子に　そこに　いつも片手に　聖書と古事記を持ち運んでくる友達
そうだ　忘れていたんだ彼神学生　聞かぬまでも　話をしてくれる
オリエントの記録　それが《荒地》を示してくれる　それが《墓地》を表してくれる　荒れてゆく文明の
証《あかし》　乱れた地平線の証《あかし》

うすぐらい夜の　けたたましい音が　ひびかなくなった　ビルディングの亡霊の下の　わずかな片隅で　ひ
とりしづかに　耳を開く私　その耳から　全世界の音を　さとる友達

喫茶店の椅子は　つめたく　またさびしく　友達は　夜明け前に　帰ってゆき　歴史の一頁を　閉じてゆく
その背中に　永遠と自然と万物が　背負ってもらっているのを見る　そこから　私は《人間》へよみがえ
る

聖書と古事記を持ち運んでくる友達……その友達は、作者の分身とも読めよう。杉山参緑は、聖書と古事記の世界を夢遊しながら、近代文明の退廃に、ひとり静かに耳を傾ける詩人だった。

短い期間の小学校教師、神官を除けば、生涯無職だった参緑の生活を支えたのは、母クラの毎月の援助（晩年には次兄鐵児も）であり、わずかな稿料だった

参緑の詩集『種播く人々』の巻末に、鐵児は「参緑の繭」という一文を寄せているが、こんな記述がある。

《薄汚い、よれよれの、しかも、あちこちに綻びのある洋服姿で、知人、友人は勿論、西日本、毎日等の各新聞者の文化部に臆面もなく訪れ、原稿用紙や色紙、短冊に書いた詩の作品と、古本屋で求めた色々の古本を持って回り、ニコニコと当然の仕事のように購いを求めていた弟。……弟にしてみれば、父は父であり、どう思われて

も、それが無名作家・詩人の生活の糧を得る唯一の道であり、決して憐れみを乞う気持ちは一切ない、自分の詩を認めれば百円でも千円でもいい、買ってもらえればそれでいい、駄作だと思えば買ってもらう必要はないことで、とやかく云われる事ではないということのようであった》

参緑没後、詩集『種播く人々』を出版して、杉山参緑の墓碑銘とするやさしさを見せた葦書房前社長、久本三多（九四年六月死去）に「参緑さんのこと」という一文がある。

《……おおむね月に二、三回、金欠の時は週に二、三回も詩を売りに来られた。コクヨの原稿用紙二枚程度で五百円位だったが、有る時は千円札で渡し、無い時はバス賃程度でお茶を濁した。とくに多めに渡した時は、どこで手に入れたものか、古本をおまけでつけてくれたりもした。

……いつもよれよれの服、汗と垢と脂で汚れた帽子、そんな参緑さんを見るにつけ、時に「生活保護」という手がないでもないとも思ったが、どこか口に出すのは憚られた。参緑さんは、自分の詩の評価を他に求めなかったかわりに、詩人という生きかたを自ら選びとった一点においておそろしく純粋で毅然としておられた》（『久本三多――ひとと仕事』）

詩だけでなく、参緑はラジオ・ドラマも書いて、地元の民放局に売り込む努力を続けていたが、一度も成功することはなかったようだ。遺稿のなかに、『親父の日誌』と題するラジオ・ドラマの草稿の断片があるが、久作日記を手がかりに、生前の父の姿を描こうとしたものだ。しかし、小器用にドラマが書ける人ではなかった。

参緑の父久作への愛着は強く、一九七六年、『夢野久作の日記』が刊行されたときは、出版社の月報にこんなことを書いている。

《親父のモダン文学のうらに、昔ながらのしみついた仏家としての生活はきびしく、またあやしいものであった。大百姓として、また能楽師として、記者として、こもごも、それぞれの分野で、自然の人として、親父は楽しく人間味を出していた。僕の知っている幼い日の親父は、じつにこっけいな程、純な人であった。ただ、純な親父が、タバコとcoffeeやスタイルに凝るとどうなるかわかったことである。かっこいいハンチングをかぶり、コールテンのズボン、ウワギ、モダンボーイとなるが、たちまち、地下足袋をはく百姓姿となる》

そんな父を、参緑は「デモクラシーの上方芸人」と面白い表現をしているが、参緑自身は到底「芸人」になれる器ではなかった。

売れない詩やドラマを書きながら、日曜ごとにバプテスト教会に通い、魂の安息を得ていた参緑だが、生涯独身だった。

「母はなんとか参緑に嫁を迎えてやりたくて、縁談はありましたが、参緑は気が進まなかったようで、結局だめでした」（鐵児）

結婚どころか、参緑は生涯不犯《ふぼん》だったようだ。参緑と永い交際があった画家、菊畑茂久馬は、詩集『種播く人々』の栞にこう書いている。

《生涯、たぶん女の柔肌を知らないままだったろうとぼくは思う。つらかったろうと思う。たかが一生ではないか、一度ぐらいは、酒に溺れて、女を抱いて、狂乱すればよかったのにと思う。がまん強い、わがままを言わない、人に迷惑をかけない、おとなしい参緑さんらしい死にかたであった》

筆者も彼の周囲に女性の匂いを嗅いだことはない。兄鐵児も微苦笑しながら言う。

「ぼくにはようわからんが、たぶん菊畑説が正しいでしょうね」

参緑の詩には、美しい女体に対する渇仰がのぞいているのもあるが、臆病に、あるいは頑固に、己を禁欲の檻の中に閉じ込め続けたようだ。

参緑の詩は、暗喩や象徴性は少なく、概してわかりやすい。巧まないユーモアもある。純な魂を失ってゆく時代への憂憤もあるが、その詩の裏側から、いつもニコニコ小僧、漫遊小僧のやさしい顔がのぞく。詩人、杉山参緑は、貧しいながらも、神の恩寵に包まれていた。

彼の詩には、慢遊小僧のそぞろ歩きにも似た長詩が少なくないが、その一つを紹介しよう。題名も長い。

天使よ　白壁にまさるノートはないんだ

起重機が走ってゆく　防波堤の
舗道を　ひとしきり鐘が鳴りつづいて
昔ながらの歌曲が破られたときに
そっと　白壁に《出発》と書いた
笑いこける少年が　口をそろえて　笑った
おぢさんが落書してわるいかい
そんな唇を　みせて歩いてゆく
波止場は　いつも荒れた波紋で
呼びかける友達も　生きた亡骸で
まったく　みるべきもののない
屠殺場の街並みを　じっとみた

元気かい　ある日　店員に聞いた
元気かい　ある日　友達に聞いた
埋もれてしまった幻像《イマージュ》に　めざめた仲間の
忘れられない悲歌《エレジー》が　雲となった日の墓

そっと祈っては　無となった形骸の幻像を
はなれて　発ってゆく靴音の讃美歌
そっと　おおしく歌ってゆく口笛の
合間に　元気かい
　　　元気かい
　　元気かい
カタルシスしてゆく　恋人の歌
カタルシスしてゆく　友達の歌
カタルシスしてゆく　仲間の歌
おい　ハムマーが鳴る鉛工場の白壁で書いた
天使がはなむけの言葉
《平和》一筆手紙で書きまくった愛
《平和》一筆手紙で書きまくった死
《平和》一筆手紙で書きまくった無
そんな言葉　すてっちまえよ
たたかいだけが一日一日なんざあ

工場を出てきた友達が一言言ってくれた
あのサイレンが鳴る十二時の石畳
まったく赤信号の日記　書いていった靴音

もう破れてしまった国に　魂の種子もなく
もう破れてしまった国に　魂の旋律もなく
もう破れてしまった国に　魂の発音もなく
ただただあきれるばかりの群衆の
鼻歌が唇と唇を合はせて　笑いこける恋歌《シャンソン》
鼻歌が唇と唇を合はせて　踊りまわる恋歌
鼻歌が唇と唇を合はせて　染めまわる恋歌
であるから化石

流れよ　涙
日曜日の正午すぎは　いつもサロンバスで
そっと接吻している後部席で　お嬢さん
そっと抱擁している後部席で　お坊ちゃん
さあて　一杯のアルコールで　乾杯だあ
うなる起重機の
道路をかけてゆくバスの石畳を歩いてゆく
大道芸人よ　さようなら　ある日の手帖に
そっと書いた　回答に《独立》と書いていた
少年が　そっと苦笑して舌を出していた

「もう破れてしまった国」を嘆きながらも、参緑は、バスの後部座席で抱擁する恋人や、石畳の道を行く大道芸人に親愛の挨拶を送っている。

昭和六三年（一九八八）には、母クラ、次いで長兄龍丸を失い、ますます孤独の身になった参緑は、平成元年と変わった一九八九年秋、膀胱癌が発見され、博多で最も歴史が古い石城町の原三信《はらさんしん》病院で手術を受けている。その入院生活を、兄鐵児が語る。

「主治医の先生や看護婦さんたちの親切な看護を受けて、弟にとっては幸せな日々ではなかったでしょうか。私は結婚して三苫家の養子になってから、杉山家のことは兄の龍丸に任せてしまい、参緑のことにもなるべく介入しないようにしてきましたので、参緑がどんな思いでどんな暮らしをしてきたか、よく知りませんでしたが、この入院中、参緑は自分の気持ちを腹蔵なく語ってくれました。そのとき初めて、蚕が繭玉をつくるように、自分自身を内側に塗りこめて小さな宇宙をつくってきた弟のいとなみがわかったように思います」

このとき参緑は、兄に三つの誇りを語ったという。

一つは、父久作の文学の跡を継いだのは、三人兄弟のなかで自分だけだということ。二つ目はユネスコ（国連教育科学文化機関）の会員であること。三つ目はバプテストの信者であること。

大病で倒れた年の春、参緑はこんな詩をつくっていた。彼は若い頃の父久作同様、幾つものペンネームを使っていたが、これは最もお気に入りだったらしい葦原中彦の名で書いている。たぶん、天孫降臨の「葦原の中ツ国」から採ったものだろうし、親しみなれた「海の中道」も加味されていたのかもしれない。

春の峠

葦原中彦

石クズだらけの道を、靴を気にして歩く。

どこでどう、ひっくりかえるかわからぬ。

石柱つたいに歩く、花ツツジがゆれる。


青い山脈が、はるばるみえる。

ひらりと枯葉みたいな奴、手でとった。

蝶々の羽毛ではない、朱葉だった。

こんな青い山脈は愛の山脈となった。

こころをおぼえさせ、こころをつくる。

目をこころにもどして、目をみはらせる

橋は上々、ボートも上々。漣は良好。

ぼくは、しみじみ、山坂を建物から見た。

——一九八九年三月二十二日

澄んだ少年の眼、少年のこころ……迫り来る肉体の衰え、死を予感しながら、杉山参緑はそんな自然賛歌、人生肯定の詩をつくっていた。

膀胱癌の手術後、しばらく小康を保ったが、翌九〇年春、体調を崩して香椎の病院に入院、四月一四日、急性肺炎を起こして昇天した。六三年余の生涯だった。

葬儀は香住丘バプテスト教会で行なわれた。兄鐵児は、簡素でしかも真情溢れる葬儀に、なにか救われる想いがしたそうだが、悔いも残るという。

《参緑の兄として、母が亡くなったあとの孤独な独身生活の心の支えとなる何ほどのことをしてきたのか。確かに、最低の生活を支えるなにがしかの援助はしてきた。しかし、兄として弟の絶対的とも言える精神的な孤独のなかの、声無き叫び、寂しさの極みに応え、共鳴し、共感し、その詩情の糧となりうることを、果たして、精神的にどれだけのことをしてきたのか……》（「参緑の繭」）

遺骨は分骨され、父や母が眠る一行寺の杉山家墓地と、信仰の仲間が眠る粕屋郡久山町《ひさやままち》のバプテスト教会の共同墓地に葬られた。

最後に、もう一篇、「立花山正月堂」と名づけた独居の茅屋で、拾い集めた石と語り続けた詩人、杉山参緑の詩を挙げる。

美しい故里

枯木林がなくなって
あるのは　のびてゆく青竹
だれもが白布をひろげる竹竿の青竹
もう　朽ちた日の悲しみも
もう　荒れた日の苦しみも
いまはなくなって　あるのは
故里の歌　たしかな足取りが広がってくる
石はすてた
化石はすてた　置石はすてた

あらゆる石はすてた
つめたくてどうにもならない石
石であった日　愛はなかった
石であった日　光はなかった
まして石であった日　灯はなかった
丘の上の灯
どこまでも　愛を投げる灯
わすれてはならぬ故里の魂
そっと抱きしめたとき　灯が点りはじめる
よろこびの波濤が　よせてきて
めくるめく故里の地平線に
どよもす嵐がおこってくる
恋人よ　もう遠くにいるのではないんだ
恋人よ　ほんの近くにいるんだ
だれもがくるいみだれる日日
それをとおりぬけてきた曙がきた
目の前にきた　恋人よ　春
だからさ　友達よ　おいでなさい
だからさ　仲間よ　いらっしゃい
だれもが期待する日曜日

だれもが歓迎する休日
故里へ　どこまでも故里へ
いらっしゃい　いらっしゃい　いらっしゃい
そっと窓を開けて
そっと扉を開いて
みる　故里の山野を
そこに　たくさんの住宅がならび
そこに　たくさんの工場がならび
そこに　たくさんの靴音がなる
はてしなく歯車がなる
故里を　どこまでもきづいてゆく
サイレンがなる
サイレンがなる
はげしくおおしくサイレンがなる
もう　偏見もなく
もう　固着もなく
あるのはどこまでも解放してゆく
サイレンの音
故里に　はてしなく広がっては合唱する歌
荒れた畠がなくなって

あるのは　たくさんの若葉
かぎりなく青空にひろがってゆく若葉

しんしんと参緑の孤独とやさしさが伝わってくる詩である。座布団がそのまま尻の形を刻むほど、参緑の独居の孤坐が続くうちに、まわりの自然は都市化の波に洗われて変貌していったが、父久作の温かい想い出が残る唐原《とうのはる》の里は、参緑にとってあくまで美しい魂の故里であった。

杉山参緑は生活《たつき》の術《すべ》に欠け、売れない詩編を山ほど残し、世間的には無職渡世の夢遊詩人と見られた人物だが、彼がふるさと香椎唐原《かしいとうのはる》で生涯を終えられたのは、母クラさんの陰の庇護のたまものだった。

クラさんは、四七歳で急逝した夫久作の二倍ほど生き永らえられて、昭和六三年（一九八八）五月二六日、享年九二歳で亡くなられたが、その翌月、三兄弟のなかで最後まで生き残った次男鐵児さんは「亡き母を偲ぶ」と題する追悼記を書いて、気丈に辛苦に耐え抜いた母を悼まれた。その一部を引用する。

　母にとって義父杉山茂丸の政界での百鬼夜行ともいうべき「百魔」の世界。夫夢野久作の生涯かけての代表作「ドグラ・マグラ」の、虚妄か現実か不明確な夢の世界。その底の底で密かに、義父や夫の世界を気遣いながら、香椎唐原の立花山の麓の一軒家で、作家の不規則な留守がちの家を、不慣れな、厳しい農業の仕事をしながら三人の子供の子育てをして、家を守ってきた母。義父や夫の知名人としての華やかさのかげの山中での生活には、なにやかやいろいろの苦悩があったと思われる。母はどこで、だれにそれらの想いを告げていたのか、どこで泣いていたのか。ことに四十七歳で急逝した父のいない山中での一軒家での生活は、寂しく厳しいものがあったと思われるのだが、くどくど愚痴を言ったり、泣いたりしている母の姿を見たことはほとんどなかった。そして子供心にも、着物姿の美しい母だったと思う。しかし、ただ私が七つか八つの頃、学校から帰って、菅笠を被り、手甲、脚絆で田植えをしている母に、おやつをせがむ私に、「田植え団子」のありかを、田植えの手を休め、滴る汗の顔をあげて指し示したその母の姿の面影が、五十年以上も前の昔のことだが、今もどうしてか鮮明に私の脳裏に刻まれていて忘れられない。

（『星と夢の記憶　三苫鐵兒追悼・遺稿集』に収録）

亡くなる四年前に、クラさんの米寿を祝う会が、住吉神社で、親族一統に親交があった人たちも加えて賑やかな祝宴となったが、その席で、クラさんは次のような万感の思いをこめた一句を墨書した色紙を参加者全員に進呈された。

米寿とは
喜怒哀楽も
夢の間に

久良書

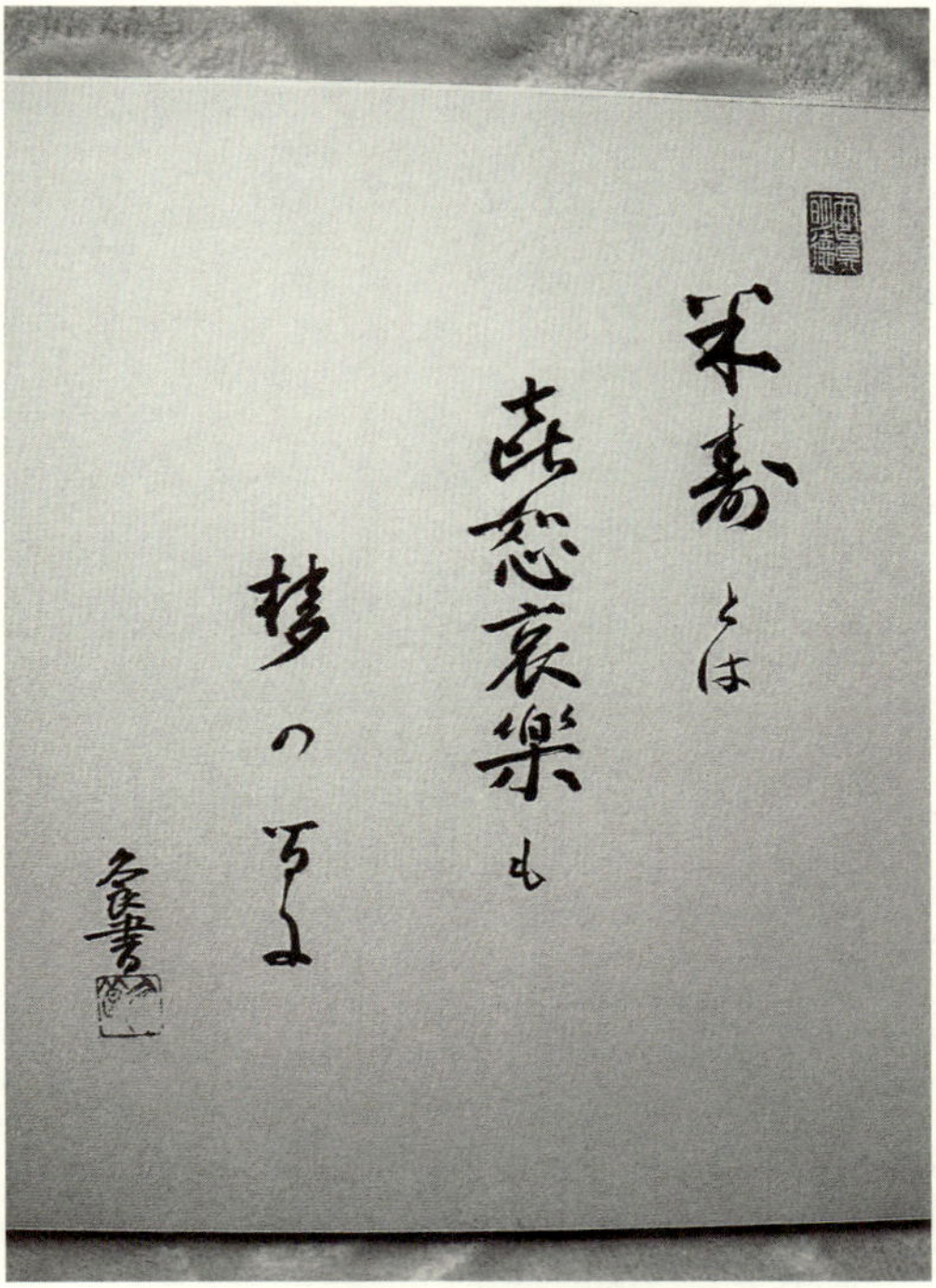

杉山クラ直筆の色紙

夢野久作と杉山家年譜

天保九年（一八三八）
杉山三郎平、黒田藩御普請吟味役、青木甚蔵の子として出生、安政六年（一八五九）、杉山家の養子となり、重喜と結婚、杉山家の家督を継ぐ。

元治元年（一八六四）
八月一五日、杉山三郎平・重喜夫妻の長男として茂丸出生、幼名平四郎。

明治元年（一八六八）
平四郎、数えの五歳で藩主黒田長溥の小姓として出仕、茂丸の名を賜わる。

明治二年（一八六九）
杉山家、遠賀川河口の芦屋村へ移住。

明治五年（一八七二）
七月、茂丸の母重喜死去。翌年、亡妻の一周忌をすましたあと、三郎平、青木佐左衛門の次女、トモを後妻に迎える。

明治九年（一八七六）
杉山家、箱崎へ移住。

明治一〇年（一八七七）
杉山家、旧知行地の夜須郡二夕村へ移住。

明治一一年（一八七八）
茂丸、香月恕経と出会い、自由民権思想の洗礼を受ける。

明治一三年（一八八〇）
九月、茂丸、初めて上京。まず旧藩主黒田長溥邸に挨拶に出向く。

明治一四年（一八八一）

茂丸、在京。翌年三月ごろ帰郷。

明治一七年（一八八四）

九月、茂丸、熊本の佐々友房を訪ねて旅費を借り、上京。一二月、朝鮮で甲申事変が起こると、渡鮮しようとしたが果たせず。

明治一八年（一八八五）

伊藤博文の首を取る覚悟で、伊藤と面会。警察の監視を受け、北海道へ逃避行。林矩一と変名。秋、東京・芝の旅館で頭山満と初めて会い、意気投合。

明治一九年（一八八六）

安場保和を福岡県令（二月就任）に迎える運動でひと働き、四月、玄洋社系の福陵新報創立事務所に入り、筆頭幹事として資金面を担当。

明治二〇年（一八八七）

八月福陵新報発刊、茂丸、結城虎五郎と資金面で協力し、生涯の親友となる。

明治二一年（一八八八）

春、茂丸、旧黒田藩士の娘、大島ホトリと結婚。

明治二二年（一八八九）

一月四日、茂丸・ホトリ夫妻に長男出生。直樹（夢野久作）と命名。

明治二三年（一八九〇）

年初、ホトリ離縁されて杉山家を去る。直樹、祖父母に預けられる。茂丸、頭山満の紹介で荒尾精と知り合う。

明治二四年（一八九一）

茂丸、旧藩士、戸田七蔵の長女、幾茂と再婚。この頃から、祖父三郎平、直樹に四書五経を教え始める。

明治二五年（一八九二）

二月一五日、第二回総選挙。政府による選挙大干渉が行われ、福岡県下では吏党と民党が激しく対立、流血騒ぎとなったが、茂丸も吏党側で采配をとる。この年、二男峻出生。

明治二六年（一八九三）

選挙大干渉事件の後始末に追われ、家財も消費、杉山家は貧困になり、住吉の家から鰯町のアバラ屋に引越す。秋、茂丸、参謀本部次長川上操六、外相陸奥宗光、さらに山縣有朋を訪ね、日清開戦論を吹きまくる。

明治二七年（一八九四）

夏、茂丸、博多の那珂川河口で直樹を背負って泳ぐ。直樹にとっては、初めて父と肌身を接した想い出となる。

明治二八年（一八九五）

二月一五日、長女瑞枝出生。春、杉山家は一家離散の状態になり、三郎平夫妻と直樹は二日市に、幾茂と峻、瑞枝は市内柳原に。六月二五日、峻死去。

明治三〇年（一八九七）

茂丸、興業銀行設立資金を得るため、大阪の政商、藤田伝三郎から費用を借用して、六月渡米。

明治三一年（一八九八）

三月、第二回渡米、モルガン財閥の当主と会見、融資の仮契約を結んで帰国したが、国内銀行家の反対で、外資導入案を潰される。茂丸は家族を東京に迎える。三月二八日、三男五郎出生。

明治三二年（一八九九）

三郎平が福岡に帰りたがったため、三郎平夫妻と直樹、福岡へ戻る。直樹、初めて小学校入学。すでに学力は抜群で、尋常科四年生に編入。同時に、三郎平から、能楽喜多流の梅津只圓の門に入門させられる。

明治三五年（一九〇二）

三月二〇日、祖父三郎平死去。福岡城址に近い荒戸町に移住、祖母トモ、母幾茂と弟妹も同居。

明治三六年（一九〇三）

直樹、福岡藩の藩校だった県立中学修猷館に入学。

明治三七年（一九〇四）

直樹、父茂丸から将来の志望を聞かれ、文学者、美術家になると言って叱られ、「それならば農業」でやっと許される。七月九日、次女高峯（たみ子）出生。

明治三八年（一九〇五）

七月、茂丸、戦地に向う山縣参謀総長に同行、奉天で児玉源太郎満洲軍総参謀長と同宿、占領地の経営を協議、児玉から満鉄経営案の作製を依頼される。直樹、中学のテニス部に入る。

明治三九年（一九〇六）

二月、茂丸、内田良平を伊藤博文韓国統監に役立つ人物として推挙、内田、韓国へ赴く。九月二七日、三女ヒデ（えみ子）出生。

明治四〇年（一九〇七）

茂丸鎌倉長谷に移住。八月、直樹、家族を省みない父に抗議するため上京。帰郷後、奈良原牛之助と阿蘇旅行。

明治四一年（一九〇八）

三月、直樹、修猷館を卒業。父のすすめで兵役を志願、近衛歩兵第一連隊に配属される。一一月、茂丸、事実上の主宰者として、週刊「サンデー」発刊。

明治四二年（一九〇九）

直樹、一年志願兵の兵役を終えて帰郷、父の出資で粕屋郡香椎村唐原に広大な土地を買い求め、杉山農園を開く。一〇月二六日、伊藤博文、ハルビン駅で安重根に射殺される。茂丸、「サンデー」に追悼文を書く。

明治四三（一九一〇）

春、直樹、大学進学を志して上京、予備校で学ぶ。九月〜一二月、見習士官として将校教育を受ける。九月、茂丸、「サンデー」で韓国併合特集。

明治四四年（一九一一）

四月、直樹、慶応義塾予科文科に入学。茂丸の事務所、築地の台華社に住む。八月、茂丸「サンデー」誌上で、「藩閥の走狗」と開き直る。

明治四五年・大正元年（一九一二）

一月一日、茂丸三男五郎死去。二月一六日、直樹、陸軍少尉拝命。夏、鎌倉で後藤隆之助と知り合い、終生の友となる。一一月九日、祖母トモ死去。

大正二年（一九一三）
三月、直樹、慶応義塾を中退して杉山農園に帰り、親友、奈良原牛之助と組んで、農作・果樹栽培を始める。

大正三年（一九一四）
四月、奈良原牛之助、杉山農園を去り、アメリカへ渡る。その頃、直樹も農園を出て、放浪生活に入る。

大正四年（一九一五）
一月、直樹、喜多流に入門、喜多実（宗家一五世）と親しくなる。六月、東京・本郷の曹洞宗・喜福寺で剃髪、出家。泰道と改名。

大正五年（一九一六）
泰道、禅宗の雲水として京都、大和、吉野、熊野などを行脚。茂丸、博多湾築港問題にも取り組む。

大正六年（一九一七）
泰道、還俗して杉山農園に戻る。三月、茂丸の台華社から月刊誌「黒白」発刊。泰道、さまざまな筆名を使って旺盛な執筆活動を始める。八月三〇日、茂丸の弟五百枝（龍造寺隆邦）死去。

大正七年（一九一八）
二月二五日、泰道、鎌田クラと結婚。二九歳と二二歳。九月、泰道、最初の著作集『外人の見たる日本及日本青年』を東京の菊池書院から上梓。この年、喜多流の謡曲教授となる。

大正八年（一九一九）
四月、泰道、九州日報社に入社。五月二六日、長男龍丸出生。「九州日報」に時事漫画など連載。

大正九年（一九二〇）
五月、泰道「黒白」に長篇探偵小説『呉井嬢次』の連載開始。この作品はのちに改稿されて『暗黒公使』となる。五月、茂丸、朝鮮の一進会から自決勧告状を突きつけられる。

大正一〇年（一九二一）
福岡市内の荒戸町に移住。九月三〇日、二男鐵児出生。「九州日報」に多数の童話発表。

大正一一年（一九二二）
妻クラ、胸を病んで、しばらく宗像郡津屋崎町で療養。一一月、長篇童話『白髪小僧』を東京の誠文堂から筆名・杉山萠圓で刊行。「九州日報」「黒白」に作品多数発表。

大正一二年（一九二三）
関東大震災で、築地の茂丸宅（台華社）焼失。泰道、九州日報の特派記者として上京、報道記事、スケッチを送り続ける。

大正一三年（一九二四）
三月一日、泰道、九州日報社を退社。九月一日、上京して一か月半滞在、震災後の東京を取材して、長篇ルポ「街頭から見た新東京の裏面」を「九州日報」に連載。一〇月博文館募集の探偵小説に『侏儒』を応募して、選外佳作となる。

大正一四年（一九二五）
泰道、一～五月、「九州日報」にルポ「東京人の堕落時代」を連載。茂丸、二月、『山縣元師伝』刊行。四月一日、泰道、再び九州日報社に入社。

大正一五年・昭和元年（一九二六）
三月、泰道、初めて切絵を使った童話『ルルとミミ』を「九州日報」に発表。五月八日、博文館の『新青年』に応募した『あやかしの鼓』二等当選の知らせを受ける。このとき初めて、筆名・夢野久作を使う。茂丸、五月に『百魔』、一二月に『続百魔』刊行。一一月一四日、三男参緑出生。

昭和二年（一九二七）
久作、本格的な作家活動に入り、正月そうそう、前年から着手していた『狂人の解放治療』（ドグラ・マグラの原型）の改稿に取り組む。この年、『猟奇歌』『いなか、の、じけん』の発表も始まる。

昭和三年（一九二八）
一二月一九日、久作の実母、高橋ホトリ危篤の報に接し、翌二〇日、田川郡の豊国炭鉱社宅に母を見舞う。二三日、ホトリ死去。この年、『死後の恋』『瓶詰の地獄』などを発表。

昭和四年（一九二九）
一月、『新青年』に『押絵の奇蹟』を発表。その他、

『支那米の袋』『鉄槌』『空を飛ぶパラソル』など発表。九月、『狂人の解放治療』一応完了するが、さらに書き直し。四月、茂丸、『俗戦国策』刊行。

昭和五年（一九三〇）
五月一日、クラの父、鎌田昌一の死去に伴い、久作、黒門郵便局長拝命。九～一一月、喜多流の機関誌『喜多』に『能とは何か』連載。

昭和六年（一九三一）
九月二三日から、『犬神博士』を「福岡日日新聞」に連載、翌年一月二六日に完結。この年、『一足お先に』『ココナットの実』『怪夢』などを発表。

昭和七年（一九三二）
一二月、『押絵の奇蹟』が春陽堂から、日本小説文庫の一冊として刊行される。『斜坑』『キチガイ地獄』『老巡査』などを発表。

昭和八年（一九三三）
この年の主な発表作品は『氷の涯』『爆弾太平記』『白菊』など。春陽堂の日本小説文庫に『氷の涯』『瓶詰地獄』『冗談に殺す』が入る。茂丸、麹町三年町に移る。外務大臣官邸と裏庭続き。

昭和九年（一九三四）
この年、十余年かかった『ドグラ・マグラ』完成。『山羊鬚編集長』『木魂』『殺人リレー』『骸骨の黒穂』など発表。

昭和一〇年（一九三五）
一月二六日、東京で『ドグラ・マグラ』出版記念会を開く。さらに五月四日、福岡でも出版記念会。七月一九日、茂丸、脳出血で死去。享年七二歳。二二日、芝増上寺で葬儀。三〇日、福岡で玄洋社社葬。『梅津只圓翁伝』『近世快人伝』『父杉山茂丸を語る』など発表。

昭和一一年（一九三六）
二月一九日、秘書の紫村一重と上京して、二・二六事件を東京で迎える。三月一一日、渋谷区南平台の継母、幾茂宅で来客と対談中、脳出血で急死。享年四七歳。一四日、幾茂宅で葬儀。一九日、福岡の菩提寺、一行寺で葬儀。没後、『少女地獄』『女坑主』

『戦場』などが発表される。

昭和一二年（一九三七）

龍丸、県立福岡中学を卒業して、陸軍士官学校入学。

昭和一八年（一九四三）

龍丸、陸軍航空技術学校を卒業して、北満洲、嫩江基地の飛行第三一戦隊の第一中隊整備隊長として赴任。二男鐵児、西南学院専門部を卒業、麻生鉱業に入社するも、間もなく海軍予備学生を志願、一九年、大井海軍航空隊に入隊。

昭和一九年（一九四四）

六月、杉山龍丸大尉の整備隊はフィリピンへの転属命令を受け、輸送船で南下中、七月三〇日、敵潜水艦の魚雷攻撃を受けて沈没、杉山大尉は一四時間漂流して救出される。

昭和二〇年（一九四五）

三男参緑、県立福岡中学を卒業して、間もなく陸軍に召集される。八月一五日の〝終戦の詔勅〟を、戦傷の龍丸は南方の病院で、鐵児は鹿児島航空隊で、二等兵の参緑は山陰で聞き、日本の敗戦を知る。

昭和三七年（一九六二）

鶴見俊輔『思想の科学』一〇月号に『ドグラ・マグラの世界』を発表。夢野久作再評価のきっかけとなる。龍丸、鶴見に手紙を書く。その手紙が『思想の科学』三九年五月号に掲載される。

昭和三八年（一九六三）

龍丸、初めてインドへ渡る。この頃、中学教師の鐵児は日教組福岡支部執行委員。参緑は無職。

昭和四四年（一九六九）

六月、三一書房から『夢野久作全集』（全七巻）の刊行始まる。翌年一月完了。

昭和五一年（一九七六）

龍丸の編集で、福岡の葦書房から『夢野久作の日記』刊行。三一書房から龍丸『わが父・夢野久作』刊行。

昭和六三年（一九八八）

五月二六日、久作の妻クラ死去。享年九二歳。九月二〇日、二年前に、祖父茂丸、父久作同様、脳出血で倒れて療養中だった龍丸死去。享年六九歳。

平成二年（一九九〇）

四月一四日、参緑、急性肺炎で死去。享年六四歳。

平成二〇年（二〇〇八）

八月六日、鐵児、骨盤骨折による出血性ショックで死去。享年八六歳。

平成二二年（二〇一〇）

二月『星と夢の記憶　三苫鐵児追悼・遺稿集』刊行される。追悼文は、四九名にのぼった。

杉山家系譜図

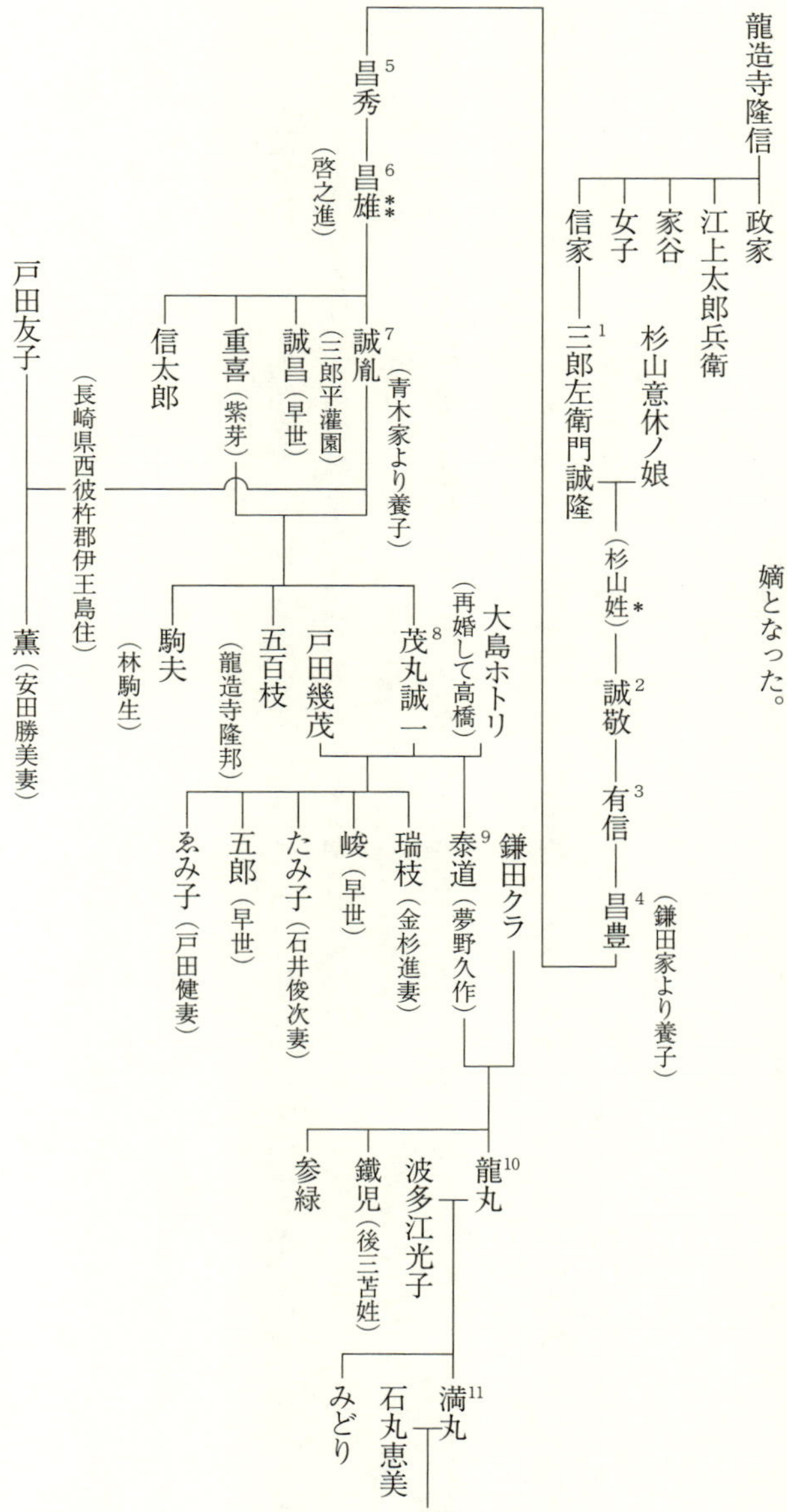

〔杉山龍丸氏＋著者作成〕

＊黒田長政公の命により、杉山意休娘と縁組、島津有馬の刺客を避けることと、杉山意休嫡子なきをもって杉山姓を称することとなり、代々黒田藩公の侍臣お伽衆馬廻り役。

＊＊昌雄（啓之進）は、加藤司書公の公卿五卿を太宰府に迎えた罪科にて閉門、信太郎は廃嫡となった。

旧版あとがき

私は、旧制高校、大学、新聞記者と、博多で一五年ほど過ごした。最も愛着深い街だが、序章で記したように、新聞記者時代に夢野久作の三男参緑さんと出会い、杉山家に関心を持った。

杉山茂丸、夢野久作（杉山泰道）、久作の息子たち――龍丸、鐵児、参緑――の生涯をたどってみると、杉山家三代の軌跡はそのまま日本の明治・大正・昭和史と重なっており、その点の興味もあって、本書を書く意欲を持った。

久作の三人の息子のうち、龍丸さん、参緑さんはすでに鬼籍に入られたが、まだご健在の次男、三苫鐵児さん、杉山家の当主、満丸さん（龍丸さんの長男）のご協力を得たことは幸いなことであった。特に三苫さんにはたいへんお世話になった。

硬骨の黒田武士の血脈をひく杉山家三代は破格の人物ぞろいで、志に生きた夢の一族と言えよう。

伊東博文の首を狙った白面のテロリストに発し、明治国家を創成した権力者たちの内懐に飛び込んで、「政界の黒幕」と呼ばれるに至った杉山茂丸の生涯は、玄洋社の頭山満と結縁深く、「日韓合邦」（結果的には日帝支配三六年）などの負の部分もあるため、「右翼」にくくられているが、奔放不羈のその生涯には単純なレッテルを貼りがたいものがある。茂丸は政界の黒幕となっても、今時の政治屋とは違って、私利私欲を排し、生涯、無位無冠に終わった。

その嫡男である夢野久作は、政治に深入りせず、作家活動に終始して、『ドグラ・マグラ』『犬神博士』などの異色作家として名を残したが、やはり父の血を享けて、天下の動向に深い関心を持つ人だった。彼は、自然の恵みを受ける農業こそ人間の生活・文化の基本とし、西欧的近代化がもたらした功利的物質主義を厳しく批判したが、骨の髄まで功利の毒に犯されてしまった現代社会を見れば、久作の志と洞察が奈辺にあったかよくわかる。

久作の三人の息子たちは、三人三様、個性も生き方も違ったが、それぞれの道で、祖父茂丸、父久作の衣鉢を継ぐ仕事をした。

本書はあくまで杉山家三代記であって、夢野久作の文学的評伝とは様式を異にしている。中学時代、「地球」と渾名された大頭に理想と夢想を詰め込んだ夢野久作の全貌を描き出すことは容易ではないが、迷宮的なユメノランドへの招待状ぐらいには成り得ただろうか。

杉山家三代の著作物とともに、多くの先学諸氏の研究論考を参考にさせていただいたが、特に、杉山茂丸に関しては、東筑紫短期大学教授・副学長の室井廣一氏の綿密な調査研究による『杉山茂丸論ノート』、夢野久作に関しては、関係資料を博捜された評論家、西原和海氏編集の『夢野久作の世界』『夢野久作著作集』その他の労作にたいへん助けられた。また、杉山家から寄贈された福岡県立図書館の杉山文庫を活用させていただいたことと、福岡の葦書房のご協力を得たことも付記して、お礼を申しあげたい。

年譜は筆者の作製だが、主として、次のような単行本、全集に付けられた年譜を参考にさせていただいた（カッコ内は年譜編者)。

一又正雄『杉山茂丸』(著者)、野田美鴻『杉山茂丸傳・もぐらの記録』(著者)、三一書房『夢野久作全集』(中島河太郎)、葦書房『夢野久作の日記』(杉山龍丸)、ちくま文庫『夢野久作全集』(西原和海)。それに、未公刊の室井廣一『杉山茂丸論ノート』。

利用させていただいた編者の方々に感謝。

昭和二〇年夏以降(戦後)は簡略にした。

なお、人名索引も筆者による。杉山茂丸、夢野久作、杉山龍丸の杉山家三代は頻出するので除外した。日帝支配時代、母国語まで奪われた朝鮮の人々には朝鮮語読みのルビを振った。

上梓に際しては、三一書房版『夢野久作全集』を担当された三角忠氏にお骨折りいただいた。全集刊行からすでに四分の一世紀経っているが、ありがたいご縁であった。

多田茂治

一九九七年三月

新版あとがき

東京の三一書房から、副題を〈杉山家三代の軌跡〉とした『夢野一族』が刊行されたのは一九九七年のことだが、それから十五年経った本年、福岡の弦書房から装い新たな「新版」として復刊されることになった。

弦書房は拙著『夢野久作読本』や堀雅昭さんの『杉山茂丸伝』を刊行された版元で、杉山家に関心が深く、『夢野一族』が品切になっていることがわかると、代表の小野静男氏が三一書房代表の小番《こつがい》伊佐夫氏と交渉されて、このたびの「新版」刊行の運びとなった。

福岡は黒田藩の中級武士だった杉山家の本拠である。従って、『夢野一族』が弦書房から復刊されることになったのは、著者としては、本が落ち着く所へ落ち着いたと、うれしくありがたかった。小番氏の寛容に感謝。

このたびの「新版」は『夢野一族』を原本としているので、大きな削除加筆は避け、ただ第十章の後半に、新しい情報を二か所に分けて十数枚加筆した。

なお、校正に際しては、緻密な鑑識眼を持つ友人、池上煌《こう》さん（元銀行員）にも大変助けられたことを記して、謝意を表したい。

彼は久留米の明善校の後輩で、九大時代、小さな同人誌『作品』を発行した仲間であったし、今日までずっと親しい交わりが続いてきた友である。

杉山家当主（十一代）の満丸さんは長男に、曽祖父茂丸の豪気にあやかれかしと、茂丸と名づけられた。二世茂丸クンは目下小学四年生だが、いずれ杉山家十二代を担う運命にある。彼がどんな若者になるか見届けたいものだが、高齢の私にはもうそんな時間はない。

彼がすこやかに成人して、杉山家の血脈を伝える本書を大切にしてくれればありがたいと思っている。

二〇一二年七月

多田茂治

主な参考文献

■杉山家三代の著作物

（杉山茂丸）

『其日庵叢書第一編』（博文館、一九一一年）
『其日庵叢書第二編』（弘道館、一九一四年）
『其日庵叢書第三編』（新報知社、一九一五年）
『乞食の勤王』（新報知社、一九一一年）
『児玉大将伝』（博文館、一九一八年、中公文庫、一九八九年）
『山縣元帥』（博文館、一九二五年）
『デモクラシーと寡頭政治』（台華社、一九二一年）
『百魔』（大日本雄弁会講談社、一九二六年、講談社学術文庫、一九八八年）
『俗戦国策』（大日本雄弁会講談社、一九二九年）
『浄瑠璃素人講釈』（黒白発行所、一九二六年、鳳出版、一九七五年）
『義太夫論』（台華社、一九三四年）
週刊『サンデー』（一九〇八年一一月～一九一五年九月）
月刊『黒白』（一九一七年三月～一九二八年七月）

（夢野久作＝杉山泰道）

杉山萠圓『外人の見たる日本及日本青年』（菊池書院、一九一八年）
『夢野久作全集』全七巻（三一書房、一九六九年～七〇年）
『夢野久作全集』全十一巻（ちくま文庫、一九九二年）
『夢野久作著作集』全六巻（葦書房、一九七九年～二〇〇一年）
杉山龍丸編『夢野久作の日記』（葦書房、一九七六年）
書簡類その他（福岡県立図書館・杉山文庫）

（杉山龍丸）

『父・夢野久作の周辺』（『思想の科学』一九六四年五月号）
『夢野久作の生涯』（『思想の科学』一九六六年一一月～一二月号）
『杉山茂丸の生涯』（『思想の科学』一九七〇年十二月号）
『父・夢野久作の思い出』（『九州文学』一九七四年六月号）
『西の幻想作家』（『九州文学』一九七八年二月号～七九年八月号）
『わが父・夢野久作』（三一書房、一九七六年）
『印度をあるいて』（国際文化福祉協会、一九六六年）
『飢餓を生きる人々』（潮選書、一九七三年）
『砂漠緑化に挑む』（国際文化福祉協会、葦書房発売、一九八四年）
『幻の戦闘機隊』（私家版）
杉山満丸『グリーン・ファーザー』（ひくまの出版、二〇〇一年）

（三苫鐵児）

『部落解放史ふくおか』（福岡部落史研究会）に寄稿・座談会多数。
『星と夢の記憶――三苫鐵児追悼・遺稿集』（追悼・遺稿集編集委員会編、銀山書房刊、二〇一〇年）
『「同和」教育の基本的課題について』（私家版）『「絆」考』（私家版）

（杉山参緑）

詩集『種播く人々』（葦書房、一九九〇年）その他の詩稿、エッセイ。

■研究書、伝記類

（杉山茂丸関係）

室井廣一『杉山茂丸論ノート』（一九八〇年から『東筑紫短期大学

研究紀要』に連載）
一又正雄『杉山茂丸』（原書房、一九七五年）
野田美鴻『杉山茂丸傳・もぐらの記録』（島津書房、一九九二年）
西尾陽太郎『九州における近代の思想状況』杉山茂丸小論を含む（福岡ユネスコ協会編『九州文化論集』第四巻、平凡社、一九七二年）
小島直記『無冠の男』（新潮社、一九七五年）
小島直記『日本策士伝』（中央公論社、一九八九年）
坂本敏彦『博多湾築港史』（博多港振興協会、一九七二年）

（夢野久作関係）
鶴見俊輔『ドグラ・マグラの世界』（『思想の科学』一九六二年一〇月号）
鶴見俊輔『夢野久作』（リブロポート、一九八九年）
狩々博士『ドグラ・マグラの夢』（三一書房、一九七一年）
山本巌『夢野久作の場所』（葦書房、一九八六年）
西原和海編『夢野久作ワンダーランド』（沖積舎、一九八八年）
西原和海編『夢野久作の世界』（平河出版社、一九七五年、沖積舎復刻、一九九一年）
『夢野久作〜快人Q作ランド〜』（夢野久作展実行委員会、一九九四年）
境忠一『夢野久作をめぐる対話』（『九州人』、一九七二年三月号）
『暗河』21号、「同時代から見た夢野久作」（葦書房、一九七八年冬）
『ユリイカ』特集「夢野久作」（青土社、一九八九年一月号）
『彷書月刊』特集「夢野久作」（弘隆社、一九九五年五月号）
森文信「無可有郷（ユートピア）の下宿　夢野久作の家」（「西日本文化」三五〇号、三五一号、一九九九年）
森文信「夢野三代記」（「北九州市医報」五八五号、五八六号、五八七号、平成一八年四月〜六月）

■韓国併合関係
内田良平『日韓併合始末』（国会図書館古典資料室）
内田良平自伝『硬石五拾年譜』（葦書房、一九七八年）
黒龍会編『日韓合邦秘史』（原書房、一九六六年）
山辺健太郎『日韓併合小史』（岩波新書、一九六六年）
山辺健太郎『日本統治下の朝鮮』（岩波新書、一九七一年）
滝沢誠『評伝内田良平』（大和書房、一九七六年）
滝沢誠『李容九と内田良平の悲願』（『伝統と現代』一九七五年三月号）
中塚明『近代日本と朝鮮』新版（三省堂選書、一九七七年）
森山茂徳『日韓併合』（吉川弘文館、一九九二年）
藪景三『朝鮮総督府の歴史』（明石書店、一九九四年）
海野福寿『韓国併合』（岩波新書、一九九五年）

■その他資料
『自由党史』（岩波文庫、一九五七年）
『玄洋社社史』（社史編纂会、大正六年。近代史出版会、一九七七年）
平井晩村『頭山満と玄洋社物語』（武俠世界社、一九一四年。葦書房、一九八七年）
藤本尚則『巨人頭山満翁』（頭山満翁伝頒布会、一九三二年）
葛生能久『東亜先覚志士記伝』（黒龍会出版部、一九三三年）
頭山統一『筑前玄洋社』（葦書房、一九七七年）
石瀧豊美『玄洋社発掘』（西日本新聞社、一九八一年）

『金子堅太郎自叙伝』（国会図書館憲政資料室）
『野田大塊傳』（大塊伝刊行会、一九二九年）
『原敬日記』（福村書店、一九六五年）
服部之總『明治の政治家たち』（岩波新書、一九七七年）
松尾勝造『シベリア出征日記』（風媒社、一九七八年）
栗田尚弥『上海東亜同文書院』（新人物往来社、一九九三年）
『加藤介春全詩集』（学燈社、一九六九年）
永末十四雄『筑豊讃歌』（日本放送出版協会、一九七七年）
上野英信『地の底の笑い話』（岩波新書、一九六七年）
森崎和江『荒野の郷《さと》』（朝日新聞社、一九九二年）
『西日本新聞百年史』（西日本新聞社、一九七八年）
『修猷館二百年史』（修猷館、一九八五年）
『福岡市誌』一八九一年版（福岡市役所）
小田部博美『博多風土記』（海鳥社、一九六九年）
原田種夫『黎明期の人びと』西日本文壇前史（西日本新聞社、一九七四年）
桜本富雄『日本文学報国会』（青木書店、一九九五年）
川村湊『アジアという鏡』（思潮社、一九八九年）
『久本三多——ひとと仕事』（葦書房、一九九五年）
『朝鮮人虐殺に関する知識人の反応』1、2（緑蔭書房、一九九六年）

主要人名索引

か

き

く

こ

〈著者略歴〉

多田茂治（ただ・しげはる）

一九二八年、福岡県小郡市生まれ。九州大学経済学部卒業。在学中、『九州文学』『新日本文学会』に参加。新聞記者、週刊誌編集者を経て文筆業。主に日本近現代史にかかわるノンフィクション、伝記を書く。

主な著書に『グラバー家の最期』（葦書房）、『石原吉郎「昭和」の旅』（作品社）、『夢野一族』（三一書房）、『夢野久作読本』（弦書房、第57回日本推理作家協会賞）、『野十郎の炎』『玉葱の画家——青柳喜兵衛と文士たち』（以上弦書房）、『戦中文学青春譜 「こをろ」の文学者たち』（海鳥社）、『母への遺書——沖縄特攻 林市造』『満洲・重い鎖——牛島春子の昭和史』『松本英一郎——愛と怖れの風景画』（以上弦書房）など。

夢野《ゆめの》久作《きゅうさく》と杉山一族《すぎやまいちぞく》

二〇一二年九月三十日発行

著　者　多田《ただ》茂治《しげはる》
発行者　小野静男
発行所　株式会社　弦書房
（〒８４０・００４１）
福岡市中央区大名二－二－四三
ＥＬＫ大名ビル三〇一
電　話　〇九二・七二六・九八八五
ＦＡＸ　〇九二・七二六・九八八六

印刷・製本　大同印刷株式会社

ISBN978-4-86329-079-2　C0095

江戸という幻景

渡辺京二　人びとが残した記録・日記・紀行文の精査から浮かび上がるのびやかな江戸人の心性。近代への内省を促す幻景がここにある。西洋人の見聞録を基に江戸の日本を再現した『逝きし世の面影』著者の評論集。〈四六判・264頁〉【6刷】2520円

幕末のロビンソン

開国前後の太平洋漂流《ロビンソン・クルーソー・ゲーム》

岩尾龍太郎　寿三郎、太吉、マクドナルド、万次郎、仙太郎、吉田松蔭、新島襄、小谷部全一郎。激動の時代、歴史に振り回されながら、異国で必死に運命を切り開き、生き抜いた、幕末の漂流者たちの哀しく雄々しい壮絶なドラマ。〈四六判・336頁〉2310円

霊園から見た近代日本

浦辺登　谷中霊園、泉岳寺、木母寺……墓地を散策し思索する。墓碑銘から浮かびあがる人脈と近代史の裏面を《玄洋社》をキーワードに読み解く。「青山霊園を巡っただけで、明治アジア外交史が浮かび上がる」おもしろさ。（荒俣宏評）〈四六判・240頁〉1995円

緒方竹虎　リベラルを貫く

渡邊行男　没後50年、追慕の声が高い《廉潔の士》緒方竹虎。新聞人（朝日）、政治家（自由党総裁）としてリベラルを貫き通した緒方の本格評伝。今なぜ緒方か？混迷の政界に「今緒方ありせば」の答えがここにある。〈四六判・232頁〉1995円

筑豊の近代化遺産

筑豊近代遺産研究会編　日本の近代化に貢献した石炭産業の密集地に現存する遺産群を集成。ひとつひとつの遺産の意味と活用方法がより明確になるように構成。巻末に約300の筑豊の近代化遺産一覧表と近代産業史年表を付す。〈A5判・260頁〉【2刷】2310円

＊表示価格は税込